川の名前

川端裕人

早川書房

5890

川の名前

第一章　はじめての夏休み

菊野《きくの》脩《しゅう》は、机に片肘をついて、開け放った窓の外をながめていた。

先にクラスが終わった低学年の男の子たちが、校庭に描かれたコートでフットサルをしている。五人だけでやるサッカーみたいなものだから、どことなくバスケにも似ていて、脩には馴染みやすい種目だ。

うわぁっと、突然、歓声が湧いた。キーパーのミスで思いがけなくゴールが決まったのだ。

脩は自分もその場に飛び出したくて、うずうずしてしまう。本当だったら、ぼくらだってもう外に出られる時間なのに。そして、それから後、しばらくはこの校舎に戻ってこなくて済むのに！

急にねたましく思えてきて、脩は校庭から目をそらした。

でも、教室の中を見ていても、退屈で仕方ない。だから、校庭のフェンスの向こうに続いている親水《しんすい》公園に目をやる。

暑いせいか人もまばらで、中央を流れる桜川《さくらがわ》は銀色の光の帯になってギラギラ輝いていた。脩が引っ越してきた春、遊歩道の桜並木に信じられないほどの量の桜の花がついていて、まるで薄ピンクの雲のようだった。それが今では、敷地の半分くらいを覆《おお》っている雑木林《ぞうきばやし》の緑が濃い。夏にカブトムシやノコギリクワガタが普通に見られるのは区内ではここだけだと脩は聞かされていた。

しばらく見ていて、脩は目をしばたたいた。

銀色の帯の中になにか動くものがある。自慢じゃないけれど、脩は目がとてもいい。逆光気味で、この距離からでも、くっきりその動きが見えたのだ。

黒々として這いずるような動き……突然、すっくと立ち上がって、しばらくその場に佇《たたず》んでいたと思えば、ゆっくりと歩き出す。なんとなく人のようにも見えなくはない。でも、顔が尖《とが》っているみたいで、変だ。

誰かが遊んでるのかなあ、と思う。

瞬きをした途端、そいつは消えていた。

きっとなにかの見間違えだったのだろう。でも、胸がそわそわするような、変な感覚が残った。

居心地が悪くなって、脩は視線を教室内に戻した。

黒板の前では、担任の鬼澤《おにざわ》先生が八月の林間学校について長々と説明している。さっきからずっとそうなのだ。ほんと、いつになったら終わるんだろう。わざわざ説明しなくたって、プリントに書いてあるのに。

ぼくたちは、閉じこめられている、と思う。よりによって、こんな時に！

小学校五年生の一学期最後の日。転校してきて初めての夏休みが本当に今もう目の前まで来ている。先生は生徒たちがワクワクしているのが癪《しゃく》で意地悪をしているとしか思えなかった。

脩にとっては、ただの夏休みというわけじゃない。

これまでの夏休みとは、まったく違ったものになるはずなのだ。

すごく楽しみだし、それと……少し不安だ。

もちろん自分で決めたことだし、楽しみな気持ちの方が勝っている。そもそも夏休みを前にして、不安で居続けるなんて無理だ。

どうにも、じりじりした気分で脩は鉛筆をもてあそんだ。プリントの端に絵を描き始める。

脩のお得意は、小さな恐竜だ。自然史博物館に連れて行ってもらったのがきっかけで好きになった。ヴェロキラプトルとかモノニクスとか、そういうやつ。でも、きょうはなんとなくもっと小さなミクロラプトルをいっぱい描いた。ニワトリくらいの大きさで、羽毛を持っていたことがわかっている。そいつらが、たくさん集まって走っている姿。頭の中になぜか銀色の光がちらついたので、川を描き加えた。水浴びするミクロラプトル。泳ぐミクロラプトル。彼らが本当にそんなことしたのかわからないけど。

さっき、ちらりと見た影。あれって、なんか恐竜ってかんじもした。口がなんとなくクチバシみたいに尖っていたし。でも、まさか、そんなことがあるはずがない。

「菊野ぉー、なにをぼんやりしている」

鬼澤先生の野太い声が脩の耳に突き刺さった。鬼澤先生はいつも歌うような節回しで、嫌でも耳に入ってくるような低音の効いた話し方をする。

「今、おれがなんと言ったか言ってみろ」

「あ、はい」と答えながら、ミクロラプトルだらけのプリントを見た。

「林間学校の話です。持ち物は――」

どこかから、くすっと笑いが漏《も》れた。

ハズレ、みたいだ。

脩は仕方なしに、大げさに肩をすくめて、チロリと舌を出してみせた。一学期早々に脩が流行らせた「ニホンゴ、ワカリマセーン」というガイジンのポーズ。

爆笑。

まあ、受けてるからいいか。脩はさらにおどけて頭を掻《か》いてみせた。

「ふざけるなー、じゃ、手嶋《てじま》ぁ、教えてやってくれぇ」

クラスの視線が、教室の廊下側の最後尾に集まった。背の高い手嶋は、窓際、前から三列目の脩から見るとほぼ対角線上の一番遠いあたりに座っている。

「夏休みの自由研究についてです。テーマは自由だけど、身近な自然や、環境についてなにか研究してくること――」

落ち着いた口調。手嶋が話すのを聞くたび、脩はなんというか、もぞもぞと落ち着かない気分になる。優等生だし、スポーツ万能だし、キラリと輝く銀縁眼鏡なんかしちゃって渋く決めてるし、将来は弁護士になるとかいう触れ込みだし、女子なんかに言わせれば、相当「イケテル」のだ。お調子者の転校生の脩なんて問題にしていないふうで、それがおもしろくない。

「でも、自由研究が嫌な人は工作でもいいそうです」と手嶋は付け加えた。

「まあ、そういうことだ。みんな、ちゃんと自分で考えてやってこいよ。もう五年生なんだから、家の人の力は借りちゃだめだ」

鬼澤先生は腕を組んで、もう一度脩の方を見た。

「菊野ぉ」と凄みのある低音であらためて言う。

「はい」

「あとで、ちょっと職員室に来い。話がある」

周囲の何人かの男子が、脩の方を見てニヤニヤしている。斜め後ろから丸めたノートの切れ端が飛んできて机の上に落ちた。

〈キク、やったね！　最後までデビルに愛されっぱなしじゃん〉

脩は斜め後ろを振り向いて思い切りしかめっ面を作りつつ、小声で「イェーイ」とVサインを出した。

その時、どこからかふいに甲高い音が響いた。

喇叭《らつぱ》の音だった。

チャラーラン、チャラララララーン。

文字にすればそんなかんじの、少し粘りのある湿ったメロディ。

「ドレミーレド、ドレミレドレー」

同じ節回しで、今度は歌う声だ。これも甲高く、しわがれていた。校庭を渡って響いてくるわけだから、相当な声量なのだった。

「喇叭《らつぱ》爺《じい》だ」と誰かが言った。それだけで、どっと笑いが起きた。

脩は校庭を見て、その姿を探した。

正門のあたりから、土埃の中を痩せた老人が走ってくる。ゆっくりと、まるで、レースが終わった後のマラソンランナーみたいに、誇らしげにグラウンドを走り、時々、立ち止まっては、喇叭を吹き鳴らしたり、「ドレミーレド」と大声で歌う。さっきまでフットサルで遊んでいた男の子たちは、試合を中断して校舎の方へと逃げてしまっていた。

「お達者だよねぇ」

「暑いのにあんなに走ったら、死んじゃうんじゃねぇの」

「やだぁ、変なこと言わないでよぉ」

喇叭爺は、こうやって時々、校庭にやってきては、騒々《そうぞう》しく喇叭を吹き鳴らすだけの爺さんだ。みんなはちょっと頭がおかしいと思っていて、バカにして笑っているけど、脩は喇叭爺のことが嫌いではない。なんとなく懐かしいかんじがするのだ。

「おーい、おまえら、話は終わってないぞー……」

鬼澤先生が荒々しく声を張り上げて、言いかけのまま言葉を切った。

ふいに校庭から、ひどくざらざらした大声が響いてきたからだ。

「カワガキー、カワガキー」

喇叭爺は、校庭のど真ん中に立って、まるで甲子園の応援団が「フレー、フレー」とやるみたいに両手を空に突き出していた。

なにを言っているのか意味不明。でも、なぜか教室の中はしんと静まりかえった。

「カワガキーヴェニャムアキー！」

脩は思わず立ち上がった。窓から体を乗り出して、喇叭爺を見た。

「カワガキーヴェニャム！　アゴーラメスモー！」

ざわざわとした感覚が、またお腹のあたりを這い上がってくる。いったいこれはなんなんだろ。居ても立ってもいられないみたいなこのかんじ。

その時、校舎の職員室のあたりから、何人かの先生たちが飛び出すのが見えた。

喇叭爺はとたんに背中を向けて、校門に向けて走りながら喇叭を吹き鳴らした。

ほっとしたような小さなどよめきが教室に戻ってきて、脩はどすんと席にお尻を落とした。

「なあ、菊野、おれは、おまえには期待してるんだ」と鬼澤先生は言う。「それなのにきょうの態度はなんだ。ふざけていい時とそうじゃない時の区別はちゃんとつけろ」

脩は心の中で、ふうっとため息をついた。鬼澤先生が絡んでくるのは、きょうに限ったことではない。毛深い腕を組んで、こめかみに青筋を立て、完全にデビルモードだ。で、いったん「デビル鬼澤」に変身したら、もう言いたいことを言い終わるまで待つしかないのだった。

「おれは、お父さんにも宜《よろ》しく言われてるんだ。おまえの夏休みがみのり多きものであるようにする義務がある。ほっといたら、どうせ漫画ばっかり描いてるんだろうしな」

「はあ」

「恐竜はいい加減に卒業しろ。もっと現実に目を向けてだな」

「恐竜は現実です。化石がちゃんと出てくるんだから、現実だと思います」

　不用意に反論した脩を先生は睨《にら》みつけた。

「とにかく、おまえはしっかりと自然観察の課題をまとめてくるように。おれが期待するというのはだな、おまえはもっとできる、ということだ。いいか、これはおまえの専門分野だといってもいい。子供の頃から、お父さんとあちこち回って来てるんだからな。それはとても貴重な体験なんだぞ」

　ここで鬼澤先生はいったん言葉を切って、脩を見た。なぜかにやりと白い歯をこぼす。

「夏休みが終わったら優秀な研究を都のコンクールに出す。そこで賞を取るつもりでやってこい。どうだ、もうテーマは決まっているのか」

「まだなんにも考えてません」

なにしろこれまで夏休みの宿題は、八月末に帰国した最後の一週間で片づけていた。休み前に計画を立てる習慣なんてない。

「なら、今週中に決めて報告するように。おれは夏休みでも普通に来てるからな」

　脩は今度は、はっきりとため息をついた。せっかく夏休みだというのに、また学校に来なければならないのだ。それもよりによって、鬼澤先生に会うために。

「まあそんなしみったれた顔をするな。夏休みは長い。一日くらいデビルに会いに学校に来るのも悪くないだろ」

脩は思わず目を伏せた。

「知ってるぞー。おまえらが、おれのことをデビルと呼んでるのを。まあ、おれは結構それを気に入っている」クラスの大勢の前で話す時のように、腹から声を出す。

ちなみに、デビルというのは、さっき脩に丸めたメッセージを投げてきた亀丸拓哉《かめまるたくや》が言い出したニックネームだ。今ではクラスの男子のほとんどが陰ではその名で呼んでいる。名前のとおり熱血系「鬼」教師なのだが、色白で顔つきがなんとなくガイジンぽいから鬼じゃなくてデビル。そんな単純な発想だったはずだ。

「さあ、行ってよし。とにかく気合いを入れて、テーマを考えてこい」

脩が素直にうなずくと、鬼澤先生は口の端で微笑んで、扉の方に顎をしゃくった。


下駄箱のところで、「キクー」と声をかけられた。

小さくて丸々太ったのと、猫背でひょろりと背が高い、漫才みたいな凸凹《でこぼこ》コンビ。亀丸拓哉と、河邑浩童《かわむらひろお》だ。

「きゃはは、また呼ばれてやんの。キクはデビルに愛されてんじゃん」

丸々した亀丸がぴょんぴょんとび跳ねながら言った。

「うるさいなあ、ゴム丸」

ゴム丸というのは、亀丸のあだ名。

裏ではデブ丸とか呼ばれてたりするけれど、本人が耳にするとマジで切れるので、ぴょんぴょん跳ねる元気者の連想でゴム丸と呼ばれている。ゴム丸自身は、連載漫画の主人公のゴム人間のことだと思っているみたいで、まんざらでもないらしい。

「きょうさあ、河童《かっぱ》と一緒に出かけんだけど、キクも誘おうと思ってさあ」

河童というのは、もちろん河邑のことだった。名前を縮めたらそうなるのだけど、脩《さ》にはなんとなく猫背でひょろっとしたかんじが、西遊記の本の挿し絵に描かれている沙悟浄《ごじょう》みたいに思えて納得しているのだった。

「な、キクはまだ自由研究の課題、決めてないんだろ」

「まだだよ」

鬼澤先生の顔が思い浮かんで、脩は憂鬱《ゆううつ》な気分になる。

「きゃはは、じゃ、一緒に来なきゃ。研究はグループでやった方がいいんだ。他のやつら、みんなもう決めてるらしいぜ。海野《うみの》たちは、ええっと、なんだっけ……」

「スーパーの野菜がどこから来るか調べて地図を作る」

河童がはじめて口を開いた。いつものぼそっとした言い方だ。寒くもないのに、腕を組んで右手で左の肘をさするような特徴的な動作をする。

「きゃはっ、つまんねえことやるよなぁ。委員長とか女子のグループは――」

「ペットボトルのリサイクルについて」

「そうそう、なんか優等生ってかんじで、体が痒《かゆ》くなってくるじゃん。だから、おれたちはもっと渋い、というか、みんながあっと驚くような研究をやろうってわけ。キクには特別にそれを教えてやるんだから、いいか、誰にも言うなよ」

ゴム丸の声が急に低くなった。

「おれたちの研究テーマは……」

ごくりと唾《つば》を飲み込む。

「今は言わない。現場に行ってから発表しまーす」

おどけて、ゴム丸はとび跳ねた。


校門を出たとたんに深呼吸。湿った熱い空気を、胸一杯に吸い込む。

なんといっても、夏休み、なのだ。

太陽はまだ高く、親水公園の方からセミの声が聞こえてくる。ぼくのことを呼んでるみたいだと思う。

脩は学校が嫌いではない。授業はおもしろくなくても、友達に会える。バカ騒ぎしていれば、本当に楽しく一日が過ぎる。

でも、やっぱり、毎日、同じことをしていると、どことなくあの灰色の校舎に閉じこめられているような気分になってくる。

胸に重しを乗せられて、息苦しくなるかんじ。だから、脩はたいてい一日に何度か、窓の外に視線を飛ばして、心まで遠くに飛ばしてしまう。校庭や親水公園、さらに向こう側に広がる空にまで。

夏休みは自由の季節だ。心だけではなくて、体ごと自由になって飛んでいってかまわないのだ。

今年の夏休みはなにをしようか……。

そう考えたとたん、胸の奥のそわそわ落ち着かない気分がまたも這い上がってきた。鬼澤先生の宿題のこともあるし、解き放たれた気分の底が抜け、気持ちがすーっと醒《さ》めてしまう。そうなんだ、夏休みの中身は今のところ空っぽだ。

マンションの七階にある自宅。鍵を回して、ドアを引いた。

午前中いっぱいかけてたっぷり籠《こ》もった熱気を予想していたのに、冷たい風が吹き出してきて、脩はなんだか拍子抜けした。エアコンの消し忘れだ。

とりあえず、自分の部屋に入った。

マンションの通路に沿った六畳部屋で、一方の壁にベッド、もう一方には学習机がある。机の上には漫画を描きかけたケント紙が置いてあり、壁には恐竜のポスターが二枚、張ってあった。恐竜展で買った巨大なセイスモサウルスを描いたものが一枚。それとは別に、アメリカの自然史博物館で買ったドロマエオサウルスの群れを描いたものも。ちなみに、さっき学校で描いていたミクロラプトルは、ドロマエオサウルス類だから、そんなに遠い生き物ではない。

脩はスタンドに立てたままの携帯電話をとりあげた。

メールの着信がひとつあった。脩は素早くボタンを操作して、メッセージを表示した。

ドウソンに到着。最初の夜だけホテル住まいだ。窓からはユーコン川が見える。そっちは終業式のはずだな。ロジャーはきみが来ないのを知って、悲しんでた。明日からはカヌーで移動する。一日に一度はパラボラを立てるから、まあ、メールチェックは欠かさずに。恵美の言うこと、よく聞くんだぞ。といっても、どっちかというと、恵美のこと、脩に監督してもらいたいくらいだが。

そうだ、自由研究やるんだろ。出発前に鬼澤先生と話した。父さんも楽しみにしてる。なにやるのか決まったら教えてくれ。

父さんからのメールを読んでもぱっと楽しくなるわけもなく、気分は相変わらず底が抜けたまま。空っぽの夏休み。これじゃいけない。

「脩ちゃーん」と声がした。

恵美《えみ》さんが、腫《は》れぼったい目で廊下からこっちを見ていた。梳《と》かしていない髪はぼさぼさのままだ。黒いタンクトップの下には下着をつけていなくて、目のやり場に困ってしまう。

「机の上の漫画読んじゃったよ。新展開じゃない。ゴンは今度はどこにいくの？」

脩は顔がかーっと火照《ほて》るのを感じた。恵美さんはいい人だし大好きなんだけど、勝手に描きかけの漫画を見るのが困る。

「病院はどうしたの」脩はなんとかさりげなく言った。

「きょう、遅番《おそばん》だから。言わなかったっけ。今起きたとこ」

「あ、そうだったんだ」

昨晩、帰宅が遅かったから、てっきりきのうが遅番だと思っていた。きっと、またボーイフレンドの誰かと飲み歩いていたのだろう。恵美さんは看護師で、仕事が不規則だ。父さんは早く結婚してほしいらしいけど、そうなっていれば夏休み、ひとりで残ることにした脩と一緒に住んでくれるなんてこともできなかったわけで、脩としては恵美さんが結婚する気配がないのをありがたく思っている。

「兄さんからのメール来た？　まったくいい気なもんよね。一人息子を置いて、海外取材。でも、脩ちゃんが残りたがった気持ちわかるよ。低学年は海外暮らし、帰ってきても転校を何度もして、長期休みは必ず海外。これじゃ、友達と仲よくなる暇もないものね。兄さんは自分の都合ばっかりで、子供のこと考えなさすぎだわ。無責任もいいとこ」

恵美さんは、父さんの悪口を言う時、やけに元気になる。本気で悪く思っているわけではないのはわかっているのだけれど、写真家の父さんはたしかに恵美さんの言うとおり、脩をあちこち引き回してきた。脩はこれまでひとつの学校に長い間通ったことがない。ひどい時には、年に三回も学校を変わった。でも、これまではそれが嫌だとは思っていなかった。五年生になって、桜川北小学校に通うようになって、急になんか違うぞと思い始めた。脩がこれまでどんな暮らしをしてきたか知ると、みんなが驚いたり、羨ましがったりしたけれど、なにかが違うのだ。

例えば、話題が合わない。

アニメ、漫画、流行《はや》りの歌、携帯ゲーム。脩はぜんぜん知らなかった。

いや、話題が合わないのは時々つらいことだけれど、それほど大したことじゃない。それに、漫画ならもうとっくに追いついて、みんなが読むようなものはだいたい知ってるし、もともと絵は好きだから今じゃ自分で描いてクラスで回覧してるくらいだ。

本当の問題は、自分の居場所がないというか、ここは自分が居るべき場所じゃないと、いつも感じてしまうことだ。だから、これまで夏休みが来ると、父さんと旅立つのが嬉しかった。旅の中なら、居場所なんて探さなくてもいいから。

でも、それでいいんだろうか。

桜川北小は、普通の小学校だ。脩がこれまで通った、ほかの公立小学校とそれほどかわりはない。なのに、脩はここにいたい、と思った。自分の居場所じゃないけど、なぜか居場所にしたいと思った。理由なんてない。ただ、最初に校門をくぐった、桜吹雪《さくらふぶき》の舞う朝、五年二組の教室に入ったとたんにそう思っていた。

「お腹減ってないの」と恵美さんの声。「一緒にランチしない？　近くにさ、おもしろいイタリアンができたのよ」

「あ、すぐに遊びに行くんだ」

頭にはゴム丸と河童の顔が浮かんだ。行くべきかどうか迷っていたけど、やっぱり行くべきなんじゃないだろうかと、急に思えてきた。

「ははぁ、女の子とデート？　あたしの誘いを振り切って行くってことは……」

すぐにそういう方面に話を持っていくところが、恵美さんのこれまた困ったところ。

「亀丸君と河邑君」

「ああ、あのキャハハって声裏返して笑うケーキ屋さんと、むっつりしたガリガリの子ね」

一度だけ、ふたりが遊びに来たことがあって、その時、恵美さんは夜勤明けで家にいた。

いのよ」
「亀丸君に会ったら言っといてよ。あたしは、看護師であって、看護婦とはもう言わな

ゴム丸はあの時、何度言われても恵美さんのことを「看護婦さん」と呼び続けて、ひんしゅくを買ったのだった。

居間の時計が正時《しょうじ》を告げた。午後一時。

脩はベッドの脇に転がしてあった赤いディパックを指先に引っかけた。するりと腕を通して背負う。

「じゃ、行ってきます」

脩は靴を突っかけると家を飛び出した。

待ち合わせは、セキレイ橋。親水公園から少し川を下ったあたりで、自転車なら五分とかからない。脩は買ってもらったばかりの赤いマウンテンバイクを飛ばして、三分ちょっとの好記録を叩き出した。

まだゴム丸も河童も来ていなかった。

旧道沿いに五〇メートルほど離れたところにあるコンビニでおむすびを買う。橋の欄《らん》干《かん》によりかかって食べていると、陽の光がじりじりと首筋を灼《や》いた。川の流れは光を反射して、やはりギラギラしている。

桜川は、川とはいっても、ほんの小さなものだ。この橋もほんの十歩か二十歩くらいで渡り終えてしまうし、流れも細くなっているあたりは走り幅跳びで跳び越せそうな気がする。父さんが今いるユーコン川とは比べものにならず、ずっと前に一緒に旅したアマゾンとは同じ「川」という名前で呼ばれるのが不思議なほどだ。でも、これも川は川で、この先どんどん流れていって、ユーコンやアマゾンと同じ海に注ぐのだ。

「キクー、こっちー」と声がした。それも意外な方向から。

橋の下の影になった部分、ちょうど脩の真下にふたりは立っていた。

「きゃはっ、ここにいるとは思わなかった？　早く降りてこいよー」

脩は残りのおむすびを口の中に詰め込んで、川沿いの砂利《じゃり》道《みち》に向かって走った。柵《さく》から体を乗り出して、迷う。護岸のコンクリートはすごく急な角度だ。おまけに下の川はひどく汚いし、土がたまって雑草が生えているあたりは足場が悪そうに見える。

「おーい、キクー、こわいのかよー。女子みたいじゃーん」

脩は唇を噛《か》んだ。ゴム丸にバカにされてるわけにもいかない。

腰を低くして、ほとんどお尻をコンクリートにつけながら、注意深く滑り降りた。つん、とすえた臭いがした。油のような、動物の死骸《しがい》のような、複雑な臭いだ。おまけに熱気が籠もっている。

橋の下、川が狭まって陸地が多くなっているところにふたりはいた。日蔭になっているせいか、夏草もあまり生えていない。錆《さ》びてフレームが歪んだ自転車とタイヤのないバイクが転がっていて、その近くには焚《た》き火の跡がある。ふたりは、色褪《あ》せた木目のベンチのようなものに腰掛けていた。

「遅いぞ、キクー」と言うゴム丸はずっと日蔭にいたくせに、顔中に汗を噴いている。

「くさいね、ここ」と脩は思わず言った。

「このあたりから下水がいくつも流れ込んでくるから」ぼそっと言ったのは河童だ。

わずか数百メートル上流では親水公園の清流だというのに、川の印象がぜんぜん違うのはそのせいなのだ。

「いいか、秘密を言うぞ」ゴム丸がTシャツの肩で汗をぬぐいながら声をひそめた。

「桜川に、謎の生命体がひそんでいる。そいつは、放射能による突然変異で生まれた怪獣かもしれない。いや、今まで伝説と思われていたカッパが本当にいたのかもしれない。とにかく、そいつは、ここにいるんだ。いいか、冗談じゃないぞ」

ゴム丸の目は真剣だった。でも、ゴム丸はいつもくだらないことで真剣になるから当てにならない。

脩は河童を見た。

河童は嘘をつかないし、ゴム丸が変なことを言い出すといつもぼそっと冷静な突っ込みを入れる。それなのに、今なにも言わないのはどういうことなんだろう。

「きゃはは、河童ならここにいる、なんて今、キク、思っただろ。でも、違うんだ、本物のカッパがいるんだ。いや、そいつはカッパなんてものじゃなくて、怪物だ。桜川の怪物」

　突然、さっき教室から見た桜川の映像がよみがえってきた。

　銀色の帯の中を這うように進み、ふいに立ち上がったシルエット。小さな子供のように見えたけれど、口先が尖っていたからやはり人間じゃあない。

　あれはいったいなんだったんだろう。

　怪物？

　本当だったら、たしかにすごい。

　とっても素敵なことだ。ドキドキする。

　でも、そんなことがあるはずない。

「目撃者がいるんだ。だから絶対確かなことだ」とゴム丸。

「それは誰だよ。もえちゃんとかじゃないよね」

「きゃはっ、それじゃあてになんないだろ。目撃者は河童だよ」

　脩は驚いて、河童を見た。

「ほんとに見たの？」

　こくりと、河童は無言でうなずいた。

脩の心臓が、ドクンと高鳴った。

第二章　桜川の怪物

河童こと、河邑浩童《かわむらひろお》は、毎朝、桜川沿いを歩いて学校に来ている。自宅はセキレイ橋の近くだそうだから、川沿いは砂利道になっている。旧道を越えるあたりでそれが煉瓦《れんが》敷きに変わって、そこからはすぐに親水公園の入口だ。河童は、少し遠回りになるのを気にせずに、公園の中を通って蛇行する川を遡《さかのぼ》り、正門前にたどり着く。それでも、河童はたいていクラスに一番乗りだ。

二週間ほど前のこと、河童は自宅を出てしばらく砂利道を歩くうちに、ふいに足を止めた。

朝なので川面《かわも》から白い蒸気が漂っていて、あたりはぼんやり霞《かす》んでいた。だから、河童は最初、自分の目に入ってきたものがなになのかさっぱりわからなかった。

白いもやの向こう側の川に、大きなものが佇《たたず》んでいた。大きいとはいっても、この川にいるコサギやカルガモやカワウに比べてそう感じたのであって、本当はそれほどでもないのかもしれない。でも、なぜかとても大きいと河童は思った。

ちょうど川の中央に盛りあがった、川中島みたいな場所だ。そいつはしばらくすると、ゆっさゆっさ体を動かして歩き始めた。

河童は息を詰めた。そいつはやはり「大きい」わけではなかった。むしろ、「背が高い」のだ。ここで見かける生き物で似た大きさといえばやはりカワウのような水鳥くらいだけど、それとはぜんぜん違う立ち姿だった。

鳥ではない。でも、タヌキとかドブネズミのはずもない。

じゃあ、なんだろう。

しばらく考えるうちに、少し前にテレビでカッパの特集をやっていたのを思い出した。東北の方にカッパが棲《す》んでいる川があって、今も時々目撃されているそうだ。桜川は町中を流れていて、ほとんど自然なんて残っていない。昔のことを知っている河童のおじいさんは「川が死んでしまった」と嘆いている。こんなところにカッパなんているはずがない。でも、もしも、東北地方から移住してきたのだとしたら、どうだろう。すべての川は海でつながっているのだし。

しばらく見ているうちに、そいつは水の中に入り、姿を消した。

学校への道すがらそのことを考えていて、ますますカッパだったんじゃないかと思えてきた。

でも、誰にもそれを言わなかった。だって、河童がカッパを見つけたなんてことになると、ひどい冗談みたいだ。説明しても信じてもらえそうにもないし。

それから、河童は毎日の行き帰りに、護岸の下の河原や水面に目を凝らすようになった。でも、二度とあの不思議な生き物を見かけなかった。そもそも、もやの中だったわけだし、見間違えだったのかもしれないと思い始めて、しばらくすると忘れてしまった。

というのが、「桜川の怪物」事件の顛末《てんまつ》だった。

本当だったら、この話は河童が忘れてしまった時におしまいになっていたはずだ。でも、ゴム丸が夏休みの宿題のことで「みんながあっというようなネタ、あったらいいじゃん」と騒いでいる時、ふと思い出して漏らしてしまった。「そういえば、桜川に変な生き物がいるかもしれない」と。

そういう話題にゴム丸が飛びつかないはずがない。根ほり葉ほり聞きだして、おまけに自分勝手に尾鰭《おひれ》までつけて、河童が言う「ほかの水鳥なんかよりは大きな生き物」は、いつのまにか「巨大な怪物」にまで成長させられていた。

その日、セキレイ橋の下にゴム丸はわざわざスケッチブックを持ってきていた。鉛筆ごと脩に渡して、「キクー、たのむよ、想像図を描いてくれよぉ。秘密、教えたんだから、それくらいしてくれるだろ」とせがんだ。

「ゴム丸が勝手に想像して考えた怪物は、ドロドロの体をした「ヘドロのお化け」だった。ゴム丸の父親がウルトラマンマニアで、フィギュアをたくさん持っている。その中にそういうのがいるのだそうだ。

「こんな、きったねぇ川だから、まあ、考えられるのは、ヘドラっぽいのじゃん」と言う。

脩はもう一体、怪獣を描かされた。これは以前、フィギュアを見せてもらったことがあるから簡単だった。

「河童の話を聞いてると、怪獣としては小さい。だから、ピグモンみたいな奴かもしれないとも思うんだ」

ちなみに、ピグモンはゴム丸のお気に入りだ。手を幽霊みたいに前にだらりと垂らして、両脚でピョンピョン跳ねる姿が愛らしい。もし本当にいたら、ペットにしたいくらいだ、とゴム丸は言っていた。

「こんなの描いてどうするわけ」ちょっとうんざりして脩は聞いた。

「コンビニでコピーして電柱に張りつける。目撃したらこの電話番号までって」

「それじゃ秘密じゃなくなるね」ぼそっと河童。

「だから、今じゃない。今はおれたちが探すんだ。どうしても見つからなかったら、張り紙をするんだ」ゴム丸はそそくさとスケッチブックを閉じた。

「じゃ、いくぞー、河童、怪物がいそうなとこ、教えてくれー」

「いいよ、でも、かわりにあれを手伝ってくれるんだよね」

「約束は守るよ。おれとキクは河童の手伝いをするもんね。キクもついてこいよ。見つけたら、おれたちは有名人だー。きゃはは、テレビにでるぞー」

脩は河童と目を合わせた。

ゴム丸が言うことや、やることは、いつも極端で、支離滅裂で、いい加減だ。でも、憎めない。転校生の脩に始めて話しかけてくれたのもゴム丸だったし、脩の漫画に大受けして、ギャグでもないのに腹を抱えて転げ回ってくれるのもゴム丸だ。ゴム丸といると、脩はあんまりお調子者になってウケを狙う必要がないから、気を使わなくていい。

「桜川探検隊、いくぞー」ゴム丸が裏返った声を張り上げた。


川の「底」は蒸し風呂だった。

桜川は親水公園以外の場所では、両岸が完全にコンクリート張りになっている。いや、本当は底までコンクリート張りで、つまり、大きなドブみたいなものなのだと河童が教えてくれた。底の部分のコンクリートの上に上流から流されてきた土砂がたまって、今みたいに陸地ができたり、草が生えたりしているのだ、と。

ドブの底では、風が動かない。動いているのは川だけで、水がきれいなら飛び込みたいくらいだったけれど、むせるほどの臭いのせいでそんなことする気になれない。

「ピグモーン、ヘドラー、どこだー、でてこーい」とゴム丸は騒々しく叫びながら歩く。

「本当に出てきたら、困るんじゃないの」ぼそっと河童。

「だいじょーぶ。出てきたら必殺技、ゴムゴムの乱れ打ちで、やっつければいいじゃん」

ゴム丸は両手で素早くパンチを繰り出す漫画の主人公の必殺技をとび跳ねながら真似てみせた。

「で、やっつけたら、ポケモンゲットだぜ！」

ゴム丸がポケットの中に手を突っ込むと、玩具のポケモン・ボールが出てきた。ゴム丸の妄想はどんどん大きくなってるみたいだ。

でも、そんな大騒ぎが、この暑さの中で、そう長い間続くはずもない。しばらくするとTシャツの前も後ろもぐっしょり汗で濡《ぬ》れて、ゴム丸は肩で息をしはじめた。

「マジで、見たのかよー、河童ぁ、謎の生き物なんてどこにもいないじゃん」

「最初から、自信はないって言ってるけど」

「そもそもの言い出しっぺは、河童じゃん。でも、キクー、もう少しなんとかなんないの？　ほら、キクに来てもらおうと思ったのってさ、やっぱり、野生の生き物だから、きっとキクなら見つけてくれんじゃないかと思って」

「そんなこと言われたって」脩は口を尖らせた。

脩は自然写真家の父さんと旅をしてきたから、たしかに色々な野生動物を見てきている。アフリカのライオンやゾウ、アラスカのアザラシやカリブー、アマゾンのカワイルカやクモザル、フォークランド諸島のペンギンやアホウドリ。でも、それとこれとは話は別だ。ヘドラやピグモンを探せって言われても、はっきり言って無理だ。

脩自身は別にそんな怪獣を探しているわけじゃない。教室から遠目に見えたあの影。あれは別に怪獣ではなく、ちゃんとした地球上の生き物に違いないのだから。脩はどこかにあの生き物の痕跡《こんせき》が見つけられないかと思って注意深く見ている。例えば、糞《ふん》や足跡、草を踏み倒した跡、獣毛や羽毛、その他、なんでもかんでも。

相手はこの狭い川に棲んでいるとわかっているのだから、それほど難しくはないはずなのだ。昔、父さんとガイドのロジャーと一緒にカリブーの足跡を追跡した時は、一日中歩き続けて、最後は死ぬかと思った。それに比べたら、楽勝だ。

でも、今は無理だとも思う。少なくとも、ゴム丸と一緒じゃあできっこない。だってこれだけ騒々しく物音を立てたら、どんな生き物だって逃げ出してしまう。その証拠にさっきから、いつもは群れているカルガモ一羽すら見つからない。

ガシャンと大きな音がした。

ゴム丸が草の中に隠れていた三輪車に足をひっかけて、すっころんだのだった。三輪車は錆びついており、タイヤがない。本当に桜川にはこういった大きなゴミが多い。上から見ててもそうだけど、下に降りてみると、ゴミ捨て場なんじゃないかと思うほどだ。

尻餅をついたまま、ゴム丸は立ち上がってこなかった。黙って顔を上げて、脩や河童の肩越しに護岸の上、柵のあたりを見ている。表情が強ばっていた。

脩も振り返って見上げると、見知った顔があった。

手嶋だった。青いマウンテンバイクに乗ったまま、体を柵に預けてこっちを見ている。汗ひとつかいていない涼しげな顔で、眼鏡のフレームがきらりと光った。

脩と目が合ったとたん、ふっと視線をはずし、マウンテンバイクをこぎ始めた。すぐにその姿は見えなくなった。

「やばい、聞かれたかな」とゴム丸。

「別にやばくないよ」と脩。

もしも、聞かれていたとしても、手嶋は別に「ヘドラ」や「ピグモン」には興味を持たないだろう。

「やばいじゃん。今のうちに発見しないと、手嶋に先をこされちゃうかも」

ゴム丸が立ち上がり、唇をぎゅっと噛んだ。

「キク、たのむ、見つけてくれよ。野生動物は得意なんだろ」

「怪獣は野生動物じゃないよ。それに、静かにしてくれないと、どんな動物も逃げちゃうよ」

ゴクリと唾を飲み込み、ゴム丸は口にチャックする仕草をした。

その後、十分か二十分、三人は足を忍ばせてあたりを歩き回った。ゴム丸がまたブリキの板に足をひっかけて転んだ時以外は、遠くのセミの声と、旧道を通る車の音以外にはなにも聞こえなかった。

そうすると、さっそくカルガモの夫婦に出会ったし、赤い鯉がざっと迫力のある音を立ててとび跳ねるのも見た。巨大なウシガエルが水に浮かんでいたり、カワウがバシャバシャと音を立てて近くに着水したり、汚く見える桜川も意外に生き物が沢山いて、賑《にぎ》やかなのだとわかった。

とはいったって、やっぱり怪物とか、未知の生物が、そう簡単に見つかるはずがないのだ。

そのうちに、ゴム丸がまたぶうたれ始めて、三人は涼しい橋の下の出発点に戻った。木目のベンチの脇にはコンビニの袋があって、ゴム丸はコカ・コーラの二リットル・ペットボトルを取り出すと、ぐいぐい飲んだ。それを河童と脩にも回してくれる。汗とまじって、しょっぱいコーラだった。

「きょうはおしまいだ。これ以上やったら、死んじゃう」

ゴム丸はベンチの上で横になって体を伸ばす。

脩もそのとなりに腰を下ろした。急に頭がくらくらしてきた。

「あきらめて、張り紙するの？」と河童。

「そうするしかないじゃん」

　ゴム丸はごろんと回転して、体を起こした。その勢いでベンチが大きく揺れ、脩は思わず立ち上がった。地面の中に埋もれていた部分がすっぽり抜けて大きく揺れる。

「気をつけてよ！」河童が珍しく大きな声を出した。

「別に簡単に壊れるものじゃないじゃん」

「あ、これ……」

　脩は首をひねった。それはベンチでもなければ、ただの「木材」でもない。古びて表面はくたびれているけど、美しい流線型なのだとはじめて気づいた。

　脩はこいつのことを知っている。ただ、この場所にあることが不思議なだけなのだ。土に半分めり込んで、もうずいぶん手入れされていないように見えるけど……。

「カヌーがこんなとこにあるんだ」

「河童が気に入っちゃってさぁ、なんで、こんなんがいいのかね。こいつ、これを修理するっていうんだぜ」

　脩は河童を見た。でも、無表情だ。

「河童はカヌーを漕《こ》いだことあるの」と脩は聞いた。

「ないよ」ぼそりと河童。

「本当に修理するの？」

「するよ」

それで、わからなくなる。カヌーを漕いだことさえないのに修理するっていうし、それにうまく修理できてもこんな浅い川じゃすぐに底がつっかえて座礁《ざしょう》してしまうだろうし、あんまり意味がないのだ。でも、河童は嘘は言わない。やると言ったら、きっとやる。

「さ、帰ろうぜー、河童、キク、うちに来る？　おやじに言って、ケーキ出してもらおうぜ」

歩き始めたゴム丸を、脩は呼び止めた。

「まだ、少し探そうよ。今度は親水公園の方」

「なんでだよ。河童が見たのはこっちじゃん」

「なんとなくね。生き物としては、あっちの方が棲みやすいに決まってるし」

脩は自分が教室から見たものについて、言うのをためらった。

「明日にしようぜー」とゴム丸。

あれだけぴょんぴょん跳ね回っていたものだから、疲れ切ってしまったのだ。脂汗《あぶらあせ》を垂らして、顔が青白くなっている。

また河童が脩に目配せした。

心配だから家まで送っていくよ、そんなふうに目が言っていた。口に出したらゴム丸は怒って「ゴムゴムのー」とか叫びながらキックしてきそうだから言えないけれど。

残された脩は、ひとりで流れを遡《さかのぼ》ってみることにした。

橋から上流側に向かうと、ほんの数十メートルで国道の下をくぐるトンネルみたいになっていた。鉄柵がしてあって、脩はぎりぎり通り抜けることができなかった。

あきらめていったん川を離れ、自転車で親水公園に向かう。

煉瓦が敷かれたサイクリングロードは、ひんやりとして心地よい。少なくとも川の「底」と比べれば天国だった。

親水公園の中には幾《いく》つも湧き水があって、小さな池になっている。池ごとに棲んでいる生き物がかなりちがっていて、ヤンマ池とか、オタマ池とか、ザリガニ池とか、それに応じた名前がついている。

人はそれほど多くない。オタマ池のあたりで、犬の散歩をしているおじいさんとすれちがっただけだ。

自転車を止めると、さわさわと涼しげな音が耳に飛び込んできた。そういえば、セキレイ橋の下あたりじゃ、ほとんど川の音が聞こえなかった。やっぱり、流れが淀んでいたからだろうか。

桜川の本流は、ここでは草に覆われた土手の下を流れている。桜並木に沿っている部分と雑木林の中を縫っている部分があって、きょう脩がそいつを見たのは雑木林の方だった。脩は川沿いを行ったり来たりしながら、木々の切れ間から校舎が見えるあたりを探した。

ドンピシャリの場所は、すぐに見つかった。

ほんの何時間か前、教室から見るとこの場所は銀色の帯みたいに輝いていて、その中にあの生き物がいたのだ。

ゴム丸はヘドラだとか、ピグモンだとか、いい加減なことを言ったけど、脩のイメージは小さな恐竜ミクロラプトルだった。同じくらい滅茶苦茶だ。でも、大昔、実際にいたのと、単なる想像上の怪物ではやっぱり違うと思う。

ミクロラプトル・グイ。肉食恐竜の中でも一番小さなもののひとつで、ジュラシックパークの「ラプトル」の小さな仲間だ。仲間とはいっても姿はかなりちがって、恐ろしいかぎ爪はないし、それよりもなによりも、体中に羽毛が生えていて、翼まであった。ミクロラプトルのような小さな肉食恐竜の中から翼を持って飛ぶものが出てきて、その中から今の鳥の祖先が生まれた。図鑑にはそう書いてある。

バサッバサッという音に驚いて、脩は後ずさりした。

ミクロラプトルが水草の陰ではばたいていた。あと少しで飛び立ちそうになっている。いや、翼が小さかったから飛べなかったはずだ。でも、本当に飛んでしまいそうだ。

心臓がドクドク高鳴って、顔がかーっと火照った。

ザッと水が跳ねるような音がして、そいつが水草の陰から飛び出した。

脩はほっと息を吐き出した。

カルガモだ。いくら、ミクロラプトルが鳥みたいだったからといって、カルガモと間違えるなんて……。

その時、遠くから歓声が聞こえた。小さな子供の黄色い声。振り向くと、幼稚園くらいの子供たちが十人近く走ってくる。後から何人か保護者の大人がついてきた。

子供たちは脩が立っている近くの川に大きな音を立てて飛び込んだ。靴をはいたまま、水のかけ合いを始める。あたりにいたセキレイやササゴイが慌ただしく飛び立った。

これじゃさっきのゴム丸なんてものじゃない。野生の動物はどんなのでも物音には敏感だから、あたりに「ラプトル」がいたとしても見つからなくなってしまう。脩はマウンテンバイクのところに戻ろうと思って、体をねじった。

その時、足もとに目が留まって、動きを止めた。

なんだろう。脩のスニーカーは湿った河原の土に半分沈み込んでいる。

つま先がなにかを踏みつけていた。

三本指の鳥の足跡だ。スニーカーのあたりから水際まで、無数についている。踵《かかと》から指の先までたぶん七、八センチあるんじゃないだろうか。どう考えたって、これはカルガモやサギの足跡じゃない。

残されていたのは、足跡だけじゃなかった。

白いものがいくつか落ちていた。摘《つま》み上げると、綿のような羽毛だった。でも、少し変だ。風切り羽根みたいに羽軸《うじく》がしっかりしているのに、そこからふわふわした綿毛が生えている。もしこれが風切り羽根だったら、飛べるはずがない。

心臓の高鳴りが戻ってきた。

鳥は恐竜の子孫だから、その足跡もそっくりだ。小さな足跡化石などでは、なかなか区別がつきにくい。それに、この白い羽毛。いったいどんな鳥のものなのだろう。もしかして、鳥じゃないとしたら……。

子供たちの歓声がすーっと遠のいて、自分の漫画みたいに、白亜紀《はくあき》の世界にタイムスリップした気がした。

水しぶきが体にかかる。脩はびっくりして後ずさった。

子供たちの歓声。そうだ、ここは白亜紀じゃない。ぼくたちが生きている「新生代第四紀」なんだ。

脩はジャンプするみたいな勢いで土手を駆け上がった。

「パリジェンヌ」というケーキ屋が、ゴム丸の家だった。旧道と国道に挟まれた「五番街」の小さなビルの一階だ。一階が店で、二階と三階が自宅、四階と五階は事務所として貸していた。

店の名前が、「パリ娘」という意味だと教えてくれたのは恵美さん。脩は「五番街」のパリ娘なんて、洒落《しゃれ》た名前でいいと思う。ただ、そのイメージと実際の店がそぐわない。

庇《ひさし》に描かれている青、白、赤、三色ストライプはすっかり色褪せていて、「パリジェンヌ」の文字もうっすらと汚れている。くすみの出ているガラスドアの向こう側のショーケースに並んでいるのは、苺《いちご》ショートやモンブランなど、どこにでもあるような商品ばかりだ。

ただ、陳列の仕方がおもしろい。ケーキとケーキの間に、砂糖で作った、ウルトラマンの怪獣たちが置いてあるのだ。さすがにヘドラはいなかったけれど、ピグモンやケムラーやレッドキングといった有名な怪獣が、多少、不気味なものも含めて並べられていた。ここで大きな丸いケーキを買うと、そのうちどれかを上に載せてくれる。桜川駅周辺にあるケーキ屋さんはほとんど洒落たとこばかりなのに、「パリジェンヌ」だけはまったく別の種類の店だった。

この垢抜《あかぬ》けないケーキ屋について、菊野家というか、父さんの評価はとても高かった。六月、脩の誕生日に食べたとたん、目の色を変えた。うまいうまい、とひとりで三切れも平らげた。生クリームの量が多く、おまけに思い切り甘くて脩など胸焼けがするほどだったのに、父さんは「いいか、昔はバタークリームのケーキばかりで、生クリームは贅沢《ぜいたく》だったんだ。子供の頃、こんなケーキに憧れていた。夢のケーキだよ」と言って、ほとんど涙を流しそうになっていた。

というわけで、「パリジェンヌ」には夢がある。それも、父さんくらいの年齢の人が昔見ていた夢が。ウルトラマンの怪獣だってきっとそうなのだ。

脩は猛スピードで走らせてきたマウンテンバイクを止めて、「パリジェンヌ」の店先に息を切らせて駆け込んだ。

「おじさーん、拓哉くん、かえってますかぁ」

大声で言うと、ショーケース越しに、白衣の小父《おじ》さんがぬーっと顔を出した。

「具合悪くて寝てるよ。ま、病院に行くほどじゃないが、貧血だな」

小父さんは、ゴム丸をそのままさらに膨張《ぼうちょう》させたような丸々とした体型だ。赤ら顔で、いつも、楽しそうに鼻歌を歌っている。きょうのテーマ曲は、脩の父さんも好きな「いとしのエリー」らしい。脩のことを無視して、ご機嫌《きげん》に歌い続ける。

取り次いでもらえそうにないから、脩はあきらめて外に出た。

「キクにい、どこにいってた？」

突然、Tシャツの裾を引かれた。三つ編みの髪を垂らしたもえちゃんだった。ゴム丸の妹でまだ三年生。

「どこでもないよ、兄ちゃんはどうしてる」

「兄ちゃん、ひっくりかえってるよ。河童がつれてきてくれたんだよ。キクにいは、どこいってたの」

「どこにも……兄ちゃんにキクが来たって言ってきてくれないかな」

「兄ちゃん、寝てるよ。ねえ、どこにいってたの」

「どこでもないよ」

今はすべてのことを秘密にしなきゃならない。特にもえちゃんは、絶対に秘密を守ることができないから、口にしてはダメなのだ。

「もえ！」とショーケースの向こう側から声が飛んできた。「しつこく聞くのはやめなさい。きらわれちゃうぞ」

「でも、キクにいはどこいってきたの」

「どこでもないよ、またね」

脩はマウンテンバイクに飛び乗った。

すでに夕方が近かった。河童の家は知らないし、どうしようかと思って、もう一度親水公園まで戻った。小さな子供たちはちょうど、家に帰るところだった。ほかに水遊びをしている人はいないし、ここから先、公園は静かになるだろう。

「ラプトル」に会えるかもしれない。

騒々しい時間は、どこかにひっそり身を潜めて、朝や夕方、静かな時間帯に活動するに違いない。けれど、夜行性ではないはずだ。じゃないと脩がきょう昼前後にそいつの姿を見たことが説明できない。

土手に座り込んだまま、脩は待った。太陽がかなり低くなって、ぽかぽか気持ちよかった。うとうとしたりしながら、脩はずっとその場所で粘った。野生動物を見る時には、待つことが大事なんだ。いつか、アラスカで父さんとグリズリーがやってくるのを待っていた時なんて、三日間、なにもしないでただ待ち続けた。

どれだけ時間がたっただろう。夕陽が真っ赤に燃えていた。

そして、お腹がぐぅっと鳴った。

脩はこればかりには勝てない。ハウスキーパーの村田さんが来てもう食事を作ってくれているはずだと思い出し、とりあえずきょうのところは「ラプトル」のことをあきらめた。

机の上には、吹けば飛んでしまいそうな、小さな羽毛がのせてある。脩にとっては、今のところ唯一の手がかりだ。

夕食の後、虫眼鏡でよく見てみた。

羽軸の根元の方は完全にふにゃふにゃの綿羽《わたばね》だけれど、先端に近づくにつれてすーっと一筋に伸びる普通の羽毛が増えていた。すごく不思議だ。

それにあの足跡の大きさ。サギの中でも一番大きなオオサギでもまだ足りない。

不思議な羽毛のことさえ考えなければ、ハクチョウやツルかもしれないと思うところだ。でも、親水公園にそんな「大物」がやってきたら、すぐ有名になるはずだし、脩と河童のほかに目撃した人がいないのはおかしい。すごく用心深い未知の動物である可能性はやっぱりある。

村田さんは食事の後かたづけを終えて、九時すぎには帰ってしまった。「大丈夫？」って聞かれたけど、脩は「平気だよ」と笑ってみせた。携帯電話の電源はオンにして、いつでも着信できるようにしておく。実際には父さんがこの時間帯にメールをくれることはなさそうだけど、それだけで脩は安心できた。

でも、その夜はなかなか寝つけなかった。ベッドで目を閉じていても、夜半に吹き始めた風が気になって目が冴えてしまった。

だから、机の前に座って、漫画の続きを描いた。

白亜紀の末期にタイムスリップした主人公ゴンは、恐竜たちの王国ダイノランドに招かれた末に、女王ティラノサウルスから、絶滅を防ぐための方法を考えるように頼まれる。ゴンはこの時代でただひとりの人間だ。元々の世界では「居場所がない」子供だったけれど、ダイノランドでは未来から来た予言者だ。ゴンはいずれ巨大な隕石が地球に落ちることを知っている。その時に恐竜たちが生き延びるためには、どうすればいいのか。

　すでに描き上げた第一話では、ゴンは南の草原に住む老いたリクガメを訪ね、結果的に女王ティラノと対立する紫団をやっつける。紫団というのは、文字どおり、紫色の恐竜の一群で、正直に言うと、アメリカで人気がある恐竜のキャラクター「バーニー」から取った。バーニーは毒々しい紫色の体で、最悪と言っていいくらい趣味の悪いキャラクターだ。たぶんアメリカ以外では絶対にあんなに売れなかったと思う。

　で、今、描きはじめている第二話だ。北方のどこかにあると言われる賢者の森を探す旅の話。暗い森で知り合ったミクロラプトルのミクロとコンビを組んで、恐竜界で最高の知恵を持つと言われるディノ一族を探す。その間に、紫団の生き残りに妨害されたりして、苦難の旅が続く。

　ミクロを登場させるのは、きょう思いついたことだった。ミクロラプトルは白亜紀前期の生き物だから、白亜紀末期のティラノサウルスたちと一緒に登場するのはおかしいのだけれど、それくらいの矛盾には目を瞑《つぶ》ることにした。とにかく脩はミクロを出したくて仕方がなくて、新しいアイデアをラフに起こしている間、自分が家にひとりきりだということを忘れていられた。

第三章　白亜紀からの使者

少し寝坊して、朝の八時に起床。まだ恵美さんは帰っていない。冷蔵庫から牛乳を出してシリアルを食べると、急いで家を出た。

午前十時くらいになれば、川遊びの子供たちがやってくるだろう。川が静かな二時間くらいが勝負だと思う。

旧道に出ると、最初の電信柱の前で、脩は急ブレーキをかけた。ガムテープで無造作《むぞうさ》に張られた白い紙。その上に、きのう脩が描いた絵があった。ヘドラとピグモンが電柱ごとに一枚ずつ。「桜川での目撃情報求む」と書いてある。

脩はくるりと方向転換して、「パリジェンヌ」の前まで行くと、一番近い電柱から順にそのポスターを剝《は》がし始めた。おかげで、セキレイ橋につくまでに十五分以上もかかってしまった。

川沿いの砂利道に二台自転車が停めてあった。脩は川沿いの柵から流れを見下ろして、「ゴム丸！　河童！」と叫んだ。

すぐにふたりが背の高い雑草の合間から顔を出した。

手にひっつかんだポスターの束を振ると、ゴム丸が凄い形相でコンクリート護岸を駆け上がってきた。

「キクー、なにすんだよぉ。河童とふたりで必死に張ったんだぞ」

「もう必要ないんだ。手がかりを見つけた。ついてきて」

脩は余分な説明をせずにマウンテンバイクを飛ばした。

慌てて自転車に飛び乗ったふたりが肩で息をしているのがわかったけれど、脩はスピードを緩《ゆる》めることができなかった。

親水公園の土手を駆け下りて、指さす。

「ほら、あそこ」

きのう脩が足跡を見つけたところだ。

「なあんにもないじゃん」ゴム丸が弾む息で言った。

「ほら、よく見て」

そう言いながら、脩の指先は宙で丸まってしまった。

足跡が消えている。

きのうは湿っていた地面が乾いてしまい、夜中に吹いた風で窪《くぼ》みに砂が詰まってしまった。そんなかんじだった。

なんとか足跡のように見える場所も残っていたけれど、それだって元の状態を知っているからそう見えるわけで、人を納得させるには弱かった。

仕方がないので、脩はしゃがみ込み、木の枝で足跡の「跡」の輪郭をなぞった。

「だからなんなんだよぉ。ピグモンは、そんな小さい足じゃねえよ」とゴム丸がぶうたれた。

「ピグモンじゃないよ。このあたりでは見たことがないような鳥か……」

言いかけて、迷ってしまう。

「鳥か、なんだよ。結局、キクはなんにもわかってないんじゃん」

「そんなことない」脩は思わず口を尖らせた。「鳥か、小型の恐竜なんだ。足跡なら、恐竜と鳥の区別ってほとんどつかないんだ」

ゴム丸は、フンと鼻を鳴らした。どうも、まんざらでもないみたいだ。

「でも、そんな恐竜、本当にいるのかよ」

脩が「ミクロラプトル」という言葉を口にしようとした時、プワーンと少し間の抜けた楽器の音が聞こえてきた。

続いて、聞いたことがあるメロディ。

チャラーラン、チャララララーン。

喇叭爺が節くれ立った末広がりの木製喇叭を吹きながら、遊歩道をゆっくり歩いてくる。

近くで見ると、はいてるのはリーヴァイスのジーンズで、よれよれだけど鰐《わに》のマークがついた水色のポロシャツを着ている。なんとなく若作りなのだ。

喇叭爺は口を喇叭から離した。すると、くわえていた部分が、クラリネットやオーボエみたいなリードになっていた。

大きく息を吸って、「カワガキーヴェニャムアキー」と叫んだ。脩はこの謎の言葉がなんとなく頭に引っかかっている。意味があるような、ないような。

やがて喇叭爺は土手の上までやってきて、脩を見た。そして、となりのゴム丸に視線を移した。

「戻ったのか。ここに戻ったのか」

しわがれているけれど、とてもはっきりした声だった。

「なに言ってんだよ、じじい。戻るもへったくれもねえじゃん」ゴム丸がとび跳ねた。

「では、名はなんだ。川の名前はなんだ」

「桜川に決まってるじゃん。そんなのも知らねえのかよ」

「ならば、ここでなにをしている」

「じじいには関係ねえだろ」

「海賊の宝も徳川の埋蔵金もこんなところにはないぞ。わたしも若い頃は血眼《ちまなこ》になって探したものだ」

「そんなもん、探してねえよ。おれたちはもっとすげえもんを……」

脩はゴム丸の口を塞《ふさ》いだ。

「怪獣などおらん」

喇叭爺の言葉に、脩は息をのんだ。

「どうして知ってるんですか」

「おぬしらが張ったのだろう」

ポケットの中から白い紙を取り出す。ヘドラが描かれた例のポスターだった。剝がし残りがあったのか、はがす前に喇叭爺は見つけてしまったのか。

「怪獣はおらんが、見知らぬ者、招かれてはいない者は、おるようだな。だがここではない。この場所はあまりに人目につきすぎる……」

「どういうことですか、なにか見たんですか」脩は詰め寄るように言った。

でも、喇叭爺はぷいと横を向いて歩き始めた。

「戻ってくる者はおらんか、ここには戻らんのか」とぶつぶつつぶやき始める。そして、また大声で「カワガキーヴェニャムアキー」と叫んだ。

後ろ姿が少しずつ小さくなるのを見ながら、脩はゴム丸と顔を見合わせた。

「意外と、まともなんだね」と脩。

「どこが！　やっぱり変なじじいじゃん」

「だって、ちゃんと話ができたよ」

「わけのわかんないこと言ってた」

「そうかなあ……」

「おい」ゴム丸がまわりをきょろきょろ見回した。「河童がいねえじゃん」

本当だった。さっきまで、脩とゴム丸から少し離れたところに立っていたのに。

「河童どうしたー、河童の国にかえっちまったのかよー」

ゴム丸が妙に真剣な調子で言った。おかしかったけれど、脩は笑えなかった。

「ここだよ」と河童の声。

河童は浅瀬を渡った対岸の背の高い雑草の陰にしゃがんでいたのだ。靴を無造作に流れに突っ込んで、ふたたび浅瀬を渡ってくる。

「なにしてたんだよ」とゴム丸。

河童は少しうつむいて、ゴム丸の質問をやり過ごした。そして、脩を見た。

「思い出したんだけど、ああいう足跡なら、ぼくも見た。今朝のことだよ」

脩とゴム丸は、河童に注目した。

「ここじゃないよ。セキレイ橋の方だよ」

旧道沿いのコンビニで、喉《のど》が渇《かわ》いたというゴム丸が二リットル入りのコーラを買い、ふたたびセキレイ橋の下へ。まずは回し飲みする間に、脩は写真フィルムの容器に入れて持ってきた白い羽毛を見せた。

ゴム丸は、「恐竜」というアイデアが気に入ったみたいだった。ヘドラともピグモンとも口にしなくなって、急に「じゃあ、ラプトルがいるに決まってるじゃん。ネス湖にだって恐竜の生き残りがいるんだろ。ここにいたっておかしくねえよなあ」などと言い出した。

脩はそれを否定しなかった。河童はきっと信じていなかっただろうけど、なにも言わなかったし。

「で、さあ、キクの漫画のダイノランドには、ミクロラプトルって出てくるんだっけ」

「出てなかった。だから、出すことにしたよ。ゴンの二回目の冒険から相棒になるんだ」

そんなことを話しつつ、河童の先導で雑草を踏み分け、少し下流に歩く。

河童が指さした先に、それはくっきりと残っていた。

「ひゃあ、ラプトルだぁ」とゴム丸。

あたりを見渡すと、あちこちに同じような足跡がついていた。まだ鮮明なものも、消えかけているものも、いろいろあった。

「すげえじゃん。ここ、さっき来たのに、気づかなかったなんてなあ。大きい動物ばっかり探してたからな」

ゴム丸は声を潜めながらも、体をぴょんぴょん弾ませる。

河童は汗で髪を張りつかせているくせに、顔は無表情だ。

「で、どうなんだよ、キク、この足跡からなにかわかるのか。だって、これは、ほら、言ってみりゃただの足跡じゃん」

脩は足跡に目を凝らした。

足跡の古さ、新しさ。歩いていった方向や、速度。

脩に足跡の「読み方」を教えてくれたのは、今、父さんとユーコンを下っているはずのロジャーだ。ロジャーがここにいたら、どんなふうに「ラプトル」の足跡を「読む」だろうか。

しばらくして、脩は降参《こうさん》した。

川に入られたら足跡はそこで途切れてしまう。雑草が茂っている部分にも跡が残らない。これだと、ここに頻繁にやってきているとわかるだけだ。結局言えるのは、朝と夕の静かな時間に、ここを見張った方がいいということだけだった。

なにを考えたのか、河童が川に足をつっこんで、つかつかと歩き始めた。

ここでは水の流れている部分が幅三メートルもなくて、対岸にすぐについた。コンクリート壁に、下水かなにかの排水口がぱっくりと開いている。

黙って手招きする。

脩も靴を濡らして川を渡った。考えてみれば、セキレイ橋下で桜川の流れに入ったのはこれが最初だった。ユーコンをカヌーで下った時には、四六時中、川の水で体のどこかが濡れていたのに、脩は無意識にこの濁った水を嫌がっているのだ。

脩のあとからしぶしぶついてきたゴム丸が、派手な音を立ててすっころんだ。川底に埋まっていた自転車のタイヤのチューブに足を取られたのだった。ゴム丸は立ち上がると、チューブを摑《つか》み上げて思い切り河岸に投げた。水しぶきが顔に飛んできた。

「なんでこんなのがここにあんだよ」

顔が怒りで真っ赤になっている。

「川をゴミ捨て場だと思ってる人が多いよね。ぼくの家は川沿いだから、夜、捨てに来る人が部屋の窓から見えることがあるよ。自転車が投げ込まれるの、これまでに二、三回見たよ」

河童はそう言った後で、さりげなくまた地面を指さした。

ゴム丸がひゅうと口笛を吹いた。

これなら足跡を「読む」必要さえない。だれが見ても一緒だ。

コンクリート護岸はこのあたりではほとんど垂直に近い「壁」になっている。湿った地面からわずか三十センチほど上にぽっかりと大きな穴が開いていて、一筋の水が流れ出していた。本当に小さな小さな、幅十センチにもならない「支流」が桜川に流れ込んでいるのだった。

足跡はその穴の下に無数についていていた。

方向は二種類しかない。穴の下から川へ向かうものと、川の方から穴に向かい突然消えるもの。穴と地面の間の壁には泥がへばりついたような跡がいくつもあった。

「この中かよ」とゴム丸が言った。

全員がしばらく穴の中の深い闇を見つめていた。そこからはひんやりした風が吹き出していた。

河童が穴に足をかけた。河童は時々、びっくりするほど思い切りがいい。

ゴム丸がなぜかぴょーんと高くとび跳ねた。

「行くっきゃねえじゃん」

脩がためらっていると、ゴム丸が振り向いて言った。

「キクー、こわいのか。おじけづいたんじゃねえだろうな」

「懐中電灯を取りに行ったほうがよくないかと思って」

「そんなことしてたら、逃がしちゃうじゃん。キクがこないなら、おれたちだけで行く」

脩は口を尖らせて、ゴム丸に続いた。

中は腰をかがめれば無理なく通ることができるだけのスペースがあり、最初の数メートルが過ぎるとかなりきつい坂になった。水が流れている部分は水苔が生えていて、ぬるぬるしていた。

「うわっ」とゴム丸が言って、膝をついた。

さっそく足を滑らせたのだ。ほら、懐中電灯があった方がよかっただろと、心の中で思う。

今度はバサッと音がした。頬に風を感じたかと思うと、バサバサバサと音が続く。ひっ、というような声がして、ゴム丸が今度は転げ落ちてきた。脩はその体を支えるために膝をついて力を込めた。ジーンズがじんわりと濡れてきた。

「コウモリだよ。別に危ないやつらじゃない」

「おーい、どこまで行くんだよぉ。河童ぁ、この辺で戻ろうぜ。やっぱ、懐中電灯がいるよぉ」

ゴム丸は泣き声になっている。脩はいっそ「おじけづいたか」と言ってやろうかと思った。でも、言わない。それを言われるのは、ゴム丸にはとても酷《こく》なことなのだ。

「河童ぁ、どこだー」

脩はゴム丸の体をまたいで越えた。

「見てくるから、ここにいて」

ほんの五歩、進んだあたりで、通路がゆるやかに曲がっていた。そこで、薄白い光が見えた。坂道は終わって、ほぼ水平な通路になっている。

河童は光が射し込む突き当たりに中腰で立っていた。背後に間隔のあいた格子がはまっているのが見えた。一部が壊れていたけれど、小さな子供ならともかく小学生が通行できるほどじゃない。脩が触ってみると、グラグラしていて簡単に外れた。ゴム丸もようやく追いついてきたので、順番に外に出た。

そこは小川の河床《かしょう》だった。水の量が少なくびっしり草に覆われているけれど、もともとはそこそこの川だったことはよくわかった。

「ここはどこ？」脩が聞いた。

脩は引っ越してきて間もないから、近所でも知らないところがたくさんある。でもゴム丸と河童は生まれてからずっと桜川町に住んでいる。

「知らねえよ。見たこともねえ」ゴム丸は首をひねった。

「鳳凰池《ほうおういけ》だよ」と河童。

その名前なら聞いたことがあった。このあたりにはよくある湧き水が作った池で、いろいろ貴重な生き物がいるので区の特別保護区になっている。柵で囲まれていて、年に何回かしか公開されない。人が自由に入れる親水公園とは、まったく違うものだ。

「そっか、鳳凰池か。おれガキの時、来たことがあるぞ」ゴム丸が膝を打った。

河床から這い上がると、鬱蒼《うっそう》とした木立の下にたしかに池があった。足もとを沢ガニがさーっと横切った。池の中央は蓮《はす》の葉で覆われていて、その合間から亀が頭を突き出していた。

脩はあたりをしきりと見渡した。あの足跡がまたどこかにあらわれていないかどうか。でも、うまくいかない。ここの土は腐葉土《ふようど》だ。湿ってはいるけれど、まだ木の葉は腐りきっておらず、足跡が残るような状態ではなかった。

脩は肩を落とした。かなり広い保護区なのだ。ここに「ラプトル」がいるとしても、見つけられっこない。

一応、池の周りをぐるりと歩いてみる。

「ここにあるのはハンノキが多いよ。じめじめしたところが好きな木だから。それに、少し池から離れたところには、河原にもよくあるオギの群落があるよ。ススキに似てるけど、ちょっと違うかんじだよね。コハギボウシが咲いてる。これこのあたりじゃ珍しいんだ。薄紫のユリだよ。きれいだよね……」

河童が珍しく饒舌《じょうぜつ》に話した。そのことにも驚いたし、河童が木や草の名前をよく知っていることには舌を巻いた。脩は父さんにつれられてあちこちの「自然」を見てきたけれど、名前を覚えるのは大きな動物ばかりで、植物のことはあまり気にしてこなかった。なんで河童はこんなに詳しいのだろう。時々、脩は、河童のことをまだなにも知らないんじゃないだろうかと思うことがある。

池を四分の三周ほどした時、小島のような一塊りのオギの群落があった。

ツンと刺激臭がする。でも、それを気にすることもなく脩は素通りしそうになった。なにしろさっきまでいたセキレイ橋下の桜川の臭いときたらこんなものじゃなかった。

低く、押しつぶしたような、グェッという音がした。どうせウシガエルかなにかだろうと思った。実際、ゴム丸だってそう思ったのだ。

「お、つかまえて、油、しぼってやろうぜ」などと言って、オギの根元のあたりを蹴飛ばした。

もう一度、今度は鋭い、グワッ、グワッという声。

脩はその時、目を瞠《みは》った。白いものがオギの茎にくっついている。それも、ある場所から放射状に飛び散っている。

急に鼓動が高鳴った。

脩はしゃがみ込んで、オギの群落をかきわけた。

最初に見えたのは、白黒模様だった。まるでパンダみたいな。

つぎに尖ったクチバシが見えた。そして、ギョロリと鋭い目。

背筋がひんやりした。それほど、その視線は鋭かった。

脩の中にある、小型肉食恐竜のイメージと完全に重なる。

脩の鼓動がだんだん静かになってくる。

ここにいるのは、たしかに恐竜だ。ただし、それは最初の恐竜から進化したすべての生き物を「恐竜類」と呼ぶ今の分類法に従えば、ということなのだけれど……。

「おい、ラプトルだろ、すげえ、ラプトルじゃん」

ゴム丸がピョンピョンとび跳ねた。一方で河童は脩のとなりでじっと見つめている。

「ラプトルなんかじゃないよね」と河童が言った。

「じゃ、やっぱりピグモンか、それともカッパなんじゃねえか」

「違うよ」と脩。

その時、そいつが、グワッとまた大きな声をあげた。すごく険《けわ》しい目つきで、今にも突っついてやるぞと言いたげに、三人を威嚇《いかく》しているのだ。

鳥類。それも肉食。

あの可愛らしいイメージとは合わないけれど、間違いなくそうだった。

「ペンギンだよ」と脩は言った。

すると、それまでそこに「ラプトル」を見ようとしていた脩の中のある部分がふっとかき消えて、目の前に白黒模様のペンギンがはっきりとした姿であらわれた。

「ほら、どう見たって、ペンギンじゃないか」脩はもう一度強く言った。

「なんか凶暴じゃねえかよ。ペンギンじゃねえよ」

「でも、そうなんだ」

脩は知っている。父さんと一緒に行った南米で、たくさんペンギンを見たことがあったから。それにあの大きな足跡にせよ、不思議な綿羽にせよ、全部説明がつく気がする。帰ったらペンギンの図鑑で調べてみなきゃならない。

「ペンギンは南極の生き物じゃねえかよぉ」ゴム丸はあわれな声を出した。「な、こんなとこにいるはずねえんだ。怪獣だと言ってくれ。ペンギンだなんて、言わないでくれよぉ」

「水族館から逃げ出してきたのかもしれないよね」と河童。かなり現実的な意見だった。

「どうするよ。こんなとこにペンギンがいたって意味ないし、つまんねえじゃん」

「つまんなくないよ」と脩は言った。「観察日記をつける。それで、立派な自由研究になるよ。デビルにも相談しなきゃならないけど」

「まじかよー、でも、ペンギンじゃ、インパクトねえじゃん」

つくづくゴム丸のかんじ方は、ずれているのだった。脩にしてみれば、こんなとこにペンギンがいるということ自体、衝撃のニュースなのに。

「白亜紀からの使者だよね」河童がぼそっと言った。

脩とゴム丸は河童を見た。

「きっくんは、鳥って恐竜の生き残りだから、恐竜時代、白亜紀からの使者だって言ってたよね。ということは、このペンギンも、恐竜時代からの使者なんじゃないかな」

ゴクリとゴム丸が唾を飲み込んだ。


セキレイ橋の下に人影があった。

喇叭爺だった。

例のベンチになっているカヌーのあたりでうろちょろしている。こんな時でなければ、ゴム丸も河童もそれをほうっておかなかっただろう。特に河童はあれをとても大事に思っているわけだし。

でも、脩たちは逆に喇叭爺に見つからないようにそそくさと護岸を登った。

十分後には小学校の職員室に到着。三人は大きな音を立てて、扉を開けた。

驚いたように視線をあげた鬼澤先生に、脩は息を切らせて言った。

「テーマ、決めました。野生のペンギンの観察です」

先生はしばらく無言だった。聞こえなかったのかと思って、脩はもう一度同じ言葉を繰り返したくらいだ。

「からかってるんじゃないだろうな」と一言。腕を組んで睨みをきかせる。

「からかってませんよ。とにかく、もしも、野生のペンギンがここにいたとして、その観察をすれば自由研究になると思います」

鬼澤先生は、眉間《みけん》にしわを寄せて手をはたく仕草をした。まるでハエでも追い払うみたいに。

「水族館から逃げたとか、そういうのならあるはずですよね」

ぼそっと言ったのは河童だ。

「河邑、おまえまでそんなこと言い出すのか。おまえは去年みたいな地元の自然の研究をやればそれでいいじゃないか。なかなかの出来だったと聞いているぞ。都でも上位にいって、もう少しで全国区だった」

河童は恥ずかしそうにうつむいて、真っ赤になった。

「いいんです。ああいうのは、もう」

「じゃ、亀丸はどうなんだ。おまえの自由研究はある意味、ずっと有名だからな。今年も同じだったら、許さんぞ」

ゴム丸は顔を真っ赤にして唇を嚙んだ。ゴム丸は先生の前では畏縮《いしゅく》してしまう。脩や河童の前でおどけている姿からは想像できないけど。

「ほうら、やっぱり嘘をついてるんだろう。先生をからかうのはよしなさい」

脩はあえてそれ以上、強く言わなかった。そのかわりに、ぐっと歯を嚙みしめた。

「行きなさい。夏休みだからって、先生も暇じゃないんだ。今は林間学校のこまかいツメでなにかと忙しい」

脩はだまって職員室を後にした。鬼澤先生は、たぶん信じてくれない。もちろん、鳳凰池で実物を見てくれれば納得するだろうけど、きっと足を運んではくれないし。

「キクゥー、おれくやしいよぉ」校庭を歩きながら、ゴム丸が言った。

「だいじょうぶ。ちゃんとした研究に仕上げればいいんだから。そうしたらデビルだって認めないわけにはいかないよ」

脩の気持ちはすっかり決まっていた。

「ラプトル」ではなく、ペンギンの夏。

父さんがいないはじめての夏休みは、ペンギン・サマーになるのだ。

第四章　鳳凰池での発見

恐竜が生き残っている可能性だって？

だれだ、そんなアホなことを聞くのは。だって、現に生き残ってるじゃないか。鳥類は恐竜だ。

とはいっても、別にそんなことを聞きたいんじゃないだろう。

本物の中生代の恐竜が、そのままの姿で今も生き残っているかどうか、という意味だよな。

としたら、可能性は限りなく薄い。もちろん、ゼロとは言えないから、否定してしまうわけにはいかないが、もしも、本当に生き残りがいたとしたら、そいつは生物学史上の最大の発見ってことになるだろう。少なくとも今の東京にそんなものがいるなんてのはありえない。

だから、未知の生物がいるとしても、それは恐竜じゃない。別のなにかだ。父さんとしては、そいつが宇宙生命体である方が、よほど驚かないね。

きみがUMA（未知生命体って意味だ。ユーマって読む）に熱中するとは思わなかった。だが、そういう年頃なんだろうな。父さんも昔、ネス湖の謎を全部解き明かしてやると思っていたことがある。テレビでもそういう特番をよくやっていた時代だったよ。まあ、時間がたてば、みんなそういうものから卒業するものだ。

で、父さんの方だが、こっちは快適だ。晴天が続いている。きょうは川沿いにグリズリーを三頭見た。きみも来ればよかったのにな。ロジャーの妹のキャサリンを覚えてるだろ。彼女がきのうから合流した。

脩は父さんからのメールを読み終えて、なみなみとした水面に映えるアラスカの山々のことを思い出した。桜川はヘドロの下にゴミをたくさん飲み込んで、水面には灰色のコンクリート護岸を映すばかりだ。ユーコンに映った森や山や空は、ここにはない。でも、脩はここを選び、まったく後悔していない。

父さんのメールは、昨晩、脩が眠る前に出したものへの返事だった。

文面を読んで、少しむっとした。

二度読み返してみて、理由がわかった。父さんが、脩のことを子供扱いしているからだ。「やがて卒業する」なんて言い方、例えば恵美さんだったら、絶対にしない。結婚していないせいかもしれないけれど、ずっと脩と同じ側に立って話してくれる。

一緒に行かなくてよかったと脩ははっきり思った。実は、ロジャーの妹のキャサリンも、脩は苦手なのだった。奇麗《きれい》なブロンドのお姉さんなのだけれど、大柄《おおがら》で、大雑把《おおざっぱ》で、陽気で、なにより、脩のことを子供扱いする人だった。おまけにいつも正しいことしか言わない。自然保護、動物愛護、動物の権利、生命の多様性、彼女が好きなキーワードがいくつかあって、脩が問題のある行動をするたび、生真面目に諭《さと》してくれる。例えば、網で掬《すく》ったなにかの稚魚《ちぎょ》を掌《てのひら》で弄《もてあそ》んでいると「早く帰さなきゃ死んでしまうからやめなさい」とか、気持ちよい日射しで背中を灼きながらカヌーの上で昼寝していると「ちゃんと紫外線をブロックするクリームを塗りなさい」とか。まだ低学年だった脩は、なんでそんなこと言われなきゃならないのかむっとしながらも、言い返せなかった。その点ロジャーは、なんでも脩の好きにさせてくれて、ぎりぎりまで口は出さないのだ。

キャサリンのことを思い出したからってわけでもないけれど、心は決まった。父さんのことは、あてにしない。ペンギンのことを研究するなら、相談した方がいいに決まってるのだけれど、父さんはいないことにして進める。その方が脩にとってはじめて父さんと離れて過ごす夏休みの宿題にふさわしいし。

「きゃはは」とゴム丸の笑い声がした。

カーペットの上でごろりと横になって、まだ鉛筆で描いただけの漫画のラフを読んでいる。

「こりゃあいいや。トリケラトプスに踏みつけられそうになって、ゴンとミクロが逃げるシーン、マジ、おもしろくなりそうじゃん」

「そんなことよりさ、自由研究の相談しなきゃだよ」

脩は父さんの書架から、ペンギンに関係する本をいくつか見繕って持ってきていた。『ペンギン図鑑』、『ペンギン・ハンドブック』、『ペンギン大百科』。本当は英語の文献もあるのだけれど、読むのに苦労するから無視。普通の本ならともかく、生物学の専門用語がいっぱいだから。

とにかく、あれがなんて種類のペンギンなのかというのが最初の問題だった。

一番、見やすい大判の『ペンギン図鑑』を繰《く》っていくと、ちょうど真ん中あたりのページで、似た奴らが出ているのを見つけた。

「フンボルトペンギンの仲間だってのは間違いないと思うんだよ。白と黒の地味な模様だし、クチバシの根元にピンク色の地肌が出ているのに気づいた？」

「別にどれだっていいんじゃん？　ペンギンはペンギンなんだし」

「そうはいかないよ。観察日記をつけるには、やはり、どんな種類なのか知らなきゃ」

「でもさ、南極以外にペンギンがいるなんて、ほとんど詐欺《さぎ》じゃん」

「フンボルトペンギンの仲間は元々寒いところのペンギンじゃないんだよ。ガラパゴスペンギンなんて赤道直下にいるし、フンボルトペンギンは亜熱帯だし」

「きゃはは、こりゃあいいや、ティラノの女王様って、実は悪者だったってわけね。紫団も女王が操ってたわけ。で、悪者っぽかったヴェロキ騎士団の団長が正義の味方なのか。でも、ラスボスはまだいるんだろ」

「ゴム丸！　少しは真面目にやろうよ」

「河童が帰ってきたらな。ふたりだけで話を進めても仕方ねえじゃん」

　その時、ドアがすーっと開いた。

「いらっしゃい」とよそ行きの明るい声で、恵美さんが言った。手に持ったトレイの上には、紅茶のカップが三客と、お菓子がもられたお皿がひとつ。さっき、夜勤から帰ってきたばかりだから、目が腫れぼったい。

「あら、ふたりだけ？　河邑君も来てると思った」

「あ、こんちは、看護婦のおばさん。河童は今、ちょっと、家に帰って持ってくるものがあるって……」

　恵美さんの目尻が少し上がった。

「亀丸君、この前も言ったけど、あたしは看護婦じゃなくて、看護師。それに未婚だから、お姉さんと呼んでちょうだい」

「きゃはは、うちでは看護婦って呼んでるよ。それに、未婚でも、キクのおばさんじゃん」

「まったく！」恵美さんは、ぷりぷり怒って行ってしまった。ゴム丸は、そのせいで、今晩、脩が恵美さんの機嫌をとらなきゃならなくなるのを知らない。

またラフをぱらぱらやりながら、「でもさあ、キクのおばさんて、美人だよなあ。おれも、ああいうおばさんと住みてえよぉ」なんて暢気《のんき》に言い出す始末。

恵美さんが部屋に引き籠もって眠ったのと入れ違いに、河童がやってきた。半透明のバインダーを小脇に抱えていて、その中に大きな紙が折り畳まれて入っていた。青白くて、端が黄ばんだ、古めかしいかんじの紙だった。

河童はカーペットの上に直接、それを広げた。大きな紙を二枚くっつけてあって、畳でいえばちょうど一畳分ほどもある。青くうっすらした線で、なにかが描かれている。

「これは地図？」

「そうだよ」

「桜川じゃん」

「セキレイ橋のあたりから親水公園の近くまでだよ」

「河童、おまえなんで、こんなんもってんだ」

ゴム丸の質問に、河童は答えなかった。

「鳳凰池はここ。点線で描かれているのが、鳳凰池から桜川に注ぐ、ほんの二〇〇メートルくらいの小川なんだけど、今はあのとおり蓋《ふた》をされて暗渠《あんきょ》になってるんだ」

「あんきょ?」とゴム丸。

「川に蓋をして、地上から見えなくしてある場所のこと」

「なんでそんなことするんだ」

「治水上の問題だよ」

「ちすい?」

「洪水対策。大雨が降った時に桜川が溢《あふ》れないように、川底を掘って、コンクリートで固めて、大きなドブみたいにしたのがそれ。で、そうするとこの小川と桜川の水面の高さが全然変わってくるでしょう。だから土の中に配水管を通して、今みたいにしちゃったんだって」

「河童、すげえな、なんでも知っててんじゃん」

ゴム丸と同様、脩も感心してしまって、河童の顔をしげしげと見た。

とにかく、河童のおかげで、今、ペンギンが棲んでいる鳳凰池がどんな場所なのかよくわかった。このあたりには湧水池がたくさんあるけれど、鳳凰池はその中でも一番大きいそうだ。池そのものの面積は学校のプールふたつ分くらいで、そのまわりに校庭の半分くらいの大きさの雑木林がある。それが丸々保護区として立入禁止になっている。周囲にはぐるりと柵が巡らされているし、また、大部分が民家の裏庭に接しているので、入り込むのは大変そうだ。ペンギンを追って脩たちが見つけたあのルートを除いては。

とにかくこの鳳凰池が、脩たちの研究のフィールドになる。フィールドっていうと、なんか格好いい。もともと、父さんが自分の馴染みの撮影地のことをそう呼んでいるのだけど。

「それで、きっくんはどう思うの」地図から顔をあげて、河童が言った。「こういう場所に、ペンギンがいる。どう考えても変だよね。水族館から逃げ出したのだとしても、いったいどうやって生きてるのかな。ペンギンってなにを食べるの？　鳳凰池にいる魚なんかじゃきっと足りないよね」

河童が矢継ぎ早に放つ言葉に、脩は圧倒されてしまった。本当に河童は、ふだんは無口なのに、いざ口を開くとすごいのだ。

「そうだね、そういうことも考えなきゃね」脩はやっとこさ言葉をひねり出した。

観察日記とはいっても、ただ毎日見たものだけを書いて、それでいいわけじゃない。自由研究なんだから、「研究」らしいテーマが必要だ。脩は河童がいろいろ言い出すまで、そんなこと考えていなかった。

「なんでペンギンがここにいて、どうやって暮らしているのか。それを自由研究のテーマにすればいいのかもね」

河童が先取りして言うと、脩はそれが自分が考えていたことと同じのような気がしてくる。

「そうだね」とうなずいた。

「そのためには、ペンギンについての予備知識みたいなのが必要だと思うよ。それは、きっくんに任せていいんだよね。いろいろ知ってるみたいだし」

河童はカーペットの上に散らばった、ペンギン本にちらりと目をやった。

脩はさっき本で確認したことをかいつまんで伝えた。鳳凰池のペンギンはどうやらフンボルトペンギンの仲間らしいこと。彼らは熱帯や亜熱帯にもいる種類だから、日本の夏でも問題ないこと。

「水族館にいるのも、フンボルトペンギンの親類が多いんだよ」脩はふと思い出して付け加えた。

半年ほど前、父さんが都内の水族館に講演で呼ばれたことがあって、その時、ついていった脩に、飼育係のおじさんが教えてくれたのだった。その水族館はゴツゴツした岩山のような島と、水面下の様子が見える窓のついたプールでフンボルトペンギンを飼っていた。都内の別の水族館や動物園でも、マゼランペンギンやケープペンギンなど、必ずといっていいほどフンボルトペンギンの仲間が飼われているのだという。それとは別に、羽飾りのあるイワトビペンギンや、体の大きなキングペンギンを飼っているところもあるけれど、それは多少涼しくしてあげなければだめで、手がかかるのだそうだ。

「じゃ、やっぱり、水族館から逃げ出したと考えるべきかな」

「きゃはっ、おれ、この前、テレビで野良ペンを見たぞ。漁師がさあ、どこかから連れ帰ってきたのが逃げて、そのまま居着いちゃったやつ。どこだったかなあ、四国とかさあ、暖かいとこだった」

「じゃあ、そういう可能性もあるかもね」

「だから、野良ペンなんて、珍しくねえんじゃねえの。やっぱり、ピグモンだったらなあ……。インパクトが違うじゃん」

結局、そんなことを話して、昼過ぎには会議を終えた。みんなお腹が減ってきたし、午後からは河童は塾に行くのだ。クラスの半分くらいは夏休み中、夏期講習に通う。手嶋みたいな秀才はもちろん、海野みたいなクラスの中心グループの連中も、だいたい通うようなことを言っていた。でも、脩は今のところそんなことをする気持ちはなかったし、ゴム丸も同じだった。

「研究ってさ、やっぱり、それなりに頭を使わなきゃだめだと思うんだ。ゴム丸君も、やるんならきちんとやった方がいいよ。もうピグモンがいないのはわかったんだから」

最後に言った河童の言葉が、じんわり胸に染みこんできた。河童はゴム丸に向かって言うふりをしつつ、本当は脩に聞かせたかったのだと思った。だって、河童は言葉の途中から、ずっと脩の方を見ていたのだから。

「ペンギンのすべて」脩は言った。なぜか口からその言葉がこぼれた。

「きゃは、どうしちゃったの、キクー。深刻な顔しちゃって」

「桜川のペンギンのすべてを調べるんだ。どうやってここに来て、どんな暮らしをしているのか。なにをどこで食べているのか、これからどうなっていくのか。ペンギンのすべてを調べつくす。それでいいよね」

河童は黙ったまま目をしばたたいた。

ゴム丸が家に昼飯を食べに来いと誘ってくれたのを、脩は断った。午後まるまるゲーム機で遊べるのは心惹《ひ》かれたけれど、脩にはどうしてもしなければならないことがあった。


ペンギンのすべて。

なんの気なしに口にした言葉だ。でも、脩はすぐにその気になった。あの子のすべてを知ってやろう、と。

スタートラインに立った今、なにをしなきゃならないか考えた。いろいろ推測したり、想像したりする前に、下調べをすること。これは父さんがいつも言っていることだ。情報を集めずに考えて出した結論は精度が悪い。だから、最初に本を読んだり、ネットで調べたりするべし。それで、ある程度、知りたいことが定まってきたら、よく知っていそうな人を探しだして聞いてみること。

脩にとって一番手軽な、「よく知っていそうな人」は父さんだった。でも、今回は父さんには聞かない。

水族館の電話番号を、居間に置いてあるマックからインターネットで探した。飼育係のおじさんの名前を覚えていたのは、父さんが講演の後の飲み会で意気投合して、しばらくしてからうちで開いた飲み会にも来たことがあるからだ。

代表番号で「飼育係の鈴木さんをお願いします」とお願いすると、「獣医の鈴木のことね」と訂正された上で、あっさりつないでもらえた。脩は飼育係と思いこんでいたのだけれど、イルカやアザラシなんかもいる水族館なのだから獣医さんがいるのも納得なのだった。

鈴木さんは脩のことを覚えていた。野太い声で、「ああ、脩君かぁ、今年は父さんと行かなかったんだね。よかったら友達を連れて遊びにおいで。ぼくが出てる時なら、水族館の裏側を見せたげるよ」などと言う。その後で、急に怪訝《けげん》そうに「で、どうしたの。なにか困ったことでもあった？」と付け加えた。

「えっとですね、鈴木さんは、ペンギンの担当なんですよね」

「まあ獣医だからぜんぶ見るけど、ペンギンの面倒は行きがかり上よく見てる方かな」

「変な質問ですけど、ペンギンが逃げちゃったことってありますか」

「いや、うちの場合はないよ。でも、どうして」

「夏休みの宿題で、生き物を主人公にしたお話を書こうと思ってるんです。で、もしも、ペンギンが水族館から逃げたら、って話にしたいなあと思ってて、いろいろ調べてるんです」

「なるほど、そういうことかい。おもしろそうだね」

鈴木さんの声が優しげに笑っていた。脩は胸がちくりと痛んだ。

本当のことは言えないと脩は感じていた。鈴木さんなら、鬼澤先生みたいにバカにしたりはしないかもしれないけれど、別の意味でまずいことになりそうな気がする。なんといっても、鈴木さんは父さんの友人なんだから。

「水族館から逃げた話は知らないけど、輸送途中で逃げたというのなら聞いたことがあるな。三浦半島の油壺《あぶらつぼ》で半分野生になって一時よく見られたそうだ。それと、ずいぶん前のことだけど、裏磐梯《うらばんだい》の五色沼《ごしきぬま》で何年もペンギンが居着いていたって記録を見たことがあるよ。あと、ペットとして入ってきたやつというのも考えられる」

「半分野生に戻ったやつって、どんな種類だったんですか」

「詳しくは知らないけど、フンボルトペンギン属だね。マゼランやフンボルトじゃないかな」

「沼で生きられたってことは、川ならどうでしょうか」

「野生動物ってのはね、生き残るためなら、意外に柔軟にやっていくものだから、食べ物と隠れる場所さえあれば、なんとかなるだろう。例えばうちの水族館からフンボが逃げたとしたら、ちょうど多摩川河口だから、そのあたりで小魚を食べて結構うまくやるんじゃないかな。まあ水族館生まれで、ヒナの時からずっと餌をもらっているようなやつは生きた魚が採れるか疑問だけどね」

「川を遡ってくることはありえますか」

「河口のあたりは船が多くて落ち着かないだろうからね、まあ、そういうこともありえる。フンボルトペンギン属じゃないけど、ニュージーランドのフィヨルドランドペンギンなんて、河口から何キロも川を遡って巣を作ることがあるし、そんなに不自然なことじゃないよ」

「どうもありがとうございます」と脩は言った。

とりあえず、これで充分だった。

正確なことはともかく、だいたいあのペンギンがここにやってきたいきさつは想像できる。

「ところでさ、恵美さんは元気？」鈴木さんは急に少しうわずった声で聞いてきた。

「ええ、元気ですよ。今、夜勤明けで眠ってますけど。起こしてきましょうか」

「いや、いいよ。そうだ、遊びに来る話だけど、恵美さんに連れてきてもらいなよ。ね、この話、恵美さんに言っておいてよ」

脩は、鈴木さんがうちに来た時、恵美さんと動物の話で盛りあがっていたことを思い出した。恵美さんも、父さんの妹だから、かなりの生き物好きで、特にワニやカメレオンといった爬虫類《はちゅうるい》系のファンなのだ。さいわい、今のところ浴室でワニを飼うなんてことにはなっていないけれど。

オギの群落の外側に、ねじくれたハンノキの木陰がある。

そこから十分ばかり観察を続けて、脩はとうとう結論を下した。

「マゼランペンギンだ。南米の東側にいる種類で、まあまあ暑さにも強いから、ここでも平気なんじゃないかな」

決め手となったのは、胸の部分の白地に入った黒い横ラインの数だった。フンボルトペンギンの仲間、つまり、フンボルトペンギン属には、フンボルト、マゼラン、ケープ、ガラパゴスの四種類がいるけれど、そのうちフンボルトとケープは胸のラインが一本だけだ。ガラパゴスとマゼランの場合は二本。図鑑で見るガラパゴスは、とても小さくてちんちくりんなかんじだし、マゼランなら脩はフォークランド諸島で実物をたくさん見たことがある。その時の印象と似ているから、ここにいるのもマゼランに違いないと思った。

「きゃはっ、南アメリカからこんなところまで来たわけ？　泳いでこられるの？　水族館から逃げ出したのはいないんだろ」

「どうやって来たかはわからないよ。マゼランペンギンは、絶滅の危機にあるわけじゃないから、ワシントン条約にもひっかからなくて、個人が輸入してもかまわないやつだし」

これは昨晩、鈴木さんに電話した後で、脩がインターネットで調べたことだ。父さんのペンギン関連本はだいたい目を通して、それ以外のことを知りたくなったのだけど、脩はパソコンはあまり好きではなくて、検索も得意ではない。だーっとたくさん出てきたペンギン関係の情報の中から必要なものを探すのに気が遠くなりつつ、やっとの思いでいくつか役に立ちそうなサイトを見つけたのだった。

「ワシントン条約？」とゴム丸。

「絶滅しちゃいそうな生き物の輸出や輸入を禁止してる国際条約」河童がぼそっと言った。

「とにかく理由はわからないけど、こいつは東京湾あたりまで人に連れてこられて、そこからは自分で川を遡ってきたんだと思うよ。どんな生活をしているのかは、しばらく観察してみないとね。でも、その前にしておきたいことは——」

「でもさあ、なんで、あいつあそこにじっとしてるんだ？　怪我とかしてんじゃないのか。動かないとつまんねえじゃん」ゴム丸が口を尖らせる。

「だから、それも観察するんだよ。観察して、考察する。それが、研究の基本なんだ」

というのも、昨晩、インターネットで調べた「自由研究の手引き」というページに書いてあったことなのだけど。

とにかく、脩は焦《あせ》らないことに決めた。夏休みは長いし、まずはざっくりと観察すること。ペンギンを含めた、この場所をちゃんと見て、そこからはっきりとした研究テーマを絞り込むこと。父さんだって、写真を撮る時、そんなやり方をしている。はじめてユーコンに行った時には、ただカヌーで川下りをしただけだった。その時に見かけたグリズリーに魅せられて、次の訪問ではサーモンを獲るグリズリーをずっと追いかけたし、また、その次はカリブーをテーマにした。まず最初は視野を広く取って、それこそ「すべて」を見てやろうとするべきなんだ。

その日、ペンギンはオギの奥でじっとうずくまり、無関心を決め込んでいた。脩は持ってきたノートに鳳凰池の周辺の地図を描いて、どこにどんな植物が生えているのか描き込んでいった。ゴム丸が言うように怪我をしているのかもしれないけれど、今、オギをかきわけて近づいてもただ怖がらせるだけだと思うし。

植物となると、河童の力を借りなければならない。河童は本当によく知っているのだ。脩は、せいぜい春先に餅にまぜるヨモギくらいしかわからないのに、河童はちらりと見ただけで、次々と名前を言い当てていく。

白く小さな花を咲かせている草を指して、「タカサブロウだね。キク科植物。このあたりでは珍しいよ」とか、「これはツリフネソウ。もうすぐ赤いきれいな花が咲くよ。それから、こっちはセリ。ほら、野菜のセリだよ。夏になるとこんな小さな白い花を咲かせる」

脩はノートにそういったことを書き取るので精一杯だった。

「確認だけど、ペンギンは植物は食べないよね」と河童。

「うん、食べないよ。完全に肉食」

「そう——あ、セキショウがあった」としゃがみ込んで手を伸ばした。細長い葉っぱを束ねたような群落で、河童はその一本を指先で愛しそうに撫《な》でた。

「芋みたいな地下茎があるんだけど、それがいいにおいで薬になる。胃薬とか、鎮静剤とか。あと、頭がよくなるって、うちのじいさんが言ってた」

どうやら、河童の知識は、河邑家のじいさんから来ているものらしかった。

「きゃはっ、おれその薬、飲もっかな。いや、もえに飲ませた方がいいか」

ゴム丸は、妹のもえちゃんのことをすぐネタにするけど、脩には笑えなかった。それに、笑ったら笑ったで、ゴム丸が傷つくことも知っているのだ。

池から離れて鬱蒼としたところにも足を伸ばしてみた。このあたりでは、地面がかなり乾いていて、ハンノキがまばらになったかわりに、クヌギやコナラが目立つようになる。河童はなに食わぬ顔で、膝を折って、クヌギの根元を指でほじくった。

次の瞬間に、大きな黒砂糖のような輝きが土の中から見えた。

「うひゃっ」とゴム丸が素《す》っ頓狂《とんきょう》な声をあげた。

カブトムシだった。

「これも区内じゃ珍しいよね。親水公園にもいるけど、こっちの方が多いよ」

「さっきからずっと疑問だったんだけど、河童って、実はここに来たことがあるんだね。この中のことすごくよくわかってる」

「うん。うちはこの近くだろ。昔はよく来てたんだよ」

「保護区なのに入れたの？」

「近所の特権というか、いろいろあるんだよ」

うわーっとゴム丸が大声をあげて、脩はそっちを見た。Tシャツにカブトムシを張り付けて、ひとりで興奮している。考えてみたら脩にとってもはじめて見る日本の野生のカブトムシだった。体長二十センチ近いアマゾンのヘラクレスオオカブトムシなら、現地の森で見つけたことがあるくせに。

いつのまにか、河童は林床《りんしょう》をすーっと移動している。

保護区を囲む高い塀に接して、木で出来た物置小屋があるのを河童が見つけた。たぶん、元から知っていたのだろう。鍵はかかっておらず、河童は中から青いたも網と銀色のバケツを取りだした。

そうだ。ペンギンはカブトムシを食べたりはしない。でも、鳳凰池にいる魚だったらどうだろう。この場所での「ペンギンのすべて」を知るには、この池にどんな魚が棲んでいるのか知るのは大切なことだった。

大きな錦鯉が何匹かいるのは、水面からもよく見える。きっと誰かが放したのだろう。でも、それはペンギンの餌にはならない。むしろ、小魚が大切だ。

池が近づくと、河童が脩にたも網を手渡して、かわりに脩のノートを受け取った。

「野生のマゼランペンギンってどういうものを食べてるのかな」

「アンチョビとか小魚だけど、イカを食べる場合もあるって書いてあった。それに、水族館とかでは、結構大きなアジもあげてるみたいだし、逆に小さなワカサギを食べさせる場合もあるみたい」

「じゃ、なんでもありなんだね。ここにはよくカワウが来るんだけど、カワウが食べられるものなら平気なんじゃないかな。でも、ペンギンが全部食べちゃうなんてことはないよね」

脩は裸足になって、池の中に入り込んだ。足の裏にぬるっとした感触を覚えたら、次の瞬間にはもう膝までめり込んでいた。本当にたくさんの葉や泥が底に溜まっているのだ。

最初のたも網の一掬いには、透明なエビがたくさん入っていた。

「ヌマエビとスジエビだよ」

「ペンギンの中にはオキアミを食べるやつもいるから……」

「じゃ、これも食べられるかもね。オキアミって、小さなエビみたいなもんだよね」

河童は脩のノートに書き込む。

二掬い目には、鮮やかな光がきらめいていた。それも四、五匹まとめて、ぴちゃぴちゃ跳ねている。ゴム丸が後ずさった。

「モツゴだね」

意外に魚の種類は多いみたいだ。このあと脩は体が平べったいタナゴを掬ったし、底の泥を一緒に掬うとカマツカという口が下向きにひん曲がった変な魚も見つけた。泥を陸に落として、指でかきわけていると、また別の魚がにゅるっと動いて泥を跳ね上げた。

「オババ！」と河童が思いのほか大きな声をあげた。

「なに、オババか」

急に元気づいたゴム丸がとび跳ねた。

水をかけて洗ってみると、ドジョウのような、ナマズのような、不思議な体型の魚だった。

「うわあ、オババはいなくなったと思ったのに生き残ってたんだなあ。一時、湧き水が少なくてすごく淀んでいた時期があって、その頃は全然見つけられなかったんだよ」

「きゃはは、オババって、変な顔してるんじゃん。でもさ、くねくねして、気持ち悪くねえ？　おれ、魚でも特にドジョウとかウナギとか、くねくねしたの苦手なんだよな。ぬるぬるでくねくねなんて、最悪」

「オババってのは、昔の呼び名だよ。本当はホトケドジョウって言うんだ」

「おえっ、やっぱりドジョウじゃん」

「比較的きれいな水にしか棲めないから、これがいたら水質は悪くないってことになるんだけどね」

「でも、やっぱ、気色わりいよ。うちのオババと同じじゃん」

ゴム丸は自分で受けて、ひとりで笑い声をあげた。

河童は宝石を扱うみたいに大事そうに、掌のオババを顔に寄せてから池に逃がした。

「ね、全部、ペンギンが食べちゃったりはしないよね」

「え」と脩は間の抜けた返事を返した。河童の顔がいつにもまして真剣で、変な気迫を感じたものだから。

「たぶんね……」脩は自信なげに答えた。

「よかった」と河童は笑う。

河童はここの植物や動物のことをよく知っているだけでなく、とても好きなのだとその時はじめて気づいた。

結局、この日の成果は鳳凰池の環境が多少なりともわかったこと。ペンギン自身のことについてはあんまり進展がなかったけど、「フィールド」を自分のものにするには、周辺から固めていくのが大事だと父さんもよく言っていた。

セキレイ橋下のいつもの場所で、コーラをがぶ飲みして、喉を潤《うるお》しながら、ゴム丸は「やっぱり野良ペンってぱっとしねえよなあ」とぶうたれた。

「結局さあ、茂みの中から出てこないじゃん。ずーっとぐーすか寝てるかんじだし、あんなんじゃ観察しても意味ねえと思わない？」

ゴム丸の気持ちもわかる。実は脩も少しがっかりしている。結局、ペンギンは午前中ずっとオギの奥から出てこなかった。もちろん、脩たちが池のまわりを歩き回ってさわがしくしていたから、怯えて出てこられなかったんだと脩は思っている。だから、明日からはどこかよい隠れ場所をつくって、静かに見ていなければならない。

「あー、野良ペンは動かねえし、蚊には食われるし、ろくなことねえよな」

ゴム丸は蚊に食われたところをぼりぼりと掻いた。意外に色白で皮膚が薄いので、簡単に掻き崩《くず》されて傷が開いてしまっている。見ていて痛々しい。

「で、ゴム丸君はどうするの」と河童が言った。

「どうするって、なにをだよぉ」

「研究テーマだよ。きっくんは、ペンギンを観察して、この場所でどんな生活をしているのかってまとめるんだよね。じゃあ、ゴム丸君は？」

「きゃはっ、同じに決まってるじゃん。じゃねえと、グループ研究の意味、ねえだろ」

「鬼澤先生の説明聞いていなかったのかな」河童は淡々と言う。「グループ研究する場合でも、まったく同じテーマはだめだって。だから、海野君とか委員長とかも、テーマの割り振りの相談してたよ」

「えー、まじかよぉ。そりゃあ、ねえだろ」

脩もそのことを知らなかった。グループ研究ってのは、みんなでひとつのことをやればよいのだと思っていたのだ。

「どんなふうに、テーマを分ければいいかな。河童には考えがあるんだよね？」

脩は河童を見た。別にひとりが「ペンギンのすべて」を独占しなくたっていいのだ。三人でうまく切り分けてやれば。

「あ、ぼくのことは気にしないでよ。ぼくは共同研究はしないから」

「え？」脩とゴム丸が同時に声をあげた。

「ほら今だって午後は塾だし、八月になったら午前中にも入るし。一緒に観察とかしてられないんだよ」

「じゃあ、どうするつもりなんだよ」

河童は黙って下を指さした。河童自身が座っている古びたカヌー。

「なんだよ、それがどうしたよ」

「だから、この前から言ってるじゃない。ぼくはこれを復元するんだよ。それで、工作ってことにしてもらうつもりなんだ。力仕事になる部分もあるから、その時は手伝って。ぼくもペンギンの研究を手伝える時には手伝うから」

「ちぇ、つまんねえな」ゴム丸が地面を蹴飛ばした。「おい、ふたりだけで、ちゃんとやれんのかよ、キクー」

「やらなきゃ、だよね」

脩は呟《つぶや》いた。自分がきょう一日だけでも、すごく河童に頼ってしまっていたことに気づいた。

第五章　自由研究が始まる

ゴム丸は眉間にしわを寄せている。

ハンノキの木陰から、オギの群落を覗《のぞ》き見る絶好の位置。脩が家から持ってきたニコンの小さな双眼鏡を覗きながら、うーんとうなり声をあげる。午前中とはいってももう日はかなり高く、ゴム丸の顔に木漏《こも》れ日がまだら模様を描いていた。

「きのうと人相が違うぞ。目つきがさ、きのうはもっと、なんていうかなあ、こわくて暗いかんじだったんだよなあ。なんかおかしいなあ」

「そんなはずないよ」

「きょうはすごく優しげなんだよなあ」

首を傾《かし》げながら、ゴム丸は双眼鏡を脩に手渡した。

鳳凰池でペンギンを観察する日々の始まりだ。

きのうは騒がしく歩き回って警戒させてしまったと思うので、きょうからはあまり動かず、こっちの存在に慣れてもらう。だから、ハンノキの木陰に陣取って、じっくりと構えることにした。

装備だって万全だ。まずは、きのう持ってこなくて悔やんだ虫よけのスプレー。ゴム丸はあちこち掻き崩したところが赤く腫《は》れあがり痛そうだし、脩だって痒い思いをした。だからふたりでお金を出し合ってドラッグストアで買ってきた。それと、暇つぶしのための携帯ゲーム機と、漫画本などなど。

河童はきょうからセキレイ橋の下で、カヌーの修理に取りかかった。酒屋で分けてもらったプラスチックのビールケースをいくつか据え付けて台にして、船体《ハル》にひたすらサンドペーパーをかけている。脩もゴム丸も地面からカヌーを持ち上げて、安定する形で固定するのを手伝った。そして、その後、「じゃ、きょうからは、ぼくは鳳凰池には行かないから」と河童は宣言したのだった。

ふたりだけで、例の枯れかけた暗渠というか排水管に向かう途中、ゴム丸はあたりをなぜかキョロキョロ見渡してやたら慎重だった。そのわりには、パンパンに膨《ふく》らんだ赤いデイパックをあちこちにぶつけて、物音を立てていたけれど。

「きゃはっ、オヤジの好きなスパイ映画みたいじゃん」などと悦に入る。「どこで誰が見てるかわかんないしな、用心しといた方がいいんだ」

実は、ゴム丸はきのうの夕方、気になるものを見たのだという。

ゴム丸は妹のもえちゃんを連れて、親水公園に遊びに行った。もえちゃんの面倒を見るのは、店が忙しい時、ゴム丸の役割ということになっている。

「手嶋がいたんだよ、手嶋が。油断ならねえじゃん」

「どうして」

手嶋だって、彼なりの都合があるんだろうし、親水公園にいても不思議じゃない。

「だって、怪しいじゃん。なんたって、あいつと一緒だったんだぞ」

もったいぶったゴム丸が、声をひそめて明かした「あいつ」はたしかに意外な人物だった。

「喇叭爺だよ。それも、えらく親しそうに話し込んでた。やっぱ、怪しいじゃん」

喇叭爺は要注意。それが、ゴム丸の考えだった。三人が「怪物」を求めて歩いている時にも出会って、微妙になにかを知っていそうなことを言っていたし。

それを言うなら、手嶋だって、脩たちが桜川に降りているところを一度見ている。

「ちょっと考えすぎだと思うよ」と脩は言ったけれど、ゴム丸の用心につきあって足音をひそめつつ、きょうのところは、誰につけられることもなく鳳凰池に出ることができた。

そこから先は延々と観察だ。どれだけ続けるかは未定。とりあえず、できるだけ長い時間、ここに居座ってみようと考えている。

ゴム丸は携帯ゲーム機を出して、脩には例のゴム人間が大活躍する漫画本を貸してくれた。口を開いたデイパックの中には、もこもこした生地が見えていた。プラスチックで作られた目がこっちを向いている。薄汚れたぬいぐるみのペンギンだった。ゴム丸はニヤリと笑って、「ま、なにも聞くなって、今、教えたらおもしろくねえじゃん」と言った。

携帯ゲーム機が、ゴム丸の操作でピコピコと音を立て始め、脩は漫画本のページを繰った。

日本の漫画ってすごく進化していて、コマ割りとか、アメリカのものなんかと比べると段違いにすごい。脩は一度最後まで読んでしまうと、今度はもっとゆっくり読み返して、自分の『ダイノランドの冒険』で真似できるところがないかなんて考えてしまうのだ。そうするとペンギンのことを一瞬忘れてしまう。時々ふと思い出しては、あわてて双眼鏡を両目にあてた。

でも、どのみち、動きなんて全然ない。ペンギンは相変わらず、同じ姿勢のままうずくまっている。日向ぼっこする猫みたいに目を細めたり、時々、暑いのかクチバシを開いてハアハアする程度で、その場から出てこようとしない。

一羽のカワウが池にやってきて、何度も潜水しては魚を摘《つま》み上げるのが見えた。最初こそ、ふたりは「おおっ」と声をあげていたけれど、すぐに飽きてしまった。

ふたりはゲーム機と漫画本を取り替え、ただ待ち続けた。脩は画面が小さい携帯ゲームはそれほど得意じゃない。ゴム丸にとっては、とっくに読んでしまった漫画だ。手持ちぶさたになってしまう。

午前中はきっと餌を採るのによい時間のはずなのに、こうも動かないのって、なにか理由があるのだろうか。鈴木さんにまた電話できたら聞いてみたいと思いつつ、本で読んだマゼランペンギンについての知識を頭の中でおさらいしてみる。

マゼランペンギンは、巣立って海に出てから最初の何年かはあちこち放浪して過ごす。やがて、繁殖できる年齢になると故郷の海岸に戻ってくるけれど、それでも繁殖期以外は、何百キロ、何千キロ離れたところまで旅をするのが普通なのだ。もっとも、赤道を越えて北半球に来ることはない。ここにいるペンギンは、やっぱり近くまで何者かに連れてこられたと考えた方がいい。

それでも俺はこいつが放浪中の若鳥じゃないかと思っていた。多摩川を遡るのだって結構な放浪のような気がするからだ。で、たどり着いた鳳凰池で、今、オギの中にじっと隠れて、動こうとしないのは、ゴム丸の言うとおり怪我をしているのかもしれない。でもまあ、遠目に見る限りどこといって悪いところはなさそうだった。

じっとしている理由としてもうひとつ考えられるのは、換羽《かんう》中なのかもしれないということだ。ペンギンは一年に一度、体の羽毛が生えかわるそうで、その時期はしばらくは水に入らずにじっとしている。ペンギンの羽毛はとても高性能の防水コートみたいなものだから、新しいものが仕上がるまで水には入れない。それにペンギンは陸の上では弱いから、物陰で静かにやり過ごす。

これだとうまく辻褄《つじつま》が合いそうだけど、大問題がある。換羽中なら、抜け落ちた羽根が沢山周囲に落ちてなければならないのに、そんなのどこにもないのだ。結局は、よくわからないとしか言えない。

「ぎゃっ」という叫び声で、脩は我に返った。

ゴム丸が、小さな枝を拾って、腐葉土の地面を掘っていた。表面は乾いているけれど、すぐ下はしっとりしている。枝の先にきらりと光る細長いものが引っかかっている。ゴム丸はそれを枝ごと放り投げた。

くねくねと蠢《うごめ》くのは、長さ二十センチはあろうかという特大サイズのミミズだ。

「ゴム丸って、ミミズ怖いの」と脩はからかった。

「しょうがねえじゃん。おれ、くねくねでぬるぬるなのはダメだって言っただろ。いや、ちっちゃいのならいいんだけど、こんなでかいミミズなんてこの世にいていいわけ？」

「オーストラリアには一メートル以上もある、こーんなミミズがいるよ」

脩は思いきり両手を左右に広げて見せた。

その時、どこからともなく茶色い影が飛んできた。

「ひっ」とゴム丸が言うより早く、鋭いクチバシで、ミミズをついばんでそのまま飛び去る。

「ああっ、びっくりした、しっかし、鳥ってよくあんなもん食べるよなあ」ゴム丸は胸を撫で下ろす。

「今のなんだろ。モズかな。あんまり速くてわかんなかった。とにかく肉食の鳥。まあ、ペンギンだってそうだけど」

「え、ひょっとして、ペンギンもミミズを食べるのか」

「食べないよ」

「よかったぁ……」

その言い方には、実感がこもっていた。

昼前に河童がコンビニで買ったおむすびを持ってきてくれた。

「どう、変わったことは」と聞かれても、ふたりは顔を横に振るばかりだ。

三人で横並びになって、おむすびを食べた。河童の手は、午前中の作業のせいで汚れている。

「新しい足跡を見たよ。また、暗渠の出口のところについてた」

「ということは、すごく朝早く川に出たのかなあ。鳳凰池では餌採りしないんだろうか」

もしもそうなら、怪我をしているわけでもないだろうし、換羽中でもないことになる。観察の時間帯や方法も変えなきゃならないかもしれない。

「このまんまじゃ、しょうがねえじゃん」ゴム丸が口の中におむすびを押し込みながら言った。「でもさ、おれ、自分のテーマ、決めてきた。ちょっとした実験やるからさ、昼飯終わったら、ペンギンの近くに行っていいだろ」

「どういうテーマにしたの」

「きゃはっ、それはさ、実際に見てくれよ。すげえアイデアだってのは間違いなし。な、もう、きょうは観察おしまいにして、おれの実験やらせてくれよ」

その時、「しっ」と河童の声が低く鋭く響いた。

「出てくるよ」

オギの群落がゆらゆら揺れている。ムォー、ムォーと、押しつぶしたような声が漏れてきた。それだけ聞いていたら、もっと体の大きな生き物が鳴いているみたいだ。

そいつはヨタヨタと池の端まで駆けていき、そこで立ち止まった。

はじめて見る全身像だった。

白黒模様で、胸のバンドは二本。お腹は土で茶色く汚れている。全体的にすらりとしていて、むしろ、やせ細っているというかんじだった。

怪我はしていない。それに、体のどこを見ても、羽毛がほつれているところがない。

やっぱり、換羽中じゃないんだ。

キョロキョロとあたりを見渡し、またムォーっと鳴く。すると糞尿《ふんにょう》の臭いまで一緒になって漂ってきた。

「くせえなっ。さっき優しげって言ったの取り消す。ペンギンのくせに、可愛くねえじゃん。きったねえし、目がやばいし……でも、やんなきゃな」

いつのまにか、ゴム丸の手にはペンギンの縫いぐるみが抱えられていた。なにをするつもりなのか気になったけれど、脩はそれ以上にペンギンの動きに惹きつけられた。

野生動物っていつもそうなのだ。

目の前で見ていると吸い込まれそうな気がする。どれだけ汚れていても、どれだけ臭くても、すごく美しいと脩は思う。

ペンギンは何度か水面にクチバシを下ろすような仕草をした。水に入るのかなと思ったけれど、そうしない。それで、もう一度だけ、ムォーっと鳴くと、来た道を戻ってオギの中に入っていってしまった。

謎の行動だ。なにがなんだかわからない。

「なあ、キク、やっぱ、ぱっとしねえじゃん。そろそろ、実験をやらしてくれよな」

「だから、なにをするの」

「ペンギンってさあ、感情があると思うか」

「は？」脩は口を開けた。

「おれは、あると思うんだよね。ほら、テレビなんかでさ、子育てやってるとことか見てるとさあ、泣けてくるじゃん。吹雪の中で体張って、ヒナを守ってさあ……」

ゴム丸が言っているのは、南極の冬に子育てをするコウテイペンギンのことに違いなかった。そう言えば、ゴム丸が持ってきた薄汚れたぬいぐるみは、顔の側面に黄色い斑点のあるコウテイペンギンのものだ。

「ねえ、ゴム丸君」河童が呼びかけた。「まさか、また、あれ、やるんじゃないよね」

「まさか、だよん。もう、やっちゃうよん」

ゴム丸は脩のことを見もせずに、オギの群落のところまで進んだ。

正面からペンギンと向き合って、両手で縫いぐるみをペンギンの方に差し出すような仕草をする。

「まあ、これくらいならいいか……去年に比べたら……」河童が呟いた。

「河童は知っているの？」

「去年、きっくんはいなかったものね。ゴム丸君はね、去年の夏休みの自由研究では、生き物に感情があるかって研究をしたんだ。ゴム丸君が選んだのは、ゴム丸君が大嫌いな……」

その時、ゴム丸が突然、縫いぐるみの腕、というか、フリッパーを強く引いた。もともとほつれていたところから、亀裂が走って、フリッパーが千切れた。中のパンヤが飛び散った。

脩は背筋がすーっと冷えて、唾を飲み込んだ。

ゴム丸は千切れたフリッパーの付け根の部分から、両手をぬいぐるみの中に突っ込み、思い切り裂いた。ビッ、と嫌な音がして、腹が開いた。それでも、手は止まらず、縫いぐるみを切り裂いていく。コウテイペンギンの形をしていたはずのぬいぐるみは、みるみるうちにボロ布とパンヤの山になってしまった。

やけに厳粛《げんしゅく》な顔でゴム丸が戻ってきた。デイパックにゴミになってしまったコウテイペンギンを戻してから、「やっぱ、わかんねえなあ」とポツリ言った。今度はもっと小さなぬいぐるみが握られている。グレイの綿羽を持つ、コウテイペンギンのヒナだった。

ゴム丸の実験。それは、「ペンギンに感情があるのか確かめる」ということだ。

伏線は去年の夏の自由研究。この時、ゴム丸は自分が苦手な「細長くてぬるぬるしたもの」、つまり、ミミズに感情があるのかどうか、確かめる実験をした。

ゴム丸にはいろいろ怖いものが多い。夜の闇、先生、一部のクラスメイト、ひとりきりになること、痛いこと、そして、ミミズ……。本人は認めたがらないけれど、とても怖がりだ。きっと、それを認めることも、怖いのだと思う。

怖いものを克服したい、とその時、ゴム丸は思った。それで、怖いものの中で、一番、簡単そうなものを選んだ。それがミミズだった。

ミミズは、細くて、ぬるぬるしてる。くねくね変な動きをするし、どっちが頭かもわからず、目とか鼻も見たところはない。あまりに姿形が人間と違いすぎて、気味が悪い。

ゴム丸は考えた。もしも、ミミズに人間と同じような感情があることがわかれば、親しみが湧くのではないか。変な形をしていても、やっぱり生き物同士、皆きょうだいだよなって気持ちになれるのではないか。いや、逆に感情がないとわかれば、今度はミミズのことを、生きてはいるけれど機械と変わらないものだと思って見下すことができる。どっちにしても、怖くはなくなるはずだ。

で、ゴム丸はいまだに桜川北小の職員室では口に出すのさえタブーになっている、とんでもない実験を考え出したのだ。

まずはミミズを大量捕獲。これは河童が請け負った。でも、その後、行われることになる惨劇《さんげき》を知っていれば、絶対に引き受けなかったという。河童は河童で、夏休みの間、野生のタナゴの飼育をしてみるつもりで、お盆の旅行中、ゴム丸に預かってもらいたかったから、そのための取引としてゴム丸に協力した。

ゴム丸は、ミミズの入ったプラスチックの容器を受け取ると、すぐに近くの公園に行って、実験を開始した。ミミズを二群に分けて、片方のミミズをもう片方の前で切り刻む。それで、反応を見る。最初は何十匹もそうやる予定だったが、ゴム丸自身、苦手なミミズを扱っているうちに気分が悪くなって、ほんの五匹だけでおしまいにした。

研究の結論。

ミミズには感情がない。なぜなら、仲間が目の前で切り刻まれても、なにも反応しなかった。人間だったら、目の前でほかの人が殺されたら、怖かったり、悲しかったり、嫌な気分になったりするはずだけど、ミミズはそんなふうには見えなかった。

河童はこの実験の現場を見たわけじゃない。九月になって、ゴム丸がその自由研究を去年の担任だった若い女の先生に提出して、大騒ぎになった。

先生は真っ青になったかと思うと、すぐに真っ赤になって、ゴム丸を甲高い声で怒鳴りつけた。ゴム丸の母さんが呼び出されて、先生と長い時間話して、しまいには児童相談所の職員がやってきて、ゴム丸からいろいろ話を聞いたり、かなり大ごとになったのだという。それでも、当のゴム丸はどうしてみんなが騒いでいるのか理解できなかったようなのだ。

脩はこういった話を、ゴム丸が今度はコウテイペンギンのヒナのぬいぐるみを裂いて見せている間に聞いた。

脩はだんだん物悲しくなってきた。

「ゴム丸君は、優しい奴だよね」と河童が言った。

「そうだよね」脩はうなずいた。河童が確認したくなる気持ちはわかった。

本当に優しい奴ではあるのだ。脩や河童の前では荒っぽい言葉遣いでワルぶってるけれど、妹思いだし、低学年の子たちにはすごく面倒見がよくて慕われてるし。

でも、こうやって、とんでもなくバランスのおかしなことを、大真面目でやってしまうのもゴム丸だった。

胸が苦しくなってくる。脩も、たぶん河童も、ゴム丸になんて言えばいいのかわからない。うまく表現する言葉をまだ知らない。

河童が塾に行くというので、脩はきょうの観察はもうやめることにした。ゴム丸も文句は言わなかった。

「やっぱ、わかんないんだよなあ。おれのこと、すげえ怖い目で見るんだけど、別に悲しんでるわけでも、怒ってるわけでもねえんだよなあ」

そんなことをつぶやきながらついてくる。

桜川に出ると、どこかで、ホーッ、と声がした。

聞き慣れない鳴き声だった。黒いものが、ごそっと、草陰を動いた気がしたけれど、その時は脩の頭はゴム丸と「実験」のことで一杯だったから、ほとんど気にもかけなかった。

セキレイ橋の下で、ゴム丸は、汗をぬぐい、ふうっとため息をついた。

「おれ、ペンギンの観察やめる。キクが好きなようにやれよ」

「どうして」

「やっぱ、野良ペンなんて地味だしさあ、目立たねえじゃん」

そんなことないよと言いかけてやめた。無理に引き留めることでもない。また、きょうと同じようなことをされたら、気が滅入るし。

「なあ、河童、一緒にカヌーを直しちゃだめか。その方が早くすむじゃん」

「別にいいけど、ゴム丸君の宿題にはできないと思うよ」

「そうだなあ、デビルが許すはずねえよなあ」

帰り道、ずっとゴム丸は押し黙っていた。

なんとなく気まずいかんじがして、脩も黙ってペダルを漕いだ。

よりによって、同じクラスの海野たちが商店街の方から歩いてくるのが見えた。すっごく嫌なかんじ。

体の大きな海野健二と、取り巻きの加川と山岡の三人組だ。おーい、と手を振って、まるで通せんぼするみたいに立ちはだかる。

「よー、デブ丸、怪獣探してるんだって？」海野がニヤニヤしながら言った。

体が大きくて押し出しの強い海野は五年二組の事実上のボスだ。先生がいるところでは普通にしているのに、目の届かないところで意地悪を仕掛けてくる。いくつもの学校を渡り歩いてきた脩は、海野よりずっと危ない奴を見てきたけど、今のクラスで一番注意しなきゃならないのは、やっぱり海野なのだった。

「うるせえな。ほっといてくれよ」ゴム丸の声は小さく沈んでいた。

「やっぱり、おまえ、頭おかしいよ。去年のミミズだって、相当きてたけどさあ、なに、あの張り紙。ピグモンとか、ヘドラとか、ばっかじゃねえの」

加川と山岡がくっくっくっと腹を折るようにして笑い、蔑《さげす》んだ目をゴム丸に向けた。

「怪獣じゃねえよ、夏休みが終わった後で驚くなよ。おれたちは……」ゴム丸は途中で言葉を飲み込んだ。

「言えねえんだろ。どうせなにも見つかりゃしねえもんな」

きつく噛んだゴム丸の唇が青黒くなる。

「行こう」脩はゴム丸のシャツの袖を引いた。

ゴム丸はペダルを漕ぎ出すために、腰を少し浮かせた。

「やっぱり、おまえんち、変なんじゃない。妹だって、頭おかしいしさ。なんで普通の小学校に来てるわけ」

海野が笑い声を上げた瞬間、ガタッと大きな音がした。自転車が倒れる音だった。

ゴム丸が本当にゴムみたいに跳ねていた。思いのほかすばるどい動きで、海野に体当たりを食らわす。体重が結構あるから、それなりに強烈な攻撃だ。海野は尻餅をついた。

「なにすんだよ」と海野。

素早く立ち上がると、ゴム丸の足を蹴った。

「あやまれ！」ゴム丸は言った。蹴られても、動じないでその場に立っている。

「あやまれよ。もえのこと、悪く言うんじゃねえ」

「だって、本当のことだろ。おまえの妹は頭がおかしい」

ゴム丸がまたとび跳ねる。今度は腕を振り回して海野に殴りかかった。でも、バランスを崩した。後ろに回り込んだ山岡に髪を引っ張られた上に、加川に足を払われたのだ。

今度は尻餅をついたのはゴム丸の方だった。海野が容赦《ようしゃ》なく腹を蹴り上げる。

脩は体がすくんで動けなかった。自分でも情けないくらい、脩は臆病《おくびょう》だった。

ゴム丸にも当てにされていないのを知っていたし、せいぜい、ここで大声をあげて助けを求めることくらいしかできない。

でも、声が出なかった。舌が喉の奥に張り付いて、どうにも動いてくれなかった。

山岡と加川が通りから一本入ったもののかげにゴム丸を引きずっていく。海野がズボンのチャックを開けていた。飛沫《ひまつ》にきれいな虹がかかる。黄色い液体がちょろちょろと飛び出して、もがくゴム丸の顔へとアーチをかけた。

や、め、て。

脩は声にならない叫びをあげた。さすがに海野にすがりついて止めようとしたが、腕の一振りで吹き飛ばされてしまう。脩なんかにはどうしようもないのだ。

「なにしてる！」と大声が響いた。

すぐ近くに見覚えある青いマウンテンバイクがとまっていた。

手嶋だった。塾のバッグが後ろのキャリアに縛り付けてある。眼鏡の底から、鋭い視線。

「急いでるんだ。面倒かけさせないでくれる」そう言って、睨みをきかす。

「しょうがねえなぁ」と海野がチャックを上げた。「おい、いこうぜ。デブ丸なんてほっとけよ」

そのまま、加川と山岡を引き連れて、なにもなかったように歩きはじめた。

手嶋は空手の茶帯だし、たぶん喧嘩《けんか》をすれば海野でも勝てない。だから、海野も一目置かざるを得ない。

「手嶋君……」脩は呼びかけた。「どうも、ありがとう」

手嶋はもう動き出していて、脩に返事もよこさなかった。脩はなぜか顔がかーっと熱くなった。助けられて、おまけに無視される自分が、なんともいえず悔《くや》しかった。

「ちっ、すかしてやんの。海野くらい、おれひとりでやっつけてやるって言ってんじゃん」

「ゴム丸！」

悔しがっている場合ではなかった。ゴム丸は全身びしょ濡れになりながら、まだ強がってみせている。近くの公園で水を浴びさせなきゃと思い、手を引いて立ち上がらせる。

「いいか、そのうち、絶対やっつけてやるからな」

脩はなんだか涙が出そうだった。いや実際に目頭《めがしら》がじんわりとした。

「おい、キク、なに泣いてんだよ。こんなの気にしてられねえよ。海野ってさ、あいつおかしいんだ。絶対にどっか壊れてる。そうだ、感情がないんじゃねえか。きゃはっ、だから、あんな奴には絶対に負けられねえし、負けるはずもねえんだ」

脩はゴム丸の折れない気持ちを心からすごいと思った。


ケーキ屋の上の三階にあるゴム丸の部屋で、黙々とゲームをしている。

ゴム丸は切れた後にはたいてい無口になるし、脩もあまり口を開きたい気分ではなかった。午前中は鳳凰池にいて、目の前のペンギンのことで頭が一杯だったのに、今は頭の片隅に押しやられている。

最近流行っている格闘ゲームの対戦モードで、ひたすら闘い続けた。最初はゴム丸が空中からの三連コンボを決めて圧倒していたけれど、そのうちに脩が同じ技を出せるようになると互角になった。それでも、脩は集中力が続かず、たいてい最後はゴム丸にやられてしまった。

もえちゃんがやってきて、「にいちゃん、キクにい、もえも入れてよ」と言った。

もえちゃんは小母《おば》さんの趣味で三つ編みなのが古くさいけど、顔立ちは人形みたいな女の子だ。ゴム丸の妹らしくちょっとふっくらしていて、肌が透けるように白い。頬なんてうっすらとピンク色だ。大きな目は普段はうつむきがちで、ゴム丸に話しかける時にはきらきら光っていた。

ゴム丸は手で追い払うような仕草をして、「キクとやってんだ。あっちいけよ」と言った。

それでももえちゃんは、つかつかと部屋に入ってきた。というか、この部屋はもえちゃんとゴム丸の共通の部屋なのだ。ゴム丸はいつも文句を言ってるけど、きょうだいのいない脩は少しうらやましい。

もえちゃんは奥にある自分の机まで歩いて、その前の椅子に座った。勉強机の上には教科書とか学校に関係するものはなにもなくて、びっしり人形で埋められていた。すぐとなりにある出窓にはぬいぐるみがここもびっしり置かれていて、この部屋のもえちゃんの領分は、とにかく別世界みたいだった。

もえちゃんは、勉強机の上に散らばった人形で遊び始めた。なぜか知らないけれど全部裸にされていて、それを両手に一体ずつ持ち、まるで剣を交えるみたいにぶつけ合う。

カチッカチッと音が漏れて、それを延々続ける。

コントローラーを膝の上に落として、脩はその様子をじっと見入ってしまった。

「珍しいかよ」とゴム丸。「ほっとけば何時間だってやってるよ。勉強なんて一秒だってできないくせにおかしいよなあ。仕方ないじゃん、なんつってもハッタツショウガイなんだから」

最後にゴム丸は、いつものように裏返った笑い声を付け足した。

もえちゃんは、出窓のぬいぐるみにも手を伸ばして机の上で裸の人形とぶつけ始めた。今度は音はしない。ただ、人形とぬいぐるみがキスをするみたいに頭と頭を軽く合わせる。

なにを考えてるんだろうなあ、と脩は思う。ゴム丸は違うって言うけど、脩は、きっともえちゃんの頭の中では、裸の人形たちと、ぬいぐるみをめぐる壮大な物語があるのだ。それこそ、何時間でもそこに浸っていられるほど、大きな世界と、楽しい物語が。

もえちゃんがその大きな世界と物語について話してくれたらどんなにいいだろうと思う。

脩はゴム丸と格闘ゲームを再開した。しばらくして、もえちゃんが「にいちゃん！」とまた大声を出した。

「ペンギンがいない！」

ゴム丸がぴくりと動きを止めた。

「あれはおれのを貸してあっただけだろ。もえのじゃないよ。大きい方なんて、自分で穴を開けて壊して、もういらないって言ったくせに」

「ペンギンの赤ちゃんがいない。にいちゃん、どこに隠した？」

脩は思わず床に転がしたままの赤いデイパックを見た。

「どこに隠したの」

「隠してねえよ。あれはもともとおれのなんだから」

「どこに隠したの」

「隠してねえ」

「どこに隠したの」

会話は延々と繰り返しになっていく。

脩がどうしていいのかわからずおろおろしていると、もえちゃんがとうとう爆発した。

「ペンギンの赤ちゃん！」と叫んで、机を両手でドンッと叩いたのだ。拳《こぶし》が壊れてしまうのではないかと思うほど強く。

「ゴム丸！」脩はやっとのことで言った。「あやまった方がいいよ。きっともえちゃんには大事なものだったんだよ」

「もうペンギンはいらねえって言ったんだ。おれのせいじゃねえじゃん」

「そういう問題じゃなくて！」

「でもさあ、仕方ないじゃん。言われたって納得しない。発作みたいなもんだから。こういう時、もえには感情しかないんだ。きゃはっ、これはこれでやっかいだよな」

あ、と声を出しそうになった。ミミズやペンギンに感情があるか馬鹿みたいにこだわったり、海野のことも「感情がない」と言ったゴム丸と、今ここのゴム丸がどこかでつながった気がしたから。よくわからないけど、ゴム丸は深い穴に落ち込んでいて、そこからしばらくは出てこられないかんじだ。

脩はもえちゃんの方を向いて、「ねえ」と声をかけた。「新しいの買おうよ。駅前の百円ショップで、いろいろぬいぐるみ置いてたよ。ね、ぼくと一緒に行こう」

「やだ！　ペンギンの赤ちゃん、どこ！」

もえちゃんは、突然、大きな声で泣き始めた。どうやったら出せるのかと思うほどのざらついた大声で、窓ガラスがビリビリと共鳴した。

ドタドタと階段を上がってくる音がして、小母さんが部屋に飛び込んできた。ぷーんと甘い生クリームの匂い。太った体がゆっさゆっさ揺れていた。

「あんた、なにをした」とゴム丸の頭にゴチンと拳骨《げんこつ》を落とす。

もえちゃんの声が、きーっと絹を裂くような音に変わってさらに大きく響き渡った。

脩はマウンテンバイクを押してとぼとぼ歩く。ゴム丸の家のある五番街からマンションまでは、ずっと繁華街だ。夕方になって人通りが多くて、そこをわざわざ漕いで進む気になれなかった。

「脩君はかえりな」と小母さんに言われて出てきたけれど、どうしても気になってしまう。

あれからゴム丸はこっぴどく怒られるんだろう。でも、わかってるんだ。ゴム丸はもえちゃんに意地悪しようと思ってしたわけじゃない。それどころか、もえちゃんのことになったら、勝ち目のない喧嘩にだって挑んでいく。

〈ペンギンの赤ちゃん！〉

もえちゃんの声が頭の中で響いた。

きっと大事なものだったんだろうなあ。もえちゃんの頭の中にあるはずのお話の中で、すっごく重要な役を持っていたに違いない。オトナの方のコウテイペンギンはともかく、ヒナの方も裂いちゃったなんて絶対に言えないし……。

似たぬいぐるみ、どこかにないかなあ。南米で買ったのが家の居間にあるけど、あれはオオサマペンギンのヒナで、模様が似ても似つかないし。

その時、脩はふいに足を止めた。

ひっかかるものがあったのだけど、最初、脩は自分でもそれがなんなのかわからなかった。

〈ペンギンの赤ちゃん〉

ペンギンのヒナ。

放浪者のペンギンが陸に居着くのはなにも換羽の時だけじゃない。それよりももっと長い時間、陸で過ごさなきゃならないことがある。ただそれは、一羽だけじゃ無理なんだ。

さっき桜川を歩いていた時、視界をよぎった黒い影のことを思い出した。それと、つけられたばかりのくっきりとした足跡。それこそ、脩とゴム丸が鳳凰池にいた間に、桜川の河床をペンギンが歩いたとでもいうみたいに。

脩はマウンテンバイクに飛び乗った。くるりと反転して人混みを縫いながらパリジェンヌに急ぐ。一階の店の脇にある階段を上って、二階の玄関を引いた。

「小母さーん、ごめんなさい、あがりまーす」

大声で言って、三階へ急ぐ。

ゴム丸が泣いていた。顔を真っ赤にして、涙と鼻水で顔がぐしゃぐしゃだった。小母さんは、部屋の隅でもえちゃんを抱いていた。もえちゃんもまだ泣いていたけど、もうあんな大声は出していなかった。

見てはいけない場面のような気がして脩は顔をそむけた。

でも、そんな場合じゃないのだ。

「ごめんなさい、大事な用なんです。ゴム丸……いえ、拓哉君を借ります」

ゴム丸の手を有無を言わせずに引っ張って、階段を下りた。マウンテンバイクにまたがりながらも、ゴム丸はまだ顔はぐしゃぐしゃで、その中に怪訝そうな表情をやっと浮かべているのだった。

セキレイ橋、桜川の「底」、そして、暗渠を通って、鳳凰池へ。

静かな池の面に、カワウのような姿があった。でも、ずいぶんずんぐりしていた。

「キクー、いったいどうしちゃったわけ」ゴム丸が本当に久しぶりに口を開いた。

でも、脩は口の前に指を持っていって、静かに「しっ」と言った。

「ペンギンだ」と耳元で囁《ささや》く。

ゴム丸が唾を飲み込む音が聞こえてきた。

鳳凰池にペンギンが浮かんでいるのだ。胸のバンドは水の中だから、ぱっと見ではウのように見えてしまうけど、首は短いしクチバシの根元には赤っぽい地肌が覗いている。まぎれもなくペンギンだった。ゆったりと水面を漂い、時々、自分のフリッパーの下にクチバシを差し込んで、羽づくろいをしている。

脩はペンギンを脅かさないように、ゆっくりと移動した。オギの群落の奥を覗き込む。

「いるじゃん」と小さな声でゴム丸。

そうなのだ。ペンギンは一羽だけじゃなかったのだ。

とすれば、オギの中の一羽がしていることは、決まっている。

脩はハンノキの林床に落ちている細長い枝をひとつ手にとって、オギの中に差し込んだ。以前、ペンギンの研究者が同じようにするのを目にしたことがあった。

ペンギンは体をのけぞらすようにして枝を避けた。腹の下に置かれている白いものが見えた。

卵だった。それも、脩の拳ほどの大きさのものがふたつ。

「ペンギンの巣だったんだ」と脩は言った。

ゴム丸は小さな目を精一杯開いて、食い入るように見つめていた。

「ヒナが生まれるんだよな。ペンギンの赤ちゃんが生まれるんだよな」と熱にうなされたみたいに呟いた。

第六章 孵 化

ホーッという声がどこからともなく聞こえてくると、卵を抱いているマペンがそわそわしはじめた。三十分くらい経った頃、桜川から続く排水管を遡ってパペンが戻ってきて、脩はあのホーッという声もペンギンのものなのだと気づいた。もうすぐ帰るよ、というコール。

ペンギンの本を読むと、彼らにとって鳴き声ってとても大事なものなのだと書いてある。特に子育てのペアを組んでいるオスとメスにとって、愛を確認したり、なわばりを宣言したりするために必要不可欠なのだそうだ。ほかに相手のいないこの場所でも、マペンとパペンは、しんみり響くその声で鳴き交わしているのだと思うと、脩は甘酸《あまず》っぱい気分になった。

ちなみに、マペン、パペンというのは、ママペンギン、パパペンギンのことだ。

パペンの目つきは鋭く、胸の二本のバンドが太い。歩き方も心なしか大股だ。その一方で、マペンの方は、少しだけ小柄でほっそりしており、目も優しげな時が多い。

ゴム丸は最初から気づいていたことだけど、見慣れてくると、二羽のペンギンはなんとなく人相というか鳥相が違う。実際の性別はわからないのだけれど、目つきが悪い方がパペンで、優しい方がマペン、というふうに勝手に決めてしまった。ゴム丸は「うちの場合は逆じゃん。お袋の方が凶暴だかんなあ」と言いつつ、どことなく「優しい方が母親」と思いたいらしいのだ。

帰ってきたパペンは、オギの群落の前で、クチバシを地につけるみたいな仕草をして、ピューッと笛を吹くような声で鳴いた。

するとオギががさっと動いて、奥からマペンが飛び出してきた。その時、折れたオギや石を集めた巣と、その中に横たわったふたつの卵がはっきり見えた。

パペンとマペンはお互いにお辞儀をし合うと、追いかけっこしてぐるぐる回る。相手の腰のあたりをフリッパーでパタパタ叩いて、なんだか嬉しそうだ。脩はその様子を逐《ちく》一《いち》、絵に描いておいた。こうしておくと漫然と見ているよりも、ずっと頭の中に入る。もちろん、父さんみたいな写真家なら、シャッターを何度か押せばそれで済んでしまうのだけど。

やがてパペンがオギの群落に入り、マペンは鳳凰池で水浴びをした。餌を採るわけでもなく、ただのんびり水と戯《たわむ》れ、しばらくすると例の排水管を通って桜川へと下りていってしまった。

これで二回連続だ。脩が当番の時に、必ずこの「交代の儀式」がある。ゴム丸は悔しがるだろうか。たぶん、それほどでもないかもしれない。だって、ゴム丸はなぜか、こういう「夫婦間のこと」には無頓着《むとんちゃく》で、卵が孵化《ふか》することだけを楽しみにしているから。もしも、卵が孵《かえ》る兆《きざ》しがあったら、どんな方法ででも彼に伝えなかったら、後ですごく恨《うら》まれるだろう。

脩とゴム丸は、もう自分のテーマを決めていた。

脩は、ペンギンの生活をめぐること、例えば食事の頻度《ひんど》や種類、さらにさまざまな行動について観察して、ここでペンギンがどんなふうに生活を立てているのか調べる。ゴム丸はヒナが孵って成長していく様子を記録して、桜川におけるペンギンの子育てを考える。ゴム丸がヒナにこだわるものだから、ごく自然にこういうふうにテーマが分かれた。

というわけで、後は研究あるのみ。まずは観察することが基本だ。四六時中ずっと鳳凰池にいるのは無理なので、午前中はゴム丸、夕方は脩というふうに担当を分けた。昼間はどうせ動きが少ないだろうから放っておくことにした。塾へ行く前に時々河童が覗いて、異状があれば脩の携帯に知らせてくれることになっていた。

今は卵を抱いているだけだから、退屈な日々だ。脩がもう二度目撃した「交代の儀式」が一番目立つくらいだし。卵を抱いていない「非番」の親ペンが鳳凰池では餌を採らないのは確実だったので、いったいどこまで行っているのか興味があったけれど、それを調べるのはまだ先だと思っていた。

なんといっても目下、大事なのは、いつ卵が孵るかということにつきた。

本によれば、卵を抱きはじめて平均四十日くらいだそうだけど、いつから彼らがここにいるのかわからないからなんとも言えない。でも、脩はそんなに先のことじゃないと思っていた。

理由は、パペンとマペンがほとんど一日に一回、抱卵《ほうらん》を交代していたからだ。抱きはじめの頃はかなり長期間、それこそ二週間とか片親が抱き続けたりするけれど、孵化が近くなると、交代が頻繁《ひんぱん》になるという。

夕陽が赤く燃える時刻になると、決まって卵を抱いている方のペンギンが大きな声でいなないた。本にはロバのような悪声《あくせい》とあった。脩はロバの声は知らないけれど、たしかにひどい声だった。ゴム丸も早朝に同じようないななきを聞いているそうだ。彼はそれを「厚い卵の中のヒナに話しかけている」と解釈している。脩は違うと思うけど。

帰りがけには、塾から帰ってきた河童がカヌーを直している様子を覗いた。

「卵の様子はどう」と河童はいつも聞いてくる。カヌーに専念していても、興味は持ってくれているみたいだ。

「今朝はゴム丸君がかなり焦《じ》れてたよ。ゴム丸君のことだから、このままじゃそのうち飽きちゃうかもね」

そう言いながらも、汚れた指先でサンドペーパーを動かしていく。

慎重派の河童はくたびれたかんじだった船体《ハル》をゆっくりゆっくり磨き続けていた。全長はせいぜい五メートルくらいなのに、それを何日もかけて丁寧に。泥だらけだった船体が美しい木目を取り戻していくのが、脩にとっても楽しみになっていた。

そいつは、オープンデッキのいわゆるカナディアン・タイプで、普通のボートに比べるとずっと細身の優美な流線型をしている。幅五センチほどの細長い板を一枚一枚張り合わせてその形に仕上がっているのが、なんとも言えないくらい精緻《せいち》なかんじで脩はうっとりさせられた。脩がこれまでに乗ったことがある組み立て式のフォールディング・カヌーに比べてずっと本格的なかんじがする。こういうので川をゆったり下ったりしたら、気分いいだろうななんて思う。

だからこそ、河童が修理が終わった後でどうするつもりなのか気になっている。桜川じゃ、どう考えても浮かべるだけの水量がないし。でも、一向に河童は気にしている様子がない。

「船体《ハル》に絵を描いてくれないかなあ」河童がぼそりと言った。「全部仕上がったら、一部だけ絵を入れたいんだ。全体としては木目を生かすつもりだけど」

「いいよ」と脩は請け合った。

「やっぱりペンギンの絵がいいかなあ。桜川のペンギン号。きっくんに頼もうと思ってたから、最初は恐竜にしようと思ってたんだけどね」

「そうだね、今なら、ペンギンだね。そっちのがいい」

桜川のペンギン号。悪くないと脩は思った。


家に帰ると、すぐにゴム丸に電話。これは毎日欠かせない情報交換のため。

孵化は遠くないと力説すると、ゴム丸は興奮して「すげーじゃん」と繰り返した。これできっとまたしばらくは真面目に観察してくれるはずだ。

早く帰っている恵美さんが聞き耳を立てているようで居心地が悪く、脩は子機を自室に持ち込んで、秘密めいたゴム丸との会話を終えた。後で「女の子、でしょ」なんてさぐりを入れてきたところをみると、聞き耳を立てていたにしても内容は聞こえなかったらしい。

食事は恵美さんが最近凝《こ》っているイタリアンだった。細めのスパゲティにイカやアンチョビや小エビを絡めたもので、ものすごく美味《おい》しかった。父さんと一緒だといつもジャンクなものばかりだから、村田さんの和風料理や、恵美さんのイタリアンを食べると舌がいつもびっくりしてしまう。恵美さんも、ひとりでイタリアのテーブルワインを飲んでご機嫌だった。

「ペンギン・スパゲティだね」と脩は言った。

「ペンギン？　どうして？」

「具が全部、ペンギンの食べ物だよ」

「そうなんだ。水族館なんかじゃ、アジをあげてるの見たことあるけど」

　それで、脩は急に思い出した。

「いつかうちに遊びに来た、鈴木さんって覚えてる？」

「水族館の人ね。ペンギンの飼育係」

「本当は獣医さん。で、鈴木さんがね、水族館に遊びに来ないかって。鈴木さんがいる日に行ったら、水族館の裏側も見せてくれるって」

「へえ、それはおもしろそう」

　恵美さんはきっと乗ってくると思っていた。生き物好きだし、それに、こういう「特別扱い」には目がない方だから。

「じゃ、鈴木さんのいる日を聞いて、今度、あたしと脩ちゃんでデートしよっか」

　脩はうなずいた。鳳凰池でペンギンの観察を続けるうちに、いろいろ疑問も出てくると思うから、鈴木さんに会うのはいいことだ。今だってもう、ペンギンの子育てについて知っておきたいことがある。

「ねえ、脩ちゃん」

あらたまった声に、脩は恵美さんの顔を見た。

睡眠不足でさえなければパッチリした大きな目の美人さんなのだ。おまけにお酒がまわって目が潤《うる》んでいる。脩はまた例によって、どぎまぎしてしまった。悪いことに、脩は恵美さんが、脩のこんな気持ちのことを知っていると感じているから、バツが悪いし格好悪い。

「どうかしちゃったのかなあ。脩ちゃん、ここのとこ元気がないというか、心ここにあらずよね」

「そうかなあ」

「漫画だって、進んでないじゃない」

例によって恵美さんは、脩のラフをしっかりチェックしている。

「やっぱり後悔してるの？　ユーコンについて行かなかったこと」

「そんなことないよ」

「だといいんだけど……実はね、きょう昼間、兄さんと話したのよ。脩ちゃんのこと心配してた。ここ二日くらいメールがないって。まあ、元気だよとは言っておいたけど、心配するくらいならこんなに長期の取材なんてしなきゃいいのにねぇ」

「でも、父さんはそれが仕事だから」

「まあ、そうだけど、心配してる割には、本当に楽しそうで、ちょっと腹が立っちゃったのよ。あたしが手堅い仕事を選んだのって、絶対に兄さんがああいう性格だからだわ」

　脩は笑った。

「父さんって、昔からあんなふうだったの」

「あたしは十歳も年が離れてるから、覚えてるのは、すごく大きなお兄さんだったたってことだけよ。実はこれでもかなり尊敬してたと思う。頭もよかったし、気さくだったたし。でも、なにをしてるのかはよくわからなかった。兄さんが大学生の時なんて、大学に行ってるよりも海外を放浪している時間の方が長かったんじゃないかなあ。新聞社に入っても飄々《ひょうひょう》としたままで、おまけに三年で辞《や》めちゃうし、このまま風に吹かれるような人生なのかと思ってたら、結婚して、しっかり子供つくっちゃったり。結果的に脩ちゃんのママは可哀想だったと思う。ねえ、前から不思議だったんだけど、脩ちゃんはどうして、兄さんと一緒に暮らすことにしたの？　だって、小さい頃だったんだから、ママの方を選んで当然だと思ったんだけど」

　脩は少ししんみりして目を伏せた。小学校一年生の時のことなのに、今ではすごく遠くに思える。父さんと母さんが離婚を決めて、脩にどちらと暮らすか尋ねられた時、脩は迷わずに父さんを選んだ。恵美さんは知らないけど、その時にはもう母さんには新しい恋人がいて、その人がいくらいい人でも脩にはどうしても自分の居場所がないような気がしたのだ。

「ごめんね、脩ちゃん、話しすぎた」黙り込んだ脩に、恵美さんは慌てて言った。

「別にいいよ。でも、恵美さんって、父さんのこと話す時だけ、すごく手厳しいよね」

恵美さんの口元の微笑みがふっと強ばった気がした。

「そうかなあ、あたしは手厳しい？」と呟く。「そうね、たしかに厳しいかも。それは、昔、兄さん子だった裏返しかもねぇ。ほら、正直、兄さんが結婚した時、あたしはショックだったのよ。兄さんを取られたって。おまけにその頃から、あたしも分別ついて、兄さんがどんどんいい加減な男になっていくみたいに見え始めちゃって。結局兄さんは、同じ場所にとどまれない人。行けるところならどんな遠いところだって行きたいのよ。ほら、兄さんはよく、パスポートのスタンプの数を自慢してたけど、あんなのバカみたいだと今は思う」

たしかに、父さんは、パスポートに押された出入国のスタンプを脩によく見せてくれた。脩がまだ母さんと住んでいた頃、父さんはひとりでアフリカの名前も聞いたことがないような国々をめぐっていた。だから、十年パスポートの最初の三分の一には、丸々一ページを使ったヴィザのスタンプがいくつも押されていた。脩はそれを見るたびにすごくワクワクした気持ちになったけれど、どことなく寂しくもあった。

「とにかく脩ちゃんは、兄さんみたいになってほしくないなあ。この夏休み、残ることにしたのは正解。ちゃんと地に足をつけた大人になってほしいよ。兄さんには悪いけど、あたしはそういう人こそ魅力的だって思うようになってきた。だって旅ばかりの人生って寂しいと思わない？　やっぱり男の人は、どんと根を下ろしていい仕事をしてくれるのが一番よ」

そういえば、恵美さんの数あるボーイフレンドの中で、「本命」は病院のドクターなのだと聞いたことがある。酔って帰ってきた時ののろけ話だったけど。

「恵美さんの彼氏って、内科のお医者さんなんだよね。お医者さんはやっぱり地に足がついている仕事？」

恵美さんがふと視線をそらした。

「そうとも言える。でも、そうじゃないドクターもいる。まあ、大人には色々あるの。脩ちゃんもいずれわかる。脩ちゃんは素敵な大人になって」

恵美さんは急に物静かになって、二本目のワインを開けた。脩もコーラを飲んでしばらくつきあったけれど、だんだん居心地が悪くなって部屋に戻った。

ぼくはどんな大人になりたいだろうか。脩は自問した。でも、そんなことわかるはずがなかった。

その夜、脩は父さんと話した。

最初は夢だと思ったけれど、本当に携帯に着信していた。父さんはこっちの時間なんて考えずに電話をかけてくる。

雑誌の原稿を仕上げるために、キャンプグラウンドに宿泊しているのだという。だから、簡単に電話できる。

父さんはすごく楽しんでいると言った。川を下りながら、マスを釣り、結構、ワイルドな生活らしい。今回は自分の中の野性を取り戻すための旅であって、特に決まった撮影テーマを定めてるわけじゃない。それでも、クロクマに何度か出会って、いくつかすごいショットを撮った。感覚が鋭くなっているせいだと思う。これまで抑圧されていたものが、解放されていくのがわかる。本当に来てよかった。おれの野性は、ここにある。

じゃ、父さんにとって、子供といることは、野性ではないの？

だって、子育てだって「自然」だと、父さんはいつも言っていたじゃない。ぼくってやっぱり、お荷物だったのかなあ。とすると、お母さんも、お荷物だったの？　父さんは、どこまでも遠くに行きたいの？

そんなことをぼんやり思って、結局は口にできなかった。

「ペンギンのことを調べてるのか」と父さんが言って、その時、急に意識がはっきりした。

「鈴木君からメールをもらった。なかなかおもしろい発想じゃないか。生態をよく勉強した上で漫画を描くつもりなんだろ。鬼澤先生にはおれの方からも説明しておいた。きみがわけのわからないテーマを言いに来たと先生は相当心配していたからな。きちんと調べて書かれたものなら、漫画でも自由研究として認めてくれるそうだ。どんな話になるのか、楽しみにしてるからな。きみは好きなように描けばいい。きみは自由なんだ。自分を信じて、楽しんでやれば、きっとよいものになるからな」

「鬼澤先生と話したの？」

「いや、メールだ。最近はどんなところからでも衛星経由でメールを飛ばせる。便利になったもんだ。自由研究について相談があったら、いつでも父さんにメールくれればいいからな」

「そのことはもう済んだんだ。気にしないで」

「とにかく自由な夏休みを満喫してくれ。こっちはこっちで楽しんでる。いいか、きみの夏休みはきみだけのものなんだぞ」

「わかってるよ。安心して。ぼくは大丈夫」

脩は寝ぼけた声のまま言っていた。本当はもう冴《さ》え冴《ざ》えとしていたくせに。

どこかに遊びに行きたくて、脩は朝一番に何人かに電話してみた。でも、あてにしていた木村や酒井は電話がつながらなかった。

脩は学校でいつもゴム丸や河童とだけつるんでいるわけじゃない。意地悪な海野のグループと優等生の手嶋だけは少し苦手だけど、男子でも女子でもだいたいの子とは仲よくしていた。特に漫画好きの木村や酒井は話題がよく合ったから、放課後にも時々一緒に遊んだ。夏休みの遊び相手として、脩はゴム丸たちよりも、むしろ、こっちの方に期待していたのだ。

仕方がないので、午前中は漫画を描いて過ごした。ゴンとミクロが活躍する話の続き。でも、あまり進まない。

宿題はないのかって、出勤前の恵美さんに聞かれたけれど、自由研究以外にはなにもない。恵美さんが小学生だった頃は、算数や漢字のドリルを山ほど出されたそうだ。たぶん今は、勉強する奴は塾に行くのが当たり前だから、宿題が少ないんだろうと脩は思う。

それで思い出した。木村も酒井も、夏期講習に行くって言っていなかったっけ。親が私立を受けてみろってうるさいって。

ゴム丸が朝の観察を終えたら、一緒にゲームでもやろうかなあと考えて、それもなんかぱっとしないなあとも思う。

じゃあいっそ、鳳凰池に行こうか。今ならまだゴム丸がいるはずだ。一緒にペンギンの抱卵を見守るのもいいかもしれない。

でも、不思議と気が乗らないのだ。

きのうまでだったら、こんなことはなかった。夜、恵美さんと話し、父さんと話した後で、なにかが変わってしまった気がした。

ぼくは自由だ、と呟いてみる。

ペンギンを研究する自由。父さんが「それはいい」と認めてくれる研究テーマ。

脩は自分が父さんにこのことを話したくなかったことに気づいた。

ペンギンの「ペ」の字も話題にしたくなかったことに。鈴木さんが連絡しちゃったのは仕方ないにしても、すごく嫌だった。

ひどく不安になる。今すぐここから逃げ出したくなるような。

おまえの居場所はここじゃない。

自分自身の声が耳元で囁いた。

こういう気持ちって人にわかってもらえるだろうか。

ゴム丸じゃ無理だ。茶化されておしまいになってしまう。

河童ならひょっとしてと思うけれど、どのみち脩は、うまく説明できないだろう。なぜって、脩自身、自分のことがよくわからないのだから。

脩はひとりで外に出た。

路面に水を打ったような陽炎《かげろう》が揺れる昼下がりだった。駅前から続く商店街にもそれほど人影はない。

マンションから一番近いコンビニでアイスを買った。見知った顔のアルバイトの姉さんが、テキパキと動き、釣り銭を返してくれた。その間、脩は一言も口をきかなかった。アイスを舐《な》め、馴染みのはずの商店の前をひとつひとつ通り過ぎる。誰にも話しかけないし、話しかけられもしない。通りの空気が淀んでいる。なぜかすごく淋しくなった。

遠くに見える駅に急行が滑り込んできた。あの電車に一時間ほど揺られれば、母さんが住んでいる街に着く。でも、母さんには新しい家族がいるし、決められた日以外には会わないことになっている。母さんはなにかあったら連絡するように言ってくれるけれど、脩は一度も自分から電話したことがなかった。

電車が動き出した時、動悸が高まった。脩は突然息苦しくなって、その場に立ちつくした。

路面の陽炎がすーっと上がってきて、目の前の空気が歪《ゆが》んでいた。

膝をついても、誰も気づいてくれない。

ゆらゆらと歩いている人がいて、狭くなった視野の中で、その手に収まった細長い棒のようなものが目についた。

ふらりとバランスを崩し、脩は道の上に尻餅をついた。

気づくと目の前に手があった。よく灼けた皺《しわ》だらけの大きな手だった。それが脩の手を掴み、強い力で引っ張り上げた。

今度は目の前にあの棒が見えた。いや、棒じゃなくて、細長い木製の喇叭だ。

喇叭爺だった。脩を日陰に動かしてまた座らせると、なぜか腰に下げている水筒の口を開けて差し出した。

「さあ、飲みなさい」

言われて気づいた。すごく喉が渇いている。脩は直接口をつけてすごい勢いで流し込んだ。麦茶だったけど、飲んでいる間はそんなこと気にしていなかった。

喇叭爺はじっと見ている。

しばらくして、「おぬしは、川に行かんのか。カワガキではないのか」と言う。

「あ、ありがとうございます」脩は急に意識がしゃんとして、喇叭爺のことを見上げた。

彫りが深く、どことなくガイジンぽい顔つきだった。目は濁っているけれど、それでもとても強い視線で脩を見ていた。脩は目をそらして、また喇叭に目をやった。

「これに興味があるか」

「はい、すごく大きな音がでますよね」

「チャルメラという。ポルトガルの楽器だ。わたしはもう五十年も前に、ブラジルのサントスで手に入れた」

頭の中でカチッと音がした気がした。

脩はこの楽器を知っていたのだ。喇叭爺に親しみを覚えていた理由。それは、この楽器、チャルメラのせいなのかもしれない。父さんとブラジルに行った時、長期滞在した宿の主人がよく吹いてくれた。もっと細くて短いものだったけれど、まったく同じ形をしていた。その時の楽しい記憶に、チャルメラを吹き鳴らす喇叭爺はつながっているのだ。

「ぼくも昔、サントスに行ったことがあります。父さんと一緒に。父さんが写真家なんです」

喇叭爺は脩の言ったことに全然興味を示してくれなかった。

「カワガキが少ない。夏だというのに少ない。わたしはまた校庭に行くのだ」

「もう夏休みだから、だれも来てませんよ」

脩が少しふてくされて言うと、喇叭爺は目を細めた。

「そうか、ならば、おぬしに会うために、ここに来たことになるな。おぬしは、カワガキになるのではないか。川の名前を持ったのではないか」

「カワガキってなんですか」

「決まっておる。川で遊ぶ餓鬼《がき》どものことだ。川とは特別なものだ。カワガキも、特別なものだ。おぬしにもそれがわかったのだろう。遠く旅して来た者ほど、足もとを見よ。

足もとにはどこでも川が流れている。最も近しい流れを知ってこそ、おぬしの旅も意味を持つだろう」

指し示された地面は、商店街のアスファルトだ。そこに川なんてない。でも、なぜか脩はその時、川が流れている気が本当にした。

視線を上げたら、見えたのは喇叭爺の後ろ姿だった。

脩は、喇叭爺に聞かなければならないことがあったのを思い出した。ペンギンのことを知っているような素振りだったけれど、本当はどれだけ知っているのか。それだけじゃない。カワガキが「川餓鬼」だとしたら、喇叭爺が叫ぶあの呪文みたいな言葉はなんだろう。

腰のあたりで揺れながら遠ざかるチャルメラを見ていると、耳元で鮮やかに喇叭爺の声が蘇る。

〈カワガキヴェニャムアキー！　アゴーラメスモー！〉

ああ、なんてことない。脩はこの言葉を小さい頃には知っていた。

“Venham aqui! Agora mesmo!”　ポルトガル語で、「今すぐここに集まれー」とかいう意味だ。

喇叭爺は、みんなに一緒に来いと呼びかけてたのだ。それもわざわざ「カワガキ」と断った上で。すごく不思議だ。喇叭爺って何者なのか、がぜん興味が湧いてきた。

商店街をゆらゆら歩いていく後ろ姿を追おうと思った時、ポケットの中で携帯電話が鳴った。

「きっくん？　今、来れる？」

河童だった。

「あ、河童、あのさ、今、喇叭爺と会ったんだけど、喇叭爺って昔ブラジルにいたんだって。それで……」

脩は自分がたった今体験したことを話したくて仕方なかった。

「とにかく早く！」

河童が珍しく声を荒らげた。

「今、ゴム丸君が鳳凰池から出てきたんだ。孵化が始まりそうだって」


かすかな鳴き声が続いている。

チーチー、と胸が締めつけられるほど、か細い。

オギの中の巣にはマペン。時々、自分の腹の下の様子を、体を伸ばして覗き込む。そのたびに、脩とゴム丸にも、卵に入った亀裂が広がっているのがわかった。

河童はこの亀裂を確認すると、さっさと塾に行ってしまった。脩にはそれが信じられなかった。さっきは電話で興奮していたくせに。こんな時くらい休んだっていいじゃないかと言ったけれど、河童はもうペンギンの孵化に興味を失ったみたいなのだった。

河童は間違っていると思う。ここでじっと観察すれば、それだけのことはあるのだ。卵の亀裂の中から、小さな可愛らしいクチバシが突き出して、必死に卵の殻を割っていく。今のところはひとつだけだけど、ゴム丸はもうひとつの卵の中からも、チーチー鳴く声が聞こえると言い張った。

「すげえ、すげえ、もうすぐじゃん。がんばれよー」ゴム丸が大騒ぎをする。「きゃはっ、たまんねえじゃん。ペンギンのヒナってマジ、可愛いじゃん」

「孵化するって、大変なんだな」脩はしみじみ言った。

なんで、マペンは手伝ってあげないのだろう。小さなヒナがこれだけがんばってるのに、マペンは時々見つめるだけで、自分の大きなクチバシで殻を割ってやろうとはしない。頼りなくチーチーと鳴くヒナが、震える細いクチバシで少しずつ少しずつ、外の世界に生まれ出すための出口を広げていく。

目頭がじんわりした。涙がこぼれる前に、脩は何度も指先で拭った。なんでこんなに感じちゃうのか、自分でもわからなかった。

何時間たったのだろうか。時間の感覚はもうなくなっていた。

空が赤く染まっていて、夕方かなり遅いのはたしかだったけれど、あえて携帯電話を出して時間を確認するつもりにもなれなかった。

半分近くになった殻から、身をよじってヒナが転がりだした。まだ目は開いておらず、茶色の細かな綿毛が体に張りついている。体全体が小刻みに震えていて、その上にマペンのお腹が優しく覆い被《かぶ》さった。

「おい、見ろよ！」ゴム丸が声を裏返した。

マペンが体の向きを変えた時、もうひとつの卵がごろんと転がった。

今まで見えていなかった部分がこっちを向いた。

小さな震えるクチバシが、中から突き出している。ふたつ目の卵も孵化が始まったのだ。

残念、と思う。今始まってしまうと、きっと外に出てくるのは夜中だ。もう少しずれてくれれば、明日、また孵化の瞬間を見られたのに。

「ゴンとミクロ」とゴム丸が言った。

「え？」と脩。

「二羽いるんだから、名前がいるじゃん。だから、ゴンとミクロ」

「あ、いいね、それ」

ふと、目の前のヒナたちが、自分が描く漫画の世界の中で、震えているのを想像した。まだ、ペンギンも人間もいなかった大昔。だから、マペンもパペンもいなくて、なぜか巣を守るのはミクロラプトルだ。

胸がドキドキした。

父さんはこのドキドキを知っているだろうかと思った。カメラのファインダー越しに見つめて、いつもドキドキしているのだろうか。

脩はこれをずっと見ていたいと思った。この目でずっと、生まれてきたヒナが大きくなっていくのを見ていたい。撮影が終わったらすぐに移動してしまう父さんみたいじゃなくて、今ここにマペン、パペン、ゴン、ミクロと一緒にいたい。

そう感じたら、その瞬間に昼間、感じていた不安が心の底からすーっと消えた。

〈足もとを見よ。足もとにはどこでも川が流れている〉

喇叭爺の声がふいに頭の中で響いた。

たしかにここには川が流れていた。鳳凰池から一筋の小川ともいえない小川が桜川に注いでいた。

暗くなってから渋々《しぶしぶ》家に帰ると、村田さんの夕食を食べてすぐに部屋に籠もった。鳳凰池では、先に生まれたゴンがマペンの下で震え、後から来るミクロを待っている。ミクロはまだあのか細い声をあげながら、分厚い卵を必死に割っているだろう。それを思うと、やっぱり胸が高鳴った。

机の上にはラフを描いたままのケント紙が乗っていた。脩はそれをきちんとまとめると引き出しの中に仕舞った。たぶん、この続きを描くことは当分先だ。今、脩の心の中に住んでいるのは鳳凰池の四羽のペンギンだった。ゴンとミクロさえ、漫画のキャラではなくヒナたちの名だった。

秘密にしなきゃならない。これ以上のことは漏れ出さないように。

恵美さんや鈴木さんには特に気をつけなきゃ。父さんにつながる一番簡単なルートだから。鬼澤先生もだめだ。メールを使えばどんな連絡だってできてしまう。とすると、五年二組のクラスメイトにも話せない。絶対そのことは徹底しなきゃならない。脩は明日そのことをゴム丸と河童にも話すことに決めた。

第七章　ペンギン・サマー

この年の夏をずっと後になってから思い出したとしたら、心の中になにが残っているだろうか。

大人になった時、すべてを覚えているのは無理らしい。恵美さんは言う。「本当に子供の頃のことなんて忘れちゃうものよ。五年生の時の夏休みになにをしたかなんてぜんぜん思い出せない。クラスで顔が浮かぶ子なんて十人もいないし、それだってたぶん六年生や四年生の時の同級生と混同しちゃってる。本当に遠くに来ちゃったなあ」

脩は自分もいずれ遠くに行くのだと知っている。これまでだって、結構、遠くには出かけてきたけれど、大人になればもっと遠くに行くのだ。父さんに連れられてではなく、自分自身の意志で。

その時、脩にとって「五年生の夏」は、どんな意味を持っているだろう。

桜川に棲み着いて、子育てを始めてしまったマゼランペンギン一家。

すべてがそれを中心に巡っていた。脩にとって「はじめての夏休み」は、まぎれもなくペンギン・サマーだった。

自由研究がきっかけだったとしても、途中からはそんなことよりも、ゴンとミクロの成長が楽しみで、それが生活のリズムになった。ペンギンに出会わなかったら、夏休みがどうなってしまったか、脩は考えるだけでぞっとした。

たぶん、ゴム丸と一緒に毎日ゲームをして、小母さんが出してくれる売れ残りのケーキを食べて、もえちゃんと遊んで……ただそれだけで終わってしまっただろう。休みの四十日間がとてつもなく長く思えて、父さんについていかなかったことを心底後悔してしまっただろう。

今、脩は夏休みが短すぎると感じている。ヒナが巣立つまで平均で六十日くらいだというから、夏休みの間ではその半分くらいにしかならない。成長を最後まで見届けられないのが悲しい。学校が始まっても放課後に来ればいいのだけれど、何時間も巣の前で様子を見ることはできなくなる。

だから、脩はできるだけペンギンたちの近くにいる時間を長く取るようにした。恵美さんが休みの日、鈴木さんの水族館に行くのさえ渋々だったくらいだ。でもまあ、鈴木さんには会ったら会ったで、いろいろ教えてもらえてよかったのだけど。なにしろ、鈴木さんはフンボルトペンギンの人工育雛《いくすう》を何度も経験していて、近い仲間であるマゼランペンギンのこともよく知っている。作品に必要だと言ったら、ヒナを育てた時の飼育ノートまでコピーさせてくれたし。

脩とゴム丸の観察ノートには、日に日に新しい文章と絵が描き加えられて、八月の第一週には大学ノート二冊にもなった。この調子だと二週目の後半にある二泊三日の林間学校の前に、三冊目も終わってしまいそうだった。とにかくすごいペースだった。

観察ノートは連絡ノートでもあるので、「餌やり見たぞー。キクはまだなんだろ。きゃはっ、おれはもう二度目だもんねー」などとゴム丸は書いてくる。「あれ見ちゃうとさあ、ひしひしと親の愛情を感じるね。実験なんてしなくても、ペンギンには感情があるとわかるじゃん」

脩は悔しくて、観察の時間を延ばしてみた。でも、最初の頃、餌やりは午前中ばかりで、脩はなかなか見ることができなかった。

だから、その日、夕焼けの鳳凰池で、ホーッという例の「もうすぐ帰る」コールが聞こえてきた時には、体が引き締まる思いだった。薄暗くなるまで粘って、とうとうマペンが排水管からあらわれた時には、鳥肌が立った。お腹がかなり膨らんでいて、相当たくさん食べたのだとわかった。歩き方もよちよちで、あたりをキョロキョロする時の目つきの鋭さに比べてすごく可愛い。

ヒナに餌を与える瞬間は、たしかにゴム丸が興奮するだけのことはあった。

マペンがオギの中の巣に近づいていくと、パペンの腹の下で温められているゴンとミクロが、細かく震えながらチーチーと激しく鳴く。マペンもそれに合わせるみたいに体を震わせ、クチバシを空に突き出したかと思うと、すぐに下を向いて激しく痙攣する。大きく開いたクチバシにまず一日だけお兄さんのゴンが顔を突っ込む。マペンに食べられちゃうのかと思うほど深く。でも、逆にマペンのクチバシの奥からでらっとしたものが落ちてきて、ゴンは窒息しそうになりながら飲み込むのだ。

吐き戻されたものが時々、ちらりと見えた。食べられた魚が半分消化されて練り固められたものだ。なまめかしいピンク色をしているけれど、光の加減で青や緑に光って見えることもあった。それがドキッとするほど美しかった。

何度も痙攣し、食べたものをあらかた吐き戻してしまうマペンの姿にも、どことなく気高いものを感じて、ゴム丸が「愛情を感じる」というのもよくわかった。

この後、これまで巣を護っていたパペンは、いったん外に出て鳳凰池で泳いだものの、すぐに戻ってきてマペンのとなりにうずくまった。

あれ？　と思う。

その時、マペンの腹の下から、二羽のヒナがひょいと顔を出した。

こっちを見ている。目はぱっちりと全開で、まっすぐに脩を見ているのだ。つぶらで、黒々としていて、好奇心があるようなないような。

ゴンがマペンの腹の下に頭を突っ込むと、それに弾かれてミクロがごろんと転がった。

ミクロはマペンではなく、パペンの腹の下に潜り込んで、突き出したお尻からピュッと白い糞尿を飛ばした。そのままさらに体を奥に突っ込み、ゆっくりとした周期で体をかすかに上下させる。パペンは暗くなってからは出かけずに、一晩中ここにいるのかもしれない。夜行性ではないわけだから、朝まで待ってから次の「漁」に出かけるんじゃないだろうか。だとしたら、今晩は家族四羽が全員揃うことになる。

家族水入らず、なんて言葉を思い出して、脩はちくりと胸が痛んだ。

脩には、もうあり得ないことだ。父さんと母さんは仲が悪いわけじゃないけれど、母さんは再婚して新しい子供ができた。本当にかわいらしい女の子で、脩は仲よくしたいと思っている。でも、その子がいる暖かい家は、脩の居場所じゃない。

ぎゅるぎゅるとお腹が鳴った。おかげで感傷が吹き飛んだ。そろそろ帰る時間だ。自慢じゃないけど、脩の腹時計は正確なのだ。携帯電話の時計を見るまでもない。

立ち上がって、ペンギン家族にサヨナラを言った。

一家で楽しんでね。また明日。

それで、ふと気づいた。これは、チャンスじゃないか。

明日の朝、早起きしよう。桜川上の砂利道で待機して、パペンが出てくるのを待てばいい。それで、後をつけるんだ。どこまで餌を探しに行って、なにを食べているのか。

脩の研究では、それを調べなければならない。

ペンギンの本によれば、後になればなるほど両親の交代の間隔も長くなっていくそうなので、この調査が難しくなる。ヒナが大きくなると、胃が大きくなって食いだめが出来るようになるから親としても時間をかけて出来るだけたくさん食べて帰ってきた方が効率がいいのだそうだ。ちょうどあさってからは林間学校だし、それまでに決着をつけておくのはよい考えだった。

排水管の出口から黒い影がドタドタと滑り出してきたのは、日の出から一時間くらいたった頃。夜明けの少し前から待っていた脩は、ひょっとしたらパペンはもう出かけてしまったのではないかと心配になって、じりじりしながら待っていた。

最初の一歩はどっちだろう。上流か、下流か。

パペンは迷うこともなく浅瀬を歩き、体を水の中に横たえた。頭は下流を向いている。やっぱりそうだ。上流の親水公園の方に行ってもそんなに餌が豊富なはずないし。脩が終業日に教室から見たのは、きっと、たまたま、なのだ。

見え隠れする黒い背中を追ううちに川沿いの砂利道は、小さな石を散りばめたコンクリート敷きの遊歩道に変わった。それがずっと右岸に沿って続いている。

突然、パペンの姿が消えた。水の中を弾丸のように素早く進むのがほんの一瞬だけ見えた。脩は焦ってペダルをこぐ足に力を込めた。五十メートルほど先にパペンが顔を出したのでほっとしつつ、それでも必死で追いかけた。

パペンは流れが充分に深いところでは潜水して猛スピードを出し、浅瀬では立って歩くというのを何度も繰り返した。そうするうちに私鉄の高架を二度くぐり、さらに高速道路の下を通り抜けた。川沿いの道も、遊歩道がやがてアスファルトの車道になり、砂利敷きの小道に戻ったりしつつ続いた。その間も桜川は桜川のままで、両岸をコンクリートの壁に区切られてほとんどまっすぐに流れ下っていった。時々、段差を調整するためなのかウォータースライダーのようになっている場所があって、そこではパペンは腹でつるりと滑って進んだ。

あたりは完全に知らない町だった。この地域は、都心に向かう東西の交通ばかりが発達しているから、桜川の流れに沿って南西に進むと、脩が聞いたことがなかったり、もっと遠いと思っていた（電車を乗り継ぐと実際に遠い）地名が次々とあらわれた。

たぶん三十分くらい追いかけたのだと思う。水道の太い管が川の上を渡る水道橋で遊歩道が途絶えた。脩は少しだけ大回りをして、ふたたび川沿いに戻った。すぐそこに特大のウォータースライダーがあって、その先で朝靄が完全に消えていた。

パペンの姿は見えなかった。桜川はそこで終わり、ずっと水量が多い川に合流していたのだ。看板があって、「野川《のがわ》」と書かれていた。野川沿いはずっと車道になっており、脩はそこを目一杯のスピードで進んだ。でも、もう二度とパペンの姿を捉えることはできなかった。

それでも進むと、すぐに野川はもっと大きな川に注ぎ込んだ。多摩川だった。合流地点のあたりは河原に砂利が多く、水面にはカルガモやカワウが浮かんでいた。パペンの姿を探してみるが、やっぱり見あたらない。カワウは水に浮かぶ姿がなんとなくペンギンに似ているから、この中にパペンが紛《まぎ》れていても遠目には見逃してしまうかもしれない。

携帯電話の時刻表示は、まだ六時すぎだった。川には釣りをしている人がひとりいる以外に人影はなく、下流の橋を行き来する車もそれほど多くなかった。

なんとなく、釣り師の近くに歩みよると、川面になにか巨大な影が映った。まるでクジラのような大きさだ。一瞬ドキッとしたけれど、よくよく見るとそれは小魚が群れて体長が十メートルを超えるひとつの大きな生き物のように見えるのだった。水面に近づいた時、朝の光を浴びてキラキラ輝く。脩は吸い寄せられるように足を前に踏み出した。スニーカーの先から水が染みて、思わず引っ込めた。

「おい、気をつけなよ。その辺、意外に深いぞ」

口髭《ひげ》をたくわえた釣り師がのんびりとした口調で言った。

「あれ」と脩は指さした。「熱帯魚みたいですよね」

青、緑、赤、鮮やかな色彩が水面近くで踊っている。濡れて輝いている様子は脩の記憶の中のある物とそっくりだ。

「オイカワだよ。熱帯魚じゃない。産卵の時期なんじゃないか。オスは婚姻色《こんいんしょく》といってあんなふうになる。冬場の方がうまいから、今は釣らんけどね」

「いつもあんなに群れるんですか」

「そうだなあ。この時期にはたまに見るね」

ひとつ謎が解けた。親ペンギンたちが、どこでなにを食べているのかということ。

多摩川まで下ってきた後、さらに海まで下っているのか、それとも、このあたりで用を済ませるのか。

答は「ここ」だ。オイカワをかなりの量、食べているんじゃないだろうか。吐き戻した時に消化されずに残った鱗が、青や緑に輝いて見えるほど。

しばらく脩は刻一刻姿を変えるオイカワの群れの様子を見ていた。パペンがやってきて群れを追いかけるかもしれないと少しだけ期待しつつ。

やがて、ほかの釣り師たちがちらほらとやってきて、気づくと川に沿って一列に並んで釣り糸を垂れ始めた。それでやっと、脩はきょうが土曜日だったことに気づいた。夏休みに入ってから曜日の感覚が完全に無くなっているのだった。

脩の発見に、ゴム丸はまったく無関心だった。ゴム丸はマペンとパペンがどこで餌を採っていようがどうでもよくて、ただ、ヒナの成長ばかり気にしている。だから、もうゴム丸が来ていると思って鳳凰池に立ち寄った脩は、肩すかしをくらってしまった。

「きゃはっ、ゴンとミクロって、性格も随分《ずいぶん》違ってると思わねえ？　やっぱり、兄と妹じゃ、キャラ違ってくるじゃん」

ミクロがメスって決まったわけじゃないのに、ゴム丸はとっくにそう決めてかかっている。

「ゴンの方が強引なんだよな。なにするにしたって、ミクロを抑え込んでやっちゃう。それって、兄の態度として失格だと思わねえ？　でもさ、時々、親が巣から出て子供をほったらかしにすることとあるだろ。そんな時なんかは、ゴンが翼を広げてその下にミクロを入れようとするんだぜ。それがもうかわいいんだって！」

ゴム丸はどんどん情が移っているらしくて、話し方に力が入っていた。

脩はその時、なぜかうなじがちりちりする感覚を抱いた。

「それでさあ、ミクロの奴がさあ」と話しかけてくるゴム丸に、口に人差し指をあてて黙らせた。

「誰かいる」と囁く。

そんなに近くではないけれど、風に乗って声が聞こえてきたのだ。

「誰かって、そんなはずないじゃん」

ゴム丸が言うのはわかる。鳳凰池の保護区はかなり大きい。おまけにペンギンを観察している場所は桜川に一番近いところ、つまり、民家や道路がある場所とは逆サイドなのだ。ここで人の声が聞こえるということは、立入禁止になっているこの保護区の中に人がいる、ということなのだ。

脩はゴム丸のTシャツの裾を引っ張って、オギの群落の奥まったところに一緒に隠れた。

「なんだよ、どこにいるんだよ。ここに来るわけねえじゃん」

ぶつくさ言いながらも、声は潜めている。

ハハハ、としわがれた笑い声があがった。

かなり遠い。方向からすると、鳳凰池を挟んだ向こう側みたいだ。ゴム丸が体を硬くして、脩を見た。

「まじかよ。やばいじゃん。見つかったら、おしまいじゃん」

脩は唇を噛んだ。そうなんだ。ここは立入禁止だから、見つかったら確実に追い出されて、ペンギンの観察ができなくなってしまう。

「たまんねえよ、絶対にいやじゃん」ゴム丸が脩と同じ考えを言葉にした。顔は蒼白《そうはく》で、それこそ生まれたてのヒナみたいに震えていた。

「どうする、キク、なんとかしねえと、とんでもねえことになる」

「うん、なんとかしよう」

言ってみたものの、どうすればいいのかわからない。ここにふたりがいるのを気取《けど》られないためなら、今から排水管を伝って逃げるよりも、この場で隠れていた方がいい。でも、ペンギンが見つかってしまったらどうしよう……。

また笑い声が響いた。今度はもっと近くだ。

オギの隙間から人影が見える。大きな人と、小さな人。小さい方は、きっと子供だ。ふたりは鳳凰池のほとりを歩いてこっちに近づいてくる。もう少しで、今はマペンが護っている巣のあたりに来る。

「ほう、ペンギンか！」

しわがれた大きな声がした。脩とゴム丸はびくりと体を震わせた。

子供の声がなにかを言って、しわがれた声が再び笑いになった。

見つかった！

え？　と思った。

ペンギンを見つけた割には驚いていない。オギの中を覗き込みもしないし、それどころかずっと池の方を見て話し込んでいる。

「おい」ゴム丸が脩の袖を摑んだ。「喇叭爺《ぜんそく》だ、それに——」

ゴム丸が息を吸い込む音が、まるで喘息《ぜんそく》患者の息みたいにひゅうっと響いた。

脩は目の前のオギを手で少しだけかきわけた。

大柄な男は喇叭爺だ。間違いない。なんで喇叭爺がこんなところに……と思う間もなく、脩の目はそのとなりに立っている少年の方に吸い寄せられる。

どうして！　心の中で叫ぶ。

手嶋なのだ。同じクラスの手嶋國光《くにみつ》が喇叭爺のとなりに立っている。

「やっぱり、あいつ……」ゴム丸がつぶやいた。そう言えば、ゴム丸は親水公園で喇叭爺と手嶋が一緒にいるところを見たと言っていた。

「許せねえじゃん」とゴム丸。

許せない。脩も口の中で呟いた。

なんで手嶋がここに来るんだ。そうだ、きょうは土曜日だから塾が休みなのかなんてことに気づいて、問題はそんなことじゃないと思い直す。ここは手嶋が来るべきところじゃないんだ。脩とゴム丸と河童の三人が見つけて、鬼澤先生には馬鹿にされながらも、コツコツ観察をしているんだから。後からやって来て、こっちがやろうとしていることを横取りするつもりなら絶対に許せない。

でも、やっぱりおかしいぞ。だって、相変わらず、喇叭爺も手嶋もペンギンのいるあたりを見ない。ただ、鳳凰池の水面を向いて話し続けている。時々、「ペンギン」という言葉が出てくるのに、すごく不自然だ。

「話つけに行こうぜ。ペンギンが見つかっちまったんだから、話つけるしかないじゃん」

腰を浮かせるゴム丸を脩は押し止めた。もう少し様子を見たい。

しばらくすると手嶋がくるりと体の向きを変えて、ペンギンと脩たちがいるオギの群落の方を見た。手嶋の視線は何気ない雰囲気でその表面を撫でて通り過ぎた。ほんの一瞬視線がぶつかった気がして、鼓動が高鳴った。でも、それは気のせいだ。手嶋はすぐにまた後ろを向いてしまった。脩は顔がかーっと熱くなった。

喇叭爺と手嶋は喋りながら歩き始める。しわがれた笑い声が時々響き、それがどんどん遠くなった。ハンノキの木立の中にふたりが消える時、脩とゴム丸は立ち上がった。

「いいのかよ。あのまま行かせて。もうバレちまったんだぜ。こっちの研究を横取りしようとしてんだったらどうするよ。手嶋だったら要領いいから、簡単にやっちゃうじゃん」

脩はなにも答えなかった。

脩は自慢じゃないけれど、視力がいい。喇叭爺と手嶋の姿が消えてしまう直前、もうひとり、木立の中にいるのを見てしまった。そいつは、ふたりと合流すると、ちらりとこっちを一瞥《いちべつ》して、すぐに消えてしまった。

ペンキの臭いがセキレイ橋の下に充満している。

日曜日だ。明日からは林間学校だから、朝のうちに準備を済ませてしまった。昼過ぎにここに来たのは、約束していたから。ゴム丸は午後の店番があるので、最初だけ顔を出して今はもういない。

赤いビールケースの上に乗せられた船体《ハル》は、上品な光沢を持った木目に仕上がっていた。ここに来るまで、河童は接合部分にエポキシ樹脂を染みこませたり、ひび割れをパテで埋めたり、その上からガラステープを張ったり、サンドペーパーでひたすら磨いたり、最後は全体をまんべんなくエポキシ樹脂でコーティングしたり、大変な作業量をこなしてきたのだ。ここのところ、夕方遅い時間には塾から帰ってきた河童の姿をこの場所で見かけた。

今、その作業は終わって、目の前に本当に美しいカヌーがあった。オープンデッキのタンデム仕様で、壊れてしまっていた前後ふたつのシートは、河童がゼロから作って取り付けてあった。パドルさえ、少し不格好だけど、河童は自作してふたつ備え付けていた。目の前が水深のある川や湖なら、すぐにでも進水させたいくらいだった。

でも、河童はまだ完成していないという。

「マークが欲しいんだ。桜川に捨てられてたカヌーだから、この場所だってわかるようなのを描いてほしいんだよ」

河童は最初、「区の鳥」のオナガにしようかと考えていた。でも、それじゃあまりにもぱっとしないので、一時、脩が描く恐竜にしようと浮気していた。桜川とは関係ないけど、とにかく格好いいと思ったから。でも、ペンギンに出会って考えが変わった。マゼランペンギンを描けば、充分におもしろいし、「ここ」を示すものでもある。

脩の希望で河童が準備したペンキは三色。白と黒とピンクだ。顔だけを描くので、二色でもなんとかそれらしくできるけれど、ちょっとお洒落なかんじにするには、クチバシの根元にあるピンク色の部分をワンポイントにするしかない。

ピンクは木の色から比べて極端に浮いたりしないように抑え目のもの。船体《ハル》の最先端の部分、左側に目つきが鋭くてクチバシががっしりしたパペン、右側に優しげなマペンを、それぞれ脩は手際よく描いていった。ふたつあわせて一時間もかからずに仕上がった。スリムな船体に野生のペンギン。それは意外にもよく合って、とても精悍《せいかん》なかんじがした。

「ペンギン・アドベンチャー」と河童が言った。

「え？」

「カヌーの名前。ずっと旅をしてきたペンギンにちなんで」

ペンギン・アドベンチャー。ペンギンの冒険。脩は舌の上で言葉を転がしながら、よい名前だと納得した。

脩は河童を見た。

「あのさ、前から聞こうと思ってたんだけど、進水式はどうするの」

「進水式って……」

「ここじゃ水深がないから浮かべられないだろ。河童の父さんにでも頼んで、車で運んでもらわないと」

「あ、いいんだよ。これはぼくの夏休みの工作だから。水に浮かべなくてもこれで完成」

「でもさ、それじゃあ、カヌーが可哀想だよ」

脩の目には、このカヌーはすごく上等だったし、上等な工作物はちゃんと使ってあげなければならないと思うから。

河童は答えなかった。口を引き締めて、ただ澄んだ目で脩を見るだけだ。

河童は女の子に注目されるようなタイプじゃない。脩の目から見ても、かなり野暮ったい。それなのにある時、委員長が「ねえ、河邑君の目ってすごくドキドキしない」と言っているのを聞いたことがある。

脩にしてみれば、河童にすごく神秘的なものを感じる。話し下手じゃないのに、あまり話さないこと。沈黙は金で、雄弁に優る。とにかく脩は「相手の目を見て、きちんと話せ。曖昧《あいまい》な点は考えてはっきりさせて、できるだけ正確に伝えろ」と教えられてきたから、河童のような同級生はとても不思議な存在だった。

　でも、そのせいで、やっぱり脩はいまだに河童のことをあまり知らないのだ。つきあいの長さと濃さなら、ちょうどゴム丸と同じなのに、河童についてはまだまだ脩はわかっていないことが沢山ある。川縁に転がっていたカヌーを修理することが河童にとっては大事だったこと。それにペンギンのエンブレムを描くことに決めたこと。そして、完成品を水に浮かべることには無関心なこと。実は河童なりに大きな理由が、それぞれにあるのかもしれなかった。

　だから、脩はこのことも聞かなきゃならなかった。たぶん見間違いではないし、また、脩が知らない河童につながることでもあったから。

「きのうなんだけど……」脩は言った。

　河童の黒い虹彩《こうさい》が、脩をとらえてすーっとすぼまった。

「鳳凰池にいたよね。喇叭爺と手嶋と一緒に」

　沈黙。ほんの少しの間。

「きっくんは、目がいいよね。いや、勘がいいというのかな」

「ゴム丸には言ってないよ。本当に河童だったのか、まず聞かなきゃと思ってたし、事情もあるんだろうし」

　河童は脩から視線を外して、川の方を見た。ペンキの臭いはすでに薄れて、湿った風が橋の下を吹き抜けている。

「どうせなら手嶋君から聞いた方がいいよ。ぼくは行きがかり上、あのふたりにつきあっただけだから」

「河童があの場所に連れてきたってわけじゃないよね」

「違う。ぼくが連れてきたのは、きっくんとゴム丸君のふたりだけだよ。ふたりならいいかなあと思ってね。ぼくはもう今年の夏は鳳凰池を卒業する約束をしたから」

「どういうこと？」

「去年まで、夏休みの自由研究は必ず鳳凰池のことだったんだ。鬼澤先生が言っていたのもそう。でもね、そろそろそれはやめて別の世界に目を向けろって。ほんとはカヌーを直すのだって、うちの母さんは嫌がってた」

「どうして、卒業しなきゃならないわけ。そもそも、河童は鳳凰池に……」

「うん、ぼくはカワガキだった。ちいさな頃から、あそこはぼくの庭だったんだ。友達とか多くなかったから、じいさんといっしょに遊んでた。町中にあるのに、ぜんぜん違う場所だろ。ぼくは鳳凰池にいると、いろんな植物や動物がいて、ドキドキする。でもね、いつまでもそれじゃいけないんだって」

　それで、いくつかのことがわかる。河童が鳳凰池のことをなんであれだけよく知っているかってこと。植物や動物に特別な愛情を持っていること。

「ペンギンも今じゃこの自然の一部って気がするから、子育てがんばってほしいよね。今、心配してるのは、これでみんなに注目されちゃわないかってこと。きっくんたちならともかく、テレビなんか来たら最低だし」

「手嶋と喇叭爺は来ちゃったよね」

「ああ、たぶん気になってるんだろうけど、手嶋君はペンギンには気づいていないよ。もっと近づいたら、ぼくがなにかをして注意を逸らすつもりだったけど」

「じゃあ、いったい……」

「だから、手嶋君に聞くといい。ぼくは前から思ってるけど、きっくんは手嶋君ともっと仲よくなれるよ。だって、似た者同士だもの。ぼくたちなんかより、ずっと気が合っても不思議じゃないよ」

「そんなことないよ。ぼくは手嶋は苦手だ」

「案外、あっちもそう思ってるかもよ。似た者同士って、煙たいから。そうは思わない？　ぼくがゴム丸君を時々、煙たく思うみたいに」

「河童とゴム丸だって似てないよ」

「いや、似てるんだよ」

河童の口調は、その時だけ断固としていた。

河童の言葉が耳から離れなかった。

手嶋と脩が似た者同士。それってどういう意味なのだろう。いろいろな面で、対照的だと自分では思ってきたのに。

背の高い手嶋と、チビの脩。

優等生の手嶋と、落ちこぼれぎりぎりの脩。

大人びた手嶋と、お調子者の脩。

勇気を持って自分の考えを言える手嶋と、いつも流される弱虫の脩。

なんだか、自分が悪い面ばかりを持っているみたいで、考えていると気が滅入ってくる。

おまけに、手嶋が鳳凰池に来た理由も気になって仕方ない。ふたりの会話の中で出てきた「ペンギン」ってなんだろう。もし、河童が言うように、あそこにマゼランペンギンの巣があることに気づかなかったのだとしたら、あの言葉の意味がわからなくなる。

とにかく、明日はバスに乗って林間学校だった。手嶋にも会うことになる。でも、きちんと話をするチャンスがあるだろうか。それも、こっちの秘密は伏せたままにして。たった二泊三日だけど、その間、ペンギン一家に会えないのは結構淋しい、なんてことをふと思う。

とにかく朝早い出発だから、眠らなきゃ。

十時には部屋の電気を消して、ベッドに入った。すぐに眠ってしまって、不意に目が醒めたのはまだ十二時前だった。居間の方で物音がする。恵美さんが帰ってきたのだろう。脩はトイレに行きたいと思ったこともあって、ベッドから下りた。

廊下に出た時、耳に話し声が飛び込んできた。それも男の人の。脩はびっくりしてその場に立ちつくした。ここからは見えないけれど、居間のテーブルで恵美さんと男の人が話しているのだ。

前にも一度こんなことがあった。その時の相手は同じ病院のドクターで、一時はすごくラブラブな状態だった。その夜、ドクターは恵美さんの部屋に泊まって、脩は居心地の悪い思いをした。深夜にトイレに立った時に部屋から聞こえてきた音は、いくらなんでも脩にも想像つくものだったし、なんだかもやもやした気怠《けだる》い感覚が体にわだかまってしまって混乱した。

あの時は父さんの講演旅行に脩もついていったと恵美さんは思っていたらしい。今夜同じことにならないためには、脩はやっぱり自分がここにいるんだとアピールしておかなければならない。一歩前に進んだところで、恵美さんが大きなため息をついた。

「まったく兄さんはどうかしてるわ。そりゃあ、子育てが大変なのはわかるけど」

「でも、脩君はしっかりしてるから」

「とはいってもまだ子供よ。十一歳になったばかりなのよ。これまでさえ、兄さんは自分の都合で脩ちゃんを連れ回してきたのに」

「菊野さんの場合、子連れの写真家ってイメージでかなり売れたからねぇ。うちの館で講演会やった時にも親子連れが多かったんだ」

脩ははっとして息を飲み込んだ。男の人が誰なのかわかった。鈴木さんなのだ。この前、恵美さんと一緒に鈴木さんの水族館を訪ねて、その時、恵美さんはすごく楽しそうにしていたけど、かなり急展開だ。あれから何度かデートしたんだろうか。

「で、脩君はもうそのこと知ってるの」と鈴木さんの声。

「まさか。あたしが言うわけにもいかないし、本人から言ってもらうわよ。本当に再婚するつもりなら、旅を早めに切り上げて、電話じゃなくて直接会って説明するように説得するつもり」

脩はしばらく恵美さんの言葉の意味がわからなかった。

再婚？　父さんが再婚するって？

母さんはとっくに再婚しているから、父さんがそうしても不思議じゃない。でも、脩はそんなこと考えたことがなかった。

椅子を引いて立ち上がる音がした。恵美さんが、廊下の近くに置いてあるワインラックに近づき、腰をかがめた。

こっちに気づいて顔が強ばる。

「脩ちゃん……林間学校に行ったんじゃなかったの」

「明日からだよ」

「そうなんだ。天気予報は見た？　台風が上陸するかもしれなかったの、逸れたみたいだから晴れるみたいよ」

脩は台風のことは知らなかった。まだそんな季節じゃないと思っていたし。

わざとらしく目を擦《こす》る仕草をして、なんとなくバツが悪そうな鈴木さんにねむたげな挨拶《あいさつ》をする。そしてトイレにいってから、ベッドに戻った。しばらく携帯電話を弄んで、液晶画面を見ていた。

考えることはあまりにたくさんある。だから、脩は考えないことに決めた。父さんのことは、父さんのこと。そう思うしかなかった。そのうちに鈴木さんが玄関から出ていく音が聞こえ、すぐ後に脩は眠りに引きこまれた。恵美さんが「脩ちゃん」と話しかけるのが聞こえたけれど、今いろいろ話すよりも脩はただ眠りたかった。

第八章　林間学校

鬼澤先生のフルネーム、「鬼澤真樹夫」をインターネットで検索してみると、大学時代に日本代表に招集されたこともあるサッカー選手だったことがわかる。脩自身は検索したことないけれど、意外にネットにはまっているらしい河童がそう言っていた。なにしろ、「クールでクレバーな守備をする知性的ディフェンダー」だったそうで、当時はプロリーグはなかったけれど、代表クラスなのだからきっと企業のチームからは誘いがあったはずだ。でも、鬼澤真樹夫は大学でサッカーをやめ、小学校教師、デビル鬼澤になった。

教師になるにあたって、鬼澤真樹夫は「クールでクレバー」な部分はどこかに置き忘れてきたらしい。デビルのデビルたるゆえんは、やはり、暑苦しい情熱と根性の体育会系だということにつきる。

一昨年までいた前の学校ではフットサル・チームを作って都の大会で優勝を果たした。桜川北小でも「フットサルを校技にしよう」運動をさっそく始め、各学年の体育の授業に取り入れさせた。三年間で都大会優勝をねらえるチームを作るのが目標ということで、それはつまり、今の五年生が六年生になった時に優勝をねらうということだった。自然に指導も厳しくなって、五年二組では体育の前の時間になると突然お腹が痛くなる生徒が男子女子を問わず続出している。本当にたまったもんじゃないのだ。基礎体力アップが一学期の課題だとか言って、罰ゲームに校庭を何周も走らせたりするのだから。

というわけで、奥多摩での林間学校もただでは済まないというのが、五年二組の生徒たちの考えだった。脩は夏休みに入ってからずっとペンギンに夢中になっていたけれど、ほかの生徒たちは結構この件で情報交換をしていて、鬼澤先生がなにをたくらんでいるのか戦々兢々《せんせんきょうきょう》としていたらしい。久しぶりに登校し、校庭で貸し切りバスを待ちながら、話題はほとんどそればかりだった。

「林間学校って、キャンプファイヤーしたり、オリエンテーリングしたりするんじゃないの」と脩が言うと、木村と酒井は「甘いよ！」と口を揃えた。木村と酒井は、脩が通ったどんな学校にもいた「中くらい」の男の子だ。いつもいい身なりをしてるけど、お洒落ってほどでもない。好きなものは漫画。ゲームも大好きなのに、家のルールで一日一時間しかできない。私立中学にいくかどうかは運次第で、成績はいつも中の上くらいにいられるようそこそこ勉強する。

脩はふたりのことを素直に好きだった。ふたりと一緒にいると、自分も「普通」になった気分になれるから。そのわりには、このクラスに来てかなりの間、ふたりの顔を混同して覚えられなかったのだけど。

木村と酒井はすでに広げてあったプリントを指さして、なぜ脩が「甘い」のか説明した。

配られたプリントには大まかなことしか書いていなくて、いくらでも変更できそうだし、それに水着を持ってくるようにとか、ちょうど一週間前に先に林間学校へ行った五年一組とはかなり様子が違う。これがすごく怪しい。

それに、委員長は何日か前に鬼澤先生とたまたま駅前で会って、「今年の林間学校はすごいぞー」と言われたらしい。保護者のところにはあらかじめ手紙が来ていて、どんなことをするのか伝わっているようで、「まあがんばってこい」と木村は父親に言われた、などなど。

そういうことを聞いてしまうと、脩もなんとなく気になり始める。別のグループに混じっている河童やゴム丸は、そんなこと関せずでゲームの話題で盛りあがっているのだけれど。

バスは朝八時に予定通り発車し、三十分後には中央高速を西へと走っていた。行き先は、奥多摩のバンガロー村。区の契約施設で、桜川北小の林間学校はここと決まっている。

八王子インターが近づいた頃、最前列の鬼澤先生がマイクを取った。

「それでは、二泊三日の計画を発表するぞぉ」

車内のあちこちで盛りあがっていたおしゃべりが一気に静まった。

「到着したら、すぐにフットサルのリーグ戦をやる。チーム分けはいつものとおりだが、時間がそれほどないので十分間のミニゲームだ。上位チームから順番にバンガローを選んでよし。眺《なが》めが全然違うからな。ほかにも上位チームには特典がいろいろあるぞ。気合い入れてやるように」

ここまでは予想の範囲内。鬼澤先生はことあるごとにフットサルで競わせるので、こういうのも慣れた。今は六年生だけの代表チームに、今年中にふたりか三人、五年生から新戦力を抜擢《ばってき》するつもりらしく、試合中、Jリーグを視察する日本代表監督みたいにみんなのプレーに目を光らせている。

「二日目は予定どおりオリエンテーリングだ」

ここで少しどよめき。意外というか、ほっとした、というか。結局、フットサルだけやれば、あとは普通の林間学校じゃないか。

でも、やっぱり鬼澤先生はデビルなのだ。ちゃんと、続きがあった。

「ただのオリエンテーリングではないぞー。カヤック・オリエンテーリングだ。カヤックは知ってるな。カヌーの親戚だ。せっかく渓流に行くのだからして、そこで使わない手はない。カヤックは体のバランス感覚を研ぎ澄ますのにとても役立つ。集中力も要する。おまえらに欠けているもののひとつだ。きょうはフットサルが終わったら昼飯を食べて、後はカヤックの練習だ。いいかあ、命にかかわることだぞ。しっかり練習するんだぞー」

どよめきが広がった。鬼澤先生はこういうことを大げさに言うことがあるけれど……。

「ねえ、菊野君」と斜め後ろに座った委員長が袖を引いた。「カヤックって危ないんじゃないの？　うちらでもできるのかなあ。菊野君は得意だろうからいいけど」

脩が父さんと川下りをしたことがあるのは、みんな知っている。

「そりゃあ危険なことはあるけど、場所にもよるよ。安全なところを選んで、ちゃんとした装備をつけて、基本がわかってれば、そう簡単には事故にはならないけど」

川の事故が命にかかわるというのは本当のこと。脩はいつも父さんや優秀なガイドと一緒だったからそれほど怖い思いをしたことはないけれど、事故で死んだ人の話ならいやってほど聞かされてきた。そういえば鬼澤先生は林間学校のことで父さんにも相談したと言っていた。だとしたら安全面のことはちゃんと気遣《きづか》っているはずだ。

「いやだなあ、うち、自信ないなあ」

まわりの女子が口々にぼやいている。なぜかこの学校の女子は自分のことを「うち」って言う。最初はびっくりしたけど、もう慣れた。

バスはやがてくねくねした山道に入った。両側はもう山だ。雰囲気が盛りあがってきてもよさそうなのに、車内はなんとなくそわそわした変な雰囲気になってしまった。一番後ろの席にいるゴム丸が、乗り物酔いでもしたみたいにひどく青い顔をしているのに脩は気づいた。

フットサルのリーグ戦は、バンガロー村の敷地にある体育館で二面を取って行われた。男子女子混合で七人か八人のチームが五組。ゲームに出るのはキーパーを含めて五人だけど、必ず全員が一度は出なきゃならないのが、五年二組の特別ルールだった。

脩は一班で木村と酒井も同じ。それと、女子では委員長も一班だ。ちなみに委員長はすらりとしていて髪の長い色白の女の子で、美人と言えば美人なのだけど、姉御肌《あねごはだ》が身に染みついていて三年生の時からずっと委員長をしているらしい。これは裏をかえせばお節介ってことでもあって、誰も美人だなんて意識していない。フットサルを一緒にやると、別に運動が得意ってわけでもなさそうなのに、ゴール前でも物怖《ものお》じせずに正確に蹴る、すごく頼りになるフォワードなのだった。一班が強い時は、脩と委員長のホットラインが生きた時だった。

ほかには、ゴム丸と河童がいる三班も、まあ強いチームだった。でも、なんといっても誰もが認めるナンバーワンは、手嶋と海野がいる五班だ。ダイヤモンド型の布陣で、手嶋がバック、海野がトップを張った時には、最強と言ってよかった。バックはディフェンスの要で、同時に攻撃の組み立て役でもあるから、サッカーのセンターバックと「司令塔」が一緒になったと思えばいい。フットサルで一番重要なポジションだと、鬼澤先生は常々言っていた。手嶋はその場所で本当に機能する「クールでクレバーな」プレイヤーだった。

試合では、いきなり、ゴム丸の三班と手嶋の五班が対戦した。となりのコートでは二班と四班が戦う。一班は審判で、脩は三班対五班の主審になった。

ゴム丸はあの体で意外に運動神経がいいのでバック。相手側は例によって海野のトップと手嶋のバックの鉄壁の布陣だ。ゴム丸は顔を真っ赤にしてがんばった。けれど、河童は腕を組んで肘をさすりながら右サイドをおろおろするばかりだし、キーパーはへなちょこだし、ほんの十分間で五点も入れられてあえなく撃沈した。三班はゴム丸だけのチームであり、やっぱりそれだけじゃ組織力を持ったチームには勝てないのだ。

ゴム丸にしてみたら、欲求不満がつのるゲームだっただろう。ゴム丸から放たれた絶好のスルーパスは全部空振り。足が速くてトップを張っている女子も、専門はバスケだから足もとの技術はイマイチだ。それでも、海野から何度もボールを奪い返したシーンは胸がすいた。一対一でゴム丸とマッチアップした時、瞬間的な動きではゴム丸の方が上で、脩はそのことに感心するばかりだった。とはいっても、ゴム丸が海野を出し抜いてもその後ろには必ず手嶋が控えていて、パスコースにすうっと入り込んでチャンスの芽を摘んでしまう。しまいには、ゴム丸は守備をほったらかして前がかりになり、ますます失点を許すことになってしまった。

脩は公正であるべき主審でありながら、心の中ではゴム丸を応援していた。でも、そのうちに、手嶋に目を奪われた。運動能力というなら、海野だって、ゴム丸だって、ひょっとしたら脩も結構イイセン行っている。でも、手嶋は別格だ。もちろん、鍛え抜かれた運動選手というのではないけれど、単なる体力とは違う、運動センスみたいなものが手嶋にはある。同じことをするのでも無駄がなく、芯が通っていて、美しかった。女子たちが騒ぐのもわかるのだ。

手嶋の圧倒的なパフォーマンスを見せられた後、脩の一班は、二班との緒戦に臨んだ。二班は気の抜けたチームなので、四対〇で楽勝。次は四班で、これも三対一の快勝だった。バックの脩はお膳立てはしたけれど、そこから先、「ゴールへのパス」を正確なキックで流し込む委員長と、両サイドの酒井と木村が試合を決めてくれたので、とても楽な試合運びだった。

第三試合はゴム丸の三班との対戦。ゴム丸の最大の問題はスタミナで、この時点でもう足が止まっていた。そうすれば、もうこのチームは最弱だ。試合後、唇を震わせて、「キクー、頼むぞ、あいつらをぶちのめしてくれよなあ」と耳元で呟いた。全勝同士で戦う、一班対五班が最後の試合だったのだ。

　正直、勝てる見込みは薄かった。これまで引き分けは何度かあったけれど、一度も勝ったことがない。海野とマッチアップしたら手嶋にやられるし、手嶋を気にしすぎたら海野が来る。つまり、これも脩ひとりではどうしようもない、というのが現実だった。だから、試合展開は、ゴム丸の時とほとんど変わらなかった。海野をケアしつつ、手嶋の上がりを心配するなんてやっぱり無理があるわけで、開始早々に手嶋に一発決められて、後はもう押し込まれる一方だった。

　足を少し捻《ひね》った委員長がサブの選手と交代する時、偶然、手嶋と目が合った。顔には汗を浮かべながら冷ややかに笑っていた。まるで脩のことを蔑《さげす》むみたいに。

　脩は顔がかーっと熱くなった。どうしてなんだろう。ずっと前からそうなのだ。手嶋は脩を見ると、なぜか静かな目の奥につっかかるような色を浮かべる。それで脩は追い詰められたような気分になる。

　この時は無性《むしょう》に腹が立った。河童は似た者同士だなんて言ったけど、そんなのは嘘だ。脩はあんなに自信なんてないし、完璧でもない。手嶋は生まれつきとても優美で、無駄なものなんてなにひとつないように出来上がっている。そんな奴に、なんであんな目で見られなきゃならないんだ。

　試合が再開すると、右サイドから海野へのパスを足を伸ばしてカットした。そのまま持ち上がって、左右をルックアップ。それでも、パスは出さずにドリブルを続けた。

　手嶋が向かってくるのが見えた。とたんに力が湧いてきた。いったん背中を向けてキープ。それからアメリカにいた頃、バスケで覚えたフェイント。するりと手嶋の脇を抜け、素早いトゥーキックで動きの硬いキーパーの股の下を抜いた。自分で言うのもなんだけど、ファインゴールだった。

　歓声が湧いた。となりのコートで審判をしているゴム丸が「すげー、キクー！」と叫んだ。

　また手嶋と目が合った。今度はすぐ近くだ。

「ふうん、菊野も逃げてばかりじゃないんだな」

　脩はカチンと来て手嶋を睨みつけた。ゴム丸が海野に絡まれた時、ただ立ちすくんでいた自分のことを思えば、そう言われても仕方ないのに、認めたくなかった。

「あそこは立ち入り禁止だろ。あんなふうにコソコソ隠れてるなんて、格好悪いよな」

　また頬が熱くなった。

　鳳凰池のことだ。やっぱり気づかれていたのだ。

　手嶋が背中を向けてポジションに戻ってしまうと、脩は唇を噛んで床板を蹴飛ばした。

　少し気を抜いた隙に、手嶋がバックから駆け上がってきて、脩の脇をすり抜けた。ゴール。手嶋は「どうだ」とばかりに親指を突き出す。

脩は自分自身に腹を立てた。

せっかく一点入れていいかんじになってきたのに、自分で台無しにしちゃダメだ。

プレー再開。ファール覚悟で突っ込んでくる海野をひょいといなした。海野は勢い余って、尻餅をついた。身のこなしだったら、体格の大きな海野には絶対に負けない。

木村とのワンツーで右サイドを突破して、トップに当てる。コートに戻ってきたばかりの委員長が胸ではたき、手嶋の背後に転がったボールを、滑り込んだ脩がゴールの隅に押し込んだ。

今度は脩が親指を突き立てた。

けれど、結局のところ脩は詰めが甘いのだ。

試合は二対三で負け。脩が前がかりになったら、背後を突かれるのは当たり前で、点を取った分だけ取り返された。海野が必死の形相で走り、手嶋は相変わらずクールにパスを回した。

ゲームセットの後で、委員長が悔しそうに唇を噛んでいた。

「菊野君、うちらイイセンいったよね。午後からは五班に負けないようにがんばろ」

委員長はひどく負けず嫌いなのだった。

「そうだね」と言いつつ、脩は別に五班に負けたのが悔しいわけじゃなかった。単に手嶋がしゃくなだけなのだ。

近寄ってきたゴム丸が、善戦だったと肩を叩いた。「手嶋も最後は汗をかいて、肩で息してたじゃん」と。

脩はそれを喜ぶ気にはなれなかった。

バンガローからまたしばらくバスで移動し、小さなダム湖にやってきた。ここは完全な静水で、たしかに初心者の講習をするにはもってこいだった。

橋の下の湖畔には真新しいカヌーハーバーがあり、小さなひとり乗りカヤックがいくつも並べられていた。赤いポリエチレン製で、ざっと数えて十五艇くらい。それとは別にスラローム競技などでも使う細長いグラスファイバー製のカヤックが五艇。さらにデッキが閉じていないゴム製のインフレータブル・カヤックが一艇あった。

ゲストハウスでTシャツと短パンの下に水着をつけ、濡れてもいい格好になった。講習の準備が整うまでの待ち時間、湖畔の広場でみんな思い思いに時間を潰した。脩は自分が注目されていることに気づいていた。いや、自分だけじゃない。脩の上に止まった視線は、次に別のところに漂っていって、また戻ってくる。みんな、脩と手嶋のことを繰り返し見ているのだ。

「きゃはっ、キクー、すげえことになってきたじゃん」ゴム丸がすり寄ってきて耳元で言った。

「なんで、みんなぼくを見てるわけ?」

「キク、まじで知らねぇのか。手嶋がさぁ——」

ゴム丸が言葉を呑み込んだ。

玉砂利を踏む音に振り向くと、手嶋が立っていた。その目にはいつもの静かな光が灯っている。

「菊野はフットサルはこの春からなんだろう」

「そうだけど」

「ぼくは去年転校してきた。鬼澤先生のクラスだったから、フットサルは二年目だ。まだ始めたばかりの菊野に勝ってもうれしくない」

脩は言葉を返せずに、まじまじと見つめ返した。クールと思っていたのは間違いだ。手嶋は思い詰めたような目をしてる。

「菊野はカヤックはプロだと思っていいんだろ。父さんと一緒にカヌーで旅をしていたと聞いている。カヤックとは違うのかな」

「カヌーとカヤックは漕ぎ方も違うし、別物だよ。ぼくは両方とも同じくらい経験があるけど」

カヤックは両側にブレードのついたダブルパドルを回転させるようにして、左右交互に水を捉えて進む。一方で、カヌーの方は、片側ブレードのシングルパドルだ。これが扱いの点で、最大の違い。あとは、カヤックはデッキを閉じているものが多く、カヌーはいわゆるカナディアン・タイプ、つまりオープンデッキで荷物をたくさん積めるようになっているやつが普通だ、とか、いろいろな違いがあるけれど、脩は正直、詳しい分類や定義は知らない。

「じゃ、菊野はカヤックもプロなんだな」手嶋は自分でうなずいた。「だとしたら、もしもカヤックでぼくが勝てば、少し満足できるかも」

「え？」

「カヤックを菊野よりも上手《うま》く操ってみせるよ」

そう言って、くるりと背中を向ける。

周囲からどよめきが漏れた。これだけ視線を集めるとなにかしなきゃって気分になる。

「ニホンゴ、ワカリマセーン」と大げさな仕草でおどけてみて、すごく後悔した。受けないどころか、滑りまくりだ。おまけに自分だって、そんなこと言いたかったわけじゃなかったのに。手嶋がちらりと投げてきた軽蔑の視線が痛かった。

「宣戦布告じゃん」とゴム丸。

「うちらも注目してるからね。ていうか、一班としては五班には負けられないから」委員長がわざわざ近づいてきて耳打ちした。

「ね、ぼくが言ったとおりでしょう」と河童が続けた。

カヤック教室で指導してくれるのは鬼澤先生ではない。東京と山梨の大学生が中心になったボランティアのカヤック教育団体があって、メンバーが十人ほどわざわざこの林間学校のために時間を取ってくれたのだ。

「菊野の父さんの紹介だ」と先生が言った時、脩はひどく居心地が悪かった。この日は来ていなかったけれど、団体の代表は大学生じゃなくて冒険カヤックで有名なカヤッカーだ。脩は父さんと一緒に、そのひげ面の好人物とアマゾンの水没林を旅したことがあった。一昨年のことだった。

そんなわけもあって、脩はどちらかというとボランティア団体側のひとりとして扱われて、クラスメイトに教える立場になってしまった。こういう時は堂々とその役割に徹した方が自分も楽だ。無理におちゃらける必要すらないし。

各班ごとに順番に練習することになって、脩はたまたま五班についた。別に選んだわけじゃない。五班を受け持った三人の大学生のうちひとりが「菊野君、こっちを手伝ってよ」と呼びかけたのだ。

脩は手嶋の視線を気にしつつも、努めて普通に振る舞った。ライフジャケットの装着、湖とその周辺にある危険物の説明、レスキューロープのつかまり方、カヤックに乗る時の基本姿勢、両端にブレードのついたダブルパドルの扱い、前進、後進、ブレーキング、方向転換、沈《ちん》しそうになった時のリカバリー、実際に沈してしまった時の対処（いわゆる沈脱《ちんだつ》の仕方と安全な流され方、泳ぎ方）、等々、まず陸上でざっくり説明してしまった。

その上で、水上に出る。脩を呼んだ大学生は、かなり熟練したカヤック乗りで、脩も好きなGALAの青いスラローム艇に乗っていた。後で聞いたところではレスキューの資格も持っているそうだ。彼がさっき説明したことをひととおり実演して、みんながそれを真似した。

手嶋はびっくりするほど飲み込みが早かった。二度三度ぎこちなくパドルを水に差し込んだだけで、すぐにまっすぐ進むためのコツを摑んだ。艇は回転性が高いので、左右の水を漕ぐタイミングとか力加減がわからないとこれは意外に難しい。さらに、スウィープやリバースストロークを何度か自分で試し、直進したり、曲がったり、バックしたり、ものの十分で静水を自由自在に動き回るようになった。これだけできれば多少の急流に出てもうまく切り抜けてしまうだろう。

その一方で、五班の他のメンバーの中には苦戦している連中がいた。例えば、海野。手嶋とは逆で、くるくる回転するばかりで前に進まない。右を漕いだら左、左を漕いだら右、と船首がくるりくるりと回転し、いっこうに安定しないのだ。やっている本人は一生懸命なのだけど、必死に漕ぐほど大きく回転するわけで、最後はバランスを崩して沈してしまった。

これが五班で最初の沈。ひとりが沈すると、周りで順調に漕いでいた連中まで、つられて沈しはじめるから不思議だった。これは結構よくある光景で、脩の父さんなど「ツレ沈現象」と呼んでいた。

それでも、ひととおりの動きを全員がこなせるようになって、自由練習の時間に入る。ペットボトルのブイで行ってよい範囲を指定してあって、その外に出ない約束だ。

脩は最初、手嶋のパドル捌《さば》きに時々目を奪われながら、自分自身もほとんど無意識のうちにパドルと腰の動きで艇を左右に傾け、艇のバランスを計っていた。そうやって傾きの限界や重心移動の感覚を覚えるのが、脩の癖なのだ。

すると手嶋がそれをすぐに真似してくる。パドルのブレードを水に押し当てて、腰と膝の返しで艇を傾ける。別に高等技術ってわけじゃないけれど、それをすごく手慣れた優美な動作でされると、脩は心穏やかではいられなかった。

「菊野君、なにかエスキモーロールはできるかな」

聞いてきたのは、青いカヤックの大学生だった。

「はい、起きあがるだけなら、できます」

「できるなら、見せてあげたら？　結構スジのいい子もいるみたいだからね。同じカヤックでそんなことできるんだと思ったら、みんなやる気出るだろう」

スジのいい子というのは、もちろん決まってる。

「いいですよ、やります」

脩は手嶋の方を見ながら言った。

「じゃ、こっちに注目！」大学生がホイッスルを吹いた。「菊野君がデモンストレーションをするから。今回はここまでは練習しないけど、沈してもすぐに元に戻れる方法がある」

脩は大学生の声が消える前に、勢いをつけて体を水面に向けて倒した。

天地がひっくり返って、見事に沈。目の前は自分が引き起こした気泡だらけだ。

体を前に傾けて、パドルをひとかき。その反動を利用しつつ、腰の返しで艇をくるりと回転させる。天地がふたたびひっくり返り、艇は見事に復元していた。

「うわーっ」という歓声が聞こえてきた。

脩は手嶋を目で探した。さっきまでいた場所にいない。いや、いるのだ。でも、沈してる。さっそく、真似をしようとするなんて……。

ぎこちないパドルのストロークが水面からも見えた。艇が少し回転する。でも、起きらず、手嶋は息継ぎだけしてまた沈んでしまった。

「腰！　腰の回転！」顔が水の中に消える直前に大学生が叫んだ。

二度目、パドルを動かしていないのに、すーっと艇が復元しかけた。きっと腰の回転をうまく使ったのだ。力がきちんと伝わりさえすれば、それくらいはいく。顔が水面に出た時、手嶋は「あれっ？」というような表情を浮かべていた。ほんの一瞬のことだ。すぐに事態を把握して、手嶋はたまたま水面に出ていたパドルで力強く水を押した。艇はさらに回転して、ぎりぎりのところでごろんと起きあがった。あたりがどよめいた。そして、脩の時よりももっと大きな歓声。なんて奴だ。脩を見る目がしてやったりといったかんじで、すごく嫌な気分になった。「へえ、手嶋君って言ったっけ。見事に出来ちゃったね。きみ、カヤックははじめてなんだろ。本当にいいセンスしてるよ」大学生の声は興奮で弾んでいた。

脩は正直おもしろくなかった。ロールって、コツを摑んでしまえばなんてことないけど、いきなり出来る奴なんて見たことない。脩はもっと小さい頃、父さんから特訓を受けた。水の中でさかさまになるのって怖いし、ユーコンだったから水がとびきり冷たかったし、鼻から水が入ってキーンと痛くなるし、それはもう大変だったのだ。父さんは、ここだけ変にスパルタで、脩が泣いても許してくれなかったから、今でも思い出すと嫌な気分になる。

手嶋がまた、どうだ、というような目でこっちを見ている。

ちょうどその時、うぎゃー、とすごい悲鳴があがった。

三班のゴム丸だった。仰向けになったまま、手足をじたばたさせている。流れがないから浮いていればそのうち大学生が助けに来てくれるのに、沈脱したこと自体、すでに怖いらしい。ライフジャケットがなければ、とっくに溺《おぼ》れてる。

脩の艇が一番近かったので、ゴム丸が船首を掴めるようにスカーリングで横移動した。必死にしがみついてきたゴム丸の唇は紫色で小さく震えていた。それで、思い出した。ゴム丸は泳げないのだ。運動神経はいいのに、小さな頃から水が怖くて仕方ないのだと聞いたことがある。

続いて、船尾の側に思いがけなくゴッンと衝撃があった。振り向くと、これまた沈脱した河童がしがみついていた。ただでさえカヤックは安定性がないのに、こんなふうにしがみつかれると脩でもバランスを崩してしまう。パドルで水面を叩いてリカバリーし、なんとか持ちこたえた。

河童は例によって静かな目で、動じていないように見える。ゴム丸のが大騒ぎするパニックなら、河童は無反応になってしまうパニックなのだった。たしかに河童はせっかく修理した「ペンギン・アドベンチャー号」を進水させなくて正解だよ、などとふと思った。それにしても、よりによってふたりともこんなに水がダメだなんて。

視界の端を赤いカヤックがすーっと横切った。今ではもう、自由自在に艇を操っている手嶋だった。鳳凰池やペンギンをめぐることは遠く感じられ、とにもかくにもこれが今目の前にある現実だった。

夜のバンガローは涼しいを通り越して、半袖では寒いくらいだ。一班男子が選んだ棟《むね》のすぐ下はもう川で、水が流れる音のせいでますます寒いかんじがした。

　夕食後にゴム丸と河童が連れ立って脩を訪ねてきた。

「話がある」と言われ、脩はウィンドブレイカーを着て外に出た。そのまま渓流まで歩いて河原の岩の上に座り込んだ。ここなら普通に話しても川の音に掻き消されてしまうから、人に聞かれる気づかいがない。

「手嶋のやつ、とんでもねえぞ」とゴム丸。

　きっとまた、脩に宣戦布告した理由とか、みんなが囁《ささや》いている根も葉もない噂だとか、そういうのを集めて報告しに来てくれたのだ。

　でも、違っていた。

「ばれてんだよ」

「なにが」

「おれたちの自由研究」

「どうしたの」脩は身を乗り出した。

「手嶋以外にいねえじゃん。おれたちのことばらしそうなやつなんて。きゃはっ、あいつおれたちがすごいテーマを見つけたもんだから、おもしろくねえんだ。だから、キクにつっかかるんだ」

とにかくゴム丸によれば、海野が夕食の後でつかつかと寄ってきて、「怪獣の後はペンギンだって？　ばっかじゃないの」と絡んできたのだそうだ。

たしかに、手嶋は脩たちが鳳凰池にいたことを知っている。でもなにかおかしい気がする。そうだ。河童だ。河童は手嶋がペンギンには気づかなかったと言っていた。

「手嶋が海野に言ったに決まってるじゃん。だからさ、キク、手嶋のことをこてんぱんにやっちゃってくれよ。とにかく今はキクに期待するしかねえじゃん」

脩の両肩に手を置いて、「たのんだぞ、キクぅ」とすがるような声を出す。

それから、ゴム丸はふいにひどく遠い目になった。

「なあ、ゴンとミクロどうしてるかなあ。まだ、マペンの下で震えてるのかなあ。おれたちが護ってやんなきゃなんねえよなあ」

脩もゴンとミクロの愛らしい様子を思い出して、胸がきゅんとしてしまった。

自分たちのバンガローに戻るために斜面を上がる途中で、河童ひとりが振り向いた。目がなにかいいたげだった。一緒に来るだけ来て、結局、一言も喋らなかったくせに。

脩はそのまま河原に沿って歩いてみた。バンガローに戻らずに、いろいろ考えてみようとして。

照明灯がところどころについていて、足もとの不安はない。

ふと立ち止まったのは、人の声が聞こえてきたからだ。

ボランティアの大学生たちが玉砂利の河原にシートを広げて、ビールを飲んでいるのだった。

「あ、菊野君、こっちにこいよ」脩に気づいて手招いた。

近づいて脩は、あっと声をあげた。

手嶋がそこにいた。きょうのカヤックの練習が終わった後、大学生たちと話をしていたのを見かけたけど、そのまま仲よくなってしまったんだろうか。

そっぽを向いている手嶋を大学生は指さした。

「彼、おもしろいね。夏休みの自由研究の話とかしてたんだけど……」

脩は大学生が指さす方向に視線が釘付けになった。

しゃがんで膝を抱えている足もと。砂地に木の枝で絵が描かれている。正直、ヘタクソな絵だ。でも、とにかくそれはペンギンのように見えた。ペンギンが水の中で力強く羽ばたいた後、フリッパーを体に密着させて魚雷のように加速して進む、ちょうどその瞬間。

脩はこっちを見ようとしない手嶋を睨みつけた。

「自然カメラマンの菊野大《だい》さんの息子さんがいたり、河邑天童《てんどう》さんのお孫さんがいたり、それで、手嶋君だろ。なんかこのクラス、おもしろいね。ここに来るべくして来たというか」

カワムラテンドーって誰だろう。名前から言って、河童のおじいさんのことだろうか。なんて思った瞬間、手嶋と目が合った。脩は背中にぴりっと電流が走るのを感じた。

「友達が待ってるんです」と言ってくるりと背中を向け、脩は来た道を戻った。

ゴム丸が言ったことは本当なのだ。手嶋はペンギンのことを知っている。それどころか、自分の研究テーマにするつもりらしい。ひょっとしたら、脩とゴム丸がいない時間に鳳凰池に通っているのかもしれない。とにかく手嶋は敵だった。単に嫌なやつとか、変に絡んでくるやつとか、そういうレベルじゃない。ゴム丸が言うとおり、徹底的にやっつけなきゃならないと脩ははじめて心の底から思った。

第九章　水源の森

朝、オリエンテーリングのマスターマップを手渡された時、脩はため息をついた。鬼澤先生と大学生たちが練り上げたコースはかなり凝ったものだった。

バンガロー村の下の河原からエントリーして、一キロほどのコースをカヤックで下りながら川沿いのポストを巡る。それだけじゃなくて、一度は上陸して、森の中に設置されたポストも見つけなければならない。

ところどころ白く泡立っているいわゆるホワイトウォーターではあるけれど、そんなに激しいところはないらしい。おまけにひとつ短い瀬があるとすぐに流れが緩いところがあって、また瀬が始まる、という繰り返しのコースだ。沈脱してもじたばたせずに流されていけば下流で待ち受けているレスキュー部隊が助けてくれるから、初心者がトライするにはもってこいなのだった。

朝食後、河原にみんなを集めて、例の大学生はこう言った。

「沈しても慌てない。自然に流れていけば、次の瀞場《とろば》で必ずレスキューするから。素直に流れてくれれば危険なものは特にないコースなんだ」

日本国内で川下りをしたことがない脩は、瀞場という言葉をはじめて知った。単に水流が静かなところを指すにしては、随分《ずいぶん》、難しい日本語だ。

でも、本当に平気だろうかと、脩は心配になった。こっちにはとんでもなく鈍かったり、やる気がない奴もいるのだ。ホワイトウォーターに出たら身がすくんですぐに沈してしまい、ほとんどのコースをぷかぷか浮いて下る奴だって出てくるだろう。まあ、それでも大学生が言うとおり、自然に流される分には危険がないとは思うけど。

「よーし、ここで、ひとつ考えろー」と鬼澤先生が言った。「ここから先、やる気がない奴、どうしても怖い奴が参加するのは危険だぁ。自分の胸に手をあてて、やめておいた方がいいと思う奴はやめていいぞぉ。そのかわり、夏休み中の課題をひとつ増やすから、そこのところよぉく自分で考えろぉ」

みんなの間にざわめきが広がった。どうするよ？　やめとく？　でも、課題ってかったるいし。

おれ、やるから。あたしも。いろんな声が行き交って、結局、やめることにしたのは五人くらいだった。その中には河童が入っていて、脩はよい選択だと思った。でも、きのう沈脱してパニックになっていたゴム丸は参加の方を選んでいた。きっと海野も参加するから、対抗意識を燃やしたのだ。

「よぉし、やると決めたやつは、やり抜くように。全部クリアできなかった班は夕食抜きだー。つまり、キャンプファイヤーにも参加資格なしだからなあ」と鬼澤先生は宣言した。「それと、やらないと決めた奴は手伝いをやってもらうから、お兄さんたちと打ち合わせするように」

ここで、またざわめき。「クリアできないと参加資格なし」というのがひどい。二日目の夕食は豪華で豪快なバーベキューで、キャンプファイヤーを囲んで食べる。食べた後は大騒ぎをする。林間学校のハイライトだ。それを逃したら、来た意味がない。

午前中の自由時間に、一班は大学生に頼んでカヤックの特訓をしてもらった。一班は運動嫌いの女子がひとり参加をやめた他は、全員がやることになっていた。きのうダム湖で使った初心者用カヤックも早々と運ばれてきていたし、昼の飯盒炊爨《はんごうすいさん》の準備が始まるまでとにかくバンガロー村の前の瀞場で練習を続けた。

「慌てなければ大丈夫なんだよ。それほど早い流れでもないしね。もちろん曲がりきれなくて何度も岩にぶつかると思うけど、そんな時はあきらめてぶつかっておけば平気だから」

大学生は嚙んで含めるように説明し、脩はその説明に合わせて、みんなの前でわざといきおいよく岩にぶつかってみせた。意外にもぽよーんとばかりに跳ね返り、艇はくるりと方向を変えただけで沈しなかった。みんなはへえっと口を丸くしていたけれど、これには別に特別な技術はいらない。ただ抵抗しなければ、こうなるのだ。

ひとりひとりがそれを実際に試してみる。本当にそうだと体が納得すると、どうしても岩を避けなきゃならないというプレッシャーもなくなるから、ゆとりを持ってパドルを扱えるようになる。その分、みんな自分が上手くなったような気がしてきたみたいだった。

打倒五班という気持ちは、きのうフットサルで惜敗《せきはい》した時から全員の中にある。委員長なんて、「ちょっと男子がんばってよね。うちらもメンツってものがあるじゃない」とハッパをかけ続けていた。これは脩の個人的な感情だけじゃなくて、みんなの気持ちなのだ。

昼食を終えて、いよいよ開始。

カヤックの数に限りがあるから、コースを回るのは最大で同時にふたつの班まで。きのうのフットサルの結果で優先権がある五班が午後遅い時間を選んだので、一班も同じ時間帯にあえてぶつかることにした。

最初の組は二班と三班で、一時間半ほどで戻ってきた。自分のカヤックを担《かつ》いで息が上がっているのに、目は輝いていた。ゴム丸は何度も沈したらしく、全身ずぶ濡れだった。それでも、脩を見るとにやりと笑った。

「いいか、要はリラークッスが大事なんだ。沈しても流されときゃいいんだな。楽勝じゃん。きゃはっ、結構、楽しめたぞ。ま、それ以上は聞くな。詳しく言ったらおもしろくねえじゃん」

その後、四班だけが単独でコースに出て、それが帰ってくると、いよいよ一班と五班の対決となった。

まだ四時前だけど、もう少しで太陽は山の陰に隠れる。渓谷の夕方は早い。ゆっくり漕ぎ出したふたつの班は、互いに牽制し合いながら、出発点の瀞場から最初の瀬に向かった。

最初に入ったのは、一班の果敢《かかん》な切り込み隊長である委員長だ。バスの中では怖がっていたくせに、いったんやると決めたら男子よりもずっと思い切りよくやる。だから、上達も早い。本流の中央を外さずに上手に下っていった。次に進もうとした五班の海野が瀬の入口のところでさっそくバランスを崩して沈。その後、酒井が一度岩にぶつかりながらも「ぽよーんと跳ね返る作戦」で成功し、次に木村が進んだ。木村は酒井よりもずっとうまいのだけれど、格好よく岩を避けようとしすぎて沈。やはり流れの中だと、練習の時とは勝手が違うのだった。

目標のポストは瀞場ごとに設置されていた。最初のものは川の上でカヤックに乗ったまま確認できた。それは川に張り出した枝に看板をつり下げたもので「ミズナラ」と書いてあった。脩はあまり聞いたことがなかったけど、木の名前らしかった。鬱蒼としてねじくれた巨樹だ。川に張り出した勢いのよい枝っぷりは、巨人の掌を思わせた。今にも包み込まれ、握り潰されてしまいそうな不気味なかんじがした。

　もうひとつ瀬を越えたところには同じようなポストで、今度は「スダジイ」、さらにそのとなりに「アカマツ」があった。どちらも瀞場の水面にきれいに映り込み、すごく雰囲気がある木だった。

　脩はたまたま艇が並んだ委員長と顔を見合わせた。

「菊野くん、これどういうこと」

「そんなのわかんないよ」

「うち、すごい嫌なかんじがするなあ。またデビル、企んでるよ」

そのとおりだ。脩もなんとなく嫌なかんじがしてきた。鬼澤先生の考えはまだ見えないけど、これだけじゃきっと終わらない。

　しばらく行くと、小さな河原があって、そこに上陸した。地図のとおりに斜面を上がっていく。ポストは簡単に見つかった。というより、向こうから声をかけてきた。

「おおい、そこの小さな者たちよー」

「クヌギ」と書かれたサインの下に、古めかしい蓑《みの》を纏《まと》った男が座っていた。大学生のひとりだ。となりには小さな子供がふたり同じスタイルで座っていて、よく見ると川下りに参加しなかったやつらなのだった。ひとりは河童だった。

河童の蓑の上にはちんまりした黒っぽい光がある。よく見ると、それはカブトムシやノコギリクワガタだった。背後のクヌギにはあちこちにひび割れがあって樹液がにじみ出ており、コガネムシや大きな蛾やカミキリムシがびっしりとたかっていた。

「わたしたちは里山の精。クヌギの木に宿っています。カブトムシやクワガタなどの虫たちがわたしの徴《しるし》。ようこそ奥多摩の森へ」

大学生が言うと、脩は急にドキドキして足を止めた。もちろん、これが一種の「お芝居」なのだとはわかっている。それなのに、本物の森の精に会ったような気がしてしまう。特に河童。蓑の上のカブトムシやクワガタが、木漏れ日できらきら輝いて、飴色《あめいろ》のオーラが出ているみたいだ。森の精が本当にいるなら、こんなんじゃないかと脩は思うのだ。

「河邑君って、不思議……」

うっとりしているような声で、委員長が言った。委員長も脩と同じことを考えているのかもしれなかった。

「さて、桜川から来た小さな者たちよ。お話ししたいことがあります。今宵《こよい》、あなた方の集いにお邪魔させていただいていいですか」

大学生が言ったとたん、日が陰った。河童の飴色のオーラは消えてしまった。どこか狐につままれたような半端《はんぱ》な気持ちで、次のポイントへ。

今度は「ブナ」だった。蓑の大学生がいるのは同じだ。ただし、女性。となりには一班の女子もちんまりと佇んでいた。

「ブナに宿る、里山の精です。わたしは里山の女王。人と森と川を結ぶ者。ようこそ奥多摩の森へ。今宵、あなた方の集いにお邪魔させていただいていいですか」

さらに、「スギとヒノキ」の木。ちょうど細い道を挟んで向かい合って立っていた。両方ともすごい巨木で、脩の体格なら三人がかりでやっと幹に手を回すことができるくらい。

「わたしたちも里山の精。意外ですか？　奥多摩はわたしたちの庭。お話ししたいことがあります。少し上流では、川が堰《せ》き止められ、わたしたちの仲間が水の中に沈みました。今も悲しい声が聞こえてきます。今宵、あなた方の集いにお邪魔させていただいていいですか」

マップは間違えようのないほどはっきりしていて、近くに来たら呼びかけられる。川ではいちいち瀞場で体勢を立て直すし、これじゃあ班ごとにタイムの差が出るはずがない。途中から一班と五班は一緒に行動することになり、班同士の競争心もすーっと消えてしまった。

里山の森の精。その言葉は、不思議と心に届く。もちろん、大学生のお兄さんとお姉さんが、あんな扮装までして芝居を打ったのだから印象が強いのは当たり前なのだけど、こんなしんとした森の中で、そういう言葉を聞くと、もっとそれらしく聞こえるのだ。それに、河童のあの不思議な佇まいも心に残っている。神妙な気分だ。

でも、脩の個人的な感情は消えなかった。時々、手嶋の方を見ては、いったいどうしたらこの抜け目のない同級生をやりこめられるだろうかとばかり考えていた。

自分が嫌だと脩は思う。手嶋のことを考えるたびに、どことなく卑屈《ひくつ》になっていた自分が。手嶋はたしかに凄いやつだけど、スーパーマンってわけじゃない。現に脩のことを目の敵《かたき》にして、つっかかってくるガキみたいなところもあるわけだし。

ふたたびカヤックに乗る時、ほとんど同時にエントリーした。手嶋が脩をちらりと見た。ほんの一瞬なのにまた例の冷ややかな目だとわかった。脩は無性に腹が立った。

「どうしてペンギンのこと、ばらしちゃったわけ？　後から入ってくるだけじゃなく、全部だいなしにしようとしてるんだ」

「ぼくが発見したんだ。ぼくが好きなようにするさ」手嶋はこっちを見もしない。

カチンと来た。手嶋が見つけたのでは断じてない。脩とゴム丸と河童の三人が見つけたのだ。脩は先に漕ぎ進んだ手嶋の背中を睨みつけた。

あとはひとつだけ瀬を越えて、対岸に上陸するだけで行程はおしまいだ。結局、手嶋と勝負するなんてチャンスはなかった。

一班と五班の仲間が次々とカヤックから降りるのが見えた。脩は最後尾について、全員が上陸するのを待つつもりだった。

うわあっ、という声がしたのは、もうほとんど全員が上陸し終えた時のことだ。海野が沈していた。

もうおしまいだからといって、気を抜くとこういうことになる。もがいてカヤックから脱出し、そのまま流されていく。

危ない、と思った。

本人は気づいていないようだけれど、少し下ればまた瀬が始まる。それに、ここから先はかなり上級者向きになる。

脩はすばやくターンして、海野の方に艇を寄せた。

でも、別の艇が割り込んでくる。手嶋だった。手嶋は脩よりも遠いところにいたのに、素早く動き出して先に到着したのだ。

大学生が安定性の高いゴム製のカヤックを操って近づき、海野を引き取った。

残された脩と手嶋は顔を見合わせた。

「ここでやろうか」

「え?」という間もなく、手嶋はパドルで水を力強く捉えた。瀞場を越えて、瀬に向かう。

「止まって、無茶だよ!」

脩は大声を出した。でも、もう無理だ。止まれない。手嶋の艇はもう白濁した急流の中だ。

脩は急いで追いかけた。手嶋をひとりで行かせるわけにはいかなかった。

手嶋はバカだ。ここまでを簡単にこなしたからって、この先はそれじゃすまない。かなり高い白波が立っているし、渦巻いているところもある。川底の地形が複雑なのだ。

手嶋はそれでも器用にパドルを扱った。バランスを崩しそうになっても上手に体を傾けて重心移動し乗り切ってしまう。

急流が大きく曲がるところで、手嶋は外側のラインを取った。

「そっちじゃない！」脩は叫んだ。

カーブの外側は岸壁から剝がれ落ちた尖った岩が多くて危険なことがある。仕方なしに脩も後を追う。

水しぶきが飛ぶ。いや、しぶきじゃなくて、頭から水を被る。

「危ないよ。初心者なんだから」

手嶋がちらりとこちらを見た。ほんの一瞬だけ視線が交わった。口元に嘲笑《ちょうしょう》を浮かべて、また、あの目をしていた。

余裕こいてる。心配して損した。というか、むかっ腹が立った。やっぱり負けるわけにはいかない。こんなスラロームもどきでも、勝負は勝負なのだ。

脩は流れの速い本流を捉えて、手嶋の前に躍り出た。ほら、ついてこられる？　とばかりに白波に突っ込んでいく。川底が複雑だし、どこが本流かわかりにくいから、先読みするのが肝心だ。どう？　ぼくの後をついてくるのが一番安全だよ。そう心の中で語りかけた。

巨岩が横たわって川幅が半分くらいに狭まっているのが見えた。自然が作った水門のような場所だった。それでも脩は怯《ひる》まなかった。ちゃんと後さえついてくれば手嶋は安全だ。そうすることで、手嶋は自分の負けを認めなきゃならなくなる。

水門の少し手前で隠れ岩を見つける。水面がぬめりと盛りあがっているので気づいた。大きく右スイープ、そして、左スイープ。わかりやすい動作で避けると、手嶋もちゃんと理解してついてきた。

すぐに水門が迫ってくる。こういう場合は中央突破だ。流れがさらに速まる。

「絶対に漕ぎ続けて！」

脩は大声で指示を飛ばした。手嶋に見えるように大きな動作で、速く強くパドリングして、常に水をしっかり捉えるように心がける。

ふと嫌な水面のぬめりを見つけた。それも真正面。

「危ない！」

叫びながら脩は、あえて白波が高くなっている左側に艇を寄せた。体を捻り、片手を振って左に避けるように指示する。

　台風かなにかで流された大きな木だ。それが水底の岩にひっかかって水中に隠れているのだ。こういうのはすごく危ない。知らずに突っ込んで、岩と木の間にでも挟まれたらそのまま溺死《できし》だ。

　脩は水門を通り抜け、巨岩の背後にある瀞場に滑り込んだ。その時の勢いでくるりと回転し、船首を上流に向けた。

　手嶋は脩についてこようとしてさすがにバランスを崩し、沈するところだった。泳ぎ出す瞬間に艇を蹴って、脩のいる方に流れてくる。

　一方、艇の方は、水中の木にぶつかりゴリッと嫌な音を立ててからそのまま水門の中心に吸い込まれた。

　水門を出たところで、カヤックの動きが止まった。ストッパーだ。水底にかなりの段差があって、水流が上下に渦を巻いているのだ。カヤックのように浮力を持ったものがとらわれると、簡単には脱出できなくなってしまう。

　ストッパーの渦の中で、赤い船体が回転しながら、浮かんだり沈んだりしていた。あれが手嶋だったらと思うとぞっとする。ストッパーからの脱出方法は教えられていないから、いくら手嶋でもパニックになったかもしれない。

　そうこうするうちに手嶋は脩がいるところから少し上流で岩にとりつき、その上によじ登った。手にはちょうど流れてきたパドルがあった。艇が渦に翻弄《ほんろう》されているすぐ近くまで岩は飛び飛びに続いていて、手嶋はそれを伝って近づくと、パドルを差し延べて艇を引き寄せようとした。でも無理だ。ブレードを引っかけられるような場所なんてないし、かりに出来たとしても、中には水が入っているからやたら重たいのだ。

手嶋が脩を見た。さすがに困ったような情けない顔をしている。ずぶぬれだからますますそう感じる。

でも、脩にだってどうすることもできない。

その時、ゴッと大きな音がした。カヤックが水底にぶつかって向きを変え、勢いよく水面に飛び出した。渦から出るアウトウォッシュにうまく乗ったらしく、脩のいるあたりに漂ってくる。半分沈んだような状態で、中の水を抜かないと乗船はできない。

脩はそれを誘導して、岸に近づいた。でも、このあたりは両側が切り立った崖で、ぎりぎりのところに人が歩ける小道があるだけだから、カヤックを持ち上げられそうになかった。

「少し下って、できるだけ近くで上陸しよう。とにかく岸沿いについてきて」

脩が言うと、手嶋は唇を嚙んだままうなずいた。

ほんの数分下ると、嘘のように視界が開け流れが穏やかになった。堤《つつみ》に上がる階段まである。まず脩が上陸し、それからふたりで手嶋のカヤックを引っ張り上げた。

堤の階段を上がりきったところで、上流から青いスラローム・カヤックが二艇下ってくるのが見えた。おーいと手を振ったけれど、気づかずに下っていってしまった。

ことの重大さに気づく。きっとみんな心配してるんだろう。

ちょうど目の前がコンビニだった。ふたりともお金を持っていなかったので、店の人に事情を話してバンガローの管理棟に電話を入れた。

恐ろしいほど穏やかな鬼澤先生が言った。

「無事でなによりだ。怪我がないなら、カヤックは自分でかついで帰ってこい、と言いたいところだがそこで待ってろ。探しに行ってくれた大学生と連絡をつけてから、車で迎えに行く」

普段のデビルを超えて、氷のように冷ややかなスーパーデビル状態だ。それも仕方ない。脩たちは感情にまかせて、とんでもなく危険なことをしてしまったのだから。はり倒されたって文句は言えない。

「待つのは嫌だな」と手嶋。

え？　と脩は手嶋の横顔を見た。

「歩こう。川沿いにたぶん遊歩道がある」

「ああ」と脩は生返事した。

スーパーデビルをここで長い間待つよりは、自分たちで戻った方が気が楽なのはたしかだった。

十キロ以上あるカヤックを肩に担いで運ぶのは不思議と重たく感じなかった。

と思ったのは最初だけで、すぐにずっしり重くなった。手嶋と肩を並べ、とぼとぼ歩く。

重さのせいもあって、ふたりとも無言だった。そりゃあ聞きたいことはあったけど、口を開く雰囲気にはならなかった。

「ごめん」と手嶋が言い出したのは、急流を崖の上からのぞむ遊歩道に入った時だ。巨岩の間にあるストッパーの泡立ちが、ちょうど目に入った。

「自分でも無茶だとは思ってたんだ。でも、やめられなかった」

手嶋の目にはもうあの蔑むような色がない。

「いいよ。ぼくも同じだったから」

それからしばらく、また無言。

次に声を出したのも手嶋の方だった。

「菊野はどうして、あいつらとつきあってるんだ」

脩は立ち止まり、カヤックを地面に下ろした。

あいつらというのは、たぶんゴム丸と河童のことだった。

「別に理由なんてないけど」

「亀丸って少しおかしいだろ。河邑はともかく、菊野の足を引っ張ってるようにしか見えない」

「そんなことはない。友達の悪口は聞きたくないよ」

転校してきて、最初に仲よくなったのがゴム丸だった。脩みたいな転校を繰り返してきた子供にとって、すぐに話しかけてきてくれるある意味でお節介な子はいつでもありがたい存在だ。

「そういう意味じゃないんだ。亀丸と河邑がいいか悪いかじゃなくて、菊野って、あのふたりとは違うってことなんだ。菊野は自分では感じたことないのかなあ」

脩は首を横に振った。違うって、なにが？

「自分がどんな触れ込みで来たか知らないんだな。世界を股にかける自然写真家の息子。父親とずっと世界中を旅してきて、テレビに出たこともあれば、本や雑誌にも写真が出たりする有名人。始業式には間に合わなくて、一週間くらいたってからクラスに来ただろ。その間、みんな騒いでた」

「テレビに出ても、有名じゃないよ。それにテレビに出るのってつまんないよ。なんていうのかなあ、インタビューとかされていろいろ言っても、つぎはぎになって、なんか言いたかったことじゃないことを言わされちゃうみたいな。やらせ、みたいなことだってあるし」

父さんと脩との旅を取材したディレクターに特にひどい人がいて、いろいろなやらせを仕込んで、後でばれて放送中止になったことがあった。脩はテレビが好きじゃないけれど、理由のひとつはその時の体験だった。

「それは菊野の考えだろ。うらやましいと思う人はたくさんいる」

「期待を裏切っちゃったわけ？　でも、有名なのは父さんで、ぼくじゃないから」

「でも、ぼくらの誰よりも、いや、ほとんどの大人なんかよりも、世界を見てきたんだろ。ぼくなんて、海外旅行をしたのはまだ赤ん坊の頃で、それもグアムだもんな」

手嶋がそんなことを言い出すので、脩はおかしくなった。すごく自信があって、脩のことを問題にもしていないように見えていたのに。

「手嶋はもっと脇目もふらずに前ばっかり見てるんだと思ってた」

ふと手嶋が目を細めた。眼鏡の向こうで何度かしばたたき、どことなく淋しそうなかんじがした。

「知ってるかもしれないけど、うち、母子家庭だったんだよ」と手嶋。「オヤジがひどい奴で、結局、養育費を送ってくれなくなって、経済的にはいつも綱渡りだった。海外旅行に行く余裕なんてなかったよ。母親ががんばる姿を見ると、心配かけられないからこっちもがんばって勉強したし、今は母親がちゃんとした人と再婚して、双子の弟と妹ができて、うちとしてはすごく幸せなかんじなんだけど、ぼくはやっぱり勉強しなきゃならないんだ。新しい父さんも、ぼくのこと優秀だって誉めてくれて、それを誇りに思うって言ってくれるし」

「そうなんだ」脩は口を半開きにした。「うちと似てる」

もしも、脩が父さんじゃなくて母さんについていったら、きっと手嶋のところのようになったのだ。それにもしも父さんの再婚話が本当だったとしたら……。脩はぶるぶると頭を振って、その考えを追い出した。今はそういうことで悩む時じゃない。

「知ってるよ。本に書いてあるだろ。菊野が母さんと一緒にくらしてないのはみんな知ってる」

脩がアメリカの学校に一時通っていた時、クラスの半分は両親が離婚経験者だった。脩の身の上は全然特別ではなかった。でも、日本ではすごく浮いてしまう。変に同情なんかされてしまったりして、時々、苦痛に感じる。きっと手嶋もその気持ちを知っている。

「だから、菊野はぼくにとって――」手嶋が言葉を句切った。「特別な転校生だったわけだ。ぼく自身前の年には転校生だったし、親が離婚してるし、なによりさ、ぼくが憧れてきたような生活をしてきた奴だし。でも、実際に見てみると、なんかイメージが違う……」

「チビだし、お調子者だし」

「よく滑る冗談を言うし、勉強もまるでダメだし」

手嶋は言いながら笑っていた。手嶋にはわかっているのかもしれない、そういうのは実は、脩にとって心地よい「場所」でもあるのだってことを。

「で、ぼくはひどくがっかりしたんだけど、漫画が回ってきた時には驚いた。あれはすごいよ。ガツンってひっぱたかれた気がした。同じ学年でこんなの描けるやつがいるのかって」

「そんなにすごくはないよ」

脩はもぞもぞ体を動かした。でも、これは恥ずかしがる必要なんてないと気づく。だって、あれは誰の手も借りずに自分で描いたものだから。

「漫画家になりたいの？」

脩はためらいながらうなずいた。

「そう簡単じゃないとわかってるけど」

「簡単じゃないからって、あきらめたりはしないだろ」

「もちろん……」

ちょっと口ごもってしまったのは、あきらめていないにしても、それでなにか努力をしているかと言われれば、特になにもしていないからだ。

「菊野は窓からいつも外を見てるだろ」

「あ、うん」

「ぼくも去年そうだった。たまたま窓際の席だった時、親水公園ばかり見てた。川って本当におもしろい。今あそこを流れてる水って、一時間後にはもうずいぶん下流にあって、たぶん一日か二日後には海だろ。でも、川はそこにある。見てるだけで、この場所が遠い世界とかにつながってる気分になる。いいか、この先にあるのは東京湾だけど、でも、もっと先にアメリカやヨーロッパだってあるんだ」

「そうだよね」

脩にもそれはわからなくはない。でも、戸惑うのは手嶋がよく喋ることだ。本当によく言葉を知っている。たくさん言葉を知っているというよりも、どう言えば伝わるか知ってるというか。

「ぼくにもね、夢があるんだ」

「弁護士になる。違う？」

以前、そんなことを噂で聞いたことがあった。

「それは、ぼくの母親が言ってること。ぼくがなりたいのはね――」

手嶋は効果を出すためか、言葉を切った。

脩は唾を飲み込んだ。すごく大事な秘密が今明かされようとしている。

「宇宙飛行士」と手嶋。「ＮＡＳＡに行って宇宙飛行士になりたい。できればシャトルじゃなくて、火星まで行くミッションに選ばれたい」

「それって……」

大きな夢というのか、それとも、現実的じゃないというのか。

脩だって、宇宙飛行士というのが、今やれっきとした「職業」だと知っている。カリフォルニアにいた頃は伯父さんが宇宙飛行士の訓練を受けているというクラスメイトがいた。でも、すごい競争率だし、それは漫画家になるよりずっと難しいことだと思う。

脩がそれを言ったら、手嶋はニヤリと笑った。

「難しいからやってみたいんだよ。去年、窓際の席で川を見てたらそう思えてきた。桜川は別の川と合流して海に注いで、その海にはもっとたくさんの川が注いでいる。というか世界中のすべての川が海に注いでるから、世界につながってるんだ。で、世界はまあるい地球で、その外側にはまだまだ人が行ったことがない宇宙が広がっててって考えると、自分がなんだか滑走路に立っているような気がしてきたんだよ。そう、川って滑走路なんだよ。いや、打ち上げ台って言った方がいいのかなあ。ぼくはもっと遠くへ行きたいんだ。今は桜川に住んでるけど、そこからもっと遠くへ。地球を離れて、行けるところまで」

手嶋が柄にもなく紅潮しているのに気づいた。脩は手嶋の早口についていくのがやっとで、目が回った。

「誰にも言わないでくれよな。笑われるような気がするから」

「なんでぼくに言ったの」

手嶋はニヤリと笑った。

「菊野にはいつも腹をたててるからだ」

「どうして」

手嶋は無視してカヤックを担ぎあげ、歩き始めた。脩はあわてて後を追った。

まだ先は長い。下ってきた時間は全部あわせても十分に満たないけれど、歩きではどれくらいかかるだろうか。カヤックを持っていると果てしない距離に思えてくる。

「ちょっと」と手嶋に呼びかけた。

いったんカヤックを地面に下ろして、二艇を平行に並べる。手嶋が船首、脩が船尾に立って、艇の前後についている運搬用のヒモに手を掛けた。ちょうど担架のような要領でふたりで持ち上げると、重さは変わらなくても安定してずっと楽だ。

このやり方に慣れて余裕ができると、手嶋はまた話し始めた。

「菊野はやればできるはずだろ。勉強だって、一度も本気出してないだろ。こっちには目標があって必死にがんばってるのにいつもふざけてて勉強ができたって大したことないって思ってない？　それって、考えてみればバカにされてるようなもんじゃないか。いや、本当にバカにしてるよ。ムカツク！」

手嶋は脩のことがもどかしくてならなかったという。できるのに、やらない。先生に睨まれてもさらりと受けてふざけたりしているのを見ていると、なぜか自分が否定されてるみたいで腹が立つ……。

最後の方になると、手嶋はほとんど笑い声になっていた。

「ほんとうに、ぼくは菊野のことがうらやましい。バカだと思うかもしれないけど、あんなふうにバカみたいに振る舞えたらいいなあなんて思うほど。な、バカみたいだろ」

「それ、ぼくのことバカにしてんじゃないの」

ふたりは大笑いした。

とにかく、手嶋が脩に投げかけていた視線。あの謎が解けた。

手嶋がこんなふうに自分を見ていたなんて、脩は信じられない気分だった。

ふと河童の言葉を思い出した。

「手嶋君ときっくんは、似た者同士」

案外そうなのかもしれない。

やがて、バンガロー村が見えた。もうとっぷり暗くなって、キャンプファイヤーの赤い色が木々を照らしていた。ゲートの前で、カヤックを下ろして一息つく。最後の上り坂は本当にきつかった。それでも最後までやりとげたのは、先に音《ね》を上げた方が負け、みたいな気分になってしまったからだ。着いた時には肩の関節から下の感覚がなくなって、鉛のように重かった。

帰り着いてほっとすると同時に、ちょっと名残惜しい気もする。なにかまだ大切なことを話していないぞと思い、頭の中をまさぐっていると不意にペンギンの姿が目に浮かんだ。

「そうだ、ペンギンのことなんだけど、いつ気づいたの。河童は知らないはずだって言ってたけど」

「ああ、流域のペンギンのことね。ぼくにしてみたら、菊野が気づいたのも意外だったけど」

「ぼくたちは夏休みが始まってすぐ」

「じゃあ、ぼくの方が後かもしれないな。地図を買ってきて、野川とか、目黒川の支流の烏川とかのとなりあわせの流域を色分けしてみて、それで気づいたんだ」

脩は混乱してしまう。手嶋はなんのことを言ってるんだろう。

「どうしてそんなやり方でわかったわけ」

手嶋は「え？」というように口を開いた。

「じゃあ、菊野たちはどうしたわけ？　あ、そうか、河邑か。河邑なら、地図がなくても頭の中に入ってるだろうし」

「もっと詳しく話してよ」

脩としては、なんとなく探りを入れるような聞き方になってしまう。

「じゃ、こっちにくればいい」

手嶋はカヤックをゲート脇に置いたまま、歩き始めた。食堂の一角に資料コーナーがあって、そこには多摩川全流域の精密な地図模型があった。よくよく見ると、その片隅に桜川も描かれている。

「わかってるだろうけど、桜川は多摩川の支流だよね。正確に言うと、多摩川の支流の野川の支流。ぜんぶで二十キロくらいで、地図で見ると本当に短い。で、流域を考えてみてほしい。降った雨が桜川に注ぐ範囲。野川にも烏川にも行かないで、桜川に注ぐ範囲だ」

脩は手嶋の指先の動きをじっと見つめた。

彼がすーっと境界を示していくと、脩の頭の中のスクリーンには、ペンギンの姿が描かれた。水中で魚雷みたいにつきすすむ姿。上流の水源がクチバシの先で、桜川町はちょうどお腹のあたりに相当する。

「これが流域のペンギン。桜川はペンギン川で、ぼくたちはその流域人なんだ。たぶん、菊野たちは、流域って考えじゃなくて、地形とかで気づいたのかなあ。まあ、結果としては同じことだけど」

すごく新鮮な考え方だった。でも、問題はそんなことじゃない。

手嶋はペンギンの巣のことを知らないんだ！　そのかわりに別のペンギンを見つけていた。びっくりするくらい意外なところで。

「でも、どうしようか。菊野も同じことを研究してるんだったら、考え直さなきゃな」

手嶋の言葉にどう返事をするか、脩は考えた。うまく言葉が出てこない。

「ふたりとも、なにをしてたー」

野太い声に脩と手嶋は、びくりと体を震わせた。

鬼澤先生が入口のところに立っているのだ。

「待ってろと言ったはずだ。まあ、店のオヤジさんが、ふたりとも元気に歩いていったというから、心配はしなかったが。それにしても、まったく、手嶋まで菊野の影響を受けることはないだろう。もうキャンプファイヤーは始まってるぞ。おれはともかく、まず最初に謝りにいくべきところがあるだろ。それが済んだら、バーベキューに来なさい」

鬼澤先生は腹立たしげにくるりと背を向けた。

「手嶋って、ぼくの影響なんて受けてるわけ」と脩が小声でおどけて言った。

「そうだよ」あまりにあっさりと返ってきて、脩は戸惑った。

ボランティアの大学生にごめんなさいと謝って、バーベキューに参加した。ぽんと背中を叩かれて「いやあ、きみたちだから大丈夫とは思ったけど、万が一のこともあるから生きた心地がしなかったよ」などと言われ、怒った素振りも見せない。それでかえって恐縮してしまった。「ほんとにごめんなさい」と手嶋が、行儀よく頭を何度も下げていた。

手嶋のいない五班と脩のいない一班は、委員長の仕切で一緒にバーベキュー・グリルを囲んでいた。海野が周りを圧倒する勢いで食べ、委員長は焼く順番を差配する。面倒見のいい委員長は「うちが焼くから、あんたたちはどんどん食べな」ってかんじでごく自然にホステス役に落ち着く。なにもしないのにそういう役割分担ができるのって、本当に不思議だ。脩はこの中で「お客さん」以外の役がほしいと思う。

腹が鳴った。今は、それがすべてだった。

とにかく焼いて、食べた。

肉、ソーセージ、魚、ニンジン、タマネギ、ピーマン、片っ端から口にほうりこんだ。いったん空腹を感じると胃がきりきり締めつけられるみたいで、食べている間、ほかのことはなにも考えられなかった。次に焼き上がりそうな肉やソーセージをいつも視界の端に捉えて、ほかの連中が手を伸ばす前にかすめ取る。脩のとなりでは手嶋が同じペースで食べ続け、ふたりで食欲魔人になった。委員長ら女子はもちろん、あの海野ですら、あきれたくらいだった。

詰め込めるだけ詰め込んで膨らんだ腹をさすり、もうこれ以上は無理だー、なんて思ってると、突然、大太鼓の音が響いた。ドゥン、ドゥン、という重低音。

キャンプファイヤーの燃えさかる炎の前に人影が飛び出した。赤く顔を照らされた森の精たち。

「さあ、わたしたちは、参りました。語りましょう。わたしたちのすべて。奥多摩の物語を」

朗々と響く声だ。脩は腹を押さえながらも、一気に引きこまれた。

「古くからこの地方には森の民と、ささやかな農地を耕す農民が住んでおり、森と川と人は共存しておったのです。徳川幕府がやってきて江戸築城のために伐採《ばっさい》が始まってから、事情が変わりました。アカマツやクリなど、わたしたちの仲間が切り倒されて下流に送られました。川は原木で組んだ筏《いかだ》で混み合い、多摩川は筏の川となったのであります。伐採された跡地には、材木としての価値が高いスギやヒノキが植えられましたので、森もまた変わっていったのであります」

「江戸築城が一段落すると、今度は武蔵野台地や江戸城下に水を送るために、玉川上水が作られました。これによって、下流では水量がとても少なくなってしまいました。川はまたも大きく変わりました。あちこちで水争いが起き、人も変わっていったのです」

「わたしたちにとって一番大きな変化は、二十世紀になってやってきました。東京の人々は増え続け、飲み水が足りなくなりました。そこでこの場所から数キロ上にダムが作られ、村が丸々、水面下に沈んでしまったのです。森も一緒に沈みました。スギやヒノキの植林も手つかずの天然林も、みんな沈みました。住んでいた人々は散り散りになりました。いつも繫《つな》がり合っていた、川と森と人は、こうやって切り離されてしまったのです」

「小さい者たちよ、よくまたやってきましたね。おかえりなさい、とわたしたちは言いましょう。そして、ようこそ、川と森の国へ」

話の途中で、いつのまにかスライドの上映が始まっていた。蓑をまとった森の精たちの背後に白いスクリーンが出てきて、そこに古い多摩川の白黒写真が次々と浮かんでは消えた。中には江戸時代のものらしい浮世絵も混じっていた。時間の流れをひしひしと感じる。ぼくたちが生きてきた時間なんてすごくちっぽけだ、と素直に思えるほど。

「森と川に親しむ者は、遠くからの声にも耳を澄まします。ほら、小さい者たち、聞こえませんか。わたしたちの仲間の声が」

森の精の声に反応して、白黒写真がいったん消えた。次にすーっと明るくなった時にはカラー写真に切り替わっていた。

脩にとってはなんとなく見たことがある風景だった。飴色の水面からいくつも木々が突き出している。木々の緑は瑞々《みずみず》しいというよりも、猛々《たけだけ》しい。今にも食ってかかってきそうな緑。

「熱帯雨林です。森の精にとっての聖地。そして、あなた方人間にとっても、大切な場所」

アマゾンの水没林だった。雨季になると川が氾濫して森全体を覆い尽くす。大学生ボランティアの指導者である冒険カヤッカーはここをフィールドにしている。

「熱帯雨林の叫び声が聞こえます。今、ここにいても遠い森が消えていくのがわかります」

女の森の精が、悲しげな声を絞り出した。

アマゾンでは毎年、青森県ふたつ分にも相当する森林が消えている。もちろん伐採など人間の活動のためだ。

「小さい者たちよ、森に遊び、川に遊びなさい。そして、思い出しなさい。失われた調和を取り戻すのです。森はあなた方のもの、川はあなた方のもの。そして、あなた方は森のものであり、川のものでもある」

大学生たちのパフォーマンスが終わると、すぐに鬼澤先生が出てきた。

「おまえらー、よくわかったかぁ。林間学校はただ楽しむだけの場所じゃない。ちゃんと勉強もして帰るんだぞぉ。後で感想文書いてもらうからな」

鬼澤先生が急に俯を見た。

「菊野！」

「はい」

「おまえは、熱帯雨林に行ったことがあるな」

「はい、アマゾンに行きました」

「じゃあ、こういうことは知っていたな」

「はい」

「夏休みが終わったら、林間学校についての感想文を発表し合うことにする。その時、菊野は特別にアマゾンの熱帯雨林について書いてきてくれ。それと、河邑」

「……あ、はい」

ワンテンポ遅れた返事の後で、河童が立ち上がった。脩からはキャンプファイヤーの反対側に近く、顔が赤く光っていた。

「おまえのおじいさんは、たしかダムで沈んだ小河内《おごうち》村生まれだったな。多摩川の歴史についての本も出している」

「そうです」

へえ、そうなんだ。たまたまとなりにいた委員長が「知ってた？」と脩に聞いた。

「知らなかったよ」と答えた。きのうの夜、大学生が言っていたカワムラテンドーという人が、その人なのだとはわかったけど。

「河邑君ってやっぱり神秘的よねぇ」と委員長が少し焦点のずれたことを言った。

「それじゃあ、河邑」と鬼澤先生が続ける。「おまえはおじいさんの話を聞いて、その時のことをみんなに報告してくれ。たのんだぞ」

しばらくしんとした後で、どよめきが戻ってきた。

なにはともあれ、きょうは林間学校の最終日なのだった。大学生が弾いてくれるギターで歌い、みんな陽気に騒いだ。ゴム丸はぴょんぴょんとび跳ねた。しまいには悪のりして、両手を体につけたままペタペタ歩くペンギン踊りを披露した。海野たちが、「ペンギン、ペンギン」とうるさいからだ。仕方がないので、脩もゴム丸のペンギン踊りにつきあった。すると人だかりになって、大人気だった。脩はゴム丸と即興にして絶妙のコンビネーションを発揮して、おもしろおかしい動きをきめた。委員長たち女子のグループが大受けしてくれて、海野たちは逆におもしろくなさそうにどこかに行ってしまった。やったね。

これにはおまけまでつく。手嶋がふたりの間に入って、一緒に踊りはじめたのだ。でも、すこしためらいがちに。どうせやるなら、大胆に、思い切りやらなきゃ。照れがあるから、キレがない。だから、場がしーんとなってしまって、手嶋は真っ赤になって動きをとめた。まだまだだよ手嶋君。脩は思いきり、手嶋の後頭部をはたいた。

「キャラ、間違ってるよ!」

どっと笑いが起こって、手嶋もほっと救われたみたいな表情になった。

「今のキャラも悪くないよ。むりにふざけることないって」脩は耳元で言った。

「大きなお世話だって」手嶋はむすっと返した。

蓑を脱いできた大学生たちが輪に戻ってきて、また場が盛りあがる。おませな女の子たちは、好みのお兄さんにああだこうだと話しかけているし、ちょうど近くで河童が大学生のリーダーに呼び止められていた。話し声がなんとなく耳に入ってくる。

「――だからね、ぼくたちも天童さんの考えにはかなり影響されてるんだよ。特に『川の名前』っていいよね。以前会った時に天童さんが言ってたけど、サイトってほとんど天童さん自身じゃなくてきみが管理してるんだって」

「はい、じいさんはあんまり目がよくないですから。かわりに書いてます」

「じゃ、あのカキコとかは、だいたいきみなんだ」

「そうです。じいさんが言ったのを書き込むこともあれば、基本的なことならぼくが書いちゃうし」

「じゃ、ぼくらは掲示板で話したことあるのかもね」

「そうですね」

よくわからないけど、どうもインターネットのウェブサイトのことを話しているらしかった。そういえば、河童がいわゆるホームページの作り方とか結構詳しいって聞いただし。

ことがある。桜川北小の学年のホームページも鬼澤先生に頼まれて大枠を作ったみたい
「なら聞くけど、きょうのぼくたちのパフォーマンスどう思った？」と大学生。

「いいんじゃないですか。きっとじいさんは好きなんじゃないかな。でも——」

「でも？」

「ぼく個人の感想としては、まだアマゾンのこと考えてる余裕ないと思いました。自分の足もとだけで精一杯だから」

「そうかなあ。やっぱり話を大きくしすぎた？　ほら、天童さんはよく、川は足もとから世界へと至る滑走路だとか言うじゃない。だから多摩川から始めて世界を語ってみようかなって。ぼくたちも去年、リーダーといっしょにアマゾンに行ってきて、伝えたいことも沢山あったしね。ちょうど天童さんが言うように、川を通じて世界に出て、川を通じて戻ってきた、ってかんじだろ」

「でも、みんな『川の名前』も知らないんですよ。まだ足もとについて知らないんです」

「そうかあ、じゃあ、手嶋君の『流域のペンギン』の話もした方がよかったかなあ。あれは流域人のイメージ湧きやすくていいアイデアだものね。天童さんも気に入っているんじゃない？」

聞き耳を立てていた脩は、たまたま河童と目が合い、ばつが悪くて笑いかけた。

本当に河童って頭の中になにが詰まっているのかわからない。大学生相手にちゃんと議論してるのだ。それに、もうひとつ発見。さっき手嶋が言っていたことって、かなり「天童さん」の話に近いのだ。「川は滑走路」とか。きのうの夜大学生と話して仕入れたのだろうけど、意外に手嶋って、人の影響受けやすいタイプなのかも。

河童のそばを離れて、脩はまるで水族館の魚みたいに回遊する。時々、ふざけたり、時々、真面目に話したり。

騒ぎが起こったのは、キャンプファイヤーの火が小さくなって、もう宴《うたげ》も終わろうとする頃だ。

別にお酒があるわけでもないのに、酔っぱらったおやじみたいになったゴム丸が、手嶋に絡んだ。

「おまえのせいだ!」といって、胸につかみかかる。さっきまで上機嫌だったくせに、手嶋の顔を見たとたんに切れた。

「それは違うんだよ。さっき話を聞いた。手嶋は——」脩はふたりの間に体をねじこんだ。

「キクはだませても、おれは誤魔化《ごまか》されねえぞ」

脩を突き飛ばすようにして、体重を手嶋に預けて押し倒そうとする。

ゴム丸の体がふわりと舞って、次の瞬間には地面に転がっていた。

手嶋が足を払ったのだとわかるまで、少し時間がかかるほどさりげない動作だった。

こんな時、手嶋は本当に憎たらしいほど隙がない。ゴム丸が顔を真っ赤にしながらも、なにも言えなくなるのをただ上から見下ろし、冷ややかに見つめている。

「もう、うざいな。ペンギンなんてどうでもいいだろ」

「よくねえよ。手嶋はわかってねえよ。あいつら、がんばってんじゃん。静かにしといてやらなきゃ」

手嶋の目が宙をさまよった。「どういうこと?」というように脩を見る。

うぎゃっ、とゴム丸が声をあげた。

海野が立っていた。つま先をゴム丸の脇腹に軽く蹴り込んだのだ。海野はさっき自分たちが結果的には追い払われたのを根に持ってる。

「デブ丸、いいかげんにしろよ。手嶋にからんでも仕方ねえだろ。おれがさあ、この話聞いたのは、手嶋じゃねえからな。おまえの妹だよ。おれも妹が三年生だからさあ」

「もえが、言ったのかよ。あんなに約束したのに……」

「ばっかじゃねえの。おまえの妹、頭おかしいんだから、約束なんか守れるもんかよ」

ゴム丸の顔がみるみる蒼白になる。そこにうずくまって固まってしまいそうだ。

「もえの悪口を言うな」

小さく呟いた。目が据わってる。また、海野に飛びかかっていくかも。脩も思わず身構えた。

「おまえら、なにやってんだ」

鬼澤先生がやってきた。騒ぎの中心部分にいる手嶋を見た。

「どうした手嶋、林間学校にきてからおかしいぞ。おまえらしくないじゃないか」

「すみません」

一言いうと、手嶋はくるりと背を向けて行ってしまった。いつのまにか海野も姿を消し、脩はゴム丸を助け起こした。


翌朝、食堂のテレビの前に人だかりができていた。

このテレビは、バンガロー村で脩たちが勝手に見ることが出来る唯一のものだ。

変なざわめきがあった。もうとっくに食事の準備ができているのに、十人以上がその前に張りついている。

その中に、河童がいた。例によって無表情。瞬きもしないで、画面を見ている。なんとなく顔色が悪い。

ゴム丸もいた。顔を真っ赤にしている様子は、前夜、手嶋につかみかかった時と同じだ。ちょうどコマーシャルになった時、脩を見つけて「キクぅ」と情けない声を出した。

見ると目元が潤んでいるのだ。

「どうしたの」

「見てみろよ」と画面を指さす。

テレビを囲んでいる連中の間で「ペンギン」という言葉が何度も聞こえた。すごく嫌な予感がした。

コマーシャルが終わると、画面には女性リポーターが映った。背後には川が流れていた。脩が知っている川。多摩川の、ここから何十キロか下ったところ。野川が合流した付近だ。

「それでは、桃山さん、現在の様子を教えていただけますか」

「はい、実はですね。今朝、元気な姿を見せてくれたきり、また行方がわからなくなってしまったんです。ええ、心配されていた台風は大きく逸れて、とてもいい天気です。絶好の日和《ひより》なわけですが――」

ここで「現場」の中継映像の上に、VTRがかぶさった。

いきなり、水面に浮かぶカワウのような鳥。

パペンだった。間違いなかった。クチバシの根元の地肌が露出した部分が鮮やかな赤になっている。普段はピンク色なのに。たぶんそれは運動して血の巡りがよくなっているからだ。その他の部分はまったく鳳凰池でのパペンと変わらない。画面の右下には、

「多摩川にペンギンが登場」というテロップがあらわれた。

「……ペンちゃんがきのう発見されて以来、地元の人たちがたくさんやってきてその様子を見ているんですが、もうすごい人気です。夏休み中の子供たちも河原におりて、ペンちゃんの動きを追っています」

ここでまたVTRが切り替わって、小さな子供たちが河原に並んでいるシーン。「ペーンちゃーん」と大声で叫んだ。

「それにしても、どうしてペンちゃんはここに来たんでしょうね。ペンギンというと南極の生き物ですし、今は夏なのでペンギンにしたらとっても暑いはずなんですね。元気そうに見えますけど、ほんとに大丈夫なんでしょうか。これまでの目撃ですと、先月あたりから何度か見たという話はあったんです。とすると、もう一カ月以上ここにいることになります。そこで、専門家に聞いてみましたところ、意外な答が返ってきたんです……」

なんなんだこれは。脩は口をぽかんと開けて、画面を見つめるばかりだった。

最初のショックが過ぎると、だんだん頭が回転しはじめた。

パペンが多摩川で食事しているところが人の目についた。そういうことだ。いずれはこうなるんじゃないかと、脩だって思っていた。

まだ鳳凰池の巣が見つかったわけじゃない。そもそも巣があるなんて誰も想像していないだろう。だから大丈夫。ヒナたちは、まだ静かに護ってもらえる。

マスコミが来たらきっと、河童が心配していたとおりとんでもない大騒ぎになるし、とすると鳳凰池も立入禁止になってしまうだろう。脩はパペンとマペンとゴンとミクロのことをずっと見ていたい。だから、鳳凰池のことは絶対に秘密なのだ。

手嶋がこっちを見ていた。そういうことだったのか、と目が言っていた。

第十章　ペンちゃん騒動

午後の光を受けてきらきら光る川面に、ひょいと跳び上がる影。それは一瞬イルカのように見えるけれど、カメラがぐっと寄るとペンギンの姿に変わる。「イルカ跳び」と呼ばれる泳ぎ方で、長距離を移動する時にはこのやり方をとるのだという。

そうテレビで語ったのは、鈴木さんだ。

いまや鈴木さんは、ワイドショーやニュース番組の常連になっている。多摩川から一番近い水族館の獣医で、口髭をたくわえた独特の容貌。話す時目がにこやかに笑っていて、声もソフトで聴き取りやすい。各局の取材依頼が鈴木さんに集中するわけだった。

恵美さんとふたりで囲む夕方のテーブル。ニュース番組を見ていると、今やお盆休みの一大ニュースとなった「多摩川のペンちゃん」がいきなりトップにやってきた。おまけにローカル枠でもあらためて特集される念の入りようで、そこで鈴木さんが登場したのだ。

――ペンちゃんはどこから来たんですか。動物園や水族館から逃げたということはないんですか。

少なくとも動物園・水族館のものではないですね。基本台帳に登録されていて、一羽一羽管理されてますから。マゼランペンギンの場合、個人でも輸入できるので、それが逃げたということもありえます。とにかく自力で赤道を越えて泳いできたとは考えにくいので、人間が連れてきたものでしょう。今のところ問題なくやってるみたいですから、ずっと飼われてたやつというよりも、まだ捕獲されて時間が経っていない元野生のものという気がしますね。

――でも、川にいるというのも変ですよね。海にいるのが本当じゃないんでしょうか。

川を遡って巣を作るペンギンもいます。マゼランペンギンでは聞きませんけど。この場合は、東京湾があまりに船ばかりで居心地が悪かったんじゃないでしょうか。それで川を遡ってきたというのが考えられますね。

――なにを食べているんでしょうか。多摩川にはペンギンが食べられるものはあるんですか。

動物園や水族館ではアジをあげてますね。まあ、サイズ的に飲み込めるものであれば、食べる可能性はあります。というか、現に採餌《さいじ》行動、あ、食べ物をとる行動のことですけど、それが観察されているわけですから、食べ物はあるんですよ。間違いないです。具体的になにか調べるにはつかまえて胃洗浄でもしなきゃならなくなりますので、あまり現実的じゃないですよ。

——そもそもなんですけど、日本の真夏にペンギンが生きていられるんですか。

ペンギンは南極の生き物だとみなさん思ってらっしゃるかもしれませんけど、実際は南極以外に棲んでるものの方が種類が多いんですよ。赤道直下から、南極大陸まで、いろんなところにいます。マゼランペンギンは温帯中心の生き物なので、日本の夏でもまあ問題ないんです。動物園や水族館でも、マゼランペンギンは外に出してますし、北海道なんかじゃ逆に冬は室内に入れるくらいです。

そんなQ&Aを、キャスターと鈴木さんがキャッチボールする間、脩と恵美さんは、例の「ペンギン・スパゲティ」を食べる手を止めて、画面を食い入るように見つめていた。恵美さんの頬がうっすらと紅潮しているのは、まだ脩にはよくわからない「レンアイ」というもののせいであるらしい。脩だって、女の子のことを「いいなあ」と思ったりはするけれど、実際に「つきあう」なんて考えたこともないし、どうすればいいのか想像もつかない。

ふと、林間学校での委員長のことを思い出した。帰りのバスに乗る前に、委員長が脩を木陰に呼びだして言ったのだ。「ねえ、菊野君って、女の子とつきあったことある?」と。「うち、好きな子がいるんだけど、どうしたらいいかなあ」なんて聞いてきて、遠回しにコクられてるのだったらどうしようと、ドギマギしてしまった。女の子はそっちの方面では、男子よりずっと進んでる。まあ、それはそれ。とにかく恵美さんは、ここのところ頻繁に鈴木さんに会っているらしく(脩が林間学校の間にも鈴木さんは来たらしい)、どんどん仲よくなっているようだった。

脩にとっては、鈴木さんが言うことに、あまり目新しいことは含まれていない。むしろ、鈴木さんがペンギンの巣のことをなんとなく勘づいていたりはしないだろうか、それをテレビで言ったりはしないだろうか、そういう興味で耳をそばだてている。

鈴木さんのコーナーが終わって、恵美さんがなんとなくうっとり、といったかんじの息をついた。脩は止めていた手を動かして、スパゲティを口に運んだ。視線は画面に残したまま、大きく口をあけてむしゃむしゃ食べる。

脩の口がまた止まった。次の瞬間、口の中のスパゲティを噴いてしまった。

画面には知った人がいる。もちろん鈴木さんじゃない。

「どうしたの、脩ちゃん。お行儀悪い」

恵美さんは意外にテーブルマナーに厳しくて、脩はしょっちゅう叱られている。

ちょっと待って、と手を挙げる。

「捕まえて水族館に持って行けなんて人もおるようだがね、ま、ほっとけばいいのだ。ペンギンも多摩川が好きなんでしょう。イルカだってアザラシだって川を上ってきたことがある。ペンギンだって同じ理屈だね。わたしたちはね、多摩川愛好会というのを作っておりますが、ペンギンが、今話し合ってたところです。ペンちゃんを守る会、というのを新しく作りますよ。変に騒がれてここの自然が荒らされても困るのでね、ハハハ……」

VTRが終わって、スタジオのキャスターに映像が切り替わった。いやあ、地元でもいろいろ動きがあるみたいですねぇ、なんといってもペンちゃんは可愛いですからね、なんてコメントする。

「さっきの人、知ってる人だったんだ」脩は口の中のものを飲み込んだ。

「話したことあるよね。学校に時々来る変な爺さん」

「喇叭を吹き鳴らす、ハーメルンの笛吹みたいな人ね」

脩はうなずいた。

その喇叭爺が「ペンちゃんを守る会」を始めるという。どう考えたらいいのかわからなくてぼんやりしていると、いつのまにかペンちゃん特集は終わっていた。

「それで、脩ちゃん……」と恵美さんがためらいがちに言う。「本当にあのペンギンのこと知らなかったの？　漫画のネタにするって鈴木さんにいろいろ聞いていたでしょ」

「知らなかったよ。だから、今驚いてるんだ。こんなことが本当に起こったら、漫画の方もストーリーを変えなきゃならないし」

「そう……」と納得しつつ、本当は納得していないって表情だ。

恵美さんはきっと鈴木さんに頼まれているのだ。脩があのペンギンのことをもっと深く知っているのではないかと鈴木さんが疑うのは当然だし。でも、脩はノーコメント。鳳凰池での子育ては順調だから、今、それを人に教えるつもりなんてない。

「それとね、きょう、鬼澤先生から電話があったのよ」

「どうして？」と言いながら、嫌な予感がした。

「林間学校で相当、ハメを外したみたいね。夏休み終わる前に一度、親と一緒に学校で話したい、ですって。先生は明日からお盆休みだそうだから、次の週にでも、あたしが行くことになるわね」

「ごめんね、面倒なことになって」

恵美さんはこういうことでは絶対に怒らないから逆に申し訳なくなる。

「ま、あたしは母親の気分を味わえておもしろいんだけどさ、でもね、さっき、脩ちゃんが帰ってくる直前に手嶋君って子のお母さんから電話があってね、もう滅茶苦茶なことを言われたのよ」

脩は恵美さんの顔を見た。おもしろがっているのと、うんざり、というのと半分半分。

「なにしろね、手嶋君が林間学校で悪いことをしたのは、脩ちゃんにそそのかされたからなんですって。これまでに問題を起こしたことなんてないし、それ以外考えられないそうよ。なにしろ、末は弁護士になる秀才で、クラスはもちろん塾でもダントツの成績なんですってね」

「そうだよ、手嶋は凄いやつだよ。スポーツだって万能だし」

「脩ちゃんがそそのかしたの？」

「結果的にそうみたい」

「やるわね」

恵美さんは変な部分で感心して、頬杖をついた。その気怠《けだる》いかんじが、とてもきれいで脩など思わず目をそらしてしまったくらいだった。


手嶋とは翌日に会うことになっていた。お盆で塾も休み。秘密を守るかわりに、すべてのことを包み隠さず教えるように。それが手嶋が出してきた条件だ。

断るわけにはいかなかった。ゴム丸でさえ、「しょうがねえな」と納得した。脩がいない間にもえちゃんを鳳凰池に連れてきたことで、彼なりに責任を感じている。

とりあえず朝から詰めているゴム丸に会いに、鳳凰池に出かける。ゴム丸はもえちゃんを連れてきていた。

もえちゃんはペンギンが、とりわけヒナたちが好きなのだ。ビニールシートを敷いた地面の上にしゃがみ込み、じっとマペンとヒナたちを見つめている。

「ペンギンが飛んでるよ。ほらミクロが空飛ぶ夢を見てるよ」

もえちゃんがそう言って脩を見た。たしかにミクロはフリッパーを翼みたいに広げて体を横たえて眠っていた。それは鳥というよりも、胴体の大きな輸送用の飛行機に見えた。

「ほんと、ワリイなと思ってるんだ。もえがさ、どうしても見たがるし、そうなったら言うこときかないじゃん。どうしようもなくてさ」ゴム丸がまず最初に謝った。

「言ってくれたらよかったのに」

「そうだよな。キクも河童も、ダメだなんて言わねえよな。でも、言いにくくてさ。ごめんな」

もえちゃんは曇りのない目でペンギン一家を見つめている。目なんて文字どおりキラキラ輝いていて、それを見てしまうとここに来るななんてとても言えない。野生動物の子育ての現場なわけだから、糞尿の臭いがしたり、蠅や蚊が飛び回っていたり、あまり愉快じゃないことも沢山ある。ゴム丸なんて、虫よけスプレーをしても蚊に食われて大変だ。でも、ペンギンの世界に入り込んでいるもえちゃんには、そんなことは関係ないみたいだった。

もえちゃんには、こだわりがあるのだと脩は思った。もえちゃんは自分なりの理屈でなにかを気に入ると、そこから離れたくなくなる性質だ。脩と話していても、いったんなにかが気になったら食いついて離れない。ゴム丸に言わせれば、もえちゃんは脩のことをとても気に入っていて、だからいろいろ絡んでくるらしい。

「ねえ、キクにい」と言いつつ、もえちゃんはごろんと地面に腹をつけ両手を広げ、例の輸送機のポーズをとった。

「ゴンもミクロも、大きくなったら空を飛べるよね」

「ペンギンは飛べないんだよ」

「飛べるよね、キクにい」

「飛ぶというか、水の中を――」

「飛べるよね」もえちゃんは涙目になっている。

「うん、飛べるよ」と脩はあわてて言った。「きっと大きくなったら、ゴンもミクロも飛べるよ」

「そうだよね、いつか飛べるよね」

もえちゃんは納得して、寝ころんだまま頬杖をついた。

嘘をついてしまったのがちょっと切なくて、脩はため息をついた。

実際に飛べるかどうかは別にして、ゴンとミクロの成長は順調だった。最初の頃のように細かく震えることもなくなったし、お尻でちょこんと座ると、いかにもペンギンらしくなって、もこもこの綿毛のぬいぐるみみたいだった。脩はそのようすをスケッチし、ゴム丸は「十時五分、マペンがあくび。体がずれたので、眠っていたミクロがピーピー鳴く」などとメモを取る。

で、ゴム丸の時計で十時十五分、マペンが気持ちよさそうに目を閉じると、なんにも動きがなくなってしまった。もえちゃんも一緒に目を閉じて、夢の世界に行ってしまう。きっともえちゃんの夢の中では、みんな一緒に空を飛んでいるに違いない。

「喇叭爺のこと、見た？」と脩は聞いた。昨晩のニュースのことだ。

「なんだそれ」

脩はかいつまんで説明すると、ゴム丸は喜んだ。

「きゃはっ、喇叭爺はやっぱただ者じゃねえじゃん」

彼はこういうわけのわからないことが好きなのだ。

そのうちに、背後から草を踏み分ける音が聞こえてきた。猫背の河童がぬーっと顔を出し、後から手嶋。銀縁眼鏡の奥で、好奇心が輝いている。あ、手嶋もこういう顔をするんだと発見。いつもクールってわけじゃないことはもう知っていたけど。

「へえ、こんなところにいたのか。ぼくもついこの前、すぐ近くまで来て気づかなかったんだな」などと言いつつ、あたりをつかつかと見て回る。

ゴム丸が顔を赤くした。

「手嶋、ペンギンがびっくりするじゃん、やめろよ」

「別にびっくりしてるみたいに見えないけど。きみたちのせいで、人に馴れたんじゃないか」

「でも、おれたちだって、これより近くには行かねえんだぞ。遠慮しろよな」

「はいはい、それより、亀丸君」手嶋の口調はふざけてるのか、あらたまっているのかわからなかった。「きみさ、足、掻かないほうがいいよ。蚊に刺されても我慢。掻き崩して、あちこち化膿《かのう》してるじゃないか。そこからいろんな雑菌が入ったってことだぞ」

ゴム丸はぷいっとそっぽを向いた。

手嶋が来たのは、もちろん、彼が「本物のペンギン」に興味を持ったからだ。手嶋は「どうせなら一緒にやろう。もちろん、みんなテーマはそのままでいい。でも、ペンギンつながりなんだし、どんなことやってるのか知って損はない」と言う。だから、こうやって集まってそれぞれの研究のテーマを話し合うことになっていた。

まず最初に脩とゴム丸が話した。脩がペンギンの「生活のすべて」、そして、ゴム丸が「ヒナの成長記録」。

「亀丸のは、アサガオの観察日記みたいだな」と手嶋。

ゴム丸は、なんともいえない複雑な表情になる。

「じゃ、ぼくの方の話をするよ。きっかけはね、桜川なんだ。菊野には話したけど、元々、川に興味があって、今年の自由研究で調べてみようかなと思ってた。それで、なんとなく川沿いを歩いてたら、ある人と会ったんだ」

「喇叭爺だろ」

「そうだ。夏休みに入る少し前なんだけど、ぼくがセキレイ橋からずっと下流の方を見てたら声をかけられた」

手嶋が言う、ふたりの「出会い」はこんなふうだ。

セキレイ橋の欄干に体を預けて、手嶋は川の水が流れて野川と合流し、多摩川に注ぎ、やがて海に出た後で、何年たったら太平洋の向こう側や、地球の反対側に届くだろうか、なんて考えていた。

「カワガキ、おぬしは戻ってきたのか」という言葉に振り向くと、そこに喇叭爺が立っていた。カワガキは、川餓鬼のことだと、すぐに手嶋は悟った。

「ここでいったいなにを見ていた」と喇叭爺が聞くので、手嶋は考えていたことをそのまま説明した。

喇叭爺は、満足げにうなずいた。

「よろしい。川を見るのはよろしい。しかし、遠くへ行く者は、しばしば足もとを忘れる。今はまだ流れ下る時ではない。幼くして、流れ下るのは、むしろ不幸なことだ。このわたしのように。だから、おぬしはまず足もとを見よ」

それで手嶋は自分の足もとを見た。ナイキのスニーカーと、橋の歩道のブロック。

「おぬしの、川の名前はなんだ。それを言いなさい」

「川の名前って……」

手嶋は答えられなかった。それで、むしろ、喇叭爺に興味を持った。

「そう、彼は多摩川愛好会の会長なんだ。それで、いろいろ教えてもらううちに、桜川について研究しようと思ったんだよ。桜川の歴史と未来。桜川って、実は多摩川の支流の中で一番汚い川だって知ってた？　それでも昔は農業にも水が使われてたし、子供たちはみんな川に入って遊んでたそうだ。男の子と女の子では、遊ぶ場所が違う。みんな裸になるからね。川には魚がたくさんいて、ドジョウの仲間のオババなんかが棲めるくらいきれいだった」

オババって聞いたことがあるぞ、と思った。そうだ、鳳凰池をたも網ですくった時に河童がそう言っていたんだ。あのドジョウのようなナマズのような魚。あれは古きよき桜川の生き残りなのか。

「もともと湧き水の多いところだから、水はきれいなはずなんだ。鳳凰池や親水公園みたいなとこがいくつもあって、たくさんの水を桜川に流し込んでいた。でも、湧き水って地面をコンクリートやアスファルトで覆うと、少なくなってしまう。今では涸《か》れたのも多いらしい。それで、ぼくは大きめの湧き水が全部でてる地図を買った」

手嶋がこのあたりの「流域」を塗り分けるきっかけだった。それで、桜川流域の形が、源流をクチバシに見立てると、泳いでいる時のペンギンに似ていると気づいた。

「きゃはっ、じゃ、地図がペンギンに似てただけなんだろ。そんなん、意味ないじゃん」

「でも、そこにペンギンがやってくるわけだから、意味はあるよ。たぶん喇叭爺は、桜川にペンギンが来てることを知れば、ここがペンギンの里だって言い出すと思う。ぼくが、流域の形がペンギンだって言ったらすごく喜んでいたから。そうだそうだ、川にも顔がある。桜川はペンギンの顔でよい、だって」

「そんなのこじつけじゃん」

「そうかな。こじつけでも、意味があることって、世の中にはあるだろ。だって亀丸のうちがケーキ屋やってるのだって根拠なんてないと思うけど、でも、きっとお父さんは好きでやってるんだろ」

脩はくすっと笑ってしまった。論理的だと思っていた手嶋が、すごくいい加減なことを言って、それがまた妙に説得力があったものだから。

「あのね」と河童が言った。なんとなく厳《おごそ》かな言い方で、みんなそっちの方を向いた。

「手嶋君が言うとおり、意味はやっぱりあるんだよ。だって、川はぼくたちの住所だから。住んでる場所の形って大事だから。この鳳凰池だって、昔はもっと大きくて、大きな翼みたいに見えるところがあって、鳳凰みたいだってことになったらしいよ」

「そもそも、鳳凰ってなんだ」とゴム丸。

「伝説に出てくる不老不死の鳥だよ。ほら、フェニックスの日本版だと思って」

一学期の最初の頃にやりこんだＲＰＧの中で召喚できるモンスターの一種にフェニックスがいたので、脩もゴム丸もそのイメージが湧いた。

「とにかくね、川は、住所なんだよ」

「住所って、手紙の宛名に書くあの住所ってことだよね」脩は確認した。

「ていうか、自然の住所ってかんじかな」

「きゃはっ、ばっかみたい」

ゴム丸はもぞもぞと尻を動かして、じっと横になったままのもえちゃんのとなりに移動し、自分もしきりとメモを取り始めた。本当はこっちに聞き耳を立てているくせに。

「宇宙から地球を見下ろしたとして、自分がいる場所をどんなふうに言えると思う？　それこそ大宇宙から始まって、太陽系、第三惑星、地球、ユーラシア大陸の東の端の日本列島、本州と呼ばれる島……そこから先、きっくんならどうする？」

脩は顎に手をあてて考えた。

「関東平野、かな」

「じゃ、その次は？」

「……東京都」

言ったとたんに、あれ、と思った。これまでは地球だとか日本列島だとか、自然にあるものだったのに、ここに来て突然、人間が作った都道府県になってしまったのだ。そして、当然、そこから先は区や町、番地、といったものが続いていく。

「ね、おかしいでしょ。途中から突然、自然じゃなくて、町とか番地でしか言えなくなるんだ」

「きゃはっ、それがどうしたんだよ。別にいいじゃん」

ゴム丸がこっちを振り向いていた。

「ゴム丸！」と脩は鋭く言った。

河童はとても大切なことを言っているような気がしたから。

ゴム丸はびっくりしたみたいに口を丸めて、すぐに体ごと丸まった。もえちゃんのとなりで、今度こそ一心不乱にメモを取り始める。

「じゃあ、どうすればいいのかな。河童にはいい考えがあるの？」

「だからね、川を使えばいいんだよ」

「どうやって？」

「雨が降るでしょう。ぼくたちの足もとに落ちた雨粒は土に吸い込まれて地下水になったり、排水路に流れて行ったりして、最後は近くの川に行く。きっくんのうちは、六丁目だよね。あのあたり微妙で、ちょうど分水界《ぶんすいかい》なんだよ」

「なにそれ」

「雨水がどの川に流れていくか決まる境目のこと」手嶋が横から口を挟んだ。「菊野家のマンションのあたりは桜川ととなりの烏川の分水界。ま、ぎりぎり桜川ってあたりかな。烏川のすぐ近くだけど、高台にあるから降った雨は桜川の方に流れる」

　地図を塗り分けたことがある手嶋ははっきりとわかっているのだった。

「でも、烏川なんてどこにあるの」

「暗渠なんだよ」と河童。「蓋をしてあるんだよ。駅のすぐ近くを流れてるのに、蓋がしてあって上は歩道になってる。ほら、駅からマンションの前にいく道。あの下は川なんだよ」

　びっくりした。そんなこと今まで意識してなかった。

　ふいに喇叭爺のことを思い出した。道で脩がふらふらしていた時、喇叭爺は「足もとを見よ」と言ったけど、たしかにその下は川だったのだ。

　でも、脩はまだ話の流れが全部見えていなかった。自分の場所を言うために、川を使うって言ってもすごく漠然としてる。

「つまり、どんな場所でも、どこかの川の流域ってことなんだよ。桜川流域の人なら、自分の居場所のことをこういえばいいんだ。日本列島の多摩川流域の野川流域の桜川流域ってね」

「ああっ」脩は小さく声を出した。

バラバラだったパズルのピースが頭の中でぴたりとはまり、じーんと胸が熱くなる。なぜかわからないけど、その熱が体全体に広がった。

「川の名前……それって、住所のことだったんだ」

「うん、きっくんは桜川だよ。ていうか、ここにいる全員が桜川人。だからミドルネームに桜川ってつけるのもいい。手嶋・桜川・國光、菊野・桜川・脩みたいに。それでそこに住む流域の人が、自分たちの土地がペンギンの形をしてるのをおもしろいと思うなら、やっぱり意味があるんだよ。そこにペンギンが来たのなら、ますます意味が出てくる。ちなみにぼくは自分のことを河邑・鳳凰池・浩童だと思ってる。この池に子供の頃から愛着があるから。むかし、鳳凰の形をしてたってことも含めてすごく愛着があるから。いつか、また湧き水が増えて、翼が出来ればいいと思うから」

「おれも、そうじゃん、きゃはっ」とゴム丸が振り向いた。「おれも、鳳凰池じゃん。いや、亀丸・ペンギン池・拓哉じゃん。羽根が縮んだ鳥ってペンギンのことだろ」

脩は体が熱くなって頭がぼうっとしてしまった。そのままぼんやり考える。ぼくはずっと居場所がないと思ってたけど、今いる場所がどこかも気づいてなかったんだ。でも、今はじめて自分の足もとを見た気がする。ふわふわ雲の上で生きてるわけじゃなくて、ぼくはいま「この場所」に立っている。

川の名前をミドルネームにするっていい。じんわりと奥のところにまで染みこんで、だんだん嬉しくなってきた。

その時、なぜか怒っているゴム丸の声が耳に突き刺さった。

「だから、手嶋は違うじゃん。どうせ、手嶋やキクは、ここを出ていく。転校生じゃん。いつまでいるかわかんないじゃん。そのくせに手嶋・桜川・國光、なんてバッカみたいじゃん」

「ペンギンだって、言ってみれば外からきた転校生だけどね」と手嶋。

ゴム丸が手嶋につっかかっているのだった。

「おれなんて、ずっとここから出ないんだ。どうせさ、ケーキ屋を継いで、今のオヤジみたいな顔して、ケーキを焼いてんだ。本当は、ゲーム屋にしたいんだけど、そんなんでうまくいくかわかんねえじゃん。な、そうだろ、河童。おまえだっておんなじじゃん」

「でもね、ゴム丸君、よそから来た人がなにかを教えてくれることってあるよね。ぼくはきっくんと話してて、いろいろ勉強になることがあるよ」静かに穏やかに河童は言った。

脩はまじまじと河童を見た。河童が脩などから勉強することがあるなんて、ちょっとびっくりしてしまったから。

「ま、そういうことはあるかもな。キクのおかげで、アメリカ帰りでもおバカな奴がいるってわかったもんな」

ゴム丸はそれで真剣にほめているつもりなのだった。

手嶋がくくくと笑って、なんだか間の抜けた雰囲気になった。


ゴム丸ともえちゃんがまだ残ると言ったので、脩は河童と手嶋と三人で排水管を通って桜川に出た。手嶋は河童のカヌーを見たがった。それで、セキレイ橋下まで行って、青いビニールシートで隠されている「ペンギン・アドベンチャー号」を久しぶりに外に出した。

手嶋は口をぽかんと開けた。脩も見慣れているとはいえ、やはりドキドキさせられた。

「これ、まじで、河邑が作ったわけ?」

「違うよ。ただ直しただけだよ」

「元々ここに転がってたやつは、そうだと言われなきゃカヌーには見えないくらいボロボロだったけどね。河童が作り直したようなもんだよ」

脩は思うのだけど、ペンギン・アドベンチャー号のつややかな木目は本当に美しい。脩たちが奥多摩で使ったカヤックよりも横幅のあるなめらかな流線型で、船首だけがきっとした角度で上がっていた。その側面に描かれているマペンとパペン。

「これに乗ったら、どこまでも旅が出来そうだな。きっとこいつらの故郷の南半球まででも」

手嶋は脩が描いたマペンのマークを指さした。

「でも、ここからじゃ出発できないよね。増水でもしなければ、水が足りない」と抑揚《よくよう》のない声で河童。

「それに、河童はすぐに沈させちゃうだろうしね」

脩が茶化したのにふたりとも乗ってこない。

「昔なら、旅が出来たんだよ」と手嶋。「水の量はもっと多かったし、底もコンクリートではなかった。それに、もともとこのカヌーは、多摩川から野川と桜川を遡ってここに来たのだろう」

河童は遠い目をしたまま、なにも答えなかった。

その後、ふたたびカヌーを隠して、全員で桜川から這い上がった。

「この道って、少しヤバイかもな。排水管を通ってるの大人に見られたら、絶対にやめさせられるし、変なヒントをあげることになる」

手嶋が手摺りの向こうに飛び降りてから言った。

本当にそうだと思う。そのうちに「ペンちゃん」が、一羽ではなく二羽で、つまり、どこかに巣を作っているかもしれないことに、誰かが気づく。そうすると「ペンちゃん」をしつこく追いかけてこの場所を探し当てるマスコミも出てくるだろう。その時に、排水管を通って出入りしていたら、すごく目につくし、問題になるに決まっている。でも、他に道はないのだ。

河童と別れて、手嶋と川沿いの道をマウンテンバイクを押して歩いた。手嶋の青と、脩の赤。少しそれが気恥ずかしいように脩には思える。林間学校前なら、こんなことはありえなかった。

「ぼくはあのカヌーを見たら、遠くに行きたくなった」と手嶋。

「あれはロングツーリングができるタイプだよ。ふたり乗りで、荷物だってたくさん積み込めるし。急流はつらいけど、穏やかなところならどこでも行ける」

「なんといってもペンギン・アドベンチャーだからなぁ」

なんてことを話しながら歩く。

旧道を駅の方から歩いてくる若い男の姿が目についた。

人通りは多いから、別にその人が気になるのはおかしいのだけれど、でも、どうしても目に入ってきた。

近くに来て理由がわかった。服装だ。

白いペンキをぶっかけたみたいな汚しの入ったジーンズを穿《は》いていて、ラフなTシャツ姿だ。おまけにそれが、普通は着ないよねって思うくらい派手な紫。胸にはテレビ局の大きなロゴと、小さく“STAFF”の文字があった。首からはオレンジ色のストラップで携帯電話がぶら下がり、大学生くらいかと思っていたけど、少し近づいてくると意外に老けていた。ファッションだけずいぶん若作りなのだ。

なんか嫌な予感がした。脩は似たようなファッションで、同じような顔立ちをした人をいくらか知っている。それも、あまり好きになれないタイプの人種として、頭の中に残っている。

「あー、きみたち小学生だよね」と声をかけてくる。

「そうですけど」と脩。

「テレビ局なんだけどさ、このあたりで小学生がペンギンを見たって聞いたのよね。なんか知らない？　ほら多摩川のペンちゃんが時々いなくなった時、どこにいってるのか話題になってるでしょ」

「え、知らないですよ？　手嶋、知ってる？」

「いや、ほんとに桜川なんですか。信じられないなあ。こんなに小さな川。となりの野川じゃないですか」

「あ、きっとそうなんじゃない。そういえば、野川で見たって人の話を聞いたよ」

「え、誰が言ってたの？」男は尻ポケットからカーブに沿って曲がったメモ帳を取りだし、ぱらぱらとめくった。

「さあ、道をすれちがった時に、中学生が話してたのを聞いただけだから」

「ほかになにか知ってることない？」

「別になにも」

「そっか、どうもありがとう」

「おじさんは、ADさんなの？」手嶋が聞いた。

「いや、こうは見えてもディレクターなのよ」

尻ポケットから今度は名刺入れを取りだして、脩と手嶋に一枚ずつ手渡した。そこにはお昼のワイドショーのロゴが大きく入って、「ディレクター・原達実《はらたつみ》」とあった。

「あ」と脩は声をあげた。

「どうかした？　ぼくの顔になにかついてる？」と原ディレクター。

スタッフの中では、原Dと縮めて呼ばれ、それが外人ぽいからといって「ハラディ」なんて書かれることが多い。嫌な予感がしたのは当然だ。脩がテレビに偏見を持つようになった、そもそもきっかけの人だった。会ったのももう二年以上前で、その時はずっと太っていて、顔に髭をたくわえていたから、ぱっと見、気づかなかったのだった。あの時は顔つきがギラギラしてたけど、今は萎《しぼ》んだかんじで、あの事件がばれてから、結構、苦労してるのかもしれなかった。

「ああ、きみは」と向こうも気づいたみたいだった。

「菊野さんの。脩君、だったよね。その節はありがとう。いろいろお世話になったよね。お父さんは元気？　今でもあのロケは楽しい思い出だよ。それにしても、ここで会うなんて奇遇だね」

ハラディは悪びれもせずに言ったけど、彼が率いる撮影隊が一緒だったアマゾンの旅は最悪だった。旅そのものはすばらしかったにしても、取材についてはハラディが台無しにしてしまった。旅のリーダーだった冒険カヤッカーは何度も激怒したし、脩だって最初は「原さん」と呼んでいたのに、そのうちに「原ディレクター」、最後には「ハラディ」と呼び捨てにするようになったくらいだ。

手嶋が耳元で「だれ？」と聞いたので、脩は手嶋を見て言った。

「昔、父さんのテレビの仕事で、アマゾンを一緒に旅したことがあるんだ」

手嶋はほうっというかんじで口を丸くした。

「テレビの番組だったら、ぼくも見たかな」

「見ていないと思うよ。いろいろ問題があって、結局は放映されなかったから」

「へえ、問題ってなに？」

「いやあ、それにしても」とハラディが割り込んだ。

「脩君とここで会うなんて奇遇だなあ。本当に世界は狭いよね。ぼくがアラスカに取材行って、アンカレッジかフェアバンクスの空港で偶然会う方が、ずっと驚かないよ」

ハラディィは、Tシャツの袖で額に浮かんだ汗を拭った。紫色の生地が薄いらしくて、その部分が水分を吸って青黒くなっていた。

「どうしてここにペンギンがいるなんて思ったの」手嶋が逆取材する。

「局に電話がかかってきたのよ。子供の声でね。まさか脩君じゃないよね。きょうこのあたりに来れば会えることになってるんだけど」

「テレビ局って、暇なんだね。そんなのでわざわざここまで来て」と脩。

「夏枯れって言ってさ、この時期、事件も事故もあんまり起こらないし、芸能人もロスやワイハーでお休みだしね。ペンちゃんはいい視聴率になるのよ。ほんと、こういう時、動物って強いよ。ほんと、よろしくね。いい情報をくれたら、お礼もするし、テレビにも出てもらうからさ。有名人になれるぞ」

脩は手嶋と目を見合わせた。脩は別にそんなんで有名人になんてなりたくないし、むしろ面倒くさい。

ぼくたちがシラけてるのを見て、ハラディィは居心地悪そうに携帯電話の液晶で時刻を確認した。

「じゃ、くれぐれもよろしくね。うちの番組でも毎日、ペンちゃんの行方を追う特集をやるのよ。ペンちゃん情報は、今、みんな知りたがってることだからさ」

歩き出した背中は汗でびっしょり張りついていた。

声が聞こえないところまで見送ってから、手嶋が言った。

「問題ってなんだったの。菊野、すごく嫌そうな顔をしてた」

「ぼくがテレビって好きじゃないの言ったでしょう」

手嶋はうなずいた。

「テレビの人ってね、みんな、なんていうか、ちゃんとぼくらのことを見てくれないんだよね。あらかじめ撮影したいことが決まってるんだよ。ハラディは映画で出てくるみたいな、いろいろなシーンを期待していて、それをいちいちぼくたちにやれって言うわけ。たとえばね、ぼくがお母さんのことを恋しくなって、電話しちゃう、とか」

「そりゃあ、ひどい」

「だろ、でもね、番組が中止になったのは……」

脩は途中で言葉を止めた。

何十メートルか行ったところで、ハラディはまた立ち止まって、女の子に話しかけている。五年二組の子だ。なんと、委員長。

まずいなあと思って、自転車に飛び乗った。とりあえず逃亡しなきゃ。噂とはいえ「ペンギンを見た子のグループ」だと脩のことを名指しされたら、嘘をついたことがばれてしまう。「うちらのクラスにペンギンを見た人がいるよ。あ、ほら、ちょうどあそこにいる」とか。

裏道に入って、線路沿いに出る。

ここでも見知った顔に出会った。海野がまた例によって加川と村岡をつれて歩いてきたのだ。線路沿い、川の方から来たらしい。

「よお、なんで、手嶋と菊野が一緒なんだよ」海野はニヤニヤしてる。

「悪いかな」

やけに挑戦的に言ったのは手嶋だった。

「いや、別に悪かねえけどさ、手嶋と菊野じゃつりあわねえだろ。おれたちと、つるんだ方がいいに決まってる。フットサルだって、おれと手嶋は名コンビだろ」

「そうだな。もしも菊野と同じチームだったら、どっちがバックをやるかで揉《も》めるだろうし。でも、バックできるやつがふたりいるなんて、最高のチームってことじゃないかな」

海野はひどくむっとしたかんじで、唇を突き出した。それでも、手嶋にはあまり強いことは言えないのだ。ケンカしたら絶対に負けるし。

「おれたちと組めよ。一緒にテレビに出ようぜ。ペンギンのことで生出演しようぜ」

それを聞いて、脩は思わず、くすっと笑ってしまった。誰がテレビ局に電話したのかこれではっきりしたわけだ。

海野は凄い顔をして、脩を睨みつけてきた。

「テレビに出たいって気持ち、理解できないんだよね。テレビって結局、多かれ少なかれやらせらしいよ。な、菊野、そうだろ」手嶋が笑いながら言った。

「ほら、おれ、俳優になりたいわけよ。だとしたら、こういうとこから有名になってコネつくったりするのってアリだろ」

「それならいいんじゃない。がんばれよ。渋い悪役とかやったらきっと似合うだろうな」

海野は誉められたのかけなされたのかわからずに、戸惑った表情を浮かべた。

手嶋はもう海野のことを見もせずに、ペダルに足をかけた。ほとんど同時に脩も動き出す。

「ざけんなよなー」と海野が凄んで言うのを背中で聞いた。「おれたちは、これからテレビ局のディレクターと会うんだからな」

「きっと時間の問題だな。鳳凰池のこと、いつまでも隠しておけないな」と手嶋。

脩は黙ったままうなずいた。

第十一章　河童の秘密

自宅マンションに戻って、恵美さんが取り分けておいてくれたピラフを食べて、部屋でごろごろした。

最近たまっている父さんのメールにも返事を出そうかと思ったけれどやめた。

父さんはあまりにも能天気なのだ。こっちはこっちでいろいろ大変なのに、きょうウンコしていたらグリズリーの子供に会ったとか、キャサリンが居眠りして沈したとか、他愛もないことをおもしろおかしく書いてくる。

それに、今、父さんに返事を出そうと思ったら、どうしても聞きたくなることがある。父さんが再婚するかもしれない話。恵美さんと鈴木さんが話していたことが本当なのかどうか。別に父さんが再婚してもかまわないし、父さんの自由だと脩は思う。なのに、そのことを考えると心穏やかではいられなかった。林間学校の間は気持ちが紛れていたけれど、やはりこっちに帰ってくるとそのことがだんだん頭の中で大きくなってきた。

今朝、受信した最新のメールでは、父さんは「ペンギンとはうまくやってるか」と聞いていた。父さんは多摩川のペンちゃん騒動のことも知っているし、脩との関係もなんとなく勘づいているのだろう。とすると、ますます返事なんて書けない。

午後三時過ぎ、脩は身支度を整えて、またマウンテンバイクにまたがった。そろそろ午後の観察の時間だ。

セキレイ橋近くから桜川下に降りる時には、周囲をきょろきょろして誰もいないのを確かめた。特に紫のTシャツのテレビディレクターとか、目立ちたがりの海野たちに見つかったら最悪だ。

鳳凰池のほとりのオギの群落は、ひっそりとして生き物の気配がない。ただペンギン一家がまき散らす糞尿の臭いだけが、ひとつだけ生々しいものとしてあたりに満ちていた。

いつもの観察場所に進んで、脩は足を止めた。

もえちゃんがいた。虚ろな目で、こっちを見ている。ペンギンではなく、脩のことを見ているのだ。ただ目の焦点が合っていない。ずっと遠くを見ているかんじだ。

どうしちゃったんだろう。ゴム丸がいなくて、もえちゃんだけが残ってるなんておかしい。

「もえちゃん、どうしたの」

返事はない。

「もえちゃん、ゴム丸は？」

もえちゃんの目がゆっくりと動いて脩をとらえた。

「キクにい、兄ちゃんが……」

「ゴム丸がどうしたの」

「兄ちゃんが死んだ」

「まさか。ゴム丸はどこ？」

もえちゃんは、答えない。

脩は腰を折って、もえちゃんの両肩に手を置いた。

「どうしてゴム丸がいないの？　どこにいったの？」

黙ったまま、もえちゃんが指さした。

ハンノキの木立の方だった。湿った地面の上に、ゴム丸の太った体が横たわっていた。

ドクンと心臓が高鳴った。

「兄ちゃんが死んだ」もえちゃんの声が頭に反響した。

脩は駆け寄って膝をついた。

ゴム丸の唇は紫色だった。顔には汗が噴き出し、手を取るととんでもなく熱かった。

死んではいない。でも、かなりやばい。

「ゴム丸、大丈夫？」耳元で言う。激しく体を揺すってはいけないって聞いたことがあるから、それはしない。

ゴム丸が、うーん、と唸《うな》って薄目を開けた。

「キクかぁ、来てくれたんだ。やられた。きっと奴は呪いの魔法を使うんじゃねえか。追いかけたら、急にふらふらして、歩けなくなっちまった」

「奴ってだれのこと」

「決まってるじゃん。紫団だ。それとヘドラと巨大ミミズの軍団。おれもがんばってやっつけようとしたんだけど、ピグモンが助けてくれなかったら、どうなったことか……」

声は途中で小さくなって、聞き取れなくなる。脩はゴム丸が発熱のせいで、幻覚かなにかを見たのだと気づいた。

「ここを出て医者に行こう。歩ける？」

「無理。体を起こせねえ。医者にはいかねえぞ。うちまで送ってくれ」

脩は尻ポケットから携帯電話を取りだして、河童の自宅の番号をプッシュした。

「すぐ来て、ゴム丸が倒れた」

一瞬の無言があって、「わかった」と返事。それだけで電話が切れる。河童は余計なことを言わないし、聞きもしない。

わずか三分後、河童は意外な方向からやってきた。ハンノキの木立の奥から。つまり、桜川の排水管を通らずに。どうやったのか脩は聞かなかった。いつか手嶋と喇叭爺がここに来た時も河童は同じように別の入口を通ったのだろうし。

　脩と河童はゴム丸を両側から支えて歩かせた。もえちゃんにはついてくるように言った。「ゴム丸は大丈夫だよ」と言っても、信じない。「兄ちゃん、死んだ」と繰り返す。

　高い木の柵に行き当たった。向こう側には桜の木が何本も見える。河童は胸くらいの高さの取っ手を引いた。

　まるで廊下から自分の部屋のドアを引くように、扉はすんなりと開いた。

　そこをくぐると桜の森だ。花がついていない時には幹がゴツゴツして、ただれたようなかんじばかり目立つ嫌な木だった。

　すぐに桜は途切れて目の前に建物があらわれた。それも三つ。

　ひとつは、二階建ての住宅で、このあたりの住宅街のものより少し大きめだとは思ったけれど、まあ普通の範囲内だった。最近つくられたらしく壁などにも汚れはなかった。

　ふたつ目は、同じくらいの大きさの平屋だった。こっちはかなり古びていて、壁が剝がれているところなどがある。

　そして、三つ目は土蔵だった。でーんと大きく風格がある。

「ここはどこ」と脩は聞いた。

「ぼくんち。とりあえずゴム丸君を寝かせなきゃ」

「生まれてからずっとここに住んでる」

「河童の家なの？」

「鳳凰池に直接行けたんだ」

「もともとうちの庭の一部だったんだ。だから今も通用門がある。ぼくのじいさんが、保護区の管理人をやってる」

その後は会話が続かなかった。河童がなぜこれまで隠してきたのか、問い質《ただ》している場合ではなかった。

河童は二階建てと土蔵の間にある、大きな平屋に入った。そして、玄関脇の部屋に座布団を敷いてゴム丸を横たえた。

「医者にはいかねえぞ」とゴム丸が呟いた。「絶対につれてくなよ。注射とか、点滴とか絶対にいやじゃん」

脩と河童は顔を見合わせた。じゃあ、どうすりゃあいいのか。とにかく大人に相談した方がいい。車で無理にでも連れて行ってもらうとか。

河童が部屋を出て、帰ってきた時には、後ろから背の高い老人がぬーっと顔をだした。

脩も知っている人だった。

「喇叭爺……どうして……」

あえぐように言った脩に、河童は例の抑揚《よくよう》のない声で言った。

「ぼくのじいさんなんだ」

脩はなにも言えずに、河童と喇叭爺を何度も見比べた。

今まで気づかなかったけれど、似ているかもしれない。大柄なところとか、角張った顔のつくりとか。

喇叭爺は脩を見るとうなずき、ゴム丸の前でゆっくり膝をついた。しわだらけの大きな手を額に当ててから、半ズボンから剝き出しになった足を一瞥する。

「浩童《ひろお》、あれを持ってきなさい。ちょうど冷蔵庫の中にある」河童に向かって言う。

河童は神妙にうなずいた。しばらくして戻ってくると、茶色いドロドロの液体がなみなみと注がれたコップを喇叭爺に手渡した。

「足の傷口から悪い菌が入ったのだろう。医者になど行く必要はない。これを飲めば、たちどころに熱は下がろう」

喇叭爺は脩を見た。

「これ、なにをしている。体を起こしてやれ」

脩と河童は一緒に、ゴム丸の上半身を起こした。

朦朧《もうろう》としたゴム丸はコップの中を見もせずに、飲み干した。

おおっ、と小さく河童が言う。「これ苦いんだよね。ゴム丸君、すごい」

ゴム丸の口の端から茶色い液体が流れている。指先で拭ってあげてから、脩は河童を見た。

「これはなんの薬なの」

脩は鳳凰池かどこかで採れた薬草なのだと思っていた。

河童は人差し指を唇の前に置いた。その話はナシ、と目が言っている。

「昔から伝わるものだ」喇叭爺が声を張り上げた。「メメズを煎《せん》じたもので、昔はどの薬局にも売っていたものだ」

「メメズって……」脩は途中で言葉を呑み込んだ。なまってるけど、ミミズのことだ。煮込んでどろどろになったもの。たぶん何十四分。脩は別にミミズは嫌いじゃないけれど、やはりぞっとした。

ゴム丸には絶対に言えない。飲み干してからなんとなく安心したような表情で、目を閉じているからなおさらだった。

「にいちゃん、死んだ」ともえちゃん。

きっと後でゴム丸が知ったら、死にたくなるのは確実だった。

しばらくすると、ゴム丸の様子が落ち着いてきた。額に浮かんでいた汗も引いて、穏やかに胸が上下している。ミミズってそんなに効果テキメンなんだろうか。

「それにしても、河童が喇叭爺と家族だなんて……」

脩の言い方には少し非難めいた部分があったかもしれない。

河童は膝をもぞもぞさせた。表情に変化はないけれど、バツが悪いのは間違いないと思う。

「別に隠してたわけじゃないんだけど……いや、やっぱり隠してたのかも」

同じ部屋に喇叭爺がいるわけで、言いにくいのだ。でも、わからなくはない。校庭でチャルメラを吹き鳴らす「頭のおかしなじじい」が、自分の祖父だなんて、知られたら学校でなんと言われることか。

「でも、河童は喇叭爺から川のいろいろなことを教えてもらったんだよね」

「うん」

河童が何度も披露してくれた川や川の生き物についての知識。あれはきっと喇叭爺直《じき》伝《でん》だ。なんていっても喇叭爺は『多摩川愛好会』なのだし。

「ほう、河童か。浩童は河童と呼ばれているか。それはいい」

ずっと黙っていた喇叭爺が突然笑い出した。

「浩童は河童である。つまり、カワガキだ」

「あ」と脩は声をあげた。河童っていうのは、川の童《わらべ》ってことで、たしかにカワガキのことだ。

喇叭爺は脩を見た。

「浩童は、川遊びで大きくなったくせに、もう川へは出ようとせん。この場所にしか興味がないようだ。川へ出ないものは、海にも山にも届かないだろう。だが、浩童はカワガキである。そして、おぬしもカワガキになる。浩童が修理したわたしのカヌーはなかなかうまく仕上がっておる。どうだ、おぬしらは、あれで旅をしてみんか。河口まで下れば、浩童にも多くのものが見えてこよう」

「でも、桜川は水の量がたりませんよ。とても、カヌーを浮かべられない」

喇叭爺は目を細めた。

「そうであった。わたしが、あのカヌーで婿入《むこい》りした頃は、ここにも豊かな水があったのだ」

「婿入り、したんですか」

「ああ、わたしは気楽に生きておったのに、浩童のばあさんに引っかかってな、まあ末娘だから面倒なことはあるまいと結婚したものの、跡継ぎがバタバタと亡くなりよった。ゆえに、わたしが婿に入らねばならんことになった」

喇叭爺が、時々遠い目を交えながら語る半生は、脩にはとてもおもしろかった。

奥多摩で生まれ、子供の頃、ダムで村民全員が立ち退きになったこと。家族で移民したブラジルのマナウスでの農場暮らし。十六歳の時に飛び出して、アマゾン川定期航路の船乗りになったこと。それから、マイアミとサンパウロの定期便に乗り、北米にもしばらく住んだこと。そのうちに、どうしても、故郷の川が見たくて日本に戻ってきたこと。そこで、今は亡き河童のお祖母さんとの出会い。結婚。突然の婿入り話。当時、すでに彼女が身重《みおも》だったことから、覚悟を決めて話を受けたこと。自分の生まれた奥多摩の木でカヌーを自作し、妻とふたりで多摩川を下り、野川と桜川を遡って桜川の住人になったこと。以来、この土地に根を下ろして、川の変遷《へんせん》を見てきた。どんどん川が悪くなり、死んでしまうのに業を煮やして、『多摩川愛好会』をつくったこと、などなど。話は尽きることがなかった。

「アマゾンでは魚がでかい。ナマズなんぞこーんなにでかい」喇叭爺は両手を広げて言う。「だからすべて大味だ。自然も大味、動物も大味、人も大味。日本ほどよい国はない。大きなナマズよりも、オババドジョウの方がずいぶん愛嬌《あいきょう》がある。だが、男は一度は外を見にいくのがよい。船に乗って、河口へ、海へとこぎ出すのがよい。わたしには息子がいないから、浩童の父親も婿養子だ。わたしがここへ来たカヌーで、浩童がこぎ出すのを見たいものだ」

そんな話が続く間、河童はどことなく小さくなって聞いていた。

「ねえ、じいちゃん、ペンギンのこと、話してあげてよ。きっくんとゴム丸君が観察してるのは言ったでしょう」

「おお、そうだった。ペンギンは、いわば授かりものだな。あのおかげで川に目が向く。捕まえるなどもってのの他、ほうっておくのがよろしい。鳳凰池に巣があるなど、わたしも思ってもみなかった。おぬしらはカワガキとして優秀である」

やっぱり喇叭爺はもう鳳凰池の巣のことを知っていた。河童が教えたってことだろう。

脩が見つめると、河童は視線を落としてさらに小さくなった。

「捕まえるなんて話があるんですか」

「けしからんことに」喇叭爺はうなずいた。「今すぐ捕まえて、水族館で保護すべきだと言う輩《やから》がおる。しかし、ペンちゃんたちは、ここでちゃんとやれておるのだ。捕まえる必要はない」

その時、ガラッと引き戸が開く音がした。

「父さん！」と女の人の声。

部屋の前の廊下に、背の高い小母さんが立っていた。髪に白髪《しらが》が交じっていて、それを隠そうともしていない。なんとなく怖いかんじ。

彼女はまず部屋の様子をぐるりと視線をめぐらせて確認した。

「浩童の母です、いつもお世話になっています」

いきなり脩に向かって頭を下げた。

「あ、こちらこそ、です」脩も慌てて座ったまま腰を折った。

すると小母さんはもう脩に興味を失って、キッと喇叭爺を睨んだ。

「父さん、また、浩童になにか吹き込んだんじゃないでしょうね。この前もカヌーを直すなんて言い出すし。それに、お友達にまで変なことを言ったりしないでくださいね」

「わたしは、なにも変なことなど言っていない」

「誤魔化してもダメですよ」

「わたしはいつも筋を通しておる。世間のほうが変なのだろう」

「もしそうだとしても、浩童はその世間で生きていくんですよ。父さんみたいな風来坊じゃ困るんです」

父さんみたいな風来坊。

そのフレーズを脩は舌の上で転がした。それは脩自身の父さんと重なり合う。

「わたしのようなものは、風来坊とはいわん。現にもう四十年近くここに腰を落ち着けている」

「いつも遠くのことばかり考えているくせに」

「そんなことを言いに来たわけではないだろう」

「ええ、お迎えが来ました。亀丸君のお父さん」

するとゴム丸がうっすらと目を開けた。兄を見下ろしてずっとぼんやりしてたもえちゃんの肩に手を掛けてなんとか立ち上がろうとする。

結局、ゴム丸の小父さんがここまで来て、肩を抱きながら帰っていった。

ふたり残されて、河童は「ごめんね」と小さく言った。

「きっくんたちを騙《だま》すつもりはなかったんだけど……」

「それはいいよ」と脩。だって、喇叭爺との関係を隠したかった気持ちは痛いほどわかる。

「小さい頃から、すごくよく遊んでもらったんだ。ぼくがカワガキだってのは本当。じいさんに連れられて桜川だけじゃなくて、野川や多摩川にもよく行って遊んだもの。おじいさん子だったらしいよ。今でも、父さんや母さんより近いかんじがするし。それにね、いろいろな場所に行って、いろいろな経験をしてきた人だから、なんていうか……」

「尊敬している」

「ちょっと違うけど、そんなところ。でもね、ぼくの母さんは、昔から川遊びは危ないからやめてほしいって人だし、小学校高学年になったら、昔みたいにカワガキでいるのは許されないって言うんだよ。もう鳳凰池に行けなくなっちゃって、それでも夏休みになんかやんなきゃならないから、カヌーを直すことにしたわけ。もちろん母さんは嫌そうだったけど、八月の夏期講習をフルコースで受ける条件で許してもらった。だからね、きっくんたちとペンギンを見つけた時も、これでまた鳳凰池に行く理由ができたってうれしかったくらい」

「いろいろあるんだなあ」脩はしみじみ言った。

そんな干渉を受けたことがない脩にとっては、想像を絶する不自由さなのだった。

「それにしても、河童はどうして鳳凰池がいいの。たしかにこんな町中にあるのが信じられないような場所だけど」

脩の気持ちでは、鳳凰池は「都会のオアシス」みたいな場所ではあるけれど、「自然」というのとはちょっと違う気がする。大きな生き物がいないし、何事もここでは小粒なのだ。もしもペンギンが棲み着かなかったら、脩にとってはそれほど興味を惹く場所にはならなかったかもしれない。脩にとってはペンギン一家と鳳凰池はひとつのセットなのだ。

「やっぱり、目が肥えたきっくんにはおもしろくないのかもね。でも、ぼくはここで生まれ育って、いろいろなことをずっと見てきたから。それにね、やっぱり意外にすごいところなんだよ。オババドジョウがいたりね」

河童が言うのだからきっとそうなのだろうな、と自分ではわからないなりに脩は納得した。

「あ、そうだ」と河童が続けた。「うまい具合にばれちゃったわけだから、これからはうちの庭を通って鳳凰池に行けばいいから。どうせもうすぐ言わなきゃならないと思っていたんだ。考えてみれば、手嶋君だって知ってるわけだしね」

お盆の一週間、鳳凰池は静かなものだった。

マペンとパペンの交代は一度だけ。ゴンとミクロは、まだ片親に守られているけど見た目にもずいぶん大きくなっていて、もう赤ちゃんではないというかんじだ。孵化した時に生えていた細かい綿羽が消えて二次綿羽に生え替わったし（これは鈴木さんのフンボルトの飼育日記に照らし合わせてわかったこと）、尻をついてしっかりと立ち上がり、時々、こっちを強い目で見ることもあった。自分の糞尿の上で横になるのが好きで体中薄汚れているくせに、やはり好奇心溢れる目はやんちゃ盛りで可愛くてならなかった。

ゴム丸は発熱の翌々日には完全復活して、長袖長ズボンという重装備で観察を再開した。まだ彼は自分が飲んだものが「メメズ」だとは知らない。それどころか、あの薬は医者でもらうのより効くぜ、と喇叭爺に心酔《しんすい》している。

手嶋がちょくちょくやってきて、脩と一緒に観察した。その時に見せてくれた彼のノートには、さすがに宇宙飛行士を目指すだけあってやたらスケールのでかいことが書かれていた。

Q）そもそも多摩川はいつ、どうやってできたか。

A）日本列島が今の形になって以来、多摩川は関東山地より東京湾に注ぐ川としてあった。でも、流れも支流も今とは違った。本流はもっと北側を流れていた時代が長く、南に寄ってきた後でも、となりの目黒川や鶴見川などと支流を取り合ったりもした。今の多摩川ができたのは、江戸時代に人の手が入ってから。玉川上水や多くの取水堰《せき》が作られたことで、川の様子もかなり変わった。

Q）多摩川に人が住み着いたのはいつごろからなのか。

A）三万年以上前の地層から旧石器時代の遺跡が見つかっている。遺跡は湧き水の出る崖線《がいせん》沿いに多い。実は鳳凰池からも石器が出た。彼らは動物を狩るハンターだった。

Q）桜川の歴史は？

A）今よりもっと北東側を流れていた古代の多摩川が流れを変えてきた時に残した「名残川《なごりがわ》」。江戸時代に付近が開拓されて、水田に水が引かれた。その頃は「惣倉川《そうくらがわ》」と書かれていた。鳳凰池の近くには水車があって、それを所有していた河邑家は「桜屋敷」と呼ばれる豪邸に住む地元の有力者だった。第二次世界大戦の後で都市化が進むと、湧き水が減り、桜川の水量も少なくなった。

まあ、こんなかんじのことだ。脩としては、知らないことばかりだった。特に鳳凰池から石器が出たこととか、河童のご先祖が水車を持っていたことなどびっくりさせられた。

「水車があったのはね、ちょうどセキレイ橋の下あたりだ」と手嶋は教えてくれた。「旧道と交叉するあたりだから、すごく目立ったらしいよ。元々、惣倉川や作倉川《さくらがわ》と呼ばれていたのが、桜川って読み替えられたのは桜屋敷のせいだって説もあるくらいだし、河邑の家はとんでもなく由緒正《ゆいしょ》しいんだ」

由緒正しい家に生まれるってどういうことなのかなあ、と脩は思う。いつだったか南米で元ロシア貴族の家系だという人と飛行機の席がとなりになって、脩と父さんは四時間のフライトの間、ずっと話を聞かされ続けてうんざりしたことがある。あの時は、もうびっくりするくらい自分の家系に誇りを持っているのが伝わってきた。でも、河童も喇叭爺もそんなかんじではない。

ずっと前にゴム丸に言われたことを思い出す。

「キクはいいよなあ、親父が有名人だろ。うらやましいじゃん」

そういえば、手嶋も似たようなことを言っていた。

脩は父さんが有名だからといって、別にそれがすごいとは思わない。もちろん父さんのことを誇りには思っているけれど、そのことで自分が注目を浴びたりするのがどっちかといえば嫌だ。河童の場合もこれに似ているのかもしれない。

脩たちはもう河童の家の庭を自由に往来して、鳳凰池に行くことにしていたけど、なぜか河童はあまり顔を見せず、こういったことを聞いてみるチャンスもなかった。

静かな鳳凰池とは違って、外では嵐が吹き荒れているみたいだった。

それは「取材」という嵐。

河童の家から借りてきた携帯用の液晶テレビで、脩は必ず午後のワイドショーをチェックした。「ペンちゃん」の話題はいつもトップ扱いだった。生中継のリポーターが多摩川の河原に立って顔出しし、VTRにまとめられた「きょうのペンちゃん」の様子を紹介したりする。ペンちゃんが川を泳いでいるのが見える時は、その様子を延々と生のカメラが追うこともあった。一度、橋脚にペンちゃんが飛び乗って休んだ時など、予定の時間が終わった後もことあるごとにリポーターを呼びだして、「今、羽根を繕《つくろ》っています」「今、少し居眠りしているようです」「ああ、また水に入りました」などと細かく実況させていた。

これだけ放送されるからなのか、川縁には常時、何百人もの人たちが見物にやってきていた。夏休み中の小中学生が「ペンちゃーん」と大声で呼びかけるのはよく見るシーンだ。餌付けしようとしてアジを川に投げ入れたり、カヤックで近づいてバケツ一杯の魚を播《ま》いたりする連中もいた。また、「ペンちゃんファンクラブ」という、おばあさん中心の団体がまるで若い女の子みたいにぴょんぴょん跳ねながらインタビューに答えていたり、「ペンちゃんを守る会」の河邑天童会長、つまり喇叭爺がとぼけた語り口で画面に登場して「変人だけど味のある爺さん」として人気を集めたり、「ペンちゃん饅《まん》頭《じゅう》」や「ペンちゃん煎餅《せんべい》」といった「名物」がさっそく地元の商店街で売り出されて大ヒットしたり、近くの盆踊りでは「ペンちゃん音頭」が公開されたり、キャスターの言葉を借りれば「もはや社会現象」なのだった。

ペンちゃんが二度目に橋脚で休んだ翌日、その姿が消えた。いなくなってしまってもニュースになるというのがペンちゃん人気だ。ワイドショーは大騒ぎし、ペンちゃんを探して多摩川の上流下流二キロ範囲くらいを捜索した。「ファンクラブ」のばあちゃんたちは、「ペンちゃん、帰ってきてー」と大声を張り上げ、リポーターは眉間に皺をよせて「ペンちゃんはどうしてしまったんでしょうか」と声を震わせていた。

翌日、パペンと交代したマペンがまた多摩川にあらわれた。当然、「ペンちゃん再登場」のニュースが全国を駆けめぐって、おばあちゃんたちは涙を流して喜んだ。でも、ある目のよいリポーターが異変に気づいたのだ。

「見てください！　ペンちゃんです。でも、よーくごらんください。ペンちゃんとは違うのです。顔つきが全然別なんです。スタジオの久里浜さん、どうですか、わかりましたでしょうかー」

その後スタジオでは、「きょう」と「きのう」の違いについて、静止画像を比較し、「やはり違うペンちゃんだ」と結論した。さらにその後、これまでのVTRを確認したところ、二羽のペンギンがいてそれを区別しないまま「ペンちゃん」と呼んでいたことがわかった。

これで第一ステージをクリア。彼らは真実に一歩近づいた。

ペンちゃんが二羽いる！　話題にもなるし、またも大々的に取り上げられて、ペンちゃん人気は煽《あお》られる。

ここで疑問が出てくる。一羽が泳いでいる時、もう一羽はどこにいるのか。どうして、二羽一緒には出てこないのか。

ここでまたも水族館の鈴木さんが登場した。

「ええ、考えられることがひとつあります。もしも、この二羽が雄雌のペアで、今、子育て中なのだとしたら、一羽ずつ順番にしか出てこないのも説明がつくんですよね。でも、マゼランペンギンが子育てできる静かな環境がこのあたりにあるのか……」

これが第二ステージ。鈴木さんのちょっと自信なさげな発言でも、テレビ局は「専門家の分析」として、あたかも決定したことのように扱った。

となると、ペンちゃんの巣はどこか、ということになる。テレビ局のスタッフが、毎日のように河原の茂みの中を歩き回り、ペンギンの巣を探した。

そこで、喇叭爺の登場。

喇叭爺は、これまでテレビ出演した時のとぼけたかんじとは違って最初から怒りを顔に表していた。

「けしからん。巣を探すおぬしらは、マペンとパペンの静かな子育てを邪魔しとる。ほうっておきなさい。遠くにカメラを置いて、泳いでいる時だけ撮るのです。おぬしらは間違っておる」

それを平気な顔で放映する番組も番組だ。放映して、少し反省しておいて、でも、やっぱり巣を探し続ける。結局、喇叭爺の発言で、のちのちまで残ったものといえば、ペンギンの呼び名、マペンとパペンというものだけだった。

やがてある局が、二十四時間態勢で、ペンちゃん（この時はマペン）を追跡しはじめた。これまでは午後のワイドショーが終わると撤収していたカメラがそのまま暗くなるまで残る。それればかりか、暗視カメラまで登場して、マペンの様子を見続けた。「守る会」の喇叭爺はまたも激怒したが、そんなのが聞き入れられるはずもない。

何日かたった後の空が白む頃、マペンが多摩川を少しだけ下り、野川を遡っていくのがカメラに捉えられた。取材班は走るロケバスの窓からその様子を追い、野川沿いの道路が細くなり、スピードが出せなくなったところで振り切られた。

これで第三ステージ。ペンギンの巣は多摩川ではなく野川。

この話題で持ちきりのワイドショーの時間が終わる頃、ずっと顔を見せなかった河童が鳳凰池までやってきた。

「区役所の方に鳳凰池の保護区を見せてほしいって申請が、テレビ局から来たそうだよ。ここにはペンギンなんていないって、じいさんが言って断ったけどね」

だんだん足音が近づいている。

明日、テレビ局の中継車が桜川にまでやってきて、鳳凰池にカメラを向けても不思議ではなかった。いや、もしも、あの事件が多摩川で起きなければ、本当にそうなっていたに違いない。

第十二章　捕獲作戦

水面から顔を出したパペンの目元が少し腫れて、赤黒い血が一筋流れている。腫れているあたりには、小さな銀色の光があって、日射しを受けて時々強く輝く。大きな釣り針が、羽毛のない地肌の部分に突き刺さっているのだった。

それを例によって液晶テレビで見ていた時、脩は思わず悲鳴をあげそうになった。パペンは平然としていたけれど、見るからに痛々しかった。ここに戻ってくれば脩が取ってあげられるのに。

でも、たぶんあと何日かはパペンの「お勤め」だから、釣り針を引っかけたままでがんばるのだろう。マペンとヒナたちは、鳳凰池のオギの群落の中で安心しきって、パペンがお腹一杯の魚を食べて帰ってくるのを待っている。脩にとって手の届くこの範囲ではすべてがうまくいっているのだ。多摩川まで下ったパペンが傷ついてもなにも出来ないことがもどかしかった。

テレビでは傷口から雑菌が入って化膿しないかぎり問題ないと言っていた。鈴木さんも出てきて、沈痛な表情をしながら（鈴木さんはペンギンが大好きだから、釣り針を引っかけた姿を見るのは辛いのだ）、「子育て中の可能性があるわけですから、このまま様子を見るのがよいと思います。あわてて保護したら、ヒナたちが死ぬことになりますから」と言っていた。

その後で都の環境課の人が登場して、ペンギンを保護する計画はないかという質問に答えた。

「多摩川は都ではなくて、国土交通省の管轄なんです。ですから、捕獲も含めて、いっさいなにも対応する予定はありませんし、また、できません」

じゃあ、国土交通省はどうかというと、河川局というところの人が出てきて、困った顔でまくしたてた。

「いやあ、難しい問題です。ペンギンなので、アザラシのように野生のものがまぎれ込んだというふうには考えにくい。とすると、飼われていたものが逃げたいわゆる遺失物、まあ法律的には落とし物と同じようなものとして扱うか、逃げて定着しふたたび野生化した移入種として扱うかふたつにひとつなのです。飼われたものが逃げたのだとしても飼い主が名乗り出てくれないとわかりませんしねぇ、まあ、あきらかに弱ってきてまわりの住民からも保護してほしいという声が大きくなれば、警察が動くことになると思うのですが、それにしても子育て中だとしたら判断に迷うところです。それとももしも定着した移入種だと断定されれば、今度はまた扱いが違って、本来日本の自然にはいてはならないものですから、駆除の対象になってしまいます」

早口で聴き取りにくい発音で、駆除なんてとんでもない言葉も出てきて、脩は正直、うろたえた。本当にお役人って法律のことしか考えないんだろうか。

夜、ゴム丸と電話で話した時、お互いに憤慨《ふんがい》していて、電話口で怒鳴りあうみたいになってしまった。役人なんてサイテーだ。それに、だいたい、なんで川に釣り針があるんだ。釣りをする人が捨てたのに違いない。だとしたら、釣り師はもっとサイテーだ。今回はペンギンだから目立ったけど、ほかの鳥だってしょっちゅう被害にあってるに決まってる。

そうこうするうちに本当に心配になってきて、川のことなら多少は脩たちよりも明るい河童に電話をしてみた。河童は「ちょうど今、いろいろ調べてたところだよ」と言った。

「ぼくが出入りしている川関係のサイトでよく知ってる人に聞いてみたんだ。するとね、移入種として駆除されることはまずないだろうって。だって、ペンギンだよ。人気の高い生き物だから殺したりしたら非難されるし、動物園か水族館でも引き取り手があると思うし。でも一番平和な解決は元の持ち主があらわれて保護を申し出ることだって。本当にどうしちゃったのかなあ。いなくなったらわからないはずないのにね」

それでやっと脩は安心した。とはいっても、パペンの怪我はやはり心配で、それでもがんばってもらうしかなくて、傷をものともせずにたくさん餌を食べて持ち帰ってもらわなきゃなどと思うのだった。

翌朝は、ゴム丸にたたき起こされた。

「今、テレビ見てみろよ」と言って、すぐに電話を切った。

恵美さんがもう出勤した後の居間に行って、テレビの電源を入れると、朝靄の川面が目に飛び込んできた。

パペンの姿が踊っている。ゆったりとした泳ぎで、浅い潜水を繰り返している。傷のことなどまったく気にしていない悠々とした態度。たぶん餌を追っているのだ。うっすら水面にただよう蒸気が美しい。

画面が切り替わり二艇のふたり乗りカヤックが、並んで滑るように進んでいくのが映った。川の中央部あたりで泳いでいるパペンに、少し上流から下ってくる形で近づこうとしているようだ。

あと数十メートルでパペンというあたりで、二艇は別々の針路を取った。パペンのいる水域をぐるりと回るように弧を描く。その途中、二艇の間に、うっすらと茶色い紐のようなものが見えた。いや、紐ではない。網だ。二艇の間に細長い網が張られているのだ。

　そのままパペンに近づいていく。陸に追い込むような角度で網を曳いていく。

　脩は息を呑んだ。

　パペンが捕まってしまう……。

　網にひっかかったら一発だし、陸に追いやられたら人間よりも走るのは遅い。

　手に汗を握って見ていると、パペンはまだかなり余裕があるうちにするりと身を翻《ひるがえ》して、ほんの数メートル移動した。そして、また何事もなかったみたいに魚を追い始める。カヤックはいったん網をたぐり寄せてから、大回りし、パペンにふたたび近づいていく。

　画面の隅に「生中継」と出ているのに今さら気づいた。さっきから無音なのは、ヴォリュームを下げてあるからだと気づいた。恵美さんは眠る前に音楽を聴きながらテレビの音を消してつけっぱなしにする習慣がある。

　リモコンで音を戻すと、女性リポーターの怒りのこもった声が飛び出してきた。

「やめてくださーい、ペンちゃんをそっとしておいてー」

　脩は居ても立ってもいられなくなって、ほんの二分でジーンズとTシャツに着替え、部屋を飛び出した。マウンテンバイクにまたがりながら、ゴム丸に「現場に行って来る」と携帯で伝え、とにかく桜川沿いの道を走り続けた。

タイムは三十分ほど。堤をそのまま使ったサイクリングロードに上がると、黒山の人だかりが見えた。テレビ局の中継車は多摩堤通りに停まっていて、そこから長いケーブルが河原に向かって伸びていた。いくつものテレビカメラが、岸辺から川に向けられているのも見えた。二艇のカヤックもさっきのままだ。

脩は一気に河原に下った。人だかりの手前で飛び降り、人の背中をかきわけて進む。テレビカメラの放列《ほうれつ》の前で、リポーターたちが声をあげていた。

「いったい彼らは何者なんでしょうか。パペンを捕まえようとしているのです。信じられません。子育て中のペンギンなんですよ」

「そうなんです、岸から何度も拡声器で『ペンちゃんを守る会』の河邑会長が呼びかけているのですが、応じる気配がありません」

その時、キーンというノイズが響いた。拡声器だ。運動会でも使われるような手で持つ喇叭型のやつ。

「ペンちゃんから離れなさーい！　パペンはヒナを養っておるのだぞー。そっとしておきなさい。おぬしらは間違っておるー」

聞き慣れた喇叭爺の声だった。拡声器をまるでチャルメラのように両手で持っていた。

「ペンちゃん一家がここに来たのはひとつの縁である。この場所に根付こうとする者を邪魔してはならない。とりわけ、その者が遠く旅をして、今、根を下ろそうとしているのであれば。繰り返す。おぬしらは間違っておる」

喇叭爺は、ふうと息をつくと、拡声器を下におろした。そして、リポーター近くの最前列からいったん後列に戻ってきた。

脩と目が合うと、喇叭爺は険しい表情をほんの少し緩めた。

「おー、カワガキよ、ここまで来たか。わたしの言うことがわかるか。ペンギンたちは好きにさせることだ。特に桜川がペンギンの里だと知られかけておる今ならば。こうやって、川は土地と土地を結ぶものであるのに」

「そう思います。パペンは鳳凰池に帰らなければならない」

「ここにわたしのカヌーがあればよいのだが。あんな奴ら、一蹴りして沈めてやれるのだが」

「誰かに車で運んでもらえればなんとかなるんじゃないですか。河童に電話してみましょうか」

脩はポケットから携帯を取りだした。

「いや」喇叭爺は手で制した。「そんな時間はないのだ。まったく警察はどうしておる。なにがなんでも止めなければならん時というのはある」

その時、喇叭爺の背後、何十メートルか先に黄色いものがちらついて見えているのに気づいた。人だかりが切れて、河原が深い草むらに埋もれてしまう直前のところだ。

カヤックだ。それも三艇。すごく小型で、機動性重視のプレイボートみたいに艇身が短い。ひょっとして子供用なのかも。

「ぼく、ちょっと行ってきます」脩は言った。

喇叭爺は驚いて、口をすぼめた。

「どこへいくのかね」

「あそこ」脩は指さしながら、もう足早にすり抜ける。

誰のか知らないけれど、使わせてもらおう。近くに行けばパペンを捕まえようとしている人たちと直接話せるし、いざとなれば網を妨害することもできる。

草むらの中から、突然、人影があらわれた。黄色いライフジャケットを着けた三人。体格はいいけれど、子供だ。

脩は顔を見て驚いて立ち止まる。

海野と加川と山岡。海野が脩に気づいてにやりと笑った。

「邪魔すんなよ。おれたち、有名になるって言っただろ」

「でも、そのカヤックどうしたの」

答える間もなく、海野たちはカヤックを川に押し出した。

あっという間に飛び乗って、川にこぎ出す。ダブルパドルの扱いが相変わらず硬い。

特に海野はびくびくしてるかんじ。あんなんで大丈夫なんだろうかと心配になる。

　それでも脩は心のどこかで、海野に期待していた。癪に感じる部分はあっても、この際、誰だっていい。パペンのことを護ってくれるならがんばってほしかった。

　でも、期待はあっけなく崩れた。

　二十メートルもいかないうちに、海野が沈。つくづくバランスが悪いのだ。自分で崩れなきゃ、ひっくり返る要素なんてなにもない穏やかな川面なのに。おまけに加川と山岡は艇の扱いが下手で、うまく海野の近くに寄せられない。まあ、ライフジャケットも着けてるし、岸から近いし、平気だろう。

　海野の顔がこっちを向いた瞬間、脩はぞっとした。目を剝いて、パニックになっている。腹を上にして流されていけばいいのに、泳ごうとしてかえってバランスを崩している。これで水底の障害物に足を引っかけたりしたら、そのまま沈んでしまって大変なことになる。

「誰か！」と脩が叫ぶ前に、人だかりの中にどよめきが広がった。

　もがきながら流れていく海野がちょうどカメラの前に差しかかったのだった。

「腹を上に！」拡声器の声だ。くっきりと強い喇叭爺の声。「暴れるな。腹を上にするのだ。必ず助けに行く。そのままでいなさい」

　海野がもがく動きを一瞬止めた。

「よし、今いくぞ」

喇叭爺はリーヴァイスのジーンズを脱いだ。下着はなぜか黒いビキニだった。なんなんだこの爺さん。脩はびっくりしてしまう。上着のシャツは脱がず、もう一度靴をはきなおして水に入っていく。

海野が流されているのはせいぜい、太腿くらいまでの深さなのだった。喇叭爺はライフジャケットの後襟の部分を摑み、海野の体を陸側に引っ張った。途中から気がついて水に入ったほかの見物人が喇叭爺から海野を引き取って、一件落着となった。加川と山岡もカヤックをひいて、岸辺に近づいてくる。

「おぬしら、無茶はいかん」と喇叭爺。

海野は首をすくめた。

その時、キーンと拡声器のハウリングのような音が、遠くから聞こえてきた。喇叭爺のものではない。

「えー、こちら警察です。ペンちゃんを捕まえようとしている人たち、是非、やめていただきたい。多くの人たちがペンちゃんを見守っています。あなたたちが捕まえる権利はありません」

対岸にパトカーが何台か停まっていて、そのうちのひとつからこの大音声が流れているみたいだった。

「繰り返します。ペンちゃんを捕まえないでください。多くの人がペンちゃんをそっとしておくように望んでいます」

「逮捕しろよ、逮捕」

「そうよ、ペンちゃんを虐《いじ》める人は逮捕しちゃって」

　人々は口々に言う。

「逮捕は難しいそうだよ」ぼそっと耳元で言う声。河童だった。

「出かける前にネットで調べてきたんだ。あの人たちは、別に今、法律に違反してるわけじゃないんだよ。ほら以前、ペンちゃんたちがペットが逃げた『遺失物』か、それとも野生化した移入種かってことで扱いが変わるって言ってたでしょ。今の場合、パペンは怪我をしてるわけだから、誰かのペットだったとしても別の人が一時保護するのを禁じる法律はないし、もしも移入種なら捕まえるだけじゃなくて、煮ようが焼こうが法律には引っかからないんだって」

「そんなん関係ねえじゃん。さっさと逮捕しちゃえばいいんだ」

　ゴム丸も河童のとなりに立っていて、興奮のあまりぴょんぴょんとび跳ねている。

　ふいにどよめきが広がった。

　二艇のカヤックが、パペンから離れたのだ。網を回収して、そのまま下流へと進んでいく。橋脚に隠れてすぐに見えなくなってしまった。

　あっけない幕切れだった。

あたりに漂っていた緊張もゆるみ、人だかりも自然に小さくなっていく。

「そういえば、さっき、海野たちを見たぞ。海野はずぶぬれじゃん。どうしちゃったわけ？」

脩はあたりを見渡した。海野たちがいない。それどころか、三艇のカヤックも消えていた。

「海野はどこへいったの」

「だから、見たのはさっきだって言ってんじゃん。おれがここに来た時、ちょうど入れ違いになったんだよ」

その時、脩はひどく嫌な気分になった。視界の隅に紫色のTシャツ。テレビ局員だ。ハラディこと、原ディレクターが、どことなくひんやりとした目で脩のことを見ているのだ。カメラマンに寄り添うようにして立ち、脩と目が合うととたんにとってつけたような笑顔を浮かべた。

「やあ、脩君」と近づいてくる。

「結局、ペンギンたちの巣は野川なのかな、桜川なのかな。あれからなにか聞いたことは？」

「いいえ、なにもないですよ。それじゃ、ぼくら、もう帰りますから」

「そんなこと言わないで、ちょっとそっちで話さない？」

「いや、いいですよ。もう帰るんで」

「ヘドラ」とゴム丸が言った。「おまえ、ヘドラみたいな顔してるじゃん」

ぽかんと口を開けたハラディ。ニキビの跡がごわごわしたかんじで、顔立ちが崩れてる。ヘドラっぽいと言えば、たしかにヘドラっぽいのだ。

最初はぽかんとしていたハラディの顔に、苛立《いらだ》ちの色が浮かんできた。おかしくて笑いそうになるのを堪えて、脩は急いで背中を向けた。

お昼のワイドショーは、例によって液晶テレビで見た。

海野はたしかに望みどおり出演していて、脩は笑ってしまった。もちろん海野が望む形じゃない。「きょうのペンちゃん」を振り返るコーナーで、朝からの捕獲騒ぎがまとめてあって、その中に「子供が流される一幕も」といったかんじでライフジャケットを引っ張られて助けられる海野の姿が映っていたのだった。顔がわかるほどの大写しにはなっていないのが救いかも。きっと海野は恥ずかしくて仕方ないだろう。

海野の勇姿（?）を各局のワイドショーで確認して、その後でパペンの出血も止まったようで、とりあえず心配はなさそうだという解説を聞き、何気なしに止めたチャンネルに目が吸い寄せられた。いや、正確には耳が吸い寄せられた。いきなり、「パペンの捕獲は、正しいことです」と声がしたからだ。

喋っているのは、後ろ姿の若い男だ。ヴォイス・チェンジャーを通した甲高い声で、「もっときちんとしないと、後で取り返しのつかないことになりますよ。今いくら平然としているといっても、やはり慣れない環境で大変なことには間違いないんですからね」と続ける。

画面の隅に「ペンちゃんを捕まえるべき!? ペンちゃんを愛する会、会長激白」という手書き文字がすーっと浮かび上がって、しばらくたって消えた。

守る会じゃなくて、愛する会。まぎらわしいけど、喇叭爺のとは別の団体だ。とすると、あのカヤックでパペンを捕まえようとしたのがこの人なのだろうか。

——でも、なぜ、そこまでして捕まえるべき、なんでしょうか。

だって、ここは彼らの本来の棲息地じゃないんです。釣り針でもわかるように、多摩川は危険がいっぱいですしね。野生生物が棲める環境じゃないと思った方がいい。現にカワウソみたいな生き物も、もういなくなってるわけですし。ペンちゃんをほうっておいたら、いずれ餓死《がし》するでしょう。いや、それよりも、特にパペンの場合、傷口からバクテリアが入って感染症になることも考えられる。対応は早い方がいいんです。

――捕獲の方法が乱暴だという批判もあります。野生のマゼランペンギンは網に引っかかってよく死ぬそうですが。

いいえ、考えられる中でベストの方法です。ちゃんと海外の動物レスキュー団体の指導を受けてますから。多摩川は川底が浅いところが多いからモーターボートは使いにくいし、使わない方がペンちゃんのストレスにもならない。網で追い込むのはそこに引っかかるのを期待してるというより、むしろ陸に逃げたところを捕まえるためなんです。

――もしも、パペンを保護するのが正しいとしても、今、ペンちゃんたちは、子育て中だと考えられているわけですよね。

あ、それについては、ご心配なく。ぼくらは、巣の場所を知ってるんです。どこか聞かないでくださいよ。今言ってしまったら、テレビ局や野次馬が集まりすぎて、収拾がつかなくなってしまいますからね。まあ、時期が来たら、そっちの方もまとめて保護すべきだと考えてます。それもそんな先のことじゃありませんよ。

ＶＴＲが終わって映像がスタジオに戻った時、横長のテーブルについたコメンテイターたちは、口々に「愛する会」を非難する言葉を口にした。そもそもどんな素性の団体なんですかねと司会が言っても、誰も確かなことを知らない。取材に成功したディレクターも、彼らが何者なのかはっきりとは把握していないのだそうだ。

コマーシャルの前にスタジオ全体を捉えた映像になり、カメラマンやフロアディレクターがみな紫色のTシャツを着ているのが見えた。この局では八月の終わりに二十四時間ぶっつづけで行うチャリティ番組を毎年放送していて、紫はそのシンボルカラーなのだ。

ハラディが紫のTシャツばかり着ていた理由がわかった。脩はひどく嫌な気分になってくる。「愛する会」をインタビューしたのも彼だと想像がついたから。

ハラディは意外にもずっと沢山のことを知っているのかもしれない。ひょっとして鳳凰池のことさえも。

どうすればいいだろう。パペンを捕まえられたくはないけれど、もしも、「愛する会」が本当に鳳凰池に気づいているとしたら、それはとても簡単なことだ。パペンが川を遡ってここに戻ってきた時に、一家もろとも捕まえてしまえばいいのだから。

大人の力を借りた方がいいのかもしれない。

頭に浮かんだのは鈴木さんのひげ面だ。

すると突然携帯電話が鳴ってびっくりした。

「脩君、相談がある」と言ったのは鈴木さんで、またもびっくりだ。でも、考えてみれば、脩も鈴木さんも、この瞬間、同じことを考えていてぜんぜん不思議じゃないのだ。

「巣の場所を知っているんだろう。教えてくれないか」

「今、テレビで見ました。『愛する会』の人が、巣の場所を知っているって」

「本当に捕まえられちゃったら、大変なことになるかもしれない。早めに水族館で保護した方がいいと思うんだ。やつら、いろんなことを言ってるみたいだけど、少なくとも飼育については素人だ。捕まえた時のストレスで親が子育てを放棄しても、人工育雛《いくすう》なんてできないだろうしね。とにかく、もしも巣の場所がわかれば、うちの館長が都や省庁と掛け合ってくれると思うんだ」

「警備をつけてもらったりすることはできないんですか。別に捕まえなくてもいいと思うんですけど」

「巣に警備をつけてヒナを護っても、さっきみたいに多摩川でマペンかパペンだけを連れて行かれたら逆効果だろう。それに、そのための予算を確保するのが難しいな」

「そうですね」

「どっちにしても、巣の場所を教えてほしい」

「ぼくひとりじゃ決められないんです。仲間がいるから」

「じゃあ、相談してくれないか」

「わかりました」

脩は観察を早めに切り上げることにして、鳳凰池を後にした。とにかくゴム丸や河童と話し合わなきゃならない。

液晶テレビを返すために母屋に寄って、河童を誘い出した。同時に携帯で午後いっぱい店番をしているはずのゴム丸を呼び出す。事情を説明すると、興奮した口調でまくし立てた。

「すげえやばいじゃん。でも、やつら、鳳凰池のこと本当に知ってんだったら、どうして今までなんにもしなかったわけ？　あ、今すぐ行くからさ、待っててくれる？　いいんだよ、どうせさ、おれがいたってほとんど売れやしねえんだから、もえに任せちゃうもんね。あいつ、数字は意外と強いんだぜ。きゃはっ、平気、平気」

第十三章　家　族

喇叭爺の居間は風が吹き抜ける心地よい和室だった。

河童の母さんの前ではあまり川の話はできないから、河童はここを選んだ。いつかゴム丸が倒れた時に通された部屋のもうひとつ奥で、この平屋の中央部にある。

真ん中に大きな木目のテーブルがあるのが目を惹《ひ》いた。巨木から切り出した一枚板のもので、とても立派だった。「じいさんの故郷の木だよ。実はぼくが直したカヌーも、同じ木から取ったものなんだって」と河童が解説した。

テーブルから視線をあげると、ほかにも興味深いものがたくさんある。壁の一面は本棚になっていて、少しだけ畳が撓《たわ》んでいる。崩れそうな表紙の古文書から、革張りの洋書までぎっしり棚を埋め尽くしていた。

別の一面には、河童が使っているパソコン・ラックと、そのとなりに木製の展示台があった。展示台には木で出来た笛のような楽器や、小さな木の実を思わせる青白い宝石の粒や、人をバカにしたような表情の木彫りのサルや、巨大な蛇が脱皮した抜け殻の一部や、まじない師が使いそうな毛むくじゃらの動物の乾燥した手といったものが、ところ狭しと並べられていた。なんだかわけのわからない、一言でいって、ガラクタだ。それも遠い世界から集めてきたガラクタ。脩はそういうのを見ると、どことなくむずむずした気分になる。心の底でトキメキが芽を生やし、鼓動が高鳴ってくる。

おまけに写真！　くすんだ白黒写真がいくつも写真立てに飾られていて、そこには若く背の高い精悍な男が、ちょっといなせな表情で映っているのだ。

自分の体の半分以上もある巨大ナマズを釣り上げて満悦の顔。樹皮を張り合わせたカヌーをシングルパドルで手慣れたかんじで扱っている様子。膝元にはライオンタマリンみたいなかんじの見たこともないサルがちゃんと座っている。大きな船の甲板で甲羅《こうら》干《ぼ》しをしていたり、ライフルを肩に抱えて原住民の若者と肩を並べて笑っていたり、高層ビルの建ち並ぶ都会を胸を張って歩いていたり、若き日の潑剌《はつらつ》とした喇叭爺が写されているのだった。ほとんどがアマゾン水系が舞台のようだ。脩は自分も行ったことがあるくせに、ぜんぜん違う世界のように感じる。二カ月かけて旅をしただけの脩に比べて、喇叭爺はやはりそこで暮らしていたのだなあと思う。

「やっぱり、きっくんはそういうの好きなんだよね」

「だって、おもしろいよ。喇叭爺って、やっぱり遠くまで旅してきた人なんだね」

「手嶋君も夢中になっていたよ。いつか自分も行ってみたいって」

手嶋は喇叭爺に招かれてこの部屋を訪れたことがあるのだ。

「ぼくはこっちの方がおもしろい」河童は展示台の上の古びたスクラップブックを指さした。「じいさんの子供の頃の写真ってないんだけど、こういうスクラップなら残ってるんだ。じいさんが昔、自分で縮刷版をコピーしたみたいで。たぶん本を書いた時に集めたのだと思うけど」

「あ、その本ってある？」

河童は黙って数歩歩き、本棚の中から一冊抜き取った。普通の単行本サイズだけど紙は少し黄ばんでいた。かなり前の本なのだろう。タイトルは、『多摩とアマゾン──往きて還りし物語──』。

「なんか、喇叭爺の言ってることとそのまんまってかんじだね」

「ぼくが生まれる前の本なんだけど、あの頃から、『足もとを見よ、川の名前を考えよ、そして、遠くへ旅立ち、いずれ戻ってこい』って言い続けてるんだよ」

脩はぱらぱらとめくってみた。最初の方にダムの底に沈んだ小河内村での子供時代、なかほどにアマゾン川のこと、最後の方に戻ってきた多摩川、野川、桜川のことが書かれているみたいだった。脩が拾い読みしているのを見ると、「ちょっと待ってて」と言って、河童は腰を浮かせて部屋を出ていった。

字が小さくて、なんとなく字体も古めかしくて、おまけに難しい漢字も多く、脩には読みこなしにくいかんじ。しょうがないので、脩は顔を本から上げて、手持ちぶさたなまま展示台の上のものをしげしげと眺めていた。するとその一番端に黒い厚紙の書類ボックスがあるのに気づいた。「自由研究」という文字が目に留まる。それも見覚えのある几帳面《きちょうめん》な字だった。

河童の小学校四年生の時の夏休み自由研究。「夏の鳳凰池に集まる生き物地図」というタイトルだ。ノートのように閉じられたものを開くと、折り込まれた横長の紙がはらりと出てきた。鳳凰池の地図だ。そこにびっしり植物や昆虫や鳥や、そのほかの生き物たちの名前が書き込まれていた。それに続くページには、それぞれの植物がどんな性質で、どんな昆虫がどんな植物を食べ、鳥がどんな魚を食べ、といったことをすごく細かく調べて書いてある。これは脩にもとてもわかりやすくて、すんなり頭に入ってきた。

脩が鳳凰池に出入りするようになったばかりの頃、河童は植物や魚についていろいろ教えてくれたけどこの自由研究を見ると、あれでも知ってることのごくごく一部しか言っていない。本当にすごいなあ、と脩は素直に感心した。

この感覚って、父さんの取材で行った土地で、優秀な現地ガイドに会った時なんかに感じることに近い。父さんは撮影地を「フィールド」と言うけれど、現地で暮らしてその土地の自然ばかり見ている人にとっては、「フィールド」の意味が違うのだ。父さんと脩が、目に見えるものだけを見て、撮影して、去っていくのに、本当に優秀で熱心なガイドの中には、その自然の一部になっちゃったんじゃないだろうかってくらい、深い気持ちでかかわっている人がいる。河童はガイドでも研究者でもないけど、この自由研究を見るかぎり、それに近かった。

それだけじゃない。脩は同じ書類ボックスの中に、小学校三年生の時の作文を見つけた。これも夏休みの宿題だ。「オババとさくら川」という題で、原稿用紙七枚。三年生にしてはすごい大作だった。「オババはちょっと変な顔をしたドジョウで、ぼくは大好きです」という文で始まって、その後「でも、さいきんとても少なくなって悲しい」と続く。鳳凰池に網を入れると昔はすぐに採れたのに、今年の夏はまだ一匹しか見ていない、と。河童のおじいさん、つまり喇叭爺が子供の頃には、どこにいってもオババがいて、子供たちはオババを捕まえては放して遊んでいたなんて昔の話になって、川が汚れてしまったから、桜川にはもういなくなってしまったと小さいなりにちゃんと考えていた。で、鳳凰池でもいなくなるとしたら、それもやはり鳳凰池が汚れてしまったからだろうか。それとも、湧き水が少なくなって、鳳凰池がどんどん小さくなっているのも関係しているのかもしれない、と思いめぐらしている。

最後はこんなふう。

ぼくのおじいさんは、またわき水がふえてくるまで、地下水をくみあげて、ほうおう池にたしたらいいと言っています。区の人が、たぶん、ことしちゅうにそうしてくれることになっているそうです。そうしたら、またオババがふえると思います。

だから、ぼくのゆめは、ほうおう池のオババがふえるのをまって、さくら川にはなすことです。さいしょは親水公園がいいと思います。けっこう、水がきれいだから。でも、いつかさくら川がぜんぶきれいになったら、もっとたくさんの場所ではなしたいです。オババがあのおもしろい顔で、川のあちこちで泳いでいたらきっと楽しいとおもうからです。

しっかりした作文で、脩はやっぱり河童は頭がいいんだなあと思った。それに、河童がずっと前からこの場所をとても大事にしていたのがわかって、ますます河童のことをすごいと思った。というか、尊敬したって言った方がいいかも。

やがて河童が帰ってきた。手には麦茶の入った透明プラスチックの容器と、えびせんの袋を持っていた。コップに麦茶を注ぐと脩に差し出し、部屋の片隅にある冷蔵庫に麦茶の容器を入れてしまった。

「あのね、自由研究とか読ませてもらったよ」

河童は目をぱちぱちとしばたたいた。

「すごいと思った。河童って、鳳凰池のことずっと大好きだったんだね」

「本当におもしろかったの？」

「もちろん。河童が今書いてるっていうダムのリポートも出来たら読ませてもらっていいかな」

「きっくんが読んでも、おもしろいかわかんないよ。ぼくにとっては、家族の歴史でもあるわけで。それに先祖代々住んでるこの土地にも関係あることだし」

「そうかもしれないけど」

「ぼくはきっと、ずっとこのままここで暮らすんだろうしね。アマゾンに行ってきたきっくんにはつまんないかもしれないけど、ぼくには大切な場所なんだよ」

「そんなことないって。ぼくなんて、河童みたいにいろいろなこと知らないもの」

「だって、ぼくにはここしかないから」

おや、と思う。なんか変だ。河童は、いつものとおりの無表情なのだけれど、それがきょうに限って無気力、というふうに見えたのだ。

「ねえ、この前から気になってるんだけどさ」言いかけて少しためらった。

でも、思い切って言ってしまう。

「河童ってどうして、そんなに醒《さ》めてるの。夢とかないの？　ずっとここにいるのも別に悪いことじゃないけど、決めつけることもないんじゃないかな。自由研究だって、すごくおもしろいよ。だから、都のコンクールにも出たんでしょ」

「でも、全国には行けずに落ちた」

「なんでそんなにマイナスに考えるわけ？」

しばらく河童は脩の目を見ていた。

「ごめん、怒った？」と脩。

「いや、そんなことないよ。でもさ、ぼく、だめなんだよ。じいさんには尻を叩かれるけど、あまり遠くにいく自信がないんだ」

「どうして？　母さんが家を継げってうるさいから？」

「それもあるかな。うち水車を使って粉屋をやってたらしいんだけど、とっくに廃業して家業なんてもうないから、ここに住んで河邑の家を守ることが大事なんだって。土地を売るとすっごく税金を取られるし、相続にもひどくお金がかかるから、じいさんに長生きしてもらって、ぼくが直接土地を相続する形にしたいって」

「いろいろ、大変なんだなあ」

脩は一戸建ての家に住んだことがなかったし、それは父さんや恵美さんにしたってそうなので、土地持ちの事情なんてぜんぜん知らなかった。

「でもさあ、そういうのって、別に一生ここに住み続けなきゃならないってわけでもないよね。好きな分野の勉強をするためなら、海外の大学に行く方がいいことだってあるし」

河童が顔を曇らせてうつむいた。倫はびっくりしてしまった。河童はこんなふうに感情を表に出すようなこと、めったにしない。

「あのさあ」と言いながら、河童は左手を差し出した。

「わかる?」

倫の前で、握ったり開いたり、何度かしてみせた。それから肘を曲げる動作も何回か。

「どういうこと?」

「生まれつきなんだよ。いくつかの腱が変にくっついちゃって、ちゃんと動かないんだ。これちっちゃいけど障害なんだ」

ぎくしゃくしているのは本当だった。

だから? と言いかけて、口をつぐんだ。河童の顔が、とても真剣だったから。こんなに表情豊かな河童のこと、はじめて見た。

「それじゃなくても動作が鈍いのに、こんなやつどこにいっても相手にされないよね。ぼくのこと好きになってくれる女の子がいるとは思えないから、結婚なんてできないと思うし」

「そんなことないよ!」倫は思わず大声を出してしまった。

河童が動作がノロいのは本当だけど、クラスじゃもっと鈍いやつがいる。それに手の動きが悪いことも、体育の時になんとか気づく程度だ。それにしたって今言われてそうだったのかと思うくらいで、脩はそれを「動きのクセ」くらいにしか感じていなかった。いや、そんなことどっちにしても問題じゃない。河童は河童だし、いつも冷静ですごく頼りがいがある時もあるし、一言でいって脩は河童をとても魅力的だと思っていた。

「河童のことを好きだと思う女の子ってきっといるよ。結婚できないとか、そんなことないよ」

脩は声に力を込めた。

「だめだよ、ぼくなんて」

「いつもの河童らしくないよ。冷静に考えてみなよ、どうしようもなくぱっとしないような大人だって結婚してるじゃない」

河童は答えない。唇を噛んで、ひどく辛そうな顔をする。それで、脩はますます力を込めた。

「やっぱりおかしい。河童はバカだ。自分で決めつけちゃうなんて、大バカだ」

「あれー」と後ろで声がした。「なんか変な話になってんじゃん。河童が結婚できないって？　笑わせるじゃん。じゃ、おれはどうすんだよ。デブだし、おまけに、もえがいんだぞ。条件最悪じゃん。いっとくけど、うちの両親、結婚した時はふたりとも痩せてたんだ。でもさ、甘いもん好きがケーキ屋なんてやっちゃいけねえよな。売れ残りをせっせと食ってりゃ、糖尿病になってないだけありがたいくらいだよ、あのふたり」

ゴム丸が玄関から勝手に上がってきたのだった。汗をTシャツの袖で拭きながら、どっかりテーブルの前に座った。

「おまけに、この前知ったんだけどさ、うちの親って変にプライド高くてさ、下宿《しもじゅく》のやつにやっかいになるななんて言うんだぜ。あ、キクはわかんないよな。桜川町ってさ、旧道沿いに上宿《かみじゅく》、中宿《なかじゅく》、下宿って、三つに分かれてて別に町内会があるわけ。うちとかキクがいるあたりは上宿で、河童んとこは下宿。で、うちって、江戸時代には鮎料理屋をやってて、その時、川の使い方とかで、粉屋の河童んちといつも揉めてたんだって。それで、ずーっと、なんとなく仲が悪いわけ。まあ、こんなの、おれだって、言われるまで知らなかったんだけどさ。言われると、うざいじゃん」

結婚問題からいつのまにか両親への不満にすり替わってしまった長台詞《ながぜりふ》を一気に言い切って、また汗を拭く。河童が冷蔵庫のところで麦茶をコップに注いで、それをどんとゴム丸の前に置いた。ゴム丸は一気に飲み干した。

「もっともらえない？」とゴム丸が空のグラスを振ると、河童はもう一度冷蔵庫を開けた。扉が大きく開いて中身が見えた。いろいろな大きさの瓶がぎっしり並べられている中に、麦茶のボトルがある。河童は今度はボトルごと出してゴム丸についでやった。

「あ、あれ、ここにあるんだ」

ゴム丸が腰を浮かせて、冷蔵庫の方に向かう。麦茶はテーブルに置かれたままだ。

「だめだよ」と河童。

なぜか慌てている。

「どうしたの」と脩。

「だめなんだ、ほら、あの時の」

脩にはなんのことだかわからない。

ゴム丸は制止されるのも無視して、冷蔵庫のドアを引き開けた。

「おれさ、あの薬もっとほしいんだよ。なんの薬草なのか教えてくれよ。この前なんかさ、足だけだけどまた熱っぽくなっちまって、じんじん痛んで、あの薬があればなあと……」

脩は事情が飲み込めて、思わず立ち上がった。

河童が慌てている以上、羽交《はが》い締《じ》めにしてでも止めた方がいいのかもしれない。

冷蔵庫の中からゴム丸が、ガラスの瓶をひとつ取りだした。ピクルスが入っているような大きめのやつだ。中を覗き込んだ瞬間、ゴム丸の体がびくんと痙攣した。そのまま、すーっと糸を引くみたいに倒れていく。

ドォッと低い音が静かに響き、畳が揺れた。

横たわったゴム丸の顔はまっ青だった。

割れずに転がったピクルス瓶の中で、見覚えのある茶色いドロドロした液体が波打っていた。内側に張り付いている細長いものは、煮込まれてぐずぐずになっても姿を失っていない「メメズ」だった。

河童はゴム丸の脈を取ってから、顔を団扇《うちわ》で扇《あお》いだ。

「貧血みたいなものだよ。心配ないと思う。でも、話し合いどころじゃなくなっちゃったね。水族館の人に教えるかどうか、きっくんは自分で決めればいいよ。ぼくはどっちにしても、ふたりが決めたことに従おうと思ってたから」

ゴム丸が、うーんとうなり声をあげた。

「くっそー、許せねえじゃん、紫のヘドラなんて最低じゃん」

わけのわからないことをつぶやき、河童の手の団扇を邪険《じゃけん》に振り払った。

帰り道ゆっくりペダルを漕ぎながら考えた。

ゴム丸が倒れたことでうやむやになったけれど、河童に言ってしまったことが心にずしりと響いている。むきになって、河童のことを傷つけてしまったかもしれない。でも、脩にはやっぱりもどかしくて、河童のことが許せないと思うのだ。

考えなきゃならないことはほかにもあった。というか、こっちが本題だ。鈴木さんに鳳凰池のことを教えるべきか、教えないべきか。でも、考えをそこに集中することができない。

泊まり明けの恵美さんはもう仮眠を終えて起きだしている時間だ。脩はドアを勢いよく開けて、「ただいまー」と言った。

「おかえり」と帰ってきたのは野太い声だった。「こっちも、ただいま、なんだけどな」

脩はその場に立ちつくした。

まじまじと顔を見る。赤銅色《しゃくどういろ》に灼《や》けた顔と、無精髭《ぶしょうひげ》。

「父さん……どうして」

「恵美に叱られてな、一度帰ってこいと言われた。ま、たしかに、おれはきみに責任を負っている」

「どういうことだよ。いきなり帰ってくるなんて、びっくりするよ」

自分でも言い方が乱暴になってるのがわかる。

「嫌そうな顔をするなよ」

父さんが本当に傷ついたみたいに顔をしかめて、脩は少し反省した。

父さんが嫌いなはずがない。帰ってきてくれてうれしいのは間違いない。でも、今この瞬間には会いたくなかったと思っている。脩はそのことに自分でもびっくりした。

「まあ、座って話そう」と父さんは言った。

居間では恵美さんがテーブルについていた。顔が赤い。昼間から、父さんとビールを飲んでいたのだ。

「脩ちゃんお帰り、早かったわね。またペンちゃんのところに行っていたんでしょう」

このことはもうバレバレなのだった。

「東京でペンギンの繁殖を観察できるなんて、うらやましいやつだ。おれにも場所を教えろよ。撮影してみたいね」

「嫌だよ」

「ちぇっ、ケチだな」と子供みたいに口を尖らせる。自分の親ながら無邪気だった。

恵美さんが冷たい緑茶をついでくれて脩はそれを飲み干した。父さんの顔がやけに真面目なものになっているのに気づいた。

「いくつか大事な話があるんだが、一番最初に言っておきたいのは、父さんがまた結婚することにしたってことだ」

「恵美さんから聞いたよ。おめでと」脩は素っ気なく返した。

「相手が誰か聞かないのか」

「ぼくが結婚するわけじゃないし」

「でも、きみの生活にも関係してくることだ」

「まあそうだよね」

「キャサリンだよ。ロジャーが叔父さんになることになる。年末に式をするつもりで、来年からは生活拠点はアラスカにする。東京と行き来する暮らしになるだろうな。きみはアラスカに来ておれたちと暮らしてもいいし、ここで暮らしてもいい」

「兄さん！」鋭い声で恵美さんが言った。「そういう言い方ないじゃない。脩ちゃんの了解もなく、次々に決めてっちゃうんだから」

「いいんだよ、恵美さん。だって父さんの問題だもん。ぼくがどうするかは、これから考える」

恵美さんは黙ってしまった。

「それと、脩、もうひとつの重要な話だが、学校に呼び出しをくらってるそうだな。友達とカヤック・バトルをやったんだって」

「バトルってほどじゃないけど」

「だいたい話は聞いた」父さんはにっこり微笑んだ。

脩は嫌な予感がした。

「バカモン！」いきなりの大声だった。「水をなめるなっていつも言ってるはずだ。ちょっとした油断で死ぬやつが大勢いる。きみは自分の命だけじゃなくて、その手嶋って子の命も危険に晒《さら》したんだ」

「わかってるよ。でも、引けないことだってあるんだよ」

反抗的な言葉。父さんが言っていることは完全に正しいのに素直にはなれない。

「学校へは父さんがついていくからな。もう時間も決めた、明日の午前中だ。手嶋さんのお母さんとも電話で話して一緒に行くことにした」

そういえばきょうは世間でいうお盆の最後の日で、明日からはデビルも学校にいるはずなのだった。

脩は返事をせずに立ち上がり、自室に向かった。

背中で父さんの声を聞く。

「反抗期なんだよな。親に反発して当たり前。あれくらいじゃなきゃ、逆に心配だろ」

などと恵美さんに解説しているのが無性に腹が立った。

父さんがいてくれたおかげでそう手厳しく叱られずに済んだのはよかったけれど、逆にそのことが居心地悪くもあって、脩は複雑な気持ちなのだった。デビルは父さんの前だと、やけに爽《さわ》やかな好青年になってしまう。昔からファンだったっていうけど、本当かは知らない。「菊野もお父さんのことを見習ってがんばれよ」と連発して滑稽《こっけい》なくらいだった。

それでもまあ、林間学校をだいなしにしかねない危険行為について厳重注意を受け、デビル自身もそれが起きたのは管理者である自分の責任だからと逆に謝り、学校や教育委員会にも始末書を書くのだと言っていた。そこまで聞いてしまうと、なんだか悪いなあとも思えてきた。デビルの最後の言葉は、「わかったか菊野。お願いだから、残りの夏休み、無茶はしないでくれよ」というものだったし。

学校を出たところでぽつりと雨が降ってきて、近くのファミレスにでも行こうということになった。手嶋の母さんは、最初から最後まで恐縮して先生に頭を下げてばかりで、学校を出て四人になると「本当にどうすればいいんでしょうか」と泣き顔になった。林間学校の直後、恵美さんには電話で嚙みついてきたらしいのに、態度がまったく違う。ファミレスでアイスコーヒーとアイスティーを頼むと、手嶋と脩は四角いテーブルの対角線に隔離されて、手嶋母と菊野父の、珍妙な会話を聞かされるはめになった。

「國ちゃんは（手嶋のことだ）、これまで問題を起こしたことなんてなかったんです。お友達にそそのかされたのかと思っちゃいましたけど、話を聞いてみると、國ちゃんの方から菊野君を誘ったみたいだし、やっぱり再婚の家庭だとだめなのかなあって……」

脩と手嶋はすばやく視線を交わして、ニヤリと笑い合った。言ってることがあまりに単純だ。こういうのを聞くと、みんな昔は子供だったのにどうして大人になると子供の気持ちを忘れちゃうんだろうと不思議になる。

「いやあ、お母さん、これでいいんですよ。もちろん、命にかかわるような危険についてはビシッと言うべきです。でもね、子供はいずれ親を乗り越えていくものです。これでいいんです」

「でも、中学受験にも影響しないか、と」

「へえ、中学受験するんだ。すごいなあ、手嶋君、成績いいんだろうな」

「それほどでもないですよ」手嶋はあくまでクールに謙遜してみせた。

「東大をねらえる中高一貫の進学校には入ってもらいたいと思っているんですが、このままではどうなってしまうのか、と」

「ほう、大変だなあ手嶋君。どうなの、きみ自身としては」

「ぼくは進学校に行きたいですよ。ちゃんとした大学に行きたいから。やりたいこといろいろあるんで」

「お母さん、問題ないじゃないですか。本人がやるって言ってるんだから。でも、楽しみだなあその歳でやりたいことがしっかりあるなんて、逆に珍しいぞ。でも、本気で決めてるんだったら話は早い。好きなだけ勉強して、好きなだけいい進学校にいきゃあいいんだ。で、手嶋君、なんなの？　やりたいことって」

「弁護士です」答えたのは母親の方だった。

出端《でばな》をくじかれた手嶋は、苦笑した。

「お母さん、それはお母さんの希望みたいだね。でも、ほっときゃいいんですよ。子供はしょせん子供なりに自分の人生を生きていくもんでしょう。手嶋君はしっかりしてるみたいだし、これから先、親の出番はあんまりないですよ。本当に子供は勝手に遠くへ遠くへと行きたがるもんです。で、それは悪いもんじゃないんです」

　なんで父さんは子育ての権威みたいにそんなことが言えるのだろうと思ったら、つまり、父さんは自分自身のことを言っているのだった。

　やがて居心地が悪くなった手嶋の母さんは携帯の時刻表示を覗き込んで、「あらいけない」とつぶやいた。「あたし午後からＰＴＡの役員会なんですよ」と腰を浮かす。

「國ちゃん、行きますよ」

「ぼくはまだここにいるよ。菊野の父さんと話したいこと、あるから」

　手嶋の母さんは、眉をひそめてファミレスを出ていった。

「ぼくに話したいことってなに」と父さんが聞いた。

「菊野さんは、ずっと旅してるわけですよね。どこまで行けば満足できると思いますか」

「は？」と言った後で、父さんはおかしそうに笑い始めた。

「こりゃいいや。脩はおもしろい友達を持ったなあ。でも、本当にどこまで行ったら満足できるのかなあ。もう全部の大陸のほとんどの地域に行ったし、あと残ってるのは南極か、深海くらいかな」

「宇宙はどうですか。菊野さんはアポロのことなんか覚えてるんじゃないですか」

「そうだな、宇宙、行きたいな。もう現実的には無理だって、無意識にあきらめてるんだろうなあ。言われるまで思いつかなかったよ。でも、本当に無理なのかな。せめて宇宙ステーションくらいには行ってみたいもんだが」

「ぼくは行けると思いますか」

「きみたちの世代ならさすがに行けるんじゃないか。というか、そうじゃないと困るよ」

「でも、ぼく、ステーションや月じゃなくて、もっと遠くに行きたいんですよ」

「ほう、火星あたりまで？」

「はい。でも希望はもっと遠く。木星か土星か、もしも、人類初の恒星移民とかが募集されたら、絶対に応募しますよ」

父さんが大声で笑い、まわりの席の人たちがこっちを見た。

「外庭の芝刈り！」と意味不明なことを言う。「最高だね、手嶋君。でも、母さんは気が気じゃないな。脩、きみもどうだ、宇宙飛行士なんてクールな仕事だぞ」

「別にいいよ、そんなの」

「菊野は、漫画家になりたいんですよ。ぼくはすごく才能があると思ってます」

「ほう、そうか。そういや、ペンギンの漫画って結局できたのか。あれは嘘も方便ってやつか。観察日記とかつけてるんだろ。それとも写真を撮って記録しているのか。おれが置いていったEOS‐1とか使っていいんだぞ。なあ、いったいどこに巣があるんだ。おれに撮らせてくれよ。よし、交換条件だ。撮った写真、全部、きみのリポートに使っていいぞ。もちろん無料だ。悪い条件じゃないはずだ」

手嶋が脩を見た。鳳凰池のこと話していいの？　と目が言っている。

脩は顔をそむけた。なんとなく腹が立っていた。父さんにも手嶋にも。

やっぱり、鳳凰池の巣は自分たちで護ろう。なぜかしら、脩はそう決心していた。外はいつのまにか土砂降りになっていた。

第十四章　侵　入

台風十三号は雨台風だった。

はるか南の海をゆっくりと動いていたので二十三区は暴風圏からも遠く、ほとんど風は吹かなかった。台風の動きが前線を刺激したとかで、雨は激しくなったり、小降りになったり、時にはやんだりしながらも、だらだらと続いていた。

ゴム丸は夜になってからもえちゃんと一緒に家を抜け出して、鳳凰池に向かった。きっかけはもえちゃんの引きつけ。両親は町内会の飲み会で出かけていて、ふたりで夕食を済ませた後、テレビを見てると、もえちゃんがキーッと大きな声をあげた。

その時テレビはニュースをやっていて、血を流したパペンが映し出されていた。もえちゃんの場合、なにか目で見えたり耳で聞こえたりするものがスイッチになって、引きつけを起こすことがある。ゴム丸がさんざんなだめて聞いたところ、「ゴンとミクロがしんじゃうよぉ」と言った。傷ついたパペンを見て、ヒナたちのことが急に心配になってしまったのだろう。「だいじょうぶだよ、おれが護るから平気じゃん」と言っても納得しない。「じゃあ、見に行ってみるか」と言うとやっと落ち着いた。雨はほとんどやんでいたし、ヒナたちがどうなっているか、ゴム丸も実は心配だったから、出かけていくのはいい考えだと思えた。

自転車にふたり乗りして桜川に向かいつつ、ゴム丸は紫のヘドラのことをふと思い出した。

河童の家でミミズの煎じ薬を見て卒倒し、またも夕方父親に迎えに来てもらったのはまだ何時間か前のことだ。そのことを思うと、ゴム丸は自分の体が中からミミズに食い荒らされているような気分で、動悸が高まる。実際にミミズを飲んだのは今日じゃないけれど、ぬるりとした感覚を生々しく思い出してしまうのだ。あの時は、熱にうなされていて、なにを飲んだのかもよくわからなかった。それどころか、鳳凰池で倒れている間はすごくはっきりした幻覚を見ていて、かなりヤバイ状態だった。その時の幻覚が、紫のヘドラなのだった。

そいつはとつぜん鳳凰池に侵入してきて、ゴム丸は必死に戦った。石を投げたり、木の枝で叩いたり。それで、あいつは逃げていったのだ。

ヘドラみたいな顔つきの男に今朝会った。別に普通の顔なんだけれど、どことなく崩れてて品がなくて、ヘドラに見えた。おまけにそいつは紫のTシャツを着ていた。テレビ局のディレクターだそうで、なんとなく腹黒く油断がならないかんじだった。つまり、ゴム丸の中で、あの男は、紫のヘドラにとってても似ているのだった。

自転車をセキレイ橋の近くに置いた。この時間に河童の家を通るのは面倒なので、久しぶりに排水管を伝ってみる。雨のせいで水量が増えて、踝《くるぶし》くらいまでの流れがあった。怖かったけれどゴム丸は弱音を吐かなかった。もえちゃんが近くにいると、ゴム丸は自然に強くなる。もえちゃんの手を引いて、靴を濡らしながらもなんとか鳳凰池に入った。

半日降り続いているだけなのに、池は水の量が増えて一回り大きくなっていた。オギの群落の一部も水浸しになっていた。ペンギンの親子がいるあたりはさいわい少し高くなっているらしくて無事だった。

「ペンギンいたね、ゴンとミクロ、いたね」

もえちゃんの口調は喜んで歌うようなかんじで、ゴム丸はほっとした。

近づいて見ると、巣はとても平穏だった。マペンの体はレインコートを着ているのと同じだから雨なんてへっちゃらだし、ずっと腹の下に潜り込んでいたらしいヒナたちもほとんど濡れていない。これなら心配することなんてなかった。

「な、言ったとおりだろ。おれが護るって言ったじゃん」

「ゴンとミクロいたね」

「ああ、いたな。いてよかったじゃん」

ゴム丸はヒナたちのことがすごくかわいいと思う。ちょうどもえちゃんのことを護らなきゃと思うのと同じくらい、ヒナたちのことも護ってあげたいと思う。別に理由なんてない。そう強く願うのはゴム丸にはすごく自然なことだ。

薄くなった雲の隙間から月が見えた。水面に映る輝きに目をとられて、もえちゃんは黙り込んだ。急に蒸してきて、蚊があたりを飛び交い始めた。ゴム丸は虫よけのスプレーを持ってこなかったことを後悔した。

巣の近くに黒くて角張ったものが落ちていることに、ふと気づいた。なんだろうと思って近づこうとした瞬間、ゴム丸は首をすくめてまたその場にしゃがみ込んだ。

足音だ。それもひとつじゃない。

ハンノキの木立の中から紫色が浮かび上がった。三つの紫の塊が、まるで人魂《ひとだま》みたいに漂いながら近づいてくる。手に持っているらしい懐中電灯がむしろ妖しげな光に見えて、ゴム丸はしゃがんだまま腰を抜かしそうになってしまった。でも、もえちゃんがいるから踏ん張った。

やがて、それらが、紫のシャツを着た小柄な人間だとわかった。さいわいもえちゃんは、まだ池の面の月に熱中していて静かにしていてくれたから、このままなら気づかれることはなかった。

三人はペンギンの巣の近くまでやってくると体を折って地面を照らした。

「あった、こんなとこに落としてたんだ」と声がした。子供の声だった。

「ビデオのバッテリーって結構高いんだぞ。なくしたらオヤジに怒られる」

マペンは一度首をまわして奴らを睨んだ後は、無視を決め込んだ。

またふわふわ漂うように去っていく後ろ姿を見ながら、ゴム丸は考えた。

あいつら、どこから入ってきたんだろう。

もえちゃんが水面から目を離さないのを確認してから、ゴム丸は腰を上げた。

「もえ、ちょっと待ってろよ。ペンギンをいじめる奴を追いかけてくるから」

もえちゃんは聞いていなかったけれど、それでもゴム丸は宣言せずには前に進めなかったのだ。ハンノキの木立は昼間でさえ薄気味悪い。そこを懐中電灯もなしにひとりで歩くなんて。

体が震えて膝がガクガクした。それでも、ゴム丸は前に進んだ。

もうここから先は追いかけるのはやめようと足を止めた時、それまで見えていた紫の背中が消えた。やっぱり、人間じゃなくて、幽霊かなにかだったのではと思ってぞっとする。そんなはずはないとわかっていても、ゴム丸は怖くなって池の畔《ほとり》まで戻った。

ちょうど雲がかかって水面の月が消えた。「あーっ」ともえちゃんが言って、泣き始めた。

「さ、行こう」

ゴム丸はもえちゃんの手を引っ張って歩いた。排水管に向かうのではなくて、さっき影が消えた方へ。もえちゃんの手を握っていると、ある確信が芽生えてきて、ならばわざわざ滑りやすい排水管を下るよりも、ずっとそっちの方がいいと思えた。

鳳凰池の保護区は、かなりの部分で桜川に沿っている。そのほかでは邸宅の裏庭に接しているところが多く、ほんの一部に道路や空き地に面したところがあった。それらはどこも背の高い柵で仕切られていた。

ゴム丸は紫の影が消えたあたりで、木の柵の下の部分に隙間が開いているのを見つけた。そのあたりだけ草がなぎ倒されていて、最近誰かが通ったこともわかった。ゴム丸は迷わずにもえちゃんを先にくぐらせて、それから自分も続いた。太っているゴム丸は腹這いになって、それでもかなりきつかった。

駐車場だった。砂利敷きで、ぜんぶで十台以上停められそうなのに、三台しか停まっていない。またぽつぽつと小雨が降り始めていた。

脩がゴム丸ともえちゃんの小さな冒険について知ったのは翌朝だった。

それには前段があって、まだベッドでうとうとしていた脩を恵美さんがたたき起こしたところから始まる。

「脩ちゃん、ガールフレンドからよ！」

にやにや顔にばつが悪い気持ちになりつつ、いったいだれだろうといぶかしく思った。父さんは朝早くから出かけていたのでからかわれずには済み、その点では脩はほっとした。

電話は委員長からだった。

「おはよ、菊野君、元気？」と聞かれて、「どうしたの」とまだ眠たさの残る声で聞き返した。

「クラスの連絡網」

ああそうか、と思い出す。連絡網というのが一応あって、脩は一班の最後のひとりのはずだった。でも、連絡網の表だと酒井から電話があるはずじゃなかったっけ。委員長はスタートの位置で、一班だけじゃなくて、各班の班長にも連絡する立場だ。

「あのね、別に本気で連絡網でまわすような話でもないのよ。だから、うちの勝手な判断だけど、菊野君らだけに言っておけばいいかなあ、って」

「デビルからの連絡じゃないんだね」

「加川君から電話があって、きょうの午後ワイドショーに三人で出るから見てくれって」

「三人って、海野と山岡とってこと？　でも、なんで？」

「そんなのうちだって知らないわよ。とにかくペンちゃん関係なんですって。だから、菊野君には伝えとこうと思ったの。菊野君たちは、なにか知ってるんでしょ」

もう、このことは公然の秘密なのだった。

チャンネルと番組名を聞いて、納得。予想はしていたけれど、それはハラディの番組だった。海野たちは単に出たがりなだけだから、やりたいようにやらせとけばいい。そんなふうに思って、脩はあまり気にもかけないことにした。

「じゃあ、亀丸君と河邑君にも電話しとくから」電話を切る前に委員長は言った。

「あ、いいよ、ぼくがしとくから」と言うと、「菊野君はわかってないなあ。いいから、うちがかけとく」と慌てて言い返された。班が別なのにどうしてと思いつつ、でもクラスの委員長だからいいのか、などと納得して、脩は午前中をベッドの上でごろごろ過ごした。

外は雨だからきっとなにも起こらないだろう。後から考えれば、かなり暢気《のんき》なことを考えて、なんとなく動き出すのも面倒で、番組が始まるまで時間を潰していたのだ。そうしていると、父さんの再婚についてふと考えてしまうことがある。今考えるのは嫌だったから、脩は意識をすぐにそらして、ペンギンのことを思い起こした。ヒナたちは今頃どうしているかなあなどと心配してみたり、絶対に巣は護ってやらなきゃと自分に気合いを入れようとしたり。でも、なぜか気合いはぜんぜん入らずに、ベッドから出るのも面倒なままなのだった。そんなわけだから、お昼過ぎにゴム丸の方から訪ねてこなければ、脩は番組を見てひとりでおろおろするハメになっただろう。

　ゴム丸は夜勤で家を出る恵美さんに玄関でぱったりと顔を合わせ、「おばさん、こんちわー、看護婦のお仕事ごくろうさまです」なんて逆鱗《げきりん》に触れる決定的セリフを述べた後で、奇跡的に無傷のままその脇をすりぬけて上がってきた。

　番組が始まると、まずは台風情報。お天気兄さんが「台風十三号は足が遅く、関東地方はこれから二日くらいは断続的に雨が降り続くでしょう」と教えてくれた。脩とゴム丸はポテチをつまみながら、波が高い小笠原の映像を見て「おおっ」とか無邪気に歓声をあげていた。

　コマーシャルの前に「次はペンちゃん」というテロップが画面下に出て、その背景に紫のシャツを着た三人の子供が映った。ゴム丸が口の中のポテチを噴いた。

「海野たち、すっかりタレント気取りだね」と脩。

　たしかこのテレビ局の二十四時間のチャリティ生放送は、明日の夕方から始まるのだ。毎年、司会者やタレントたちが皆紫色のTシャツを着て、歌を歌ったり、耐久マラソンを走ったり、あれやこれやと大騒ぎしている。夏休みの後半、海外の取材から帰ってきた頃に、その番組をやっていることが多かったから、脩も知っているのだった。

「あいつら……紫ヘドラの幽霊じゃん」

　ゴム丸はわけのわからないことをぽつりと言うと、そのまま黙りこくった。

コマーシャルが終わり、海野たちが「ペンちゃんが大好きで、ずっと追いかけている小学生たち」として紹介された。

「ほとんど偶然なんですけど、ペンちゃんたちの巣を見つけちゃったんです」海野は顔を引きつらせながら、セリフを棒読みするみたいに言った。

「やっぱりそうか。許せねえじゃん」またもゴム丸がつぶやいた。

脩はどういうことなのか聞きたかったけれど、テレビから目を離すわけにもいかず、海野たちと司会やコメンテイターとのやりとりを聞いていた。

「それできみたちはビデオ撮影をしたってことだよね」と司会が言った。

「場所はいいたくないし、わからないように撮ってあるんですけど、とにかくペンちゃんたちは子育て中なんです。その証拠になるかなあと思って」

「だいたいどこか、とか、そういうのも教えてくれないの？」

「だめですよ。だって、テレビ局とかたくさん来てしまって、大変なことになるでしょう」

「いやあ、しっかりしてるね。じゃ、とにかく映像を見せてもらいましょう」

粗い画質の映像に切り替わる。暗い中を懐中電灯の光だけで撮影されたものだ。わさわさした質感のあるオギの群落の下のマペンと二羽のヒナたち。

映像はわずか一分程度しかなく、それが終わると、海野のアップに切り替わった。海野は斜め下にあるのだろうモニタ画面を見たままでニヤリと口元を崩した。なんとなく下品な笑い方で、そのままピースでもするんじゃないかと思ったほどだ。

あいつバカだ、と確信して、でも、そんなことより脩はこの新たな事態をどう受け入れればいいのか混乱してしまった。

もう鳳凰池は秘密の場所ではない。よりによって海野たちにばれてるし、ひょっとしたらハラディも場所は知っているのかもしれない。もうこれまでみたいにただ隠すだけでは、マペンやヒナたちを護ることはできない。悪くしたら、脩たちはペンギンたちとサヨナラしなきゃならないかもしれない。

自分でも理由がわからないくらいそれが嫌だった。鳳凰池の秘密が知られてしまっただけでも痛いのに、この上、ペンギンたちを手放さなきゃならなくなったら、この夏休みの意味さえなくしてしまうみたいで。

変に思い詰めて考えるうちにも、ペンちゃん特集は続いている。多摩川が少し増水して、パペンの姿が見られなくなった、とか。それを探して地元のペンちゃんファンクラブが雨の中、捜索した、とか。それでも、見つからなかったから、巣に帰ったか、どこか河岸の目立たないところに避難しているのだろう、とか。

「明日の夜から、われわれの二十四時間チャリティ生放送が始まるわけですが、その中でももちろんペンちゃんやその巣について動きがあったら、随時、伝えていきたいと思っています」

司会者が言って、コーナーがおしまいになった。

コマーシャルに切り替わる直前、海野たちは本当にやった。にやけた顔でカメラに向かってピース！　奇《く》しくも、ペンギンが出てくるエアコンのコマーシャルが始まり、脩の心の底に苦々しい気持ちだけが残された。

「おれさあ、あいつらがいつビデオを撮ったか知ってる」とゴム丸。

脩はゴム丸を見た。たぶん、すごく怖い目をしていたのかもしれない。ゴム丸が一瞬、驚いて目をそらした。

「説明して」

「きのうの夜、もえと一緒に鳳凰池に行ったんだよ。あいつがどうしても行きたいっていうからさ。おれさ、鳳凰池で熱を出して倒れた時に、紫のヘドラを見たじゃん。あれって、きっと本当だったと思うんだ。海野たちはあの頃から来てたんじゃないかな。で、きのうもさ、もえと一緒にペンギンを見てたら、紫のシャツを着た三人組が――」

ゴム丸が語る昨晩の出来事を聞きながら、脩はだんだん腹が立ってきた。どうして、ゴム丸はその場所に居合わせながら、海野たちに追いついて問い質したりしなかったのだろう。ビデオテープを取り返すとか、ビデオごと壊しちゃうとか、いくらだって手はあったはずだ。脩は、自分の考えが滅茶苦茶だと知りつつ、どうしようもなく苛立った。

ゴム丸が、「やっぱり許せねえ。あいつらずっと観察してたなんて言ってたじゃん。おれたちのことを無視してやんだ」と言った時、脩は奥歯をぎりっと噛みしめた。

「どうしてこんなことになったと思ってるんだよ」

自分でも嫌になるくらいドスが利いて冷たい声だった。ゴム丸はきょとんとした顔でこっちを見つめる。

「そもそも最初にばれたのは、ゴム丸がもえちゃんを連れていったからだろう。責任を感じてないのかな。ゴム丸が最初に見た『紫のヘドラ』は海野たちじゃないよ。だってたしかあれはちょうどぼくと手嶋がハラディに偶然会った日だから、まだ海野たちがTシャツを持ってるはずないよ。でも、どう考えても海野たちが鳳凰池に気づいたのって、もえちゃんからだろ。もしも、ぼくたちの誰かの後をつけてたんだとしたら、排水管から入ってくるだろうし。結局さ、ゴム丸がしっかりしてくれないから、こんなことになるんだ。きのうだって海野たちに気づいたんなら、飛びかかってでもやっつけちゃえばよかったんだ」

「海野たちだとは、思わなかったんだよ」

ゴム丸の顔は青白く、歯を立てた唇だけが紫色だった。

「それで、幽霊かなにかだと思ったんだろ。ゴム丸は威勢はいいのに、本当は怖がりだもんね。怖いもんがありすぎない？　ミミズで気を失うなんて、信じらんないよ」

ゴム丸はぴょんと椅子から立ち上がった。体がわなわなと震えている。

「キク、おまえでも許せねえじゃん」

「だって本当のことじゃない。本当のことを言われたから怒ってるんでしょ」

「おまえのこと、拾ってやったのはだれだと思ってんだよ」

「どういう意味?」

「転校生でさあ、つまんねえ冗談ばっかり言って、すべってばっかりいたキクを、だれが助けてやったと思ってんだよ」

脩は答えられなかった。

ゴム丸はぷいっと背中を向けるとそれこそ転がるように廊下に進んで出ていった。

脩は床にへなへなと座り込んだ。

情けなかった。本当はあんなこと考えていたわけでもないのに、口をついてすらすらと出てきた。脩はゴム丸をただ傷つけたかったのだ。目の前にいるゴム丸が、ただそこにいるというだけで憎らしかったのだ。

わかっていた。こんな簡単に凶暴な気持ちになってしまう理由。大元の原因は、父さんだ。

父さんが再婚する話を聞いても平気なふりをしていたら、どんどん不安になってしまった。本当は今のままの方がずっといいのに、おめでとうなんて言ったら、心が無感覚になってしまった。でも、脩はそれに気づかないふりをして、この二日間を過ごしてきた。

　海野のことは、不安ではち切れそうな脩の心の地肌をツンとつついた鋭い針だ。それで、脩は破裂してしまった。不安が次から次へと流れ出した。これからの父さんとの暮らしも、自分の将来も、もちろん、ペンギン一家のことも、すべてただ不安だった。

　ゴム丸が飛び出していってから外はまた土砂降りになり、脩は鳳凰池での観察をあきらめた。もしも、雨が降っていなくても行かなかったかもしれない。とてもそんな気分になれなかったから。


　眠れない夜というのを、脩は体験したことがない。寝つきは父さん譲りでよい方だし、考え事があってもすぐに睡魔が勝って、ことりと眠ってしまうのだ。

　でも、今度ばかりは違った。夜通しいろいろなことをぐるぐると考え続けて、やっと眠たくなったのは明け方になってからだった。

　まずは父さんのこと。ぼくはこれからどうなるんだろうと脩は思う。アラスカでキャサリンを母さんと呼んで暮らすのだろうか。キャサリンはいい人だけど、どうしてもうまく話せない。男の人みたいに大きな体で、小柄な脩の本当の母さんに比べたら本当に雑な人だ。でも、キャサリンが悪いわけじゃないとも思う。父さんが再婚してしまうと、脩の居場所がなくなってしまうみたいで嫌なのだ。我《わ》が儘《まま》だとわかっていても、脩には受け入れられなかった。

ゴム丸や河童のことを傷つけたままほうりだしてしまっていることでも、心にずっしり重たい石がのしかかっているみたいだ。本当だったら鳳凰池にいくついでのふりをして河童と話して謝ったり、それともゴム丸の後を追いかけて本当はそんなこと思っていないと伝えなきゃならなかったのに。

そして、ペンギン一家。川に出たまま行方が知れないパペンはともかく、マペンと二羽のヒナたちは、今、かなりやばいところにいるのかもしれない。「愛する会」が「近々保護する」と言い、海野たちにも荒らされた。おまけに、「二十四時間連続生放送」の中でも放送するという。仕切っているディレクターがハラディなら、どんなことをしてくるかわからない。

これについては、深夜帰ってきた父さんが、脩の部屋の扉を開けてわざわざ言いに来たことで、確信に変わった。

「あいつに会ったんだってな」と父さんは言った。

なんのことかわからなかったので、脩はベッドの上で黙っていた。

「別の用事でテレビ局に行ったんだが、たまたまハラディと顔を合わせた。最近、ペンギンがらみで何度も脩と会ったと言っていた」

「何度もって、二回だけだよ」

ハラディがはじめて桜川にペンちゃんを探しにきた時と、釣り針で傷ついたパペンを「愛する会」が捕まえようとした時の二回。

「やつのことは信用するなよ。番組のためなら、やらせでもなんでもやるからな」

「うん、わかってるって」

「手に負えなくなったら、相談してくれていいんだぞ」

「だから、わかってるって」

脩はわざと面倒くさそうに言った。

朝、恵美さんが入ってきた時にはさすがにうとうとしていて、「脩ちゃん、平気？兄さんはきょうもまた出かけていったけど、もっと脩ちゃんと話し合う機会を持ってくれればいいのにね」と言うのを、ぼんやり聞いていた。恵美さんが気遣ってくれるのは嬉しかったけれど、父さんのことをあまり他の人からとやかく言われたくなかった。

しばらくして、「兄さんが二回結婚するのに、あたしは一回もしてないなんて癪《しゃく》だから」と言うのが聞こえて、少しは意識がしゃきっとした。

「癪だから？」と聞き返す。

「うそよ。別に癪だからってわけじゃなくて、ちゃんとした相手にめぐりあったと思うから。こんな時に脩ちゃんに言うのもなんなんだけど、結婚してみようかなって」

「相手は？」

「わかるでしょ」

鈴木さんなら、悪くない。やたらプライドばかり高くて、気障《きざ》なドクターに比べたら諸手《もろて》をあげて賛成したいくらいだった。

「おめでと」

晴れがましい気持ちになるのと同時に、不安がまた芽を出す。じゃあ、恵美さんはここを出ていってしまうのかなあ。ぼくはますますひとりだなあ、と。

そして、また眠れずにごろごろした。

恵美さんが日勤で出勤した後、大音量で居間の電話が鳴るのを無視した。どうせ「お母さんはいますか」なんて聞いてくるようなセールスに違いないし。

すると今度はすぐに携帯が鳴った。ベッドに寝ころんだまま受話ボタンを押すと、

「こんな時になにしてる」と手嶋の声が飛び出してきた。

「今から鳳凰池に全員集合。とにかくみんなに声をかけておいたから、菊野も出来るだけ早く来るように。今は雨がやんでるけど、またすぐに降るだろうからテントを持ってきてくれるといいなあ。食料の買い出しなんかは、ぼくと河邑でやっておくから」

「ちょっと待ってよ。なにをするつもり？」

「決まってるじゃないか。とぼけるなよ。菊野だってわかってるんだろ」

脩には手嶋が言う意味がわかった。

脩自身もそう考えていたのだ。でも、河童ともゴム丸ともあんなふうになってしまったし、手嶋に相談するのも癪な気がしていた。だから、ふんぎりさえついたら、自分ひとりでもやるつもりではいたのだけれど……。

「でも、手嶋はさ、塾とかはどうするわけ。夏期講習、また始まったんじゃないの」

「そんなの無視、無視。そりゃあ、母さんは悲しむだろうけど、仕方ないよ。だって、菊野の父さんに、菊野のことヨロシクなんて言われちゃったし」

脩はむっとして電話を切った。手嶋もなんか本当はすごく嫌な奴なのかもと思いつつ、それで少し元気が出てきたから不思議だ。

押入れから手嶋の要望どおりテントまで引っ張り出して、脩は身支度を整えた。

どっちにしても行かなければならなかったのだ。手嶋が脩の背中を押してくれたのだと気づいた。

第十五章　カワガキの復活

雨は止んでいる。河童の家に入ると平屋の縁側に喇叭爺が座っていて、脩を見ると手を挙げた。

「おお、カワガキが戻ってきたか。いよいよだな」

「なにが、ですか」

「いいか、多くの者がおぬしらを利用しようとするだろう。その中にはよこしまな者もいれば、正しい者もいる。よこしまな者ははねのければよろしい。だが、正しい者には要注意だ。正しいことが、常によいことではないとおぬしらは肝に銘じるべきである。おぬしらが信じるままに振る舞うがよいのだ」

「はあ」

ニホンゴ、ワカリマセーンってやりたい気分。脩はいまだに喇叭爺のことが理解できないのだ。

「晴れの舞台だろう。敵は心ない大人であり、純真な子供たちがそれを守る。素晴らしい」

「まだそうと決まったわけじゃ」

「甘いぞ、脩」と声がした。

脩はびくりと体を震わせた。びっくりしたとか、びっくりしないとか、そういう程度の話じゃない。

父さんが座敷の奥の一枚板テーブルについているのだ。

「手嶋君に河邑さんを紹介してもらってな。さっきからアマゾン話で盛りあがっていたところだ。きみはなかなか素晴らしい人物の指導を受けたみたいじゃないか。たしかに川というのは、おもしろい。自分がなんで今までアマゾンなり、ユーコンなり、川に惹かれてきたのかわかった気がするよ」

「あんたは、そろそろ、一度、戻ってくる時期だよ」喇叭爺が割り込んでくる。「なのにまた遠くへ行こうとする。そこのところ感心せんが」

「でも、川は繋がっていますよ。ユーコンのビーヴァー・クリークを自分の川の名前にして根付くのもまたアリでしょう。アラスカはここからは遠いかもしれないけれど、ぼくはこれまでみたいにあちこち飛び回るのではなく、今度は腰を落ち着けてみたいと思ってる」

「その歳でまたカワガキから始めようというわけだね」

「まあ、そういうことですね。脩たちと同じくカワガキから始めるわけです」

脩は黙っていた。今ふたりの議論を聞いたって仕方がないし。

父さんがはっとした表情で脩を見ていた。

「そうだった、脩、きみに伝えることがあった。つまりだな、いろいろな情報を総合した結果、ハラディは仕掛けてくるね。あの『愛する会』というのも少し調べてきた。アニマルライツ色の強い動物愛護団体だ。湘南に虐待を受けたペットの保護施設を持っているから、そこにペンギンを収容するつもりらしい。でも、正直いって、おれは賛成できない。彼らは野生動物の飼育経験はないんだ。せいぜい、フェレットとか、カメレオンとか、ペットになっているようなやつだけだからな。デリケートなヒナなんかを任せられると思うか」

なにか言おうと思ったけれど、言葉が出てこなかった。舌が干からびて動かないかんじ。

「でさ、きみに相談なんだが、おれも仲間にまぜてもらっていいかな。相手は大人で、それも腹黒いハラディだ。ということは、参謀も必要だろ」

「ダメだよ」あっけなく言葉が転がり出す。「これは父さんの問題じゃないからね。父さんの川はここじゃないんだしね」

「でも、おもしろそうじゃないか。おれだって昔は正しい日本のカワガキだったんだぞ。

知ってるだろ、故郷の都川じゃあ……」

「子供の問題に首をつっこまないって父さんはいつも言ってるじゃない」

「だからこれは子供の問題じゃないって」

「でも、ダメ。喇叭爺ならいいけど、父さんはダメ。最初からかかわってるわけでもないし」

「ちぇっ、ケチだなあ」

「そんなに気にしてくれるんだったら、携帯をいつでも開けておいて。相談しなきゃいけない時にはするから」

「わかったよ。行ってこいよ」

父さんは大人げなく唇を尖らせた。


もう河童と手嶋が来ていた。ゴム丸はまだだ。来るか来ないか、脩には自信がない。

地べたにコンビニの袋が全部で四つ。二リットルのペットボトルがいくつもあったし、おにぎりやサンドウィッチが入った袋もはち切れんばかりだ。傷《いた》みやすいものを冷やしておくクーラーボックスまで用意されている。

「とにかく一晩は最低がんばるから」と手嶋が言う。もうすっかりそういうことになってうっすら紅潮している。この時点で、もうあのクールな手嶋には見えなかった。

クーラーボックスのとなりに、赤い工具箱があるのが目についた。

「ゴム丸君が見つけた入口を塞いだんだよ。実はそういうところがほかにもまだ二カ所あって、全部塞いでおいた」

いつもどおりの平坦な言葉づかいだった。河童には厳しいことを言ったままになっているから、胸がちくりと痛んだ。

弾むような足音がして、ゴム丸が駆けてきた。

肩にかけたスポーツバッグを無造作に下ろすと、ジッパーを引いて大きく口を開けた。

「なんかさあ、こういうのしかなくてさ」

中から出てきたのは、ショットガンの形をしたエアガンが一丁。それから、Y字型の金属のフレームに太いゴムをつけたパチンコがふたつ。

「おやじの目をかすめてきた。おやじ、あの体でサバイバルゲームやるじゃん。ほかにもいろいろ持ってるんだけど、どこにあんのかわかんなくてさ、で、パチンコの方はおやじの部屋に転がってた。なに考えてんだか、まったくガキじゃん」

「ショットガンは大げさだな。パチンコで充分じゃないか。別に戦争ってわけじゃないんだし」

手嶋が言うと、ゴム丸がうなずいた。

「おれもそう思ってた。でもな――」

ゴム丸が急に脩のことを見た。

「おれが、怖じ気づいたって思うなよ。キクにいわれたこと、全部、ほんとだからさ。おれはやるときゃあ、やるんだって見せてやるよ」

ゴム丸の目は、挑みかかるようで、どこかさばさばしていて、脩は急に恥ずかしくなった。五年生にしてはすごく子供っぽいと思ってたゴム丸よりも、ずっと自分が劣っている気がして。なのに謝罪の言葉を口にしようとしても、出てこない。

「じゃ、そういうことで、ここから先は菊野に任せる」と手嶋。「ぼくは菊野の父さんに言われて参加してるだけで、最初からここにいるわけじゃない。だから、リーダーは菊野、だろ」

「え？」と脩。

河童がうなずいている。ゴム丸がなにかいうかと思ったけれど、黙ったままだ。異論が出ない。そのことに脩はびっくりした。

「きっくんがいいと思うよ。というかそれしか考えられない」

「河童が言うなら仕方ねえなあ、譲ってやるしかねえじゃん」

「どうして？」と脩は聞き返した。

「最初から最後までずっとペンギンを見てるのは菊野だけなんだろ」と手嶋。

「ぼくはもともと観察はせずに、カヌーを直してたわけだし」

「おれも一回あきらめたじゃん。あの時キクが粘らなきゃ、ゴンとミクロにも会えなかった」

あ、そうか、と思った。ぼくにとっては、ペンギン・サマーなんだ。はじめて自分で過ごした夏休みが、ペンギンの夏だったんだ。だから、ペンギンを見続けたかったし、今、この瞬間も最後までかかわり続けなきゃって思っている。

いろいろ複雑な背景はあるけれど、今、目の前に自分にとって大事な存在があって、それが助けを必要としている。じゃ、ことは簡単だ。

カチッと、スイッチが入った。

「じゃあ、最初に説明しておくよ。きょうぼくらがここに集まったのは、ペンギンたちを守るためだ。夕方から始まるテレビの二十四時間連続生放送の中で、鳳凰池に入り込んでマペンとヒナたちを捕まえようとする連中がいるかもしれない。それは海野たちかもしれないし、『愛する会』の連中かもしれない。とにかく、番組のディレクターがそれにかかわっていて、だからこそ、要注意なんだ」

「ハラディ、だよね。ひどい奴だって聞いてるけど」と手嶋。

「顔見りゃ、わかるじゃん。やな奴にきまってる。手嶋だけ会ってねえんじゃないか」

「いや、ぼくも会ってるよ。ぼくがはじめて鳳凰池に行った日の帰り道、菊野と一緒にね。たしかに、軽いおやじだなあって気はしたけど」

「以前ね、父さんとぼくがアマゾンをカヌーで旅した時に、ハラディがディレクターとしてテレビのチームを連れて参加してて、その時、ぼくたちはひどい目にあったんだよ。なんていうのかなあ、撮影する時にいろんなことを都合のいいように作り上げて――」

「やらせ、だよね」と河童。

「そう、やらせ。それで番組がボツになっちゃったんだよ」

ハラディは「型にはめる」タイプのディレクターだった。だから、脩や父さんにもやたら注文を出してきた。その中には失礼なものも多かった。まだ父さんと離婚して一年も経っていない母さんに、脩から国際電話をかけてほしいだとか、ひとり乗りカヌーで脩が流されたところを父さんが助けるシーンがほしい、だとか。こういったことは、ある程度仕方ないことだと父さんは思っていたし、脩も父さんがいいという以上従っていた。なにしろ、テレビ局はその時のロケ費用の三分の一をもってくれたスポンサーだったのだ。

でも、ハラディの「やらせ」はそんなことでは済まなかった。父さんも脩もまったく知らなかったのだけど、原住民にお金を渡していろいろな儀式を撮らせてもらったり、その儀式もテレビ映えするようにやり方を変えてもらったり、原始的な生活を今も続けている部族をこれもお金を出してでっちあげてみたり。こういったことが編集の時にわかって、結局番組そのものが中止になった。もしも、あのまま放映されて後でばれたりしたら、父さんの写真家としての評判にも影響しかねないから、あの時父さんは本当に怒っていた。

「今回も、やらせってことじゃん」とゴム丸が言った。「おれさ、考えたんだが、たぶんハラディは、随分前に一回ここに来てペンギンを見つけてんだ。おれが熱出してぶっ倒れた時、紫のやつが来たって言ったろ。あれはハラディだ。あのぐずぐずなかんじがきっとヘドラに見えたんだ」

「じゃあ、どうしてすぐにテレビで出さなかったの。そういうのって、ほら、スクープって言うんでしょう」と河童。

「ハラディは、『仕込み』が好きなんだよ」脩は即座に答えた。「同じネタでも、できるだけ大きくして話題になるタイミングまで待つんだって。で、待つ間にいろいろ仕込む」

「そうか、海野や『愛する会』も仕込みなんだな。なかなかやるじゃない。さすが大人ってかんじがするね」手嶋の眼鏡の縁がキラリと輝いた。

「そんなことねえじゃん。大人でも汚ねえことするのは、よくないだろ」ゴム丸がとび跳ねる。

「だから」と脩は言葉に力をこめた。「きょうはなんとかしのがなきゃならないと思うんだ。マペンがゴンとミクロを抱いている以上、ぼくたちが三羽を護る。パペンが帰ってくれば、四羽を護る」

ほかの三人から笑顔が消えて、引き締まった雰囲気になった。脩は言葉を確かめるように続けた。

「ひょっとしたら近々、四羽とも保護してあげなきゃならないことになるかもしれないけど、その時にも頼るのは『愛する会』じゃない。もっとちゃんと飼い方を知ってるところだ。だから、とにかくハラディのいいようにはさせない。二十四時間生放送が続いている間、ずっと巣を見守って、やつらが来たら追い返すんだ」

「おおっ」と言いながら、ゴム丸がぴょんと跳ねた。「海野が来たら、こいつをおみまいしてやる」とパチンコを撃つ真似をする。

「おい」と手嶋がいった。ゴム丸の足を見ていた。

「亀丸、おまえ、またやったんだ。ひどく腫れてるじゃないか。医者に行って薬もらった方がよくないか」

搔き崩した傷が、ぼろぼろになって膿を出し、赤くこんもりと膨らんでいるのだった。

「これくらい平気じゃん」もう一度、ぴょんと跳ねてみせた。「あ、おれ、今晩、キクの家に泊まることになってるからな。そこんとこ、ヨロシク」

ちょうどその時、脩の携帯が鳴った。見たことがない番号だったので通話ボタンを押すと「國ちゃんは、そこにいるんですよね。出してください」とせっぱ詰まった声が耳にキンキン刺さった。脩は黙って手嶋に手渡した。

「うん、わかってるよ……そう、わかっててさぼったんだ。大丈夫だよ。勉強なら、ちゃんとやってるから。だからさ、いつまでもガキじゃないの。うん、でも今は忙しいんだ。後にしてくれる」

脩に携帯を返しつつ、手嶋は「もう出なくてもいいから」と言った。


深夜にそなえて仮眠することにしたのは、河童の冷静な意見のおかげだ。みんな興奮しているからこのまま飛ばしてちゃ、最後までもたないと河童は大人びた口調で言った。設営したテントはふたり用のもので、いかに小学生でも四人全員は横になれなかった。だから、順番に喇叭爺の平屋に行って、昼寝させてもらった。脩が行った時にはもう父さんも喇叭爺もおらず、風通しのよい居間にごろんと横になって二時間ほど熟睡した。

あとは、液晶テレビ用の電池を念のために買い足しに出たり、もう一度鳳凰池の周囲の柵を点検したりするうちに夕方になった。今ここに出入りするためには、正門を開けるか、河邑家の裏の扉を使うか、桜川から排水管を伝うかの三種類しかないことを確認した。もちろん柵の上を越えて入ってくることもありえるから、一度、鳳凰池の柵の外をぐるりと一周してみて、それがしやすそうな場所もあたりをつけておいた。これは脩と手嶋で歩いてみたのだけれど、正門近くにすでに窓にフィルムを張った車がエンジンをかけたままとまっていて、いかにもあやしいのだった。もうすぐ中継車なんかが来ても不思議じゃなかった。

夕方の六時に小雨が降り始めるとほとんど同時に番組が始まった。

最初の一時間は武道館の特設スタジオであれやこれやとタレントたちが騒いでいるうちに過ぎた。二十四時間かけて歌い継ぐ歌の計画、今年は広島や長崎から走ることになっている百キロマラソンの走者や明け方から富士登山に挑戦する小学生たちの紹介、等々。番組の統一テーマが「チャレンジ」だそうで、こういった大きな企画は二十四時間の生放送の中で、何度も途中経過が生中継される。雨はまだ気になるほどではなかったので、脩たちは青いテントの前に敷いたビニールシートの上でそれを見ていた。クーラーボックスを開けて、おむすびやサンドウィッチを取りだし、今のうちに食べておく。

「あっ」と手嶋とゴム丸が同時に声をあげた。

脩が顔も知らない若手芸人が富士登山の小学生の付き添いをしていて、リポーター役として画面に出ていたのだ。

「きゃはっ、オグちゃんも出世したよなあ」

「半年前くらいまで新宿ルミネのヨシモトでも、ぜんぜん受けてなかったのにな」

ゴム丸が、へえ、というように口を丸くした。

「あの滑り具合がいいんじゃん。きゃはっ、クセになるっぽくてさ」

「そうだな、でも、それを言うならゴルゴンゾーラのミナミの方がずっと……」

「手嶋、詳しいじゃん」

「そっちこそ」

脩と河童は思わず含み笑いをして、視線を交わした。

このふたりは仲が悪かったはずなのに、意外なところで趣味が一致したみたいだ。ゴム丸が時々父さんと一緒に新宿のヨシモトを観に行くのは聞いていたけど、手嶋にそんな趣味があるなんて意外だった。

やがて二十四時間のうちに放送される小企画が紹介されるコーナーになった。縄跳びの世界記録に挑戦する小学校、自分が持つドミノ倒しの世界記録更新を狙う青年、そして、ペンちゃんが大好きな「ファンクラブ」の活動。

そこのところだけ全員が小さな液晶画面に注目した。熱烈な巨人ファンで有名な丸顔のベテラン司会者は、にこにこしながら言った。

「今年、夏の人気者といえばペンちゃんですね。登場は八月に入ってからで、まだ三週間しかたっていないのですが、これほどお茶の間を賑《にぎ》やかにしてくれた愛らしい存在はなかったのではないでしょうか。明日の朝、『ペンちゃんをめぐる三週間』の記録を、未公開極秘映像も含めまして大公開することになっています。それと一緒に、ここのところ行方がしれず心配されております父親のパペンの居場所を公開捜索いたします。捜索に参加してくださるのは多摩川のファンクラブの方々です」

画面は一瞬、多摩川の堤の上に集まった人々を捉えた。「ペンちゃんファンクラブ」のお年寄りたちにまじって、子供たちの姿もあった。予想はしていたけれど、その中に海野たちもまぎれ込んでいた。例によってピースサインを出してはしゃいでいるから、とても目立つ。でも、これについてはもう誰もなにも言わない。とにかく海野たちは出たがりなんだし、勝手にすればいいのだ。

で、司会者の話によれば、どうやら、ペンちゃんのことが大々的に取り上げられるのは、明日になってかららしい。それを聞いて、みんなちょっと気が抜けた気分になってしまった。「いいか、ハラディは要注意じゃん。なにを仕掛けてくるかわかんねえからな」とひとりで緊張を煽《あお》るゴム丸のおかげで、なんとなく場が持っているといってもいいくらい。

七時半すぎ、雨が本降りになってきて、全員がテントの中に待避した。四人が膝をつき合わせると、熱気が籠もって外にいた時みたいに快適にはいかない。体から汗が噴き出して、ゴム丸など背中にシャツがべったり張りついていた。

「ねえ、みんな」と脩が声をあげた。「いったん家に帰った方がいいんじゃないかな」

本番は明日なんだから、全員いても仕方ない。

「さっきも言ったとおり、おれは帰らねえぞ」とゴム丸。

「ぼくも嫌だな。いちお、これでも一大決心して出てきたからね」と手嶋。

河童が、「テレビ」と短く言った。

丸顔の司会者が誰かに向かって「はい、そうですか。どんな状況なんですか」と言っている。

眉間にしわをよせて大きくうなずき、今度は武道館の観客と視聴者に向けて語りかけた。

「ええっと、今の話を総合しますとですね、ペンちゃん一家の父親、つまり、パペンが見つかったそうです。わたしたちは明日の朝、捜索するつもりだったのでありますが、たまたま、下見に行っていたスタッフが見つけたという連絡がありました。六時半頃ですから、ついさっきなんですね。多摩川の支流の野川でペンちゃんを発見したということです。川が増水してしばらく姿が見られず、心配されていたわけですが、どこかに隠れていたようですね。まずは安心というところでありましょう」

そして、耳につけているイヤホンに手をやって、もう一度眉間にしわを寄せる。

「はい、映像が入ったそうです。さっそくごらんください」

画面には夕暮れで薄暗くなった川が映されていた。多摩川よりは格段に狭く、両側がコンクリート護岸になっている。たっぷりとした飴色の水が両岸のコンクリートを洗いながら下っていく。少しカメラがパンして、緑に覆われた川中島を捉えた。まわりの草はすっかり水没していて盛りあがっているところだけが残されている。その斜面のなかほどにパペンがいた。ズームして大映しになると、小雨の中で目を瞑《つむ》って震えているのが見えた。

「ひぃ」とゴム丸。「なんか辛そうじゃん。マペンもゴンもミクロも、パパが苦労してんの知らずにのほほんとしやがって」

「亀丸と一緒だ」と手嶋が目を細めて言った。

「はあ?」とゴム丸。

「熱があるのかな、と思って。目の近く、釣り針で怪我しただろ。あそこから雑菌が入ったとしたら。どうなの、菊野。ペンギンってそういう病気になる?」

「そりゃあなるだろうけど、ごく普通に雨の中で震えてる姿もよく見るからなんともいえない」

しばらくすると、パペンが首を捻るようにして空を見上げた。

脩は息を呑んだ。パペンの顔のこれまで見えなかった側が見えたのだ。目の周りが腫れあがって、片目がほとんど埋もれてしまっていた。それとは別に首筋から赤黒い血が幾筋も流れており、ひょっとして新しい怪我をしたのかもしれなかった。

「これはひどい!」と司会者が叫んだ。「さきほど、わたくしは一安心と申しましたが、撤回しなければならないようであります。パペンは今すぐにでも、保護しなければならないのではないでしょうか」

　そうするうちに、映像の中のパペンはよたよたと歩き、飴色の流れの中に姿を消した。

　パペンは野川で目撃された。桜川まで遡り、鳳凰池に戻ってくる途中なのかもしれない。とすると、パペンを保護するなら、鳳凰池で待つのが一番だ。

　それは、ハラディにだってわかっていることだ。

　脩は携帯の液晶画面で時間を確かめた。パペンが撮影された時間からもう四十分以上が過ぎている。そして、手嶋と顔を合わせ、うなずきあった。

「ゴム丸、パチンコの準備たのむ」と言って、脩はもう腰を浮かせていた。

　雨の中に飛び出していく。使い捨ての百円レインコートを河童が用意していてくれたので、歩きながら袖を通した。手嶋も急いでついてくる。

　目指したのは正門だ。向こう側に怪しい車がとまっているのにさっき気づいていたから。

　足早に進んで数分後にはたどり着いた。二メートルほどの高さのがっしりした両開き扉があって、その上に金属製のアーチがかかっていた。

　手嶋はこっちを見て唇に人差し指をあてると、扉に耳をつけた。

「アイドリングしたままだ。まだ動いていないなんて、絶対に怪しい」と小声で言った。

その時、扉から離れている脩の耳にも、ガチャ、ガチャと金属音が聞こえてきた。梯子を一歩一歩上がってくるかんじ。

脩は後ずさって上を見た。

ぬーっと暗がりから顔が突き出す。

紫のTシャツはすぐ確認できたけど、向こう側の街灯のせいで逆光になって顔は見えなかった。

「やあ、脩君」軽やかな声だった。

「ハラディ！」

「ひどいじゃないか、ぼくたちを閉め出すなんて。せっかく最高の番組になるのに」

「どうせ、やらせをするつもりじゃん」

ちょうど息を切らせて走ってきたゴム丸が、パチンコに小さな丸石を装塡して構えた。

「ひゃあ、物騒だなあ。暴力はいかんよ、暴力は。脩君、いつからそんな武闘派になったわけ？　虫も殺さない優しい子だったのに」

少し遅れてきた河童ももう一台のパチンコを構えるが、すごくぎこちない。手嶋がパチンコを引き取って、体の後ろに隠すように小さなビデオカメラを河童に手渡した。

「暴力をふるいたいわけじゃないよ。ここには入らないでって言ってるだけ」

「そうもいかないんだよなあ。ね、パペンはもう来た？　だとしたらさすがに保護して治療しなきゃならないでしょ。だから、ぼくたちが入った方がいいの。ここに停めてある車で、すぐに施設につれていけるからね」

「パペンが来たらすぐに水族館の獣医さんを呼んで来てもらうから、ハラディは帰って。水族館に任せたほうがずっといいよ」

「まあ、そんなこと言わずにさ」

ハラディはもう一段ステップを上がって体をこっちに乗り出してきた。

ヒュウと空気を切る音がして、カッと鋭い音が扉の上の方で響いた。それでもハラディは動きを止めない。

「まったく食えねえガキだな。大人を嘗《な》めるとどんなことになるか知りたいか」

そう言った瞬間、ハラディは目をみひらいた。

脩のとなりにいた手嶋を押しのけるようにして、河童がぐいと出てきたのだ。ハラディにもカメラがはっきりと見えている。

「おい、撮るな。おれにも肖像権ってものが——」

言いかけた口をつぐみ、そのまますぐに扉の向こうに消えてしまった。

「さすが河童」と脩は頭を叩いた。

テレビ局の人ってカメラを向けることにはすごく無神経なのに、自分が向けられることには慣れていないのだ。

携帯が鳴った。

「脩君、困るよぉ」と懇願するような声。ハラディだ。

どうして知ってるのかと思い、クラスの連絡表に携帯の番号も入れておいたのを思い出した。きっと海野だ。

「別にぼくたちは困らないよ」

「だいたい、きみたちはなんなの。ぼくの邪魔をしないでくれるかな」

「違うよ。ハラディがぼくたちの邪魔をしてるんだ。いや、ペンギンたちの邪魔もしてる。海野たちも、『愛する会』も『仕込み』なんでしょう。だって普通だったら水族館か動物園に保護してもらうよね」

「『愛する会』は信用できるよ。ぜったいにそっちの方がいいの。水族館だったら治療の様子とか撮らせてくれないけど、こっちならばっちり生中継できるし。いいかい、日本中のみんなが心配して見たがってるのよ。それを放送することはぼくたちの義務なの」

「なるほど、それで水族館は嫌なんだ。結局、番組がおもしろけりゃあなんでもいいってこと。ひょっとして、パペンの怪我まで『仕込み』だったとしたら許さないからね」

「さ、さすがにそんなことはないよ」

「どうして口ごもるの。やましいとこがあるのかな」

「実はきのうのうちにパペンを見つけてたの。でも、番組のために一日待った。実害はなかったんだから問題ないでしょう」

「わかった。やっぱり、あなたは信頼できない。元々信じてなんかいないけど。ペンギンたちのことはぼくたちがなんとかするから、帰ってよ」

「いったい、あんたたち、なんの権限があって、そんなことを言うわけ」ハラディの声は震えていた。「こっちだって、必死なんだよ。脩君も、ぼくが正社員じゃなくて契約だって知ってるでしょう。ほんと、この世界は厳しいんだから。そろそろ大きい仕事しておかないと、来年の今頃はどうなってるかわからないのよ。それをどうして、えらそうに止めるわけ？」

機関銃のようなハラディのトークに辟易《へきえき》して、脩は大きく息を吸い込んだ。突然、喇叭爺の顔が頭に思い浮かんだ。

「カワガキだから。カワガキが戻ってきたんだよ」

携帯のむこうのハラディが無言になる。

「だってパペンもマペンも、桜川を選んで巣を作ったんだし。それって、つまりここの生き物ってことでしょう。それに、桜川の流域はペンギンの姿だし」

「……脩君、頭、変になった？」

ゴム丸が肩をぶつけるみたいにして、携帯のマイクに口を寄せた。

「あのさ、ごちゃごちゃ言ってんじゃないっての。あんたの川の名前はなに？　わかんなきゃ仕方ないよ。とにかく、おれたちはカワガキなの。きゃはっ、桜川のカワガキ隊なの。文句あっか」

そうだ、ぼくたちはカワガキ隊なのだ。脩は爆発しそうな笑いを押し殺して、くっくっと声を漏らした。

第十六章　台風の夜

雨の中、マペンは辛抱強くヒナたちを温め続ける。もちろん、真夏だから雨が降ってもそんなに気温は下がらないし、マペンはいくら水に濡れても気にならないらしい。でもヒナの方が心配だ。雨が直接当たるのはしのげても、地面にかなり水が浮いてきたので結局はびしょ濡れになってしまうんじゃないだろうか。

「カワガキ隊」の四人のうちひとりは常にパチンコを持って鳳凰池の敷地内をパトロール。もうひとりは、テントの外でマペンとヒナたちの観察。これはマペンとヒナたちが心配なのと、パペンが帰ってきた時にいち早く気づけるようにというのと、ふたつの目的を兼ねている。残りのふたりはテントの中で待機している。

いまこの瞬間、パトロールは河童で、脩が観察係だった。ゴム丸と手嶋は、ヨシモトの話でがぜん盛りあがっていて、テントの中からも笑い声が聞こえてくる。でも、それがなんとなく遠い。ぼんやりした薄闇の繭《まゆ》が自分のまわりに張られているようで、ゴム丸たちの声はもちろん、国道で鳴らされているはずのクラクションの音や途切れ途切れに降る雨の音までも、その表面をするりとすべって通り過ぎてしまうのだ。桜川町のほかのすべてから切り離されて、人里離れた森の中にいるみたいな気分になってくる。

　脩にとってはペンギンの森だ。

　マペンを見ていると、こいつら本当に野生動物なんだなあと思えてくる。だからどうしたと言われると困るのだけど、遠くからやってきて、故郷とは違った環境の中で巣を作り、必死に生き延びようとしている。これって、ペンギンにとっては、元々の棲息地ですることと同じだ。

　脩はこれまで訪ねてきた土地でペンギンに会ったことを思い出す。一番強く印象に残っているのは南米のフォークランド諸島だ。訪れたのは真夏でかなり暖かかったけれど、それでも風が強くて営巣《えいそう》中の親鳥たちは辛そうだった。ましてや、ヒナなんて、少し風が吹くと頭から親鳥の腹の下に潜り込んだ。雨の中の鳳凰池での光景と同じなのだった。

　こいつら野生だ。

　つまり、一生懸命だ。

　パペンは必死にがんばって、でも、うまくいかなくて傷ついてしまった。ペンギンにとって多摩川って暮らしにくいのだろうか。魚はたくさんいても、釣り針や、川底に転がっているさまざまな粗大ゴミや、傷口から入り込むバクテリアや、いろいろなものがパペンを追い返そうとする。「ここはおまえの場所じゃない」と。

なぜか目頭がじんわりしてきた。なんとかしてあげたいと思う。せめて子育ては成功させてほしい。その後、どこかに移されるのだとしても。

見回りを一周終えた河童が、二周目に向かう前に軽く手を挙げた。脩も同じ仕草で返した。レインコートのフードがうざったいので跳ね上げて、脩の顔はさっきから雨に打たれている。潤んだ目は河童にはわからなかったはずだった。

遠くでホーッという声が聞こえたような気がした。

マペンがびくりと体を震わせたのは、単に腹の下のヒナが身じろぎしたのかもしれない。でも脩はそうとも思えず、立ち上がって排水管のあたりを懐中電灯で照らしてみた。なにも動くものの姿はなかった。耳を澄ましてもそれらしい音はしなかったので、脩はやっぱり気のせいなのだと思った。

雨音だけがやけに大きく響く、陰々とした時間。薄闇の繭は鳳凰池全体に広がって、いまやここにいるマペンたちや、河童やゴム丸や手嶋のこともすべて包み込んでいる気がした。

鳳凰池は別世界だ。ペンギンのための別世界。だから守り切ってあげなきゃならないのだ。

河童が戻ってこないことに気づいた。いくらゆっくり歩いても、一周二十分もかからないはずなのに。

探しに行こうかと考えていると、また、ホーッと聞こえる。前のより小さな声だ。やはり気のせいだろうか。

バサ、バサと、木の葉から溜まった水滴が落ちる音がして、早足で河童が戻ってくるのが見えた。

「きっくん、来てよ」と言う。

脩ははっとした。河童の顔がすごく思い詰めているのだ。

手を引くみたいにしてせかすものだから、脩は急いで立ち上がって後に続いた。

正門のところだ。ふたりが近づくと、急に目の前が真っ白になった。顔を殴りつけられるみたいな強烈な光だった。すぐに目が慣れて、光の通り道に雨粒が幾筋もの糸を引いているのが見えた。

両開きの扉の上、さっきハラディがいたのと同じ場所に、横幅のあるがっしりとした人のシルエットがあった。光が出ているのはそのすぐ後ろで、どうやらカメラマンが肩にかついだカメラの上にライトが取り付けてあるらしかった。

「やあ、こんばんは」

扉の上からよく響く、穏やかな声が落ちてきた。大学生のお兄さん、あるいはもう少し年上って印象だった。脩はどことなく嫌な気分になった。理由はわからなかったけど、その話し方には用心した方がいいって心が告げている。

「ぼくは話し合いに来たんだ。きみたちは、たぶん、この場所のペンギンのことをずっと見ていて、心配しているんだよね。実はぼくたちも一緒なんだ。今、パペンが大変なことになっているのは知っているのかな。かなり深刻な状態だ。だから、早く保護した方がいい。すると、今ここで営巣しているマペンとヒナたちも、保護した方がよいということになる。いくら待ってもパペンは戻ってこないわけだしね。だから、ぼくたちを中に入れてくれないか。動物のレスキューの経験はあるし、怪我をさせずにちゃんと保護してみせるから」

思わず河童の方を向くと、訴えかけるみたいな目で脩を見ていた。脩は男の方をふたたび見上げた。

「『ペンちゃんを愛する会』の人、ですよね」

「そうだよ。ペンちゃんは早く保護しなきゃならないとずっと言い続けてきたけど、どんどん状況が悪くなっている。今、焦っているんだよ」

逆光でぼやけていた男の顔がだんだんはっきり見えてきた。エラの張った厳《いか》つい顔に、小さなしょぼしょぼした目。口調のとおり優しそうな人だといえば、たしかにそう見える。いつかテレビで見た後ろ姿のシルエットにも似ていた。

「野生動物は、野良猫とは違いますよ」と脩は言った。落ち着いてはっきりした声だった。どこか別のところから響いてくるみたいだった。

「それに、この保護区は立入禁止なんです。区の許可をとらないと入れません」

これは我ながら滅茶苦茶な理屈だ。だって、脩たちだって別に許可なんてもらわずに勝手に入り込んだわけだし。

一瞬、男が怯んだように見えた。視線が脩を外れて後ろの方に向けられる。

トンと肩を叩かれた。手嶋がビデオカメラを構えたまま、となりに並んだ。「これを忘れちゃだめだろ。最大の武器なんだから」とささやく。

男は気を取り直したように大きく息を吸い込んだ。

「それはね、そうなんだけど。今は緊急事態だから。事後承諾してもらうしかないと思ってるんだよ。とにかく保護が必要な動物がここにいるわけなんだから」

「じゃ、こうしましょう」脩はやけに明るい声を出した。手嶋のカメラを意識してのことだ。

「ぼくたちはここを担当します。本当に緊急なのはパペンの方だから、みなさんは桜川や野川を捜してください」

「でも、ここにパペンが戻ってくることもあるし」

「だからぼくたちがいるんです。ぼくたちはパペンが戻ったら、水族館に連絡するつもりです」

男は困ったように目尻を下げる。

「でもね、マペンとヒナたちだって、早めに保護した方がいいわけで、今、ぼくたちがそのために一番近くにいるのも事実なんだよ。わかってくれないかなあ」

　脩は返事をしなかった。

「動物には生き延びる権利があるんだ。ペンちゃんに関しては、だれかが南半球からここに連れてきてしまったってことは間違いないわけで、もう野生動物だとは考えてはいけないんだよ。つまり、生き延びる権利はぼくたちが守ってやらなきゃならなくなる。だから、できるだけ早く保護しなきゃならない。人道的に扱わなきゃならないってことなんだ」

「人道的って、人間らしい、扱うってことですか。ペンギンたちは、人間じゃないですよ。野生動物らしく扱ってあげたほうがいいと思うけど」

「もちろんそうだよ。でも――」

　脩は言葉をさえぎった。

「コンタクト・コールって知ってますか」

「なにそれ」

「オスとメスが鳴き交わすんです。例えば片方が巣にいる時、近くまで戻ってきたパートナーがホーッて声をあげて、巣にいる方もそれに応えるんです」

「へえ、なかなか美しい習性だね」

「だから、マペンはここにいた方がいいんです。パペンが帰ってきてホーッて鳴いても、返事がなかったら警戒して帰ってこないかもしれないでしょう」

男はぽかんと口を開けた。

「ペンギンを助けるって言うんだったら基本的な習性くらい調べるべきでしょう。こんなこと本を一冊読めばわかることですよ。ハラディに言っておいてください。とにかく鳳凰池はぼくたちが守るからパペンのことは任せたって」

男の顔に微妙な表情が浮かんだ。「ハラディ」という言葉を言った瞬間だ。脩は急に心配になって、返事も待たずにくるりと背を向け歩き出した。

「ゴム丸は？」と手嶋に聞く。

「テントの中で寝てる。ちょっと疲れているらしい」

「急ごう。この間にハラディが仕掛けてると困るし」

「愛する会」の男の顔に浮かんだ微妙な表情。それは焦りというか、戸惑いというか、とにかく脩たちを理屈で丸め込んで、なにがなんでもここに入らなければまずいという気持ちのあらわれに見えた。それで脩は心配になってしまったのだ。たぶん、彼は本当にペンちゃんのことを心配しているのだけれど、鳳凰池に入りたがっているのは決してそのためだけじゃない。

ハラディはペンギン救出のドラマを演出したいと思っていて、「愛する会」の男もなにかを言い含められているのに違いなかった。最悪、脩たちを正門に引き付けて、別働隊がすでに侵入してるなんてことだって考えられた。

オギの群落の中で目を閉じているマペンを確認して、一安心。まだ誰もここには来ていない。急に雨足が強くなってきたので、全員でテントに入った。ゴム丸は液晶テレビをつけっぱなしにしたまま、小さないびきをかいていた。

画面には暗い川面に懐中電灯の光をあてている人たちの姿が映っている。「ペーンちゃーん」と大声をあげながら、「ファンクラブ」のお年寄りたちが雨合羽を着て、パペンを探しているのだった。大部分がおばあさんで、少しおじいさんも混じっている。野川か、それとも桜川か、コンクリートで護岸された小さな川だった。

「きっくんありがとう」タオルで髪を拭いながら、河童が言った。「ぼくは、テレビカメラがここに入ってほしくないんだ。変に有名になったら、今みたいに静かな鳳凰池じゃなくなっちゃうみたいな気がして」

「なら、きっとペンギンなんて来なかった方がよかったんだな」

手嶋はさりげなく言ったけれど、脩ははっとして河童を見た。脩はこれまでそんなふうには考えてもみなかった。たしかに河童は、ペンギンが鳳凰池の自然のバランスを崩すかも知れないって心配していて、そう考えたとしても不思議ではない。

「それは微妙。最初はそう思ってたけど、今じゃ情も移っちゃったし」河童はさらりと言う。

「そうは言っても、ここで繁殖して、ペンギン一家がどんどん増えても困るだろ」

「そうだね。鳳凰池が、ゴム丸君が言うみたいにペンギン池になっちゃうね。でも、とにかくゴンとミクロにはちゃんと大人になってほしいよ。やっぱり、ここに来たのって縁なんだって思うし」

「ふうん、河邑って、心が広いんだな。自分の庭が荒らされてるって見方もできるのにな。それに、さっきの『愛する会』の奴だって、河邑なら菊野に任せなくてもこてんぱんにできたんじゃないか。あいつ、頭の回転はイマイチっぽかったし」

「思ったんだけど、あの人、悪い人じゃないんだよ。話を聞いていたら、ここに入れちゃいけない理由がむしろわからなくなって、それで困っちゃって」

「彼は、きっとすごく正しい人なんだよ」

脩は話題が変わったことになぜかほっとしつつ、会話に割り込んだ。

「でも、正しいことがいつもよいことってわけじゃないんだよ」

ほう、というふうに手嶋が口を丸める。

これは喇叭爺が言ったことそのままだった。意識しないままに、口をついて出てきたのだ。

でも、それでひとつ納得。「愛する会」の男の顔を見た時に嫌な気分になった理由。

それは、キャサリンと関係している。彼女は「動物の権利」だとか「動物の福祉」だとかいったことを、とても大きな声で、淀みなく述べ立てる。二五〇グラムの大きなステーキを食べながら、その肉がどこから来たかも考えないで、平気で話す。キャサリンは正しいけど、でも単に正しいだけだ。その時の彼女と、あの男の話し方がとても似ていると脩は感じたのだ。

「菊野って、サドだよな。そのいい人を、結構、いたぶってた」またも手嶋。

「そうかなあ。あの人にはキツイことを言ってたけど、きっくんはいい奴だよ」

河童に擁護《ようご》されて、脩は逆にショックだった。

「とにかくきっくんはすごいよ。相手が大人でも怯まないもんね。ぼくはうらやましい」

これも誉められているのだけど、素直には受け取れない。大人相手でも怯まないのは、父さんと一緒に旅してきて同年代の友達よりも、大人と接する方が多かったからかもしれないし、これって恵美さんに言わせれば「すれている」ってことになる。

手嶋が、くくくと笑い、それからしばらく、みんな無言になった。

電池が思ったよりも早く切れそうになったので節約するためにテレビをいったん消すと、雨の音がヴォリュームを上げたみたいに迫ってきた。

真っ暗だ。

テントの内と外もわからないくらい。

「夜ってこんなに暗いんだなあ」と手嶋。

しみじみ、というか、すごくしおらしいかんじがして、脩はびっくりした。

「こわい?」

「まさか」

「じゃ、家のことが気になった? そうだ、今頃、すごく心配しているはずだ」

時間は夜十一時過ぎだった。

「いいんだ」手嶋は吐き捨てるみたいに言った。「どうせいつまでも母さんのためにいい子じゃいられないんだから」

続く闇の中で、脩は膝を接した手嶋がずっと震えているように思えて、ただ黙っていた。そうしていると、その震えが脩にも伝染してきた。闇が怖いというわけではない。むしろ、暗がりは脩を鳳凰池を包む大きな闇の繭につなげてくれるから心地よい。そんなことよりも、ここから先、自分がどこへどうやって行くのかって漠然と考えたりして、息苦しくなるほどだった。


十二時を回ったあたりで、またテレビの電源を入れた。

ますます雨足が強くなって、テントの中は滝に打たれるみたいな轟音で、音量を最大にしなければならなかった。歌がヘタクソな年配の元アイドルたちが、父さんだったら涙を流して喜びそうな古い歌謡曲を歌う「歌でつなぐ心のたすき」のコーナーと、広島のあたりを走っているらしい百キロマラソンの中継が交互にあって、ペンちゃんのことはまったく触れられなかった。

「熱い」と声がしたのは、元アイドルが「真夏の海は〜、恋の季節なの〜」と歌った後の間奏の途中だった。

ゴム丸が薄目を開けていた。

「そりゃそうだね。そろそろ、また見張りに出ようか」と脩は言った。テントの中は四人分の熱が立ちこめていて蒸している。相変わらずの土砂降りだけど、長い間、外を見ないのも不安だったし、そろそろ見回りをしておいた方がいいとも思った。

脩が外に出ようとすると、「熱い」ともう一度、ゴム丸が言った。

汗がとてもたくさん出ているのに気づいた。

「きっくん……ゴム丸君は熱があるみたいだ」

顔半分をテレビの液晶に照らされた河童が、ゴム丸の額に手を当てていた。

「家には帰らねえぞ。ここで帰ったら意味ないじゃん。絶対に帰んねえからな」

「薬、のむ？」と河童。

「いやだ。ぜったいいやだ」

「普通の解熱剤とか、ぼくが家に行って探してくるから」

「なら、もらう」

河童が駆け足で自宅に戻って、ものの五分もしないうちに風邪薬の瓶を持ってきた。薬局で売っている普通のやつだ。薬を飲み干し、今度は「寒いな」と言う。体中が冷や汗でぐっしょりしていた。ゴム丸の体をタオルで覆って温めてやるしかなかった。

誰も家に帰れとは言わなかった。それは、みんな事情は違うとはいえ、ゴム丸が言うとおり「ここで帰ったら意味ない」と思っていたからだ。ゴム丸は「薬、きかねえぞ」と毒づきながら、熱くなったり寒くなったりを繰り返した。


全体の見回りと、マペンの観察を再開。

まず脩が見回りを引き受けた。鳳凰池のまわりの民家は完全に寝静まっているみたいだ。雨と風の音以外聞こえない静けさで、脩は鳳凰池を包む薄闇の繭をまた実感した。一周するとテントの中の灯りも落ちて、静かになっていた。ビニールシートから離れた鳳凰池の水際で、河童が膝を抱えて水面を見ていた。

声をかけようとして、脩はためらった。

なんとなく様子が変だったから。いや、変というよりも、神秘的というか。

河童は靴を脱いで、両足を池の中に突っ込んでいる。足のまわりに小さな青白い光が集まっているように見えて、脩はなんども目をしばたたいた。

もちろん脩がよく知っている河童なのだけれど、どこか違う。池の水がすーっと盛りあがって人の形を取ったみたいな、不思議な透明感があった。それを侵しがたいほど美しいと思った。

雨の音に混じって、囁くような声が聞こえてくる。耳を澄ますと、河童が水面に向かって話しかけているのだ。内容までは聞き取れず、でも、声がその豊かな水の表面に届くたびに、すーっすーっとなにかが水の下を通るみたいなかんじがして、脩は突然、背筋に冷たいものを感じた。

侵しがたいほど美しいって、それは、その裏にどこか怖いところがある気がする。

脩は結局、声をかけなかった。いや、かけられなかった。素通りしてもう一度周回する間、鳳凰池も木立も、どことなく脩にはよそよそしかった。

鳳凰池をめぐる薄闇の繭の中心は、この瞬間、間違いなく河童だった。


二時すぎ、相変わらずゴム丸はうなされ、そのとなりで脩は仮眠を取るために横になった。

つけたままのテレビには、久しぶりにペンギン関連の生中継が入った。

雨は一時に比べれば弱まったけれど、こんな深夜になっても「ファンクラブ」のお年寄りたちはパペンの捜索を続けていた。

「ペンちゃーん」と呼ぶ声が痛々しくて、切なくなった。がんばっているお年寄りもそうだけど、ただ待ち続けているマペンと二羽のヒナたちのことを考えるともっともっと胸締めつけられた。三羽はひたすら待っている。雨がやむのを。そして、パペンが帰ってくるのを。

三時頃になるとなんとなく東の空が明るくなってきて、ゴム丸が急に体を起こした。

「見回り、変わるよ」と言う。

その時は外を回っていたのは手嶋だ。河童は相変わらずテントの外で見張りで、脩はごろりと横になったまま眠れずにいた。

「無理だよ」と脩はいさめた。

「座ってるだけの見張りならできる」

立ち上がろうとして、体をよろめかせる。飛び起きて支えた脩がびっくりしてしまうくらい、ゴム丸の体は熱くなっていた。

「ほら、無理だ。ゴム丸は、いざって時まで寝てるといい」

「でも、キク、バカにしてんじゃん。おれが自分がやったことに責任とれないって思ってるんだろ」

「そんなことないって」

「いや、いいんだ。キクに言われたことは全部本当じゃん。おれ、なさけなくってさ。このままじゃ、ダメになりそうだってマジで考えちゃって」

　脩はなにも答えずに、ゴム丸の体を横たわらせた。

「逃げてちゃだめなんだなと、思うんだ。な、そうだろ、キク。おれいろいろなものから逃げすぎてきたもんね」

「逃げてなんかないよ」脩は大きな声を出した。「逃げてるのはぼくの方だ。ゴム丸は、海野にだってちゃんと立ち向かってるじゃないか。この前言ったことは、ぜんぶぼくが悪かった。カッとして思ってないことまで言ってしまったんだ」

「キクは謝るなよ」

　ゴム丸は怒っていた。ただ脩にではなく、自分自身にというようなかんじで歯を食いしばっていた。

「言われたことは本当だって。オレにだって意地があるじゃん」

　そして、鋭い動作でテントから顔を出し、「おい、河童」と大声を出した。

「あれ、もってきてくれよ。このままじゃ、しょうがねえじゃん」

「あれって……」戸惑い気味の声が返ってきた。

「きゃはっ、あれだよ、あれ」

「まさか……メメズ？」

「悪いか。メメズだよ。早く持ってきてくれ。どうしてもなおんなかったら、飲むっきゃねえじゃん。いや、まだ飲むって決めたわけじゃないぞ。ただ、手元においときたいんだ」

河童が走っていく音が聞こえてきた。なんか今夜は河童はゴム丸の使い走りみたいだ。ゴム丸がまた横になったので、脩もそのとなりで目を閉じる。しーんとした雰囲気が染みこんできて、脩はやっと頭の芯の方に眠気を感じ始めた。でも、すぐにまた足音が響く。河童にしてはさすがに早すぎたから、手嶋が帰ってきたのだと思った。

「おーい、菊野、出てこいよ」

その声に脩は体を固くした。

「おれが出る」

ゴム丸が脩を押しのけて、よろめきながらも立ち上がった。

「あいつだけは、逃げちゃいけねえじゃん。きょうここでやっつけてやるからな、きゃはっ」

脩とゴム丸が腰をかがめて外に出ると、海野がやたら偉そうに腕を組んで見下ろしていた。両側に加川と山岡を従えているのはいつもと同じ。

「おれたちの邪魔すんなよな」

「邪魔してるつもりはないけど」

脩は一歩前に出て答えた。情けないことに膝が震えた。でも、ここは引けない。

「せっかくテレビに出て有名になりかけてんだからさ、ここはひとつ暖かく見守ってくれよ」

「それで俳優になるとかまた言うわけ？　目を醒ました方がいいよ。海野はハラディに操られてるんだ。バカみたいだ」

「原さんはいい人だぞ。おれたちのことをシンライしてくれてんだ。おれには芸能人になる素質があるって」

「ハラディが起こしたやらせ事件って知ってる？　多摩川でカヤックを沈させた時、あの艇はハラディが用意してくれたものでしょう。つまり、あれもやらせじゃない」

「いい加減なことを言うな！」

海野が腰を屈めると、脩は震えていた膝が笑ってしまい、その場に座り込みそうになった。

ふっと目前に影が立ちはだかる。ゴム丸だった。

「キクー、こいつになに言っても無駄じゃん。おれにまかせとけって」

そう言いながら、ふらりとよろける。

海野がぷっと噴き出した。

「おまえ、それで勝とうっての？」

「いつも言ってるじゃん。海野なんかには、おれひとりで充分」

「また、しょんべんひっかけられたいのかなあ。デブ丸君は、頭悪いんじゃない？」

ゴム丸はもう挑発には乗らずに右手を前に差し出した。手にはピクルス缶。どろりとした液体が中でちゃぷちゃぷ揺れている。

え？　いつのまに？　と思って振り向くと、息を切らせた河童が後ろに立っていた。

「これなにかわかるか」

海野が「え？」というふうな表情をつくり、一歩進んで顔を寄せた。手に持っていた懐中電灯を近づける。

「げっ」と声をあげた。

「そうだ、気持ち悪いだろ。これはミミズだ。鳳凰池で採れた栄養満点の特大ミミズだ。多摩川から分かれた野川から分かれた、桜川流域人がずーっと特効薬として飲んできたミミズだ。パペンとマペンだって、ミミズを食った魚を食ってゴンとミクロにやってたんだ。いいか、見てろ」

ゴム丸は瓶の蓋を開けて、大きく深呼吸すると口をつけぐいと飲んだ。口の端から一筋、茶色の液体が流れ落ちた。

腕で口をぬぐい、半分くらい液体が残った瓶を海野に差し出す。

「どうだ飲むか」

蓋を閉めてから、海野に向けてふわりと投げてパスした。ゴム丸が鋭い動きで海野は怯んで一歩後ずさり、その足もとに瓶がどさっと落ちた。前に出て足を払った。たったそれだけで、海野は尻餅をついた。

「まったく、のろいじゃん。運動神経ないんじゃない」

興奮したゴム丸に、加川と山岡が飛びかかろうとする。

「菊野！」と鋭い声。

手嶋だった。周回から戻ってきた手嶋がダッシュして、山岡を背中から羽交い締めにした。

「菊野も、加川を！」

脩は体がすくんでしまって、最初の一歩を踏み出せなかった。

加川は、ゴム丸の後ろに回り込んで体当たりしようと腰を沈めた。いつかと似たようなシーンだ。これを決められてしまうと、今度はゴム丸がバランスを崩し、立ち上がった海野にいいようにやられてしまうのだ。

加川がなにかにつまずいた。いやシャツを引っ張られたのだ。

なんと、河童だった。河童の左手がかろうじて、シャツの端を摑んでいる。

河童の顔が苦しそうにゆがむのが見えた。そうだ、河童の左手は動きが悪くて力も弱いのだった。

ぼくがやらなきゃ、と思った。すくんでいた足に力がみなぎるのを感じた。思い切り強く跳躍し、加川に体当たりをくらわせる。そのまま背中に馬乗りになって、腕をねじ上げた。これは手嶋が山岡にしているのの真似だけど、思った以上に効果的だった。

あとは海野とゴム丸の一騎打ちだった。本当なら手嶋が出ていけば、海野なんてひとひねりなのに、手を出そうとしなかった。

ゴム丸はわざと蹴りを休んで、海野を立ち上がらせた。そして、海野が動き出す瞬間を捉えて足を払う。すっころんだ海野が立ち上がるとまた足を払う。そんなことを幾度も繰り返した。それがあまりに規則的に起こるので、ふたりがダンスを踊っているように見えたくらいだ。

やがて、海野は尻餅をついたまま立ち上がらなくなった。

「海野ってさあ、本当は鈍いじゃん。ひとりじゃ勝てないって、自分でもわかってたんだろ。体大きくて筋肉があっても、のろけりゃ仕方ねえじゃん」

「うるせ……」

海野が最後まで言い終える前に、ゴム丸は腹を蹴り上げた。いつかゴム丸がされたみたいに。海野が体を折り曲げて、苦しがっているのを見て、きゃはっと笑う。

もうそれくらいにしとけば、と脩が声をかけようとした瞬間、ゴム丸はズボンのチャックを下ろしていた。

「ゴム丸君！」河童が鋭い声で言った。「それはダメ。同じことをやり返しても仕方ないよ」

「じゃ、どうしろってんだよ」

ゴム丸が地面を蹴ると、つま先が転がっていた瓶を偶然ひっかけた。中の液体を揺らしながら、くるくる回転する。

ゴム丸は拾い上げて蓋を開けると、海野の口に押しつけた。

「おれが強いのはミミズパワーじゃん。海野も飲めよ。うまいぞ。クセになるぞ。おれも仲間が欲しかったからさ」

ひっ、と声にならない声を出して、海野は後ずさった。相当、嫌らしい。

「飲まなきゃ解放してやんねえぞ。こんな朝早く家を抜け出して、家の人、心配してんじゃねえか。ほら、家に帰りたかったら飲め。じゃないと今度はションベン飲ますぞ」

ゴム丸は有無を言わせず、海野の口に瓶をねじ込んだ。激しくむせながら海野は流し込まれたものを飲み込んだ。口の端から、形が崩れていない膨張したミミズがでろりと垂れた。

ゴム丸はとうとう海野に勝った。

脩は半べソをかいた海野をはじめて見たし、山岡と加川が今度はなにをされるかビクビクしているのもよくわかった。

三人は正門の上から飛び降りて鳳凰池に来たという。だから帰り道がない。仕方がないから河童の家を通って帰ってもらうことにした。もちろん、「二度とペンギンのことでハラディに協力しない」と約束した上で。

「フットサルの試合でもそうだが、亀丸はフットワークだけでいえば海野よりずっと上だ。一対一でケンカすればそうは負けない。海野は楽なケンカしかしてないから、ガタイを活かせてない」というのが手嶋の解説。

ゴム丸は得意の絶頂だった。熱があるせいかいつもより激しくぴょんぴょんジャンプした。

そして、ゴム丸の勝利はカワガキ隊の勝利だった。ここまでのところ連戦連勝でハラディの一党を押し返したことになる。そして、マペンとヒナたちを護り通した。

満足してもよいはずだった。でも、気持ちが晴れるというわけにはいかなかった。なぜなら、パペンが帰ってこないから。

夜が明けるとまた雨足が強くなり、四人全員がテントの中で額をつきあわせた。テレビを見ながらこれから先のことを話し合わなければならないのに、そういう気分にもなれなかった。

テレビがパペンの捜索についてかなりまとまった時間放送したのが、午前九時すぎ。

徹夜で目が腫れぼったくなった丸顔の司会者が、「今、入った情報です」とうわずった声で言った。

「巣の場所が地元の人の情報からわかったそうであります。そこはちょっとした保護区になっておりまして、立入禁止ということですので、今、役所に許可をもらった上で中に入ってみたいと思います。パペンははたして巣に戻っているのでありましょうか。先行きの目処《めど》がたち次第、またお伝えすることにいたします」

無言のまま、全員で顔を見合わせた。

こうなったら、もう逃げられない。いや、もともと、これもハラディの「演出」なのかもしれない。だとしたら、やっぱりハラディは脩たちなんかよりよほど上手《うわて》なのだった。

脩は電池が心配でしばらくオフにしていた携帯を取りだして、メモリーから鈴木さんの番号を選んだ。

鈴木さんはペンギンの飼育場にいるらしく、後ろからガッガッとうるさい声が響いてきた。事情を話すと、嚙んで含めるように言った。

「上と話をつけて、そっちに行く。テレビ局のいいネタにされたり、変な団体の施設に入れられることだけは避けたい。後二時間、なんとかがんばっていてくれるかい」

「わかりました」と脩は答えた。

いよいよ、この場所の秘密を解き放つ時が来た。どうせ手放すなら、より安心できるところに保護してほしい。それが自然な考えだった。いや、鈴木さんたちは、ヒナのことを考えて、パペンの治療も鳳凰池の中でしてくれるかもしれない。とにかくパペンが帰ってくれれば、マペンが川を下り、それからしばらくはヒナを抱きながら養生できるのだから。

とにかく、二時間、だった。それで脩たちの役割はおしまいなのだった。淋しいなんて思っている余裕もなく、どうやってしのごうかと考えるだけで頭が一杯だった。

外に出て用を足した河童が、大声でみんなを呼んだ。

慌てて飛び出した脩たちは目を瞠った。

「戻ってきたんだよ。池が戻ってきた」河童が柄にもなく興奮している。

指さす先で、鳳凰池の輪郭がいつもよりもふたまわり以上大きくなっていた。池の両側に大きく張り出した部分が翼のようだ。

「フェニックスの翼……」脩はつぶやいた。

「そうなんだよ。これがもともとの鳳凰池なんだよ。オギの群落も半分水没してて……」

言葉を途中で切って、河童は「あ」と言った。そして駆け出した。水びたしになったオギの群落をかき分けながら、ペンギンのいるあたりに近づき、脩たちを手招きした。

巣の目前まで水が迫っていた。この場所はちょうど鳳凰の翼の下に抱かれているみたいな位置なのだ。まだ水没していなくてほっとしたけれど、よく見ると巣のくぼみにも水が半分くらい溜まっていた。マペンの腹の下で縮まっているゴンとミクロも、顔をふるふる震わせていた。

どうしよう。

パペンの帰りを待っていることなんてできない。待っていたらヒナたちが危ない。そう思った時、突然、マペンが閉じていた目を開けた。

体を伸ばして、ホーッ、という声をあげる。何度も何度も繰り返す。

返事はかえってこなかった。

マペンはゆっくり、立ち上がった。

まるで時間の流れがそこだけ遅くなったみたいなスローモーション。

体を一際強く震わせて雨粒を弾き飛ばし、今や大きくなった鳳凰池に身を投げる。

羽づくろいをしてから、すーっと泳ぎ、巣のあたりと、排水管の方を行ったり来たりする。

何度目かに排水管に近づいた時、するりと身を滑らせて流れに乗った。方向転換しないでそのまま進む。

え？　どうしたの？　と思っているうちに、破れた網から排水管にするりと滑り込み、姿を消した。

しばらく、全員が無言で待っていた。

すぐにマペンは帰ってくるのではないか、と。

雨の音の隙間から、ヒナたちのちーちーという鳴き声が聞こえてきた。すごく切なくて、胸を掻きむしりたくなるみたいな声だった。

脩たちは、現実を認めるしかなくなった。

マペンは行ってしまったのだ。

水浸しになった巣の中で、ひたすらかぼそく鳴き続ける二羽のヒナを残して。

「どうするよ」とゴム丸が泣きそうになって言った。

パペンもマペンもいなくなった鳳凰池。

ゴンとミクロは剝き出しで、たぶんこのままじゃ死んでしまう。

なぜか圧倒的な水のイメージが迫ってきた。ハンノキの林も、オギの群落も、たくさんの野草も、池の中のオババやタナゴやモツゴも、ぜんぶ水のイメージと一緒になって頭のなかで逆巻いていた。

脩は河童の横顔を見た。ぞわっと肌が粟立った。

瞳の中になみなみとした水をたたえるような深い深い目が、焦点なんてはっきりと合わないまま、鳳凰池のすべてを包んでいた。ちょうど夜の間、薄闇の繭がこの保護区を包んでいると脩が感じていたのと同じように、河童はぼんやりした目でこの場所を一抱えにして、決して動じない。さっきひとりでマペンを観察していた時の河童の背中の近寄りがたいかんじを思い出す。

ユーコンではじめてひとりきりで野生のグリズリーと見つめ合った時。

あるいはアマゾンで、木から垂れ下がった大蛇にずっと見つめられていたと後から気づいた時。

そんな時の感覚と似ているかもしれない。でも、微妙に違う。グリズリーや大蛇が問題なんじゃなくて、その後ろ側にある川や森やすべてのものが、語りかけてくるようで、脩にはそれが聞こえないこともわかっている、というような感覚。ただ、ぞわぞわと肌に伝わってくるなにか。

ここはペンギン池じゃない。鳳凰池なんだ。

今さらながら、脩は強く思った。

保護区としてはあまりにも小さくて、自然だなんて呼べないと脩はどこかで感じていた。

でも違うのだ。鳳凰池は小さくても、多摩川や桜川の昔の姿に繋がっている。

桜川の本流からオババドジョウが去って池に残されたのと同じように、追いやられた川の魂がここに逃げ込んで、今も息づいているのかもしれないとさえ思う。だとしたら、その川の精というのは、たぶんカッパみたいなもので、つまり……。

無言のうちに、河童がひとりで動き出している。巣の前で膝をついて、手を差し伸べた。

「痛っ」と鋭く言って手を引っ込め、そこで、魔法が解けた。

河童は突っつかれた指先をちろりと舐める。

まずは脩が、そしてゴム丸と手嶋が、ばしゃばしゃと水をける足音を立てて河童の立っている場所に詰め寄った。

第十七章　パペン

二羽はもう随分大きなヒナになっていて、よくパペンがやるみたいに横を向いた状態で河童をにらみつけている。一人前のつもりなのだろう。そのくせ、時々、自分たちがヒナだと思い出したかのように、ちーちーと鳴く。

体の大きなゴンの方が、フリッパーを開いて身震いするような仕草をした。やけに可愛げがある動きだった。

ゴンはミクロよりも、ずっと重たそうなので一目で区別できる。遠くからはか細く聞こえていた声も、近くでは元気で勢いがあった。

脩は河童のとなりにしゃがみ込んでゆっくりと手を差し伸べた。

ゴンは不思議そうに首を傾げながら、大きなクチバシを開けた。食べ物でももらえると思ったのだろうか。

「あ、不公平だよね。ぼくには嚙みついたくせに」河童が指先をさすりながら言った。

脩は答えずに、ゴンのクチバシの中を覗き込んだ。ちょうど釣り針の「戻し」のようなささくれた突起が無数についていた。飲み込んだものを戻したりしないように、なのだろう。とにかく、食べるものを吐き戻したりして、無駄にはできないのだ。それだけ、ヒナにはたくさんの食べ物がいる。

そうか、マペンはヒナたちを捨てたのではないのかもしれない。ヒナが大きくなると食欲がすごくなるので、両親ともに外に出て餌を採るようになる。その間、ヒナは二羽だけでひたすら待っている。マペンはちょうどその時期が来たと思って出ていったのかもしれない。

「なんだそれ、咳《せき》みたいじゃん」とゴム丸が言った。

脩はもう一度、ヒナたちの様子を見た。震え方になんとなく周期があるのに気づいた。細かく震え続けて、やがて大きくブルブルと痙攣し、最後にコッコッと吐き戻すみたいな音を立てる。咳みたいだといわれれば、たしかにそうだった。

「これ、やばいよ、キクー」

「どうする？　菊野」

手嶋にまでそう聞かれて、脩は自分が決めなきゃならないのだと知った。

「保護する」脩は言った。

一応自分としては思い切って決断したのだけれど、言葉は素っ気なく。

どのみちこの雨の中でほうっておくことはできない。ヒナには保温が大事なのだと鈴木さんも言っていた。テントの中で、乾いたタオルを使って温めなきゃならないのかもしれない。

しゃがみ込んで、まずはゴンを両手ですくいあげた。

ゴンはびっくりして、ひどく暴れた。脩は自分の胸に抱え込むようにして、なんとか押さえ込んだ。今度は指先を突っつかれて血が出たけれど、気にならなかった。ペンギンのヒナの重みと温もりを掌に感じて、脩は妙に感動してしまったのだ。でも、同時にゴンの体の震えが強くなるのも感じる。人に捕まるのがとんでもないストレスなのは想像しなくてもわかる。

河童が辞退したので、ゴム丸がミクロを大騒ぎしながら抱き上げて、全員でテントに戻った。とりあえず、暴れるのを押さえ込み、全身をタオルで拭いてしまう。やがて観念した二羽は、抵抗するのをやめた。ものの五分もたたずに、綿羽が乾き、震えも小さくなった。でも咳は相変わらずだった。特に体の小さなミクロの方はひどくて、息を吸う時にもぜーぜーと喘息のような音がした。

ゴム丸は、それをひどく心配した。ミクロを膝に載せて、腹で覆い被さるようにして温めた。「おれがマペンのかわりになるしかないじゃん」とか言いながら。

そう宣言されるとゴム丸のたるんだ腹は、ヒナを温めるのにぴったりに見えてきた。

鳥は人間よりも体温が高いけれど、今のゴム丸はそういう意味でも鳥並なわけだし。そのことを指摘したら、ゴム丸はニヤリとして「おれが熱を出したのはそのためじゃん」と言った。

鈴木さんが来るまであと一時間半。

それまでの間、テントの中で温めてやっていればいい。そうすれば、きっとうまくいく。

脩はそう信じた。

けれど、ただ待つことは許されないのだった。

河童が液晶画面から顔を上げ、「とうとう来た」と言った。

さっきまでドミノ倒し世界一挑戦の生中継をしていたのが、いつのまにか切り替わっている。

鳳凰池保護区の正門。それがゆっくりと開いていく。たぶん役所の人だ。「ファンクラブ」のお年寄りたちがまわりを取り囲んでいて、その中に例の「愛する会」の男の姿も見えた。みんなビニールの雨合羽を着ていて、小雨の中、ぞろぞろと囲みの中に入ってきた。このままじゃ、あと数分で全員ここにやってくるだろう。

画面の隅に小さくもうひとつ別の映像が出た。紫のシャツを着た海野だった。

「それで巣の様子はどうだったわけ」と司会者の声。

「パペンは帰っていなかったんです。でも、巣が水浸しになっていて、それで心配になっちゃって」

「そうか、だから、場所をわたしたちに教えようと思ったわけだね。みなさん、地元からの通報と言いましたが、実はそれはこのような小学生からの通報だったのであります」

海野は神妙にうなずいた。ようやく事情が飲み込めてきた。海野は武道館のステージに招かれて、司会者と話をしているのだった。さっきゴム丸にやられたショックなんて全然感じさせないし、結構立派にやりとりしている。

「あいつ、ただじゃおかねえ」とゴム丸。

セリフは強気なのに、言い方がぜんぜん弱々しい。海野に勝った興奮はとっくに醒めてしまって、ぐったり疲れているようだった。

「でも、今は逃げようぜ。きゃはっ、逃げるのが一番いい手じゃん」

もっともだけど、ちょっと間に合わないと脩は思った。河童の家に向かうには途中で、正門から入ってきた連中と鉢合わせしてしまうだろう。

「なにをしている！」と大声がした。テレビのスピーカーからだ。

いつのまにか喇叭爺がカメラの前に立っていた。ファンクラブと「愛する会」の捜索隊は、もう正門から少し入ってハンノキ林にかかったところだった。

「いったい誰が開けた。役所には届け出たのか。わたしはここの管理を任されている。

なにも話を聞いていないぞ」

さっき役場の人だと思った男が出てきた。

「これは区長の決断でして、ペンちゃんを助けるためならすぐに開けろ、と。とにかく時間がありませんので」

「川のものはカワガキどもに任せろ」

「は？」

「カワガキたちに任せておけばよいのだ。カワガキども、これを見ているか。見ているなら、川のものたちを守り抜け。そして、最後までおぬしらの川の名前を忘れるな。全国のカワガキどもに、おぬしらの心意気を見せてやれ」

川の名前を忘れるな。

まったくわけのわからないメッセージだった。でも、なんとなくやらなきゃって気持ちにさせられる。

「行こう」と手嶋が立ち上がった。ひとりでテントを飛び出して、「はやく！」と手招きした。

「行こうって、どうやって」

「出口はもうひとつあるだろ。まったく菊野はこういう時、トロいよなあ」

「そうか」と脩は言った。

　桜川につながった暗渠、というか排水管。あれを伝えばたしかに外に出られる。でも、脩がそのことを無意識のうちに無視していたのには理由がある。台風の雨で流れが復活しているから、今では排水管は元々の目的どおり水が通っているのだ。それってかなり危ない。それに、うまく通り抜けても、たどりつくのは増水した桜川だ。

　遠くから茂みを踏み分ける音が聞こえてきた。

「はやく！」ともう一度手嶋が言い、脩は立ち上がった。

　もうほかに方法はないみたいだった。

「ゴム丸はそのままミクロを、河童はゴンをつれてきて。ちゃんとタオルで包んで」

　指示を飛ばしてから、急いで排水管のところまで走っていく。鳳凰池から流れ出した水は小川となり、網のかかった取り入れ口に流れ込んでいた。網を枠ごと外して中を見ると、びしょ濡れになるのを覚悟すれば行けそうだとわかった。

　まずゴム丸がやってきた。続いて河童。あばれるゴンを取り押さえるのに苦労している。

　脩がまず飛び込んだ。流れ落ちる水に全身を打たれ、一瞬でびしょ濡れになる。おまけに思った以上に流れが速い。続いて飛び込んできたゴム丸に押されるようにして、脩は先に進んだ。こうなれば腰を落として滑ってしまった方がよさそうだ。ウォータースライダーみたいなものだし。

中は真っ暗だった。少し進んだだけで、目の前が見えなくなった。やがて、下の方がうっすらと白く色づき、はっきりとした光の輪郭になった。出口だ。

と思った時、ドンっとなにかが体にぶつかった。かなり大きくずっしりしたものだ。倚はバランスを崩して、排水管の口から転げ落ちた。桜川は増水している。もともと干上がって陸地だった部分もほとんど飴色の水の下だ。倚が落ちたところは、膝ほどの深さだった。

後からすぐにゴム丸が飛び出してきた。ゴム丸はなんとかミクロを守って、背中から水面に突っ込んだ。

「おい、倚、無茶するな」

上の方から声がして、オレンジ色のものが目の前にバサッと落ちてきた。ライフジャケットだった。それも子供用。

倚は上を見て、絶句した。

「林間学校のこともあるから、また無茶なことをやるんじゃないかと心配してた。手嶋君を焚きつけた手前、責任もあるしな」

「父さんがどうして……」

「息子の行動くらいだいたい読めるって。ハラディが正門から入ってきたらこっちに出てくるだろう。はやくライフジャケットをつけろ。四人分ちゃんと用意してある。川から上がれるところまで、一カ所、流れが速いところがある。万が一足をとられたら危ない」

　この頃になると、もう後続の河童と手嶋も桜川に降りてきて、脩と父さんの会話を、口をあんぐり開けながら聞いていた。父さんは愛用のＥＯＳ‐１Ｖを持っていて、川の中の脩たちの姿に向けて何度もシャッターのボタンを押した。

「そこ！」と河童が鋭く言ったのは、全員がライフジャケットをつけ終わった後だった。黒白模様のものがぷっかりと浮いていた。脩はさっき排水管の出口あたりでぶつかった大きな塊のことを思い出した。

　手嶋と一緒に引っ張り上げると、すぐに褐色のクチバシがあらわれた。脩の手が震えて、摑んでいたフリッパーを落としてしまった。

　脩は急にこみ上げてくる感情を抑えられなかった。大粒の涙がぽとりと落ちた。深夜、遠くにホーッというコンタクト・コールを聞いた気がしたのに、それを真剣に考えなかったことが、とんでもなく申し訳ないことに思えた。あの後、パペンはなんとか排水管に入り込んだものの、すぐに力つきて横たわったのだ。そして、上から滑ってきた脩がぶつかるまで、ずっと鳳凰池から流れてくる水に洗われていたのだ。

「おい、それ、ペンギンか」と父さんが上から叫んだ。

「そうです、パペンです」手嶋が叫び返した。

「生きてるのか」

手嶋が胸に手をあてた。眉間にしわをよせて集中する。なかなか答えない。

脩もじれて手嶋のとなりに手を当てた。

かすかに温かい。そして、弱々しい鼓動。

「生きてる！」脩は叫んだ。

そして、ひとりで排水管の中を駆け上がる。流れに邪魔されながらも、勢いで一気に。

オギの群落のところに人が群れていた。びしょ濡れの脩は、大声で「すみません」と言った。

振り向いた人の中に、昨晩、正門の上から説得しようとした「愛する会」の男がいた。

「ああ、きみ、ペンギンをどうしてしまったのよ。きみたちに責任がとれるのかい」

ハラディの裏返った声を無視して、男の手を取る。

「野生生物の保護ができるって言ってましたよね。一緒に来てください」と言って有無を言わせず走った。そのまま勢いで、排水管の中に滑り込む。水のしぶきの中、カメラが追ってこられないのはわかっている。

桜川では手嶋がパペンを抱きしめて待っていた。

「今、ここで見つけたんです。死にかけてます。助けてください」

この際なりふりかまってられないのだ。でも、男はずぶぬれになり、小さな目をしょぼしょぼさせた。

「ぼくは獣医じゃないし、こんな緊急事態は想像してなかったし……」

「施設までどれくらいかかるんですか」

「平塚だから一時間半くらいかかな。でも、契約してる獣医の先生が来られるかどうか」

俺は頭を切り換えた。やっぱりダメだ。「愛する会」は頼ろうにも頼れない。

俺たち四人は、男を無視して上流に向かって歩き始める。垂直にコンクリート壁が切り立っているこの場所では川から上がれない。急とはいえ斜面になっているセキレイ橋付近までほんの少しだけ遡らなければならないのだった。

でも、そのほんの少しが難しかった。

たった一回台風の雨が降っただけで、川は顔を変える。一番浅いところでも常に腿くらいの水位はあって、おまけに流れが速い。気を抜いたら足をとられてしまいそうだ。

奥多摩の渓流を思い出した。ひとつ違うのは、渓流ではあちこちに流れのない瀞場《とろば》があったけど、ここではそれさえほとんどないことだった。護岸された川って、一直線にとにかく水を早く流し去るための排水路として作られたと、河童が言っていたっけ。だから蛇行の多い自然の川と違って、どこもかしこも流れが速いのだ。

とにかく、もう桜川は桜川ではなかった。ちょっと臭いけれど穏やかで安心できる飼い馴らされた流れではなく、もっと荒々しくて力強いなにかだった。

河童がよろめいて、脩が支えた。

ゴム丸は熱でもともと足もとが危ないし、手嶋は大きなパペンを抱えている。

橋の下に青いシートがはためくのが見えた。喇叭爺が多摩川から遡ってきた時もこんなに豊かな水量だったのだろうか、とふと思い、それで、思いついた。

手嶋と目が合った瞬間、うなずきあって、ほとんど同時にセキレイ橋の方を指さしていた。

「みんな待ってて」と振り向いて言う。

脩はコンクリートの壁に手をつけ、水を蹴り上げながら進んだ。セキレイ橋の下の砂地は完全に水没していて、赤いビールケースもほとんど見えなくなっていた。あと三十センチ水位が高ければその上のカヌーは流されていただろう。でも、そいつは脩たちのことを運ぶために、そこにずっと待機していたかのようだった。

青いビニールシートを剝がすと、目の前にパペンがいた。自分がペンキで描いたものなのに、ドキッとした。このパペンは前を向いて、きりりとした顔つきだ。やはり、「頼んだぞ」と言われている気分になる。

河童が作ったパドルは少し短かったし見栄えは悪かったけれど、問題はない。カヤックのダブルパドルとは違って、片側だけで水を捉えるシングルパドルだ。急いで水に下ろして、飛び乗る。そのままパドルで舵だけを取って、待っている三人のところまで下っていった。

配置は手嶋が前に座って、脩は最後尾。脩が「船長」の立場になる。ふたりの間の中央部にゴム丸と河童がしゃがみこんだ。ゴム丸がゴンとミクロの二羽を腹に抱き、河童がパペンを抱いた。

父さんがカメラのファインダーから顔を離して叫んでいた。

「無茶すんなよ。五百メートルほど下れば階段がある。そこから上がってこいよ」

脩はパドルを上げて応えた。なんか嫌なかんじがしたけど、その時はまだ理由に気づかなかった。

シングルパドルの扱いに、手嶋が少し戸惑っているようなので、脩は自分の漕ぎ方を見てもらった。手嶋には細かい指導は不要。見れば、たいていのことは要領よくやってくれる。ほんの百メートル下らないうちに、様になってきたからやっぱり手嶋はすごい。手嶋には左右の漕ぎやすい方を漕いでもらい、脩は逆にパドルを入れてバランスをとる。

「あそこ！」とまたも声をあげたのはやはり河童だった。

少し下流、ちょうど排水管の出口の近くにすっくと立つ、白と黒の姿。

マペンが、かろうじて残っている川中島の頂点に立っていたのだ。

悲しげだとか、切なげだとか、そんなのは通り越して、ただこちらを見ていた。

パペンを助けてほしいとか、そういうことを訴えかけているわけでもない。ただ、そこに淡々といて、平坦な目で見ている。それはなんとなく河童の目を連想させた。

父さんが川沿いの道で、シャッターを押し続けていた。父さんはこういう時、本当に傍若無人《ぼうじゃくぶじん》なカメラマンになる。カメラは父さんの武器だ。ファインダーを覗き込んだら、父さんはその前でなにが起ころうと怯まない。でも、脩は今ははっきりと自覚する。さっきから父さんが写真を撮っているのが、すごく嫌なのだ。

どうしてなんだろうと思う。ぼくはこの瞬間を写真になんか残したくない。今、マペンとこうやって向き合っているというのに、ファインダーなんて覗いていたくないのだ。結局、父さんとぼくとの違いはそこなんだ、と不意に思った。

「こっちへおいで」脩は呼びかけてみた。大声で、でも、優しく。

マペンは、ほんの少し首を傾げた。

ゴム丸が大事に抱えているミクロを目の前に掲げた。

「おい、マペン、おれたちが子供たちを守ってんだぞ。一緒に来いよ」

自分のヒナがここにいるって、マペンはわかっているのだろうか。鳥には表情ってものがないから、なにも読みとれない。でも、ゴム丸には確信があるのだった。

「なあ、マペン」ともう一度、ゴム丸が言った瞬間、マペンは一歩前に踏み出して、体を飴色の水の流れに投げた。たちまち姿は見えなくなった。

「まかせた、ってさ。な、今、マペンがそう言ったじゃん。みんな聞いてたか」

熱のせいだと脩は思ったけど、口に出さなかった。だって脩だって、そんな気がしたからだ。

筏は順調に下っていく。

時々、ガツンと底を打ったり、白波の立つ流れの中で激しく揺れたりしながらも、全体としてはまったく危なげがなかった。バランスがよい優秀な設計なのだ。喇叭爺が自分で考えたのなら凄いなあと思う。その一方で、水漏れがないのは河童のていねいな作業のおかげだ。これはとなりで見ていたから、河童のことを素直に誇らしく思った。

目の前に段差が迫ってきた。別に滝のように落ちているわけではなく、川底の高さを調整するために斜面になっている。人がそこを滑ればウォータースライダーだし、船ごといけばディズニーランドの「カリブの海賊」だ。

「よーし、カワガキ隊いくぞー」となぜか手嶋だけがハイになっていた。普段だったら真っ先に気勢を上げるゴム丸はゴンとミクロを抱え込んで丸まったままだ。

手嶋は力強く漕ぐ。それで正解なのかもしれない。こういうところは勢いに乗って通り過ぎた方が、もしも下で渦が巻いていて「ストッパー」を作っていても乗り切ってしまえるから。でも、脩は手に汗をかいた。

筏の強度はどうだろうか。強くぶつけたらバラバラになってしまわないだろうか。河童はエポキシボンドでさんざん補強していたけど、あれって水漏れ対策以上の意味ってあるのだろうか。

心配する時間もなく突入し、うわーっと声をあげ、ふと気づくと無事に水面に浮いていた。

ふうっと息をして、河童を見る。河童は本当にいい仕事をしたんだなあって、感動したりして。

「おい見ろよ、ミクロが……」ゴム丸が言った。

ゴム丸の膝の上でミクロがぐったりと横たわっていた。ゴンの方は目を開けているのに、ミクロは目を閉じて、ハアハアと辛そうに息をしている。さっきは結構元気になったように見えたのに、やはり体力が落ちているのだろう。

「とにかく暖かくしてあげて」

今は鈴木さんの教え、「ヒナは温めろ」を実践するしかなかった。

ゴム丸がぽつり、「メメズを飲ましてみようか」と言ったのも却下。普段から食べているものじゃないから、飲ませて腹をこわしたりしたらたまらない。

すぐそこに階段が見えた。脩は艇を左側に寄せて止めた。

とんでもない提案をしたのは例によって手嶋だった。

「上がらないでこのまま下ろう。菊野の知り合いがいる水族館って、たしか河口にあるんだろ」

「そうだけど……」

「水族館にたどりつくまで道路が渋滞してたりしたら、シャレになんないだろ。川を下っていけば、結果的に一番早いんじゃないかな」

そのとおりだと思った。ただ少し危険なだけだった。

「多摩川って大雨が降ると暴れるって聞くよ。家とか流される大災害だってあったって、林間学校の時、ビデオも見たじゃない」

「何年に一度の大雨ってわけでもないだろ。もうほとんどやんでるんだし。それに、冒険するならこれくらいじゃなきゃ」

手嶋は言い出しっぺだけあって積極的なのだ。

「ぐちゃぐちゃ言っていないで早くやってくれ。ミクロが可哀想だろ」とゴム丸。

河童だけが無言だ。どことなく心ここにあらず。

「ねえ、河童はどう思うの」と脩は聞いた。

「……本当にこのカヌーで川に出るなんて考えてもみなかった。ぼくだって川を下ることはあるんだ。本当にそんなことあるんだ」

別に脩の質問に答えたわけじゃない。河童はただ自分に語りかけるみたいに、ブツブツつぶやいただけだ。でも、河童がそんなふうに言った時点で、脩の気持ちも動き始める。

「水をなめるとひどいことになる」

あえて脩は口に出して言った。

「なめてねえよ。キクがやばいと思ったらいつでもやめようぜ。とにかく行けるところまで行ってくれ」

「おーい」と声がして、脩は後ろを振り向いた。川沿いの道を早足で、父さんが追いかけてくるのを見つけた。

「上がるのを待ってくれ、すぐ行くから」

階段から脩たちが上がってくるのを撮影するつもりなのだった。

腹が立ってきた。父さんはいつも「ファインダー越し」だ。自然の写真を撮るのも、脩に接するのも、ひょっとしたら母さんと一緒にいた時だってそうだったのかもしれない。

脩はまた大きくパドルを高く掲げ、「じゃあ、出発!」と言った。

河口へ!

四人と三羽。カワガキとペンギンが乗ったペンギン・アドベンチャー号は、増水した飴色の流れに乗ってずんずん進み始めた。

第十八章　河口へ

いくつかの「カリブの海賊」を無事に切り抜けた。

手嶋のやり方が正しいのだと、これについてはわかった。とにかく怖れずに真ん中を突破すること。時々、船の底を擦ることもあったけれど、船体はびくともしなかった。

野川に出ると流れが少し遅くなった。逆に水量はたっぷりだ。もともと野川のこのあたりまでならカヌーを浮かべられそうだと思っていたから、浅瀬を警戒して神経を磨り減らすこともなくなった。

するとまわりを見る余裕も出てくる。

川に沿った道にたくさん人がいて、柵から首を突き出していた。

「おーい」と手を振るお年寄りや子供たち。

船首の手嶋が、大胆に手を振り返したりして、完全にゴム丸のお株を奪っていた。

上空にヘリが飛んでいた。

ハラディの会社のロゴが大きく側面に描かれている。「利用されている」んだなあと思う。二十四時間生放送の中で、脩たちのペンギン・アドベンチャー号が川を下る様子を追跡しているのだろう。

違う方向からもヘリのローター音がして、別の社のヘリも飛んできた。それも二機。

そうか、子供が傷ついたペンギンをつれて川を下るって、それだけでも結構ニュースなのかも。

多摩川との合流地点が近づいたところで、自然護岸になっている部分がある。そこで、警察官らしい制服の人たちが水面近くまで降りて手を振っていた。

「きみたちー、危ないぞー。ここから上がりなさい。危険だぞー」

手嶋が大きく手を振った。

「ありがとうございまーす。行けるところまで行きまーす」

まるでこれから近所の公園にピクニックに行く、というようなお気楽な口調だ。脩もなんとなく愉快な気分になってきた。

そうだ、鈴木さんに連絡しとかなきゃと思って携帯を鳴らすと、「おい、カワガキ隊って脩君たちなんだろ。まいったな。大騒ぎになってるよ。水族館を出る直前に知ったから、まだこっちでスタンバってる。でも、どうするつもり——」

脩は携帯を切った。それだけで充分だった。水族館で鈴木さんが待っていてくれさえすればいいのだ。だから脩は通話だけじゃなくて、電源を切ってしまった。もう誰にも邪魔されたくない気分だった。

　野川が多摩川に合流する地点で、田園都市線の橋の下をくぐった。ここの橋脚はパペンがよく休んで撮影されていたところだ。今はパペンは河童にしっかり抱きしめられている。目を閉じて、ほとんど息をしていないように見える。一刻も早く鈴木さんのところに行かなければ。

　川幅はいつもよりもかなり広く、飴色というかもっと深い褐色でなみなみと流れていた。濁流というほどでもなくて、川一杯になった水を坦々と下流に押しやっている。岸辺の風景がずんずんと動いて気持ちいいくらいだった。

　ここまで来ると俺たちは、さらに気を緩めることができた。川の流れは速い。たぶん時速十キロくらいは出ているはずだ。これは急流ってほどではないけど、ゆったりともとうてい言えない。でも、流木とか注意すべきものもほとんどないし、水深がある分、座礁の心配もない。

「ここから先、河口まで二十キロはないよ」と河童が言った。

　俺と手嶋が一生懸命漕げば、一時間では無理でも、お昼をまわった頃には到着する計算だ。今冷静になってみると、桜川ですぐに上陸して、そのままタクシーかなにかを使った方が早かったかもしれない。でも、もう始まってしまったことは仕方ない。

　河童がパペンを抱きしめたまま膝をついた。それから、自分の腰のウェストバッグをまさぐって、おむすびを四つ取りだしてみんなに配った。河童はこんな時、気配りの人だ。

それを食べると、すごくお腹が減っているのに気づいた。朝食をまともに食べていないのだから。喉も渇いているけれど、さすがに河童も缶ジュースまでは持ってきていなかったし、多摩川の水を飲むわけにもいかなかった。

「緊迫した場面ほどリラックス」と「食べられる時に食べておけ」というのは、父さんがよく言う言葉だ。緊張して視野が狭くなって、ガス欠が近いのにも気づけなくなると、事故を起こす一歩手前だそうだ。実際に、いくら気持ちに余裕が出てきたと言っても、脩は河童に言われるまで空腹に気づいていなかった。そういう意味で、おむすびの効果は絶大だった。

とにかく先を急ぎながら、日本で川下りをするってことは橋をいくつもくぐり抜けることなんだなあ、と実感する。先行きにいくつも橋が見えている。それらを少しでも早く通り抜けられるように、脩も手嶋もゆったりとした大きなフォームでパドルを動かし続けた。河岸から拡声器でなにかを叫んでいる人たちがいるけれど、それは無視。どのみち聴き取れないし。意外に緑が多い地域で、なんとなく和んでしまう。

「見て!」と河童が言った。

「ほら、パペンが」

脩は言っていることがわからなかった。でも、すぐに気がついた。薄目を開けているのだ。最初は死んでいるかと思ったくらいだったのに、河童がずっと抱き続けただけで息を吹き返したようなのだった。

「すげえーっ」手嶋が言って、口笛を吹いた。

脩もなんとなく腹の下あたりに力がみなぎるのを感じる。ぼくたちは間違ってない。すべてがうまく行く。

河童がまた独り言みたいにブツブツ、うつむき加減で言い始めたのは、第三京浜の橋をくぐった頃だ。風と水の音のせいで聴き取りにくいけど、脩はついつい聞き耳を立ててしまった。するとだんだん声が意味のある言葉として聞こえてきた。

「……結局、パペンのおかげでぼくはこうやって川を下るんだね。だとしたら、少なくともぼくにとっては意味があることだったのかな。ひとりじゃ川を下れなかったのはわかってるし」

河童はなんとパペンに話しかけているのだ。

昨晩、鳳凰池で河童がひとり池の面に話しかけていたのを思い出した。あの時はなにかわからなかったけれど、河童は鳳凰池の生き物たちに語りかけていたんじゃないだろうかと思った。

「とにかくぼくはひとりでは行けなかったからね。パペンには感謝しなきゃならないのかも。うん、大丈夫、きみを助けるよ。なんとしてでもね。きみはぼくを引き出してくれたんだからね……」

　途中からはもう聞くまいとしたのだけれど、脩はどうしても耳がそっちに惹きつけられてしまって困った。河童が言ってることって、なにを今さらってかんじだし、すごく後ろ向きで、ついこの前、脩が喇叭爺の部屋で河童を批判した時に感じた苛々に通じることなのだ。

「あーっ、うざいなあ、『ひとりでは行けない』なんて、人のせいにするなよ」

　口に出して言ったのは、脩ではなくて手嶋だった。脩も「そうだ、そうだ」と相づちをうちそうになった。

　本当に河童はどうしようもない。手の動きが悪いとか、みんなの目からは些細《ささい》なことを気にして、ぐだぐだ言ってるんだ。

「河邑はさ、もっとしゃきっとすればいいんだよ。前向いて、背筋伸ばして、しゃきっと」

　手嶋は河童と背中合わせだから、ことさら強く大きく言葉を発した。河童は脩の方を見たままきょとんとしている。

「そうか」とひとりでうなずいた。「あのね、行けないっていうのは、ぼくが行かないと決めてるからなんだよ。それを間違えないでね。きょうこうやって川を下って、それでますますそう思うんだ」

「どういうこと」脩と手嶋がほとんど同時に聞き返した。

「だって、ぼくがあの場所にいるってことと、遠くに行くってことは、結局同じことだと思うから」

河童の言い分は、この風と水の音の中で、変に説得力があるから不思議だった。

「川の名前を覚えてるでしょう。ぼくは鳳凰池で川の名前を持って、世界につながってるんだ。そうだね、ちょうど、インターネットにコンピュータをつなぐと世界がすぐそこにあるじゃない。川の名前も同じようなもんだなあって」

パペンを抱きながら、川と空との境界のあたりをぼんやり見つめつつ、河童はそう言うわけで、脩は河童の深い目にドキッとしてしまった。

河童の目の奥には底知れない世界があって、それにちょっと触れただけで、脩の頭の中にも別の世界が広がる。

脩は川の名前のことを思った。

大宇宙、銀河系、太陽系、第三惑星地球、ユーラシア大陸の東の端の日本列島、本州島、多摩川水系、野川、桜川……。だんだん範囲を狭めて、自分の居場所を知る。そのことは、逆に言えば、今ここにいることが、そのまま世界につながってることだと納得することでもあるんだ。自分がいる場所。今、ここ。それがぼくの居場所。

なんだか強くそう思って、脩は喉が詰まりそうになった。

「わかってもらえるかなあ」と河童がのんびり言った。「でも、きっくんも手嶋君もそういうタイプじゃないものね」

「川の名前っていいなあと思うよ」と脩。

「ぼくもそう思うね」と手嶋も言った。

河童はパペンの体を愛おしそうに撫でた。動きが悪いはずの左手だった。

「ほんとすごいよね。こいつらとかかわることで、鳳凰池は地球の裏側とまで繋がっちゃったんだからね」

それはまたも自分に言うみたいなかんじだった。

会話がやんだ。

すると風と水の音がさらに大きくなった。

ふと見ると黒い影が十メートルほど先の水面からジャンプした。

マペンだった。ゆったりとしたイルカ跳び。やっぱりこっちのこと気にしてるんだなあと感じて、じーんとしてしまう。

脩が言わなくてもみんな気づいて、そっちを見ている。ゴム丸は夏休みのリポートに

「ペンギンの感情」について書けばいい。実験なんてする必要ないと思う。

左岸から拡声器を持って怒鳴っている人がいた。まったくうるさい。うるさいってことがわかるだけで、内容までは聞き取れないのだけれど。

ヘリが近づいてきて、ペンギン・アドベンチャー号の真上を伴走した。するりと縄梯子が降りてくる。よく見るとハラディの局のやつだ。ヒナたちを保護するってことだろうか。たしかにヘリに頼めば、水族館まであっというまだけど、相手はハラディだから信用できない。ちょうど縄梯子が艇の上をかすめて、先っぽがゴム丸の頭に当たった。ゴム丸は大げさに痛そうな仕草をして丸まった。ヘリはその後すぐに縄梯子を引き上げて、飛び去ってしまった。

今度はどこかからモーター音。後ろを見ると、小さなモーターボートがスピードを上げて近づいてくるところだった。マペンがひときわ大きく跳んで、その後は姿が見えなくなった。

手嶋と脩は自然とパドルを漕ぐ手に力をこめた。もしもカヌーを止めに来たのなら逃げなきゃ、と思っていた。ほんとなら、モーターボートに乗り換えて、水族館を目指した方が早いのに、そんなことも思いつかなかった。

拡声器の声が風に乗って、ほんの一瞬だけ聞こえてきた。

あ、ぶ、な、い。

なんだろうと思って前を見ると、少し先でなんとなく水面が盛りあがっている。

「うわっ」と声をあげたのは、脩と河童が同時だった。

「堰《せき》があったんだ。きっくん、堰だよ」

脩は頭から一瞬、血がすーっと引いていくのを感じた。堰につっこんだら、そのまま数メートルは落ちることになるから、きっと艇はバラバラだ。運よくそうならなくても、全員が放り出される。そして、堰の下のストッパーにとらわれてそのまま浮上してこられなくなる。ライフジャケットなんてものの役にも立たない。というか半端な浮力なんて逆効果だ。

さっきから河岸の人たちはそのことを知らせようとしてくれていたのだ。モーターボートもまだ遠く、このままじゃ間に合わない。そもそも、この流れの中で、艇を止めることは出来ない。

「スウィープ、右側《ライトサイド》！」脩は叫んだ。

でも手嶋には通じない。

「左に曲がりたいんだ。右側を大きくストローク！」

叫んで指示しながら、脩は船尾の左側に全体重をかけてバックを入れた。ペンギン・アドベンチャー号は急角度で左側に針路を変える。左を選んだのは単にそっちの方が岸が近いからだ。

人々が大きく手を振っているのが見えた。この距離だと顔が強ばっているのがわかる。堰まであと数十メートル。岸にたどり着けるだろうか。誰かがレスキューロープを投げてくれた。でも、届かない。もう一度ヘリがやってきて、縄梯子を下ろした。無理だ。こんなのに捕まるなんてできない。ハラディが画面を派手にするためにやらせてるに違いない。

堰が近づいて流れが加速する。

岸はもうすぐだ。必死に漕ぐ。でも、ぎりぎり届きそうにない。このままじゃ堰に突っ込んでしまう。

その時、視界の端にマペンが見えた。マペンが岸の近くを泳いでいるのだ。そして、急にまた姿を消した。

マペンとパペンがどうやって多摩川を遡ってきたのかと突然疑問に思った。もちろんペンギンの泳力はものすごいから流れに逆らってくるくらいはなんでもないのだけれど、この堰をどうやってクリアしたのだろう。

魚道だった。

海と川を行き来する魚のために、堰の脇に作られた斜面。今の脩たちにしてみれば、究極の「カリブの海賊」。

やるしかなかった。ほかに選択の余地はなかった。

「魚道に突っ込むよ。体を低くして！」

叫び声が最初の大きな水しぶきに飲み込まれた。

ダンッと船底に大きな衝撃があって、ミシッと嫌な音がした。

凄い勢いで艇は滑っていく。手嶋はパドルを引っ込めた。脩だけが船尾でパドルを調整して、魚道の真ん中をなんとか維持した。

やがて、急流から前に押し出されるような感覚があって、ふと気づくと堰の下の豊かな水の上をすーっと走っているのだった。

「ひゃっほーっ」と手嶋が、らしくない歓声を上げて、サルみたいにとび跳ねた。クールな彼を知っている女の子たちはきっと幻滅《げんめつ》するに違いない。

「ねえ、河童、ここから先には堰はある？」脩はどっと疲れを感じながら聞いた。

「ないよ。上流にはいくらでもあるけど、あれが最後のやつ」

「イエイ。おれたちを妨げるものはもうなにもないわけだな」

これも手嶋の声。本当にお気楽なものだ。さっきはマジで危なかったのだ。脩は増水した川に漕ぎ出したことを後悔したし、自分の責任も強く感じた。マペンがヒントをくれて助けてくれなかったらどうなっていたかわからない。

「さ、行こうじゃん。冒険はこうでなくちゃ。きゃはっ」

手嶋は意識してるのか、言葉遣いまでゴム丸に似せている。

「行けるところまで、行こう」脩はため息と一緒に言った。

ゴム丸について書いておかなければならない。

ペンギン・アドベンチャー号が桜川を下りはじめてから、ゴム丸はほとんど無言だった。やたら元気で奇声を発したりする、らしくない手嶋のおかげで目立たなくなっていたけれど、河童と膝をつきあわせて、ちょうど脩からは背中しか見えない姿勢でじっとうずくまっているのは変だと気になってはいた。それでもこの短い航海は、本当に冒《アドベン》険《チャー》になってしまって、ゴム丸のことまで気遣っていられなかったというのが正直なところだ。

たぶん熱がぶりかえして辛いのだろうと脩は思っていた。それとも、体調が悪いから船酔いになったのかな、とも。

どちらも当たっていた。でも、ゴム丸が無口だったのは、そのせいではなかった。もともと減らず口な奴なのだ。どんな時でも、大声で悪態をついたり、いい加減なことを言ったりする。それがゴム丸だった。じゃあ、なにが原因だったかというと、それは単に別のことに気を取られていたから、なのだった。

ゴム丸の膝の上で、ミクロは嫌な咳を繰り返していた。浅いけれど際限のない咳がコッコッコッと続く。妹のもえちゃんが喘息持ちのゴム丸にとって、なんともいえず気になる咳だった。

やがてミクロは目に見えてぐったりするようになった。目はずっと閉じたままだし、震えは止まらない。ちょうど生まれたばかりの頃、なにをしてもふるふる震えていたのを思い出すほどだった。もちろんゴンの方も元気というほどではない。でも目は開けていたし、ミクロに比べたらずっと体の動きがよかった。自分からゴム丸の腹に体を押しつけてきたり、尻を外側に向けてぴゅっと糞尿を飛ばしてみたり、ペンギンのヒナにしてみたらごく普通のことをごく普通にする。どうしても、心配はミクロに集まってしまうのだった。

ゴム丸はマペンにならなきゃと思った。だからあの丸っこい体をさらに丸くして、膝と腹の間でミクロを温め続けた。道中でゴム丸が顔を上げたのは、近くをマペンがイルカ跳びしている時だけだった。堰の魚道を下る最後にして最大の「カリブの海賊」の時ですら、ゴム丸はうずくまってミクロの心配だけをしていた。

早く水族館へ。それで、獣医さんにミクロを診てほしい。

ずっと前のことだけど、両親がたまたま出かけていてふたりで留守番をしていた夜、もえちゃんが喘息の大発作を起こし一一九番した時のことをゴム丸は思い出していた。あの時も苦しんで顔が赤くなったり青黒くなったりするもえちゃんを見ながら、もしも死んでしまったらどうしようと居ても立ってもいられず、早く救急車が到着することばかり願っていた。

そんなゴム丸が本当に久しぶりに大声をあげたのは、尻にひんやりした液体がじんわり染みこんでくるのを感じたからだった。

「おい、漏れてんじゃん。大丈夫かよ。こいつ沈むんじゃないか」

いつのまにかどこかから水が入ってきていた。堰の魚道に船体を打ちつけた時、ひびが入ったのかもしれなかった。

「大丈夫、あと十五分くらいで河口だよ。さすがにそれくらいはもつよ」と脩が言ったので、それで、ゴム丸はまた黙り込んだ。

膝と腹の温もりは、熱いほどだった。体全体の感覚としては、むしろ、悪寒がして震えていたのに、膝と腹だけはいつも熱かった。

熱いってことは、生きてるってことだ、とゴム丸は思った。

だから、ゴム丸は体全体でミクロを覆い込んで温め続けた。腹を抱卵嚢のようにたるませ体温さえ上げて、本物のマペンのように。

ほかの三人はゴム丸に比べれば暢気なものだった。

堰を無事に越えてから先は、もう気持ちが完全に弛《ゆる》みきって、なにもかもうまく行く気がしていた。

川幅が広がるにつれて、どんどん気分も大きくなる。慎重派の河童でさえ、吹いてきた風を正面から受け止め、あの奥深い神秘的な目で左岸右岸を順繰りに見て、興奮気味だったと脩は思う。手嶋にいたっては歌を歌い始めた。それも、よりによって、あややとか、モーニング娘。とか、およそ手嶋が聴いているのが信じられないようなものばかりだった。

父さんだったらこういう時はサザンオールスターズだし、もう少し年上の人なら（例えばアマゾン好きの冒険カヤッカーだったら）、吉田拓郎やフォークルのフォークソングが出てくるものだ。ということは、あややとか、モーニング娘。って、ひょっとして脩たちの世代が海へ出ていく時、大きな世界に向き合う時に歌う歌なのかもしれない。ちょっと情けない気もするけれど。なにしろ、脩までも手嶋にそそのかされて、一緒に「ニッポンの未来は〜」と大声で歌ってしまったのだから。

その間にも、ゴム丸が最初に見つけた水漏れは進んでいた。ゴム丸と河童が座っているあたりは、艇の中で一番水がたまりやすいところだから、ふたりともお尻はすっかり濡れてしまっている。でも、それが川下りってものだ。沈する心配は当面ないと思っていたし、脩はおおらかな気分のままパドルを扱い続けた。

そして、河口が近づいてきた。

いつのまにか遠くなった右岸が霞んでいた。左岸はなんとか見えたけれど、もう野次馬の姿はなかった。海のうねりもはっきりと伝わってきて、つまり、ここはもう半分海なのだった。さっきまでうるさいハエみたいに飛んでいたヘリも急に見えなくなった。さあっと日が射してきた。で、すごい勢いで雲の断片が飛んでいく。いつのまにか雲が切れている。上空では風が出てきたよう
「おおっ、河口だ、河口だ。すごいなあ」と手嶋が興奮して叫んだ。

脩の中でもなにかがふつふつと泡立つような感覚があった。ここまで来ると河童も見た目ではっきりわかるほど紅潮して、今にもなにかを叫びだしそうな雰囲気だった。でも、河童は河童だから、実際に叫んだりはせずに、ぼそっと「河口ってこういうものなのかもね」なんて言う。

その意味が脩にはわかった。

本当に、河口ってこういうものなのかもしれない。

脩にとっても、これが川を下ってたどり着いたはじめての河口だった。ユーコンにもアマゾンにも何カ月もいたけれど、上流から中流あたりまでいくのが精一杯で河口なんて遥か彼方だった。

はじめての河口が、ここだったのって、いいなあと思う。

桜川の水源のひとつである鳳凰池から下ってきて、だんだん川幅が広くなり、流れがゆったりになり、そして今ここにいる。とすると、脩も今河童と同じ「鳳凰池」という

川の名前を持って、ここにいるのかもしれなかった。

野川・桜川・鳳凰池の菊野脩。

一緒に河口へと向かうゴミ袋にまで挨拶をしたい気分。やあ、そっちはどこから？　小菅川《こすげがわ》かい。じゃあ、ぼくたちよりもずいぶん長い距離を旅してきたんだね。

そして、少し先に見えるのは、海。水平線がぐんと広がっている。

あそこまでたどり着けば、川の名前はもう少し長くなる。多摩川・野川・桜川・鳳凰池の菊野脩として、東京湾に注ぐほかの川からやってきた水と交わるのだ。やあ、きみは荒川から？　上流はどんなかんじだった？　そっちは目黒川？　都心を流れる独立河川なんて渋いよね。でも、ほとんど暗渠なんだろ。とか。

いやそれだけじゃない。

大きなコンテナ船がゆっくり動いていくのが見えて、心の中で泡立ったものが弾けた。はっきりと心臓の鼓動が高鳴るのを感じる。

あの船はどこから来たのだろう。シンガポール？　南アフリカ？　それとも、ロンドンやニューヨーク？

そうなのだ、河口は川の終わりだけど、「その先」への始まりだ。

この先へ。もっと遠くへ。脩の目は東京湾の彼方を見てしまう。手嶋だってそうだ。背中を見ていればわかる。

房総半島と三浦半島に挟まれた狭い水路のむこうには太平洋が広がっており、そして、太平洋は世界の海に繋がっている。

だから、ここは世界の入口なのだった。

なんだかとても嬉しくなって、脩は思わず河童に向かってイェイと親指を突き立てた。

河童も少し困ったような顔をしながら、おずおずと左手を出して親指を上に向けた。

それがおかしくて脩は笑ってしまった。

さっきのコンテナ船が、ずっと先だけど正面を横切っていくのが見えた。船腹には英語で、“Seven Seas Adventure”（七つの海の冒険）と書いてあって、脩の目にはそれがはっきりと読めた。コンテナ船にそんな名前をつけるなんておかしかったけれど、台風一過の海へ繰り出そうと真っ先に進んでいく姿はたしかに冒険者だった。脩もこの水漏れ中のペンギン・アドベンチャー号で、その後に続きたくなる。

飛行機がまた上空を飛んだ。今度は三機同時に視界に入る。一機は滑走路から飛び立ち、二機は上空で旋回している。

「おーい」と手嶋が手を振った。だれも見てるはずもないのに。

「なあ、羽田空港って、外国に行く飛行機はあまりないんだよな」と脩を振り返って聞いてくる。

「台湾とか韓国に行くのがあるんじゃなかったかな。国際便はほとんど成田だよ」

「そうか、残念」

手嶋の気持ちがピシッと伝わってきた。

せっかちな手嶋は、今にも飛び立ちたいのだ。河口から直接、空に飛び立って、世界各地へ、はては宇宙まで飛び回りたいのだ。

「そんなことより」と言ったのは河童だった。

ふと見るとさっきの紅潮がおさまって、いつもの平坦な表情になっていた。

「水族館に行くならこのまま海に出ちゃだめだよ。たしか大森の方だよね。なら、空港の手前の海老取川《えびとりがわ》に入って京浜運河に抜けるのが近いよ」

「よく知ってるなあ」と手嶋が感心した。

「多摩川のことだから。桜川と直接繋がっている川だから。でも、きっくんたち、今、ペンギンのこと忘れていたでしょう」

そう言われて、たしかにそうだと脩は思った。手嶋も脩も、河口に出たことにばかり気を取られていた。

「やっぱり、きっくんと手嶋君は似てるんだよ」河童が口ずさむように言う。「なにしろ、水漏れも気にならないみたいだし」

河童がやんわりと言ってくれて気づいた。浸水は脩の踝《くるぶし》あたりまで来ていて、もう無視できないほどになっている。なんか船足もそれで緩くなっている気がした。いくらパドルを動かしても、これまでのようには進まない。

いや違う。すごく大事なことを忘れていた。

ここはもう海なのだ。川の流れが台風のうねりとぶつかって、水があちこちで巻いている。さっきまでみたいに一直線に流れに乗って下るのとは違う。

はたと気づいた。

脩には経験がない。海を漕いだことがないのだ。

とたんに不安になって、一生懸命漕いでみた。目標の海老取川入口にある橋はもうすぐだとわかっている。とにかくたどり着かなければ。

雰囲気を察して手嶋もパドルをフル回転させた。でも進まない。焦りは不安にかわり、すると浸水のスピードもどんどん早くなっているような気がしてきた。

やばい。このままじゃたどり着けない。さっきまでの楽天的な気分はどっかに吹っ飛んでしまう。

このまま艇が沈して、漂流したらどうなるだろう。ライフジャケットのおかげで、浮いてはいられるけれど、海に押し出されたらうねりに飲み込まれて、そう簡単には見つけてもらえなくなってしまう。

いったいいつになったら海老取川なんだろう。はたして少しでも進んでいるんだろうか。筋肉が悲鳴をあげて、これ以上動くのを拒否しそうになった頃、不意に左岸が開けた。海老取川は多摩川との合流点で大きく屈曲していて、左岸に沿って下ってくるとぎりぎりまで入口が見えないのだった。

橋の上に大勢の人がいて、その中にカメラも混じっているのに気がついた。

こんな状況なのに手嶋がおどけて手を振った。みんなの顔が強ばっているのがこの距離でも脩には分かった。

最初は川と海と風の音の中から、小さなうなりのようなものが聞こえてきた。

橋脚の間から青いボディが見えた。水しぶきをあげるモーターボートだった。水族館の名前が舷側に書かれている。手嶋がまたもおどけて手を振り、むこうもそれに返事を返す。

脩はほっと息をついた。

助けにきてくれたのだ。

後部座席から手を振る人の姿が見えた。サングラスをしているけれど、見知った人だった。

やがてモーターボートがペンギン・アドベンチャー号に横付けされると、鈴木さんは言った。

「まったくとんでもないカワガキ隊だ。絶対にここに来ると思っていたけど、気が気ではなかったよ。こういう時は携帯電話くらい開けとくもんだ」

すみませんでした、雑音に邪魔されたくなかったんで、と脩が言う前に、ずっとうずくまっていたゴム丸が立ち上がった。艇がぐらりと揺れた。

「獣医さんですよね。この子、診てください。おねがいします。様子が変なんで」

ゴム丸にしては目一杯ていねいな言葉遣いだった。

鈴木さんは、目を細めてミクロを見た。

「みんなこっちに乗り移って。すぐに水族館に行こう」

脩は手嶋が少しがっかりしたような表情を浮かべるのを見逃さなかった。とにかく、こうやってペンギン・アドベンチャー号の冒険は終わった。

モーターボートが走りはじめる瞬間、遠くでマペンがイルカ跳びをしてサヨナラを言った気がした。でも目をしばたたくと、それは流れ去っていく半分沈んだカヌーなのだった。


水族館でのことで鮮やかに覚えているのは、中にある動物病院のひんやりした空気とゴム丸の涙。あとのことは、ビデオを早回しで急いで見たみたいに、頭の中にぼんやりした記憶しか残っていない。

到着すると、とにかく急いで動物病院に向かい、鈴木さんは三羽の様子を観察した。ヒナの二羽は赤外線ランプをつけた段ボール箱に、パペンはヒーターがついた小さな柵の中にそれぞれ入れられた。

　鈴木さんの顔はすごく真剣だった。脩や恵美さんと話している時の柔らかなかんじは消えて、ピリピリした空気が体のまわりをおおっていた。助手についてくれた飼育係のお姉さんが、テキパキと動いて、すごく頼もしく見えた。

　後から鈴木さんが教えてくれたところだと、こういう時にはまずどの子から診ていくか考えるためによく観察するのだそうだ。それで、決まったのは、ゴンは後回しということ。理由はというと、お世辞にも健康には見えなかったけれど動きは悪くなかったからだそうだ。問題はパペンとミクロだった。二羽とも今にも死んでしまいそうに見える。そこで鈴木さんはミクロを選んだ。なぜならヒナの方が体力がないから。

　鈴木さんは弱々しく震えるミクロに、注射を打った。リンゲルにビタミンや抗生剤《こうせいざい》を混ぜたものだそうだ。ミクロはとにかく衰弱していて、なにかに感染しているかもしれないし、明らかに脱水していたし、とりあえず水分を補ってやることを基本に考えたのだという。

　もちろんこういうことを脩が知ったのも後になってからだ。その時はただ息を殺して、祈るような気持ちで、鈴木さんの動きを見つめていた。

　パペンに対しても、同じ処置だった。ミクロよりもずっと量が多かったのが違うところ。それと、目のまわりの地肌の部分や、フリッパーの下に大きな傷が出来ていたので、そこは消毒した上でしっかりと軟膏《なんこう》を塗った。そういうことは人間と変わらないのだった。

そして、最後になって念のためにゴンにも注射。ほかの二羽は無抵抗だったけど、ゴンはかなり暴れて、ゴム丸と脩が押さえつけるのを手伝わなければならなかった。

あとはただ待った。

「出来ることはこれくらいだよ。様子を見ながら、同じ処置を繰り返す。ぼくはきょうは夜遅くまで残って様子を見ることにする。だから、きみたちはもう帰りなさい」

けれど、ゴム丸が聞き入れなかった。待っていてどうなるというものでもないのにここにいると言い張った。

鈴木さんがどうしても出ていけと言ったならそうしただろうけど、そこまでは言われなかった。実はこの時、水族館にはマスコミが詰めかけていて、今外に出たら脩たちがもみくちゃにされそうだということもあったのだそうだ。鈴木さんは鈴木さんで、二度ほど席を外して、記者会見に出なければならなかった。脩も途中で見たヘリコプターの数などから薄々気づいてはいたけれど、小学生が傷ついたペンギンたちと川を下ったニュースは、これまでのペンちゃん騒動の中でもとりわけ大きく取り上げられて、注目されていたのだ。

何度か注射を繰り返し、それでもパペンもミクロも元気になる気配がなく、ただゴンだけが、飼育係のお姉さんから小アジをもらってちゃんと平らげ、いきいきとしていた。

ミクロが水のような糞尿を垂れ流す。血が混じったような赤黒いかんじ。それがどうしても止まらない。

一度だけ顔を見たことがある館長さんがわざわざ動物病院までやってきて、「四人とも保護者の方が、そろそろ着きます」と言った。脩の場合来るのはきっと父さんだった。こってり絞られるだろうなあとうんざりした気分になり、でも、まあそれだけのことはしちゃったわけだから仕方ないと思い直した。

河童と手嶋はたぶん母さんで、ゴム丸はどちらか微妙なところ。お互い、家ではいろいろあるだろうなあと思って、誰もがなんとなくもぞもぞしかけていた時、鈴木さんが言った。

「亀丸君といったね。よかったらこの子を抱いてあげてくれないか」

鈴木さんが指さしているのは、自分の下痢便でおしりを濡らしたミクロだった。

ゴム丸は弾かれたように素早く、でも、壊れやすいガラス細工を触るみたいにていねいに、ミクロを持ち上げた。

「まだ温かいじゃん」とゴム丸。

ミクロはぐにゃりとして、よくよく目をこらさなければ呼吸しているのもわからなかった。

「ヒナが死ぬのを何度も見てきた。こうなって、快復したことって今までないんだ」

「治せよ。あんた、動物のお医者さんなんだろ。治してくれよ」

「治せることもあれば、治せないこともある。その子は野生で生まれた子だ。厳しい自然の中で生き残れなかったと割り切った方がいい」

「そんなこと言ったって、おれは絶対護ってやるって決めてたんだ」

重苦しい時間が続いた。

やがてミクロの呼吸は目で見る限りではもう止まってしまい、しゃがみこんだゴム丸の膝と腹の間で、ぐにゃりと身を横たえた。それでも、ゴム丸は茫然と抱き続けるだけなのだった。

バタバタと音がして、「にいちゃん、にいちゃん」と声がした。

もえちゃんが動物病院の入口に立っていた。その後ろにはゴム丸の母さん。

「もえー、おれ護れなかったよ。ミクロ、死んじゃったよー。もえとの約束だったのになあ」

大粒の涙がぽろりと落ち、床の上ではっきりわかるほどの音を立てた。

終　章　カワガキたちの日々

夏の終わり、新聞の見開きにシンポジウムの記事があるのを見つけた。たくさんいるパネラーの紹介欄に、「河邑天童氏」という名があった。シンポジウムのタイトルは、「川の環境と文化を取り戻す」。喇叭爺はもともと「多摩川愛好会」の会長としてなにかの発表をすることになっていて、それがペンちゃん騒動で結構有名になったために、急にパネラーも務めることになったのだという。これは河童に聞いたこと。

喇叭爺は、まず「カワガキの復活がすべての鍵」と言っていた。昔、日本では生活が川に密着していた。川で遊び、川で学び、川のものを食べ、川を移動するのが当たり前だった頃、子供にとって川は生まれ育った土地の中でもっとも豊かな自然であり、また、未知の世界へと繋がる街道でもあった。今世界規模の環境破壊の問題が多く指摘されているが、それ以前に足もとの自然を理解しなければ世界を論じても空疎だ。とにかく川に立ちもどることで未来が開けてくる。などなど。

読んでいて、本当かなあと脩は思った。新聞社の記者がまとめるとこうなるだけで、喇叭爺は本当はもっといい加減な人のような気がする。絶対に自信があるのは、喇叭爺はこんなふうに筋道立てて話したわけじゃないってことだ。

記事の最後の方で、喇叭爺はまたもお行儀のよい言葉遣いでこんなふうにも言っていた。

「川の名前を知っていますか。自分が住んでいる土地の『自然の住所』なのです。それをわたしは全国に広げたい。わたしが住む桜川ではカワガキが復活しつつあります。そのうちのひとりは桜川流域がペンギンの形をしていることを見つけました。桜川はペンギンの里という言い方ができます。たまたまこの夏、桜川はペンちゃん騒ぎで注目を集めたわけですが、それも我がカワガキたちの活躍によって保護されました。まあ彼らが無謀で危険なことをしでかしたおかげで大騒ぎになってしまったわけですが、ペンちゃん騒動全体としては、川への興味が地域に広がるきっかけになったと思います」

つまり、ぼくたちは、喇叭爺の話のダシに使われているのだ。でも、まあ、こういう利用のされ方なら、ハラディのとは違ってそれほど嫌ではなかった。

河童によれば、喇叭爺はこのシンポジウム以来、いろいろなところから講演を頼まれるようになって、予定がびっしりになっているそうだ。たぶん二学期、喇叭爺が桜川北小の校庭でチャルメラを鳴らすことはないだろう。それがなんとなく淋しい気がするのが、自分でも不思議だった。

喇叭爺は俺たち四人組の川下りのことを「無謀で危険なことをしでかしたおかげで大騒ぎになった」と言ったけど、それはちょっぴり控えめな表現なのだった。

正直言って、俺もほかの三人も、自分たちがここまで注目されているなんて思ってもみなかった。四人の川下りは、野川に入ったあたりからずっとテレビ局に生中継されていて、堰に突入するあたりでは生中継していた局の視聴率の合計が昼間だというのに三十パーセントを超えたそうだ。本当にびっくりだった。

たぶんふたつ理由がある。ひとつは、ペンちゃんの行方。傷ついたパペンとヒナたちがどうなってしまうのか、この夏「ペンちゃんフィーバー」で盛り上がった人たちは、ここで目が離せなくなった。ペンちゃんの運命やいかに、ということで。

もうひとつは、わざわざ雨台風の後の川を下って水族館に行こうとしたアホな小学生たち、自称「カワガキ隊」の安全をめぐる、ハラハラ、ドキドキ。俺たちは暢気《のんき》にも感じていなかっただけで、周りで見ている者にとっては、目を覆いたくなるほど危なっかしい川下りだった。左岸には警視庁、右岸には神奈川県警が待機して拡声器で呼びかけたり、遅まきながらモーターボートを出したりしたけれど間に合わず、結局、堰の魚道に突入してなんとか最初の危機は乗り越えた。そこから先は荒れ気味の海に流された場合のことが心配されて、海上保安庁にまで出動要請が出されていたのだという。あのまま流されていたら四人は大きな巡視船に拾われることになったのかもしれなかった。

　鬼澤先生には夏休み中に呼び出され、さんざん絞られた。当たり前だ。でも、鬼澤先生自身も校長先生や教育委員会のえらい人や、警察や、海上保安庁や、水族館の館長や、ありとあらゆる人に頭を下げなければならず、この時ばかりは脩も、ゴム丸でさえ、デビルが思うぞんぶんデビルになって憂《う》さを晴らしてほしいと本気で思った。向こう見ずな生徒を持つと先生もつらい。

　四人が家でどんな扱いを受けたかは、それぞれが異なっている。

　脩はテーブルを挟んだ父さんから徹底的に議論をふっかけられた。テーマは自由と責任について。脩が小さい頃から、なにか問題があれば、とことん話し合って解決するというのが、菊野家のスタイルなのだ。

「きみは自由だ。自由に生きればいい。しかし、自分の命を意味もなく危険に晒したり、自分の判断ミスで友達まで巻き込んだりする自由はない。父さんは、失望した」

　まあ、そんなかんじだ。

　二時間くらい、ほとんど目をそらさずに同じことを何度も何度も繰り返された挙げ句、最後の最後に父さんは言った。

「きみは、おれの悪いところばかり似た。母さんが悲しむぞ。でも、おれは本当のところを言うと、あんな無茶をできるきみのことが羨ましかった」

　この話をしたら、手嶋は「だから菊野はいいよなあ」とため息をついた。

　手嶋は母さんに泣きつかれた。文字どおり、手嶋の体にすがりついて、さめざめと泣いたのだという。この前まで優等生だったのに、いきなり「新聞に載るような」非行少年になってしまったのがショックだったのだそうだ。

「だから、この際、ぼくは優等生に戻らないことに決めた。母さんには悪いけどね」と手嶋は宣言した。

　夢を実現するために勉強はするけれど母さんのためじゃない。弁護士にはならないし、元々、なりたいと思ったことも一度もない。そう告げると、彼女は泣きやんだそうだ。そして、それ以来、手嶋家では母子の冷戦状態が続いている。だから、「菊野はいいなあ、親の理解があって」ということになる。

　ゴム丸のところは、簡単に話が済んだ。すべてが水族館の動物病院でカタがついたのだ。もえちゃんと一緒にやってきた母親から、その場で有無を言わせず平手打ちと頭にゲンコツの十連コンボを受けて、その後ガミガミ怒鳴りつけられそうになったとたん、もえちゃんがキーッと泣いた。おかげでゴム丸も母さんももえちゃんをなだめなきゃならなくなって、怒られるどころじゃなくなって一時休戦。見かねた鈴木さんが、「ミクロは死んで、今は空を飛んでるんだよ。天使ペンギンになって」と言って、なぜかそれですーっと落ち着くまで、もえちゃんは三十分近く泣いていた。以来、ゴム丸を叱ろうとするともえちゃんが泣くので、結局、うやむやになってしまったのだという。

でも、それを言うなら河童はもっと楽勝だ。なにしろ、河邑家では、特におとがめなしだったのだから。河童のことを叱る前に、喇叭爺と母さんが教育方針をめぐって喧嘩をしてしまい、その結果、河童が叱られるところまでいかないのだった。河童は以前も以後も、同じ河童のままだ。のんびり、好き勝手にやっている。


二学期最初の登校日、脩が教室に入ると、どよめきが広がった。

クラスを見渡して、あれっと思った。入る教室を間違えたのかな、と。転校経験が多い脩は、教室に入った瞬間にクラスの雰囲気をつい読むクセがある。この時の五年二組は、一学期の五年二組とぜんぜん違うクラスに見えた。一言でいうと、そこには「中心があって渦をまいている」のだった。

中心に、ゴム丸がいた。ゴム丸と手嶋が、ゴム丸の席のあたりに座っていて、そのまわりを人が取り囲んでいる。手嶋も独立独歩であんまり人の輪には入らない奴だったし、それを言うならゴム丸もすごくシャイで人前では萎縮してしまうはずだった。なのに今は「中心」なのだった。もともと中心人物のはずの海野たちも別に人気者ってわけじゃないから、こんなふうに人が集まっているのは、まるで別のクラスみたいだという印象だったのだ。

　脩の席は、通路を挟んでゴム丸の斜め前だ。だから、自然と人垣をかきわけて自分の席につくことになる。自分に視線が集まるのを感じて、脩はばつが悪くなった。

「よぉし、キクも来たことだし、最初にはっきりさせときたいことがあるじゃん」

　声を張り上げたのはゴム丸ではなくて、なんと手嶋の方だった。

「おれ、キャラ変えるから。今まで窮屈《きゅうくつ》だったけど、これから亀丸と組んでマンザイ始めるからさ。ひとつヨロピク」

　唖然として口を開けている木村と酒井の顔が見えた。クスクス笑い始めたのは委員長とその仲間の女子で、おかしくてたまらないって様子だ。

「おれらのことをカワガキ隊って呼んでくれ。きゃはっ、キクも河童も含めて、ま、カワガキ隊なんだけどさ」

　こっちはゴム丸。立ち上がって椅子の上で、とび跳ねながら言った。

　その視線は人垣を越えて、海野にぴたりと向いている。

　海野は山岡と加川と一緒にぽつりと座っていて、ゴム丸のことを睨みつけた。でもすぐに視線をそらす。

「で、おれら、二学期の委員長と副委員長に立候補するから。当選のあかつきには、笑いの絶えない楽しいクラスにすることを誓いまーす。暴力絶対反対でーす」

笑いが湧き起こる。それは、海野じゃなくて、なんとゴム丸がクラスの中心であるとみんなが認めた瞬間だった。

「な、いいだろ、委員長。悪いけど、おれらが当選すっから。きゃはっ」

委員長が笑い出した。

「うち、委員長って名前じゃないから。紺野《こんの》祐子《ゆうこ》って名前があるから。いいよ。好きでやってたんじゃないもの。でも、うちも推薦候補を出していいかな。ほら、前の委員長が推薦候補出せるって、四年生の時もそうだったし、正直、ゴム丸君じゃねぇ」

これで爆笑の渦。

脩は自分の机の上に腰掛けて、一緒になって腹を抱えて大笑いした。輪の外にいる河童も自分の席で笑っていた。目が合った時、お互いにイエイと親指を立てた。

窓の外には桜川の流れる親水公園。ここってぼくの居場所だと脩はすごく素直にそう思った。喇叭爺がやってきて校庭でチャルメラを吹く姿が目に映って、すぐに消えた。


夏休みの浮かれ気分なんて最初の一週間で吹き飛んで、二学期は坦々と過ぎる。

自由研究は無事に提出できて、脩とゴム丸と手嶋のものはとても高い評価を受けた。それでも問題を起こした生徒のまさに問題のきっかけとなった課題だということで、職員会議でさんざんもめた後、結局、都のコンクールへは出さないことになった。「力作だというのは認める。だが、ああいうことの後だから、まあわかってくれ」と鬼澤先生が変に申し訳なさそうに言った。でも、脩たちはぜんぜん気にしなかった。別にコンクールで入賞するためにした研究ではないから。

二週目にはクラス委員の投票が行われ、委員長には河童が、副委員長には脩が選ばれた。「元」委員長の紺野さんが出した対立候補が「河邑君と菊野君」だったのだ。ゴム丸と手嶋は書記ということになって、ぶうたれている。

九月末には、学校代表のフットサルチームに上がる五年生の候補が発表されて、二組からは四人が選ばれた。手嶋と海野は順当なところで、それに、脩と、なんとゴム丸まで加わった。海野はゴム丸にライバル心を剝き出しにするかと思えば、それほどでもなくて、「おれ、本気で俳優目指してんだからな」などと口走っている。ゴム丸もゴム丸で、結構、余裕をかましていて「ま、ションベンかけられたくなかったら、せいぜいがんばるんだね、海野君」などと返している。脩はゴム丸のことを、すごく大きくなったなあと素直に思う。

十一月の中頃には河童の誕生日があって、ささやかなパーティを脩の家で開いた。河童の家に行くと、河童の母さんが露骨に嫌な顔をする。これは手嶋の家でも同じで、ごく自然に集会場はゴム丸のところか脩のところになるのだった。

パーティには「元」委員長が来た。紺野さんは、女の子にしては体が大きくて、ハキハキした姉御風だけど、顔立ちはすごく整ってるし、少し頬を赤らめているところなんて、脩が見てもドキドキさせられるほどだった。たまたま家にいた恵美さんも「へえ、脩ちゃんの彼女って、カワイイじゃない」と最初茶化したほど。でも、パーティが終わるまでに、何度か脩の部屋に顔を出し、最後には勘のいい恵美さんも気づいていた。

「あの娘、河童クンのことが好きなのね。すごい渋好み。たしかに河童クン、ちょっと変わったわよね。委員長になって自信が出てきたんじゃないの。ま、どっちにしても、あの娘、脩ちゃんじゃ無理だわ。ま、気を落とさないで」

脩は気を落とさなかった。「河邑君のパーティにうちも行きたい！」と紺野さんが脩に言ってきた時点で、もう脩はそのことをわかっていたし。実はちょっと残念だったことも認めなきゃならないけど。

いつか河童にきついことを言ってしまったのを、脩は結局、あやまっていない。だって、あれはそのとおりで、河童は自分で思っているよりもずっとすごいからだ。今はどうやったら、河童が自分だって女の子に好かれることもあるってこと、それもクラスの中ですごく輝いてる素敵な女の子に認められてるんだってことに気づいてくれるのか、脩はやきもきしている。

そうこうするうちに時間は加速する。

脩たちの研究をただ埋もれさせるのはもったいないってことになって、河童が中心になってウェブサイトを立ち上げた。河童は喇叭爺の川についての考え方を紹介するサイトを作ったことがあるから適任なのだった。「カワガキ隊のペンちゃん一家観察日記」というサイトで、脩とゴム丸による「観察日記」を中心に、手嶋の「桜川の歴史」、河童の「鳳凰池の自然」と盛りだくさんの内容だった。

とはいっても、秋口から脩たちは川とはなにも縁がない生活を送っていた。河童だけは母親の目を盗んでは鳳凰池に出入りしていて、自由研究とは関係ない定期的な観察をすると言っていたけれど、脩とゴム丸と手嶋は運動会やフットサルの秋期リーグやクリスマス会などなど、細々としたことにその都度熱中していたから、川に目を向ける余裕がなかった。

それでも、自分の「川の名前」は忘れなかった。「桜川はペンギンの里」というイメージもしっかり心の中に根付いていて、その意味では川にいかなくても、脩たちが桜川のカワガキであることは間違いなかった。

年始にマペンとパペンをめぐる新事実が明らかになった。都心の居酒屋で飼われていた二羽のマゼランペンギンがいなくなったと、常連客からの「告発」があって、店主がテレビ局の取材に「多摩川に捨てた」と非公式ながら認めたのだ。なにしろ南米で捕獲されて輸入されてきたばかりの二羽をペット業者から買い取って客引きに使おうと思ったものの、馴れておらず、やたら大食らいで、室内で飼うと糞尿の臭いがきついので、ほんの一ヵ月で飼育をあきらめたのだという。輸入手続きに多少問題があって、動物商が引き取りを嫌がったために、店主は多摩川に捨てて、常連客には「チェーンのほかの店舗にまわした」と説明していた。でも、たまたま常連客が別の店舗に足を運んだ時、そこにもペンギンがいないことを知り、ネットの掲示板に書き込んだことから事実が発覚した。店主は飼い主として名乗り出るつもりはまったくないと言い切っていた。

そのニュースを聞いた時に、ひさしぶりに四人で集まって話した。さっそくネットでいろいろ調べてきた河童が、「結局、ぼくたちは落とし物を拾ったことになるんだよ」と解説してくれた。桜川で「拾った」パペンは、いわゆる「遺失物」になるのだそうだ。それとは違って区の公園から一時保護されたゴンは、ここで生まれたもので、以前、人間に「所有」されていたことがないから、「移入種」として東京都が処分を考えることになる。最悪は「殺処分」だけど、その心配はあまりなくて、たぶんどこかマゼランペンギンを飼っている動物園か水族館に引き取られて、ずっと飼育されていくことになるだろう、と。

「でもさあ、パペンが落とし物だとすると、拾ったのはおれたちじゃん。きゃは、その店長が名乗り出ないままだったら、パペンはそのうちおれたちのものになったりするのかね」ゴム丸が少しふざけた口調で言った。

「そうかもしれないね。普通の忘れ物とかだったら、たしか六カ月だよね」河童はさらりと答えた。

この時点で、脩たちはそのことをあまり深く考えていなかった。

そして、三月の中頃、日曜日の早朝、脩は水族館に向かう。

本当は四人を代表してひとりで行くはずだったけれど、もえちゃんがどうしても行きたいと言ったのでゴム丸も来ることになった。もえちゃんは電車の中でも落ち着きがないのを、ゴム丸がしっかりとついて面倒を見る。まだ薄暗い時間の始発なので、もえちゃんがあちこち走り回っても気にする人が少なくて助かった。

開館前の水族館はしーんと静まりかえっていた。フンボルトペンギンの屋外展示には、泳ぐ姿を水中から見られる半地下の観覧場所があって、鈴木さんはそこにみんなを集めた。

「朝は最高なんだ。うれしがって水の中を飛び回る」と。

普段はアクリルガラス越しにたくさんの人がプールの中を覗いている。でも早朝はまだほかに人がいないので、ガラスの前に立つとペンギンたちが興奮して寄ってきては離れ、離れては寄り、ということを繰り返す。

鈴木さんが使った「飛び回る」って言葉に、もえちゃんが鋭く反応した。

「あ、ペンギン、飛んでる。ゴンが飛んでる」

まさかと思ったら、鈴木さんがうなずいた。でも、脩にはどれがゴンなのかわからない。

「すっかり大きくなってもう立派な若鳥だよ」

鈴木さんは目を細めて言った。そんな時の顔はとても優しい。たぶん、脩たちがかかわらなかったこの半年の間、水族館の人たちはゴンのことを大事に大事に扱って過ごしてきたのだろう。以前なら嫉妬《しっと》してしまったかもしれないけど、今はすごく感謝するだけだ。

目の前を胸の模様がはっきりしない若鳥が横切った。

「ゴーン」と、もえちゃん。それで、やっと脩にも大きくなったゴンの姿が区別できた。

「飛んでるよー、にいちゃん、キクにい、ほら、飛んでるよー」

「バカ、飛んでんじゃないじゃん。泳いでるんだぞ」

「いや、飛んでるんだよ」と鈴木さん。「ペンギンは水の中を飛ぶ。そういう鳥なんだ」

本当にそうだった。ペンギンたちは乱れ飛ぶ。フリッパーで羽ばたいて、水の中を飛んでいる。

「つまりだなあ、決めつけちゃだめってことじゃん。きゃは、飛べないにきまってても、ちゃんと飛ぶやつっているじゃん」

　ゴム丸はさっき言ったことと正反対のことを、ぴょんぴょんとび跳ねながら偉そうに言った。ペンギンが大きくなったら飛べるかってもともともえちゃんが気にしていたことだなあと、半年前の記憶が戻ってきた。

　ゴム丸につられてもえちゃんが、ぴょこぴょこ跳ね始めた。するとふたりの後ろ姿が、ペンギンみたいに見えてきた。そうだ、クレイメーションの、ピングーとピンガみたいなかんじ。それにしてはちょっと太ったピングーだけど、脩は思わず微笑んだ。

　やがて、朝日が射してきて、もえちゃんは水面のきらめきと次から次へとやってくるペンギンたちに見とれて無言になった。こうなると、何十分でも熱中している。ゴム丸までアクリルガラスに顔をぴたりと着けて、これもピングーとピンガ。

「脩君は、結局アラスカには行かないことにしたんだね」と鈴木さん。

「うん、小学校を卒業するまではここにいようと思って。ジュニア・ハイから先は、その時になってから考えるつもりです」

　父さんは結婚準備のためにアラスカに行っていて、またしばらくすると東京に帰ってくる。いや、これから先は「東京に来て、アラスカに帰る」と言わなければならなくなる。

「ぼくたちの方は、どうなるか予断を許さないね。いったいいつになるのか」

恵美さんは鈴木さんとの結婚を一度決意したものの、時期についてはずるずると引き延ばしているのだった。独身時代にやっておきたいことがまだある、とか言って。でも、ひょっとするとそれは六年生までは桜川北小に通うことを決めた脩のためにそうしてくれているのかもしれず、とすると、中学生になったら、どんな形にしても脩は恵美さんを自由にしなければならないと思っている。

「ウェブサイト、なかなか好調みたいだね。アクセスカウンターがすごい勢いで上がっている」

「うん、有名なサイトでも紹介してもらえたしね」と脩。

ここ二カ月くらいの間にアクセスがぐっと増えて、管理者の河童のところには日本全国から沢山のメールが届いていた。

行方がわからなくなっていたマペンについての情報が寄せられたのも、サイト経由だった。「カワガキ隊にあこがれています」という小学校四年生が、「まだおとなは気づいていませんが、ぼくたちは観察しています」とメールを打ってきた。

それが一カ月前のこと。それから何度かやりとりをして、デジカメの写真まで送ってもらって、本当にそれがマペンだと確信できた。

それで四人で相談して、さんざん議論したあげく、ある作戦を考えた。そのためには、鈴木さんを味方に引きこむ必要があって、それで脩と鈴木さんはこのところ毎日のようにメールを交換していた。

「パペンはどこですか」と脩は聞いた。

「たぶん水には入っていないよ。エサをもらう時以外は陸に上がっていることが多いんだ」

脩と鈴木さんはゴム丸ともえちゃんを残して階段を上がり、展示の地上部分が見えるところまで出た。手前にはプールがあって、その先の陸地はゴツゴツした岩山だ。本物の棲息地に似せるとこうなる。

岩山の稜線《りょうせん》にフンボルトペンギンよりも少しだけ大柄なパペンの姿があった。でもその違いは微妙で、胸の黒い帯の本数などもよく見なければ気づかないから、たぶんここにくる来館者はぜんぜん気づいていないかもしれない。でも、フンボルトたちがいる区画とはしっかりと網で区切られていて、パペンがフンボルトと混じらないようにしてあった。

「フンボとマゼランは簡単に雑種を作ってしまうから、一緒にできないんだ」という説明だった。まだ若鳥で繁殖に参加しないゴンは一緒にしても大丈夫だけれど、パペンはそうはいかないのだ。

「ずっとあそこにいるんですか」脩は聞いた。

「岩山のあそこに立つと海が見えるんだよ」

「やっぱり、外に行きたいんでしょうね」

「どのみち長い間はここには置いておけないんだ。脩君たちの申し出は、うちの館としてはありがたい部分もある。もちろん、本当に大丈夫か心配でもあるので複雑なんだが、絶対にダメと言えるものでもない」

脩たちカワガキ隊は、パペンの「所有権」を主張していた。

「あれから六カ月たちましたので、パペンを返してください。ぼくたちで飼うことにしました」

これは鈴木さんの入れ知恵。そう言えば水族館は法的には返さざるをえないし、その時に治療と飼育にかかった費用を請求するなんて、大人げないこともしないだろう、と。なにしろ、あの騒ぎで水族館も注目されて入館者がかなり増えたそうだし。

開館の時刻まであと一時間ほど。そろそろ飼育係も続々とやってくる。そんな中、いつか動物病院で会ったことがある飼育係のお姉さんが長靴を履いて展示の中に入り、パペンを抱きしめるようにして捕まえた。パペンはほとんど暴れなかった。脩と鈴木さんが展示の裏側に回った時にはもう大きな籠《かご》に入れられて、神妙に外を見つめていた。近くで見ると体の艶《つや》もよく、半年前、死にかけていたペンギンとは思えなかった。

ゴム丸ともえちゃんに別れを告げる。ここから先は鈴木さんと脩とパペン、ふたりと一羽の旅だ。水族館のボートは使えないので、鈴木さんが知人から小さなボートを借りてくれていた。剝き出しの船外機を船尾で操るタイプの粗末なやつだ。パペンの入った籠の上に、目隠しの麻袋を被せてボートはゆっくりと発進する。

休日の早朝だけに船の往来は多くない。鈴木さんはそれほど急ぐでもなく京浜運河を北に向かった。東京港でレインボーブリッジをくぐり、東雲《しののめ》運河を通って、複雑な運河網を縫い、最後は荒川に入った。そこからすぐに中川に分岐して、しばらくはそのままのんびりと遡った。工場やビルが目立つ下流からだんだん住宅地が増えてくる。多摩川とは違ってもっと人が集まって住んでいるかんじ。

やがて、右側にそこそこ大きな川への分岐が見えた。入ると水深がかなり浅くなる。鈴木さんは慎重に、さらにゆっくりとボートを操った。でも、そこから先はそれほど遠くない。

公園の近くにかなりの広さの雑木林があって、川の近くにはオギの群落がある。脩と同じくらいの背格好の少年が堤の上から手を振っていた。

「はじめまして、菊野さんですよね」と大きな声で言う。「ぼく、大場《おおば》寛《ひろし》です。荒川・中川・水元川《みずもとがわ》の大場です」

大場君は小学校四年生で、カワガキ隊のサイトを見て、マペンの居場所を知らせてくれたグループのリーダーだった。

「はじめまして」と脩も返した。「多摩川・野川・桜川から来ました。それで、こっちが――」

「多摩川河口の鈴木だよ」

「それにしても、川の名前って、よく知ってるね。ぼくたちのサイトでもちょろりとしか書いていないはずだけど」脩は聞いた。

「はい、桜川の人たちって、こういうふうに挨拶するんでしょう？　先週、公民館で河邑天童さんの講演があって、桜川のカワガキ隊についても教えてくれたんです。それで最近ではこう挨拶するのが普通だって……」

喇叭爺は意外なところに出没しているし、かなり大げさなことを言い触らしているのだった。

大場君はどことなく手嶋にも似た雰囲気のテキパキした子で、すぐにその場所に案内してくれた。

聞かされていたとおりオギの群落の中にマペンはいた。よほどそこが落ち着くのだろうか。

「やっぱり換羽《かんう》中だな。でも、もうほとんど終わっている。季節はずれだけど北半球につれてこられて体内のサイクルが狂っているのかもしれない」鈴木さんは目を細めて言った。

あたりには細かい羽が飛び散っていて、マペンの体にはほんの一部だけまだ落ちていない古い羽根がもこもこ盛りあがっていた。脩が正面に回り込んでも、別に逃げるでもなくただ平坦な目で脩のことを見ている。

「健康にも問題ないようだ。脩君どうする」鈴木さんが脩を見た。

判断は脩に任せられている。

でも、四人で決めたことを、ひっくりかえす理由なんて今はない。

マペンがここに来ていると知った時、四人が考えたのはとにかく二羽を一緒にしてあげたい、ということだった。そのためには、ふたつやりかたがあった。

ひとつは、マペンも捕まえてパペンと一緒にどこかの動物園か水族館に引き取ってもらうこと。そして、もうひとつはパペンをマペンの近くに放すこと。

普通だったら、マペンを捕まえるのがいいのだと思う。パペンは一度多摩川で大けがをしているわけで、安全を考えたら、やっぱり、マペンも保護、というのが一番だ。

でも、ゴム丸が大反対した。

「だって、マペンは川でうまくやってるんじゃん。わざわざ、捕まえる必要なんてあるのかよ」

それを言われると、ほかの三人もそんな気がしてきた。それでも、どっちがいいか決めかねていて、結局、背中を押したのは、大場君だった。大場君は、仲間とマペンの観察をしていて、地元の水元川もペンギンの里にしたいと思っていた。それがとても熱心で、もしもここでマペンとパペンが一緒になったら、ちゃんと見守られて、いざ怪我したりしてもすぐに気づいて保護してくれるんじゃないかと思えた。それにパペンがいつも岩山の外の海を見ていることを鈴木さんから聞いたりして、河童にいたっては「パペンは戻りたいんだよ。だから、絶対にまた放すべきだ。そうすれば、パペンとマペンはまた別の場所で川を特別な場所にするから」と言い出し、それに脩と手嶋もうなずいて、全員の意見が一致したのだった。

本当はそんなこと、してはいけないのだ。ペンギンは日本の生き物じゃないし、それを野に放つのは、生態系的にもダメなのだという。川にペンギンがあらわれると、役所や警察や地元の動物園とかが大変になるのももうわかっていた。でも、桜川のペンギンは脩たちを川に向かわせて、いろいろなことを教えてくれたのだ。

「ねえ、どうする。脩君が決めるんだぞ」鈴木さんがもう一度言った。

脩は息を一回吸い込んで、「放します」と返した。大場君の目がうれしそうに輝いた。

麻袋を外して、パペンを外に出す。パペンはきょとんとあたりを見渡して、マペンのことを見た。鳥の気持ちってわからない。少なくとも目には感情は出ないのだ。オギの中で、マペンのとなりに立って、なんだかもじもじするばかりだ。

三人は早々に引き上げた。いつまでいても邪魔なだけだし。

堤の上にまで戻った時、ホーッと鳴き交わす声が聞こえてきた。

水が温《ぬる》み、親水公園の雑木林には新緑が目立ち始める。桜川の銀色の帯がギラギラしているのはいつもと同じ。桜並木の部分にうっすらと浮かび始めた薄ピンク色は、来週から再来週にはふんわり浮き立つ雲のようになって、あたりを卒業や進級といった節目の季節の色に染めるだろう。

パペンを放した翌日の月曜日だった。たぶんきょう、水族館はパペンを「拾得者」に返還したことを報道発表することになる。そして、「拾得者」の手違いで、移送中に逃がしてしまったことも。

さらにしばらくたつと今度は多摩川から離れた荒川水系で、マペンとパペンの姿が見られるようになるだろう。そこでも新たなカワガキ隊が生まれて、ひょっとしたら「護る会」や「愛する会」といったものも結成されて、川に親しいペンギンの里がまたひとつ出来上がるだろう。

ペンギンはよそ者だ。でも、よそ者が教えてくれるものってある。

それを元々言ったのはゴム丸と河童で、よそ者とは脩や手嶋のことだった。ずっと前の話だ。もう脩は自分のことをよそ者だとは感じていない。ペンギンとの夏休みのおかげで、脩はこの場所にしっかり足をおろしたのだから。

でも、桜川にもうペンギンはいらないとも思う。ひとたび川に目を向けたらペンギンの里に棲む他の生き物のことだって気になってくるし。河童が地道に冬の間に続けていた観察は、今では「カワガキ隊」のサイトの一番人気のあるコンテンツになっていて、脩はこのところ刺激を受けている。

六年生の夏休みには、河童はまた鳳凰池をテーマにした自由研究をすると言っている。脩はそれに対抗するわけじゃないけれど、親水公園のことをいろいろ調べてみようと思っている。池ごとの生き物や鳥たちについて、調べることはいくらでもありそうだ。

教壇では鬼澤先生が大きな声で国語の教科書を朗読している。脩はノートの空白のページをまるまる使って絵を描いた。窓から見える親水公園。上空に鳥が舞い、小さな魚たちが池に泳ぐ。

それは、恐竜漫画「ダイノランド」のラストシーンのラフだった。サイトのペンちゃん観察日記のアップが一段落した後、脩はまた描きかけの漫画にとりかかった。今度はちゃんとストーリーを完結させて、投稿してみようとも考えていた。長い間、ほったらかしていたから最初は勘を取り戻すのに苦労したけれど、リズムに乗るとあとは一気に全体の構成が浮かんできた。

ゴンとミクロは紫団の残党をやっつけ、ヴェロキ騎士団と協力して、悪の女王ティラノを討つ。女王ティラノはダイノランドの支配を強化し、ティラノサウルスなど一部の肉食恐竜と餌になるおとなしい草食恐竜だけが生き残る世界を作ろうとしていた。のちに鳥へと繋がっていく小型肉食恐竜や、ネズミほどの大きさだった哺乳類は根絶やしにされる予定だった。

女王ティラノが死んだ後、ダイノランドには民主国家が誕生し、平和が戻ってくる。ゴンとミクロはとうとう森の賢者にして預言者の巨大リクガメに出会う。リクガメはこれまで女王によって幽閉されていたのだった。

リクガメは、恐竜の滅びは避けられないと、言い切った。すべての生物はいずれ滅びるのだ、と。女王はそれを認めず、滅びを避けるためにやがて恐竜のかわりに繁栄する哺乳類や鳥の祖先を今のうちに殺してしまおうとしていたのだということも教えられた。そして、白亜紀に迷い込んだゴンが元の時代に戻る方法も示されて、ゴンは結局、恐竜の国を救ったものの、滅びからは救えずに帰ることになった。一緒に自分の時代に来ないかとミクロを誘ったけれど、それは断られた。「ぼくたちにはそれぞれの時代があり、それぞれの場所がある。ぼくたちはここで生まれ、生き、やがて滅ぶ。きみたちも、きみたちの場所で同じことをするんだ」と。

サヨナラを済ませた後、巨大リクガメの住処《すみか》の近くにある泉から小さなボートで川を下り、黒々とした河口にある濃霧の壁を突っ切った途端、場面が変わって、脩がさっき描いた光景になる。親水公園、それも、脩がはじめてペンギンを目撃した夏のあの日の親水公園がモデルだった。ペンギンは人鳥だ。小型肉食恐竜の末裔《まつえい》であり、人間のようにも見える。ゴンの帰還のシーンは、脩の中では夏の日の逆光の中のペンギンの姿に繋がっていた。

そのうちに絵を描くのにも飽きて、脩は校庭に目をやった。

午前中で授業が終わった低学年の子供たちがフットサルを始めており、ぼんやりと球の行方を追ってしまう。まったく鬼澤先生の授業はかったるい。あそこで一緒にプレーできたらと思う。

正門から校庭につかつかと歩いてくる人影があった。

手に持っている細い棒のようなものはチャルメラだった。本当に久しぶりで、脩は目を疑ったけれど、間違いなく喇叭爺なのだった。

チャルメラを吹き鳴らし、「カワガキー！」と叫ぶ。「カワガキーヴェニャムアキー！　アゴーラメスモー！」

フットサルの試合が止まり、校庭の子供たちがみんな喇叭爺を見ていた。以前のように逃げる子はいない。喇叭爺がどんな人なのかみんながもう知ってる。

駆け寄る子さえいた。誰かと思ったらもえちゃんだった。ゴム丸みたいにぴょんぴょん跳ねて、まとわりつく。

「カワガキー」ともう一度、喇叭爺が大声を出し、脩の目にはその背後の桜川が、一瞬、ユーコンにも、アマゾンにも、鳳凰池から流れ出すささやかな小川にも、はては想像の中の白亜紀の黒い流れにも重なって見えた。

謝辞など

川をめぐる思索を深めるにあたって、岸由二さんの著作、特に『自然へのまなざし』（紀伊國屋書店）と『リバーネーム』（リトル・モア）を大いに参考にさせていただきました。岸さんとお仲間が推し進める「鶴見川流域ネットワーキング（TRネット）」は、理念の面でも行動の面でも実に刺激的です。ウェブサイト（http://www.tr-net.gr.jp/）を是非参照のこと。

自宅から自転車で三十分ほどの距離にある「狛江水辺の楽校」（http://www6.ocn.ne.jp/~yamaguri/）は、目下、ぼくにとって川にまつわるインスピレーションの源泉です。竹本久志さんら、志の高い地元ボランティアの方々が維持管理してくださっています。

書き下ろしの作品を単なる「構想」の状態から、現在進行形の仕事にする際、えいっとばかりに誰かと会って話をする「キックオフミーティング」というのを個人的に設定するのですが、今回その役割を担ってくださったのは、同じマンションに住んでいた小学校五年生の山下寛人君（この本が書店に並ぶ頃には中学生のはず）でした。

動物園・水族館に勤める古くからの知己で、「ペンギン仲間」でもある坂本和弘さん、河村早苗さん、鈴木仁さんらは、ペンギンの人工育雛の実際や、「移入種」の法的な扱い、行政の考え得る対応などについて、あれやこれやとご教示くださいました。

「多摩川・リバーシップ」の会（http://river-ship.cliff.jp/）の加藤眞紀子さん、堀展史さん、梅田義智さん、みたけカヌー教室（http://www.canoebar.jp/canoekayak）の小田弘美さんは、草稿やその一部を読んでくださって、カヌーやカヤックにかかわる面で建設的な意見をくださいました。

これらの方々に、厚く御礼申し上げます。

なお、作品の舞台である桜川は架空のものです。また、奥多摩でのシーンも、正確に対応する場所があるわけではなく、「ありそうでない」奥多摩であることをお断りしておきます。

川端裕人

川は未来へと流れる

作家
神林長平

川端裕人の著作には、綿密な取材をもとにした『動物園にできること』や『ペンギン、日本人と出会う』などのノンフィクション、あるいは最新の専門分野の研究成果や理論を取り込んだ物語『竜とわれらの時代』や金融経済小説『リスクテイカー』などの創作がある。

そうした幅広い活躍をしている作家を一言で評したり紹介するのは難しいのだが、こういうのはどうだろう、作家・川端裕人の興味は「自ら信じている事に突き動かされているヒトの行動」にあるのだ、それが彼を著作に向かわせているのだろう、と。くだいて言うなら、「人というのはどうしてこんなものに熱中するんだろう?」という興味が川端裕人を著作へと向かわせるのだろう、ということである。

たとえば、「日本人ってペンギンが好きだよね、その結果いま北半球でペンギンがいちばん多くいるのはわが日本なのだ、なんでこうなったんだ?」という興味と好奇心が、

『ペンギン、日本人と出会う』という著作に結実したのだろう、という具合。

で、ぼくが、面識もないのに川端裕人という作家の人柄が好きだな、と感じたのは、この『ペンギン、日本人と出会う』のタイトルが、『日本人、ペンギンと出会う』ではない、ということに気づいたときだ。著者がペンギンに敬意を払っているのはあとがきでもわかるのだが、その気持ちは書名だけでわかるようになっている。つまり「人の好奇の対象」、ようするに「楽しませてもらう対象」あってこその「われら人間」であることを気づかせてくれるタイトルだ。

こういう視点は、川端裕人が科学史や科学哲学を専攻したということと無縁ではなかろうと思う。「人間はなにをやってきたか」ということを学べば、「やられた側」へ目を向けざるを得ないのであって、それを無視しては人間存在は語れない、ならば語ろうではないか、となるのは自然の成り行きに思える。

それがノンフィクションになるか小説という体裁をとるかは、わたしたち読者にとってはさほど問題ではない。どれも川端裕人の感性に貫かれている。誠実でさわやかで、ひたむきだ。それを「少年のような好奇心」と表現するのは少しちがうのであって、子供の好奇心はまっすぐ対象に注がれるだけだが、川端裕人の抱くそれはもう一つ上の次元、つまり「好奇心に動かされているヒトへの好奇心」である。

興味の関心が対象から自分自身に反射してくる、それを見つめるのが一般的な文学の視点だとすると、川端裕人の著作のそれは、自分からヒト全体へ、さらにヒトとそれが生きる環境へと広がっていて、それはやはりルポルタージュの視点と言えよう。小説というフィクションの形式をとったときでも川端作品のこの視点による著作態度は変わらない。

本書『川の名前』は小学五年生の男の子が主人公の小説だが、これがもうタイトルからして川端裕人の世界だ。ストレートに見えて、読後には、著者の思いがよく反映されたものなのだな、とわかるようになっている。

川の名前？　信濃川とか神田川とかいった名前の由来のことか、川の名というのはだいたいが流れている土地の名称がつけられているよね、とかあれこれ想像させるのだが、よく考えるとわからなくなる不思議なタイトルではある。

もちろん、そこにこめられた意味は読めばわかるわけだけれど、その概念がなかなか新鮮なので、あとでちょっとだけそれについて触れさせてもらうことにして、『川の名前』はこんな物語だ。

主人公の脩は小学五年生、転校して初めての夏休みを迎えようとしている。

小学校一年生のときに両親が離婚、母親には再婚相手になる相手がすでにいたのでそちら側に自分の居場所はないと感じた脩は父親と暮らすことを選んだのだが、その父親はネイチャーフォトを専門とするプロの写真家で世界中を飛び回っている。世界を股にかけて撮影旅行をする父の仕事のため低学年時代は海外暮らし、帰国してからも何度か転校していて、一所に落ち着いていたことがない。

ちょっとまえまではそんな生き方が楽しかった脩だが、最近は、これはちがうんじゃないかと思い始めている。海外生活が長いせいで同級生たちと話が合わないといったことではなくて、自分には本当の居場所がない、自分の居場所が見つからないと感じるのが問題だ、と。それで、この夏休みは、ユーコン川へ撮影の仕事に出かける父親には同行せず、父の十歳年下の妹、未婚の叔母と二人暮らしをすることにした。若い叔母には恋人がいるのを脩は知っていて、自分のせいで彼女が結婚に踏み切れないでいるのではないかと気にしているのだが、でも転校してきたこの土地を自分の居場所にしたいと思っている。自分はこの土地にいたいと、なぜかそう思ったから。

さて、一学期最後の日、あしたからは檻のような教室から解放される夏休みだと、先生の話など上の空で窓の外をながめていた脩は、近くに流れる桜川の銀色の帯の中に奇妙な生き物の動きを見つける。それはすぐに消えるのだが、どうやら桜川には謎の生き物がいるらしい。

脩の友だちである凸凹コンビ、ころころに肥った〈ゴム丸〉と痩せた沙悟浄のような

〈河童〉によれば、それは怪獣か、でなければカッパのような怪物で、それを見つけて観察するのを夏休みの自由研究にしようと脩に持ちかける。

　脩はさすがに自然写真家の息子だけに怪獣や怪物が桜川にいるとは思わないのだが、どうやらその川には本来いるはずのない生き物がいるようだと確信し、その正体を知りたいと思う。

　それから、この三人の夏休みが始まる。その謎の生き物はたしかにいた。そう、ちょうど、例の多摩川のタマちゃんのようなものである。脩と二人の友だちのトリオはその生き物の巣も発見して観察しはじめるのだが、夏休みは長い。さまざまな出来事が待ち受けている。

　その謎の生き物を追って視聴率のために動くテレビやマスコミ、その生き物の詳しい生態を知らないままに保護を訴え捕獲しようとする自然保護団体、豪雨で増水した桜川、それら人為や天災からその生き物を護ろうと脩たちは奮闘する。

　そしてラストは、海だ。川は海に通じていて、その先は全世界に向けて開かれている。それを実際に体験して、脩たちの夏休みは終わる。

　自分の居場所が見つからないという悩みを解決するには、まず自分の立ち位置を知ることが必要だろう。脩がこの夏に体験したのはまさにそういうことなのだが、その手法の一つとして、「リバーネーム」というものがある、と著者の川端裕人はこの物語で紹介している。

それが『川の名前』のタイトルの源になっている概念で、これは著者も初版のあとがきで挙げているとおり、自然環境とヒトとの関係に関心を抱いている生物学者、岸由二教授（リチャード・ドーキンスの『利己的な遺伝子』を共訳していると知って自分の本棚を探したら、一九八〇年発行の初版『生物＝生存機械論』を見つけた、この版からの共訳者だ）が提唱したものだ。簡単に言えば、人それぞれ自分が所属する川を決めて、それを自分の名前に組み込んで使ってみよう、ミドルネームのように、たとえば「神林・穂高川・長平」というように、というものである。

本書『川の名前』でぼくは初めてこういう考え方があるのを知って、視野が広がるのを覚えた。なるほど、こういうのは自己にしか関心のない閉じた心からは決して出てこないだろう、まさしく外界に開かれた、地に足の着いた世界観だと目から鱗が落ちた気分になったものだ。

本書でこの概念を脩に教えるのは、脩の小学校の校庭に現れてはわけのわからないことを叫んで教師たちに追い払われているエキセントリックな老人なのだが、このキャラクターがいい味を出している。川端作品に登場する爺さんや婆さんはみな魅力的でぼくは好きだが、それはそういう彼ら登場人物には揺らぐことのない居場所がある、そのように描かれているためだろう。

自分の、あなたの、居場所の位置を示すインジケータ、物差しはいくつもあるのであり、それを川端裕人は提供している。本書『川の名前』は、それをストレートに著した好著だ。

どんなに無茶な冒険をしでかそうと失うものはなにもない、子供とはそういう生き物であって、そういえば自分にもそんな時代がたしかにあったと思い出させてくれる。大人のあなたが読み終えたら、子供たちにもぜひ勧めてほしい。

明日を担う世代にこそ読んで知ってほしい、そうした著者の願いが伝わってくる、これはそういう本である。

本書は、二〇〇四年五月に早川書房より単行本として
刊行された作品を文庫化したものです。

神林長平作品

狐と踊れ〔新版〕
未来社会の奇妙な人間模様を描いたSFコンテスト入選作ほか九篇を収録する第一作品集

言葉使い師
言語活動が禁止された無言世界を描く表題作ほか、神林SFの原点ともいえる六篇を収録

七胴落とし
大人になることはテレパシーの喪失を意味した——子供たちの焦燥と不安を描く青春SF

プリズム
社会のすべてを管理する浮遊都市制御体に認識されない少年が一人だけいた。連作短篇集

完璧な涙
感情のない少年と非情なる殺戮機械との時空を超えた戦い。その果てに待ち受けるのは？

ススキノ探偵／東直己

探偵はバーにいる

札幌ススキノの便利屋探偵が巻込まれたデートクラブ殺人。北の街の軽快ハードボイルド

バーにかかってきた電話

電話の依頼者は、すでに死んでいる女の名前を名乗っていた。彼女の狙いとその正体は？

消えた少年

意気投合した映画少年が行方不明となり、担任の春子に頼まれた〈俺〉は捜索に乗り出す

探偵はひとりぼっち

オカマの友人が殺された。なぜか仲間たちも口を閉ざす中、〈俺〉は一人で調査を始める

探偵は吹雪の果てに

雪の田舎町に赴いた〈俺〉を待っていたのは巧妙な罠。死闘の果てに摑んだ意外な真実は？

ハヤカワ文庫

原尞の作品

直木賞受賞

そして夜は甦る
高層ビル街の片隅に事務所を構える私立探偵沢崎、初登場！　記念すべき長篇デビュー作

私が殺した少女
私立探偵沢崎は不運にも誘拐事件に巻き込まれる。斯界を瞠目させた名作ハードボイルド

さらば長き眠り
ひさびさに事務所に帰ってきた沢崎を待っていたのは、元高校野球選手からの依頼だった

愚か者死すべし
事務所を閉める大晦日に、沢崎は狙撃事件に遭遇してしまう。新・沢崎シリーズ第一弾。

日本冒険小説協会賞最優秀短編賞受賞

天使たちの探偵
沢崎の短篇初登場作「少年の見た男」ほか、未成年がからむ六つの事件を描く連作短篇集

著者略歴　1964年生，東京大学教養学部卒，作家　著書『青い海の宇宙港』（早川書房刊）『夏のロケット』『銀河のワールドカップ』『動物園にできること』『ペンギン、日本人と出会う』他多数

HM=Hayakawa Mystery
SF=Science Fiction
JA=Japanese Author
NV=Novel
NF=Nonfiction
FT=Fantasy

川《かわ》の名前《なまえ》

〈JA853〉

二〇〇六年 七 月十五日　発行
二〇一六年十一月十五日　五刷

（定価はカバーに表示してあります）

著者　川《かわ》端《ばた》裕《ひろ》人《と》
発行者　早川　浩
印刷者　西村文孝
発行所　株式会社　早川書房
郵便番号　一〇一‐〇〇四六
東京都千代田区神田多町二ノ二
電話　〇三‐三二五二‐三一一一（大代表）
振替　〇〇一六〇‐三‐四七七九九
http://www.hayakawa-online.co.jp

乱丁・落丁本は小社制作部宛お送り下さい。
送料小社負担にてお取りかえいたします。

印刷・精文堂印刷株式会社　製本・株式会社川島製本所

ISBN978-4-15-030853-7 C0193

本書は活字が大きく読みやすい〈トールサイズ〉です。